SV

Dietmar Dath
Dirac

Roman

Suhrkamp Verlag

Satz: Libro, Kriftel
Druck: Druckhaus Nomos, Sinzheim
Printed in Germany
Erste Auflage 2006
ISBN 3-518-41863-7

1 2 3 4 5 6 – 11 10 09 08 07 06

»… haben die Werte selbst ein magnetisches Feld um sich,
das auch die Zerstörung anzieht …«
Hans Wollschläger

To Harlan Ellison
I am not sure
how much of my mind
he invented

EINS

Schatten

»Die Frau von der Küste hat gesagt: Du mußt entscheiden, wer sterben soll. Such irgendeinen Menschen aus – Mann oder Frau –, sonst trifft es einen, den du kennst, vielleicht sogar einen, den du liebhast. Du weißt sicher jemanden, und ich kann mich alleine einfach nicht entscheiden. Es gibt zu viele Menschen.«

So erzählt es Nicole, deren gutes Gedächtnis sie sonst davor bewahrt, über das Erinnerte zu urteilen, später ihrem Liebsten weiter, weil sie den Unterschied nicht erkennt zwischen dem, was sie da verstanden hat, und dem, was die Frau von der Küste wirklich zu ihr gesagt hat, nämlich: »Du mußt entscheiden, wer das Leben, wie es ist, nicht mehr braucht.«

Asche zu Asche, Kristall zu Kristall. Es ist ein Mißverständnis.

Nur deshalb wird alles so schwierig für den Mittdreißiger und Computerprogrammierer Paul, der Nicoles Liebster ist, für den Mittdreißiger und Schriftsteller David, den Paul seinen besten Freund nennt, für den Mittdreißiger und Psychiater Christof, der mit Paul und David zur Schule gegangen ist, für die Mittdreißigerin und Wissenschaftlerin Sonja, für und über die David ein Buch geschrieben hat, für die Mittdreißigerin und Künstlerin Johanna, die früher einmal Pauls Liebste war, und endlich für die Mittdreißigerin und Hausfrau Candela, die in Wirklichkeit weder Hausfrau noch Mittdreißigerin ist.

Auf diese Weise also kommt zustande, was man hier lesen kann, und der ganze Reiz des Textes besteht im günstigsten Fall in zweierlei Enthüllungen: Man erfährt erstens, welches entsetzliche, schöne und reiche Ergebnis das Mißverständnis der Worte der Frau von der Küste nach sich zieht, und man erfährt zweitens, wie alles ausgeht, was alle angeht.

Man liest also vom Ende, das eintreten muß, lange bevor in zweihundertfünfzig Millionen Jahren die Kontinente ineinanderkrachen, lange bevor die Andromedagalaxis in drei Milliarden Jahren mit der Milchstraße kollidiert, lange bevor die Sonne als weißer Zwerg endet, lange bevor die letzten Sterne ausbrennen, die Protonen in den Kernen der Atome zerfallen oder alle Materie durch Quantentunneleffekte zu Eisen wird. Man liest vom Anfang des neuen Reptilienzeitalters, weil man erfahren will, was aus Nicoles Mißverständnis wird, und das eigentlich Unheimliche daran ist, daß man, während man davon liest, die Gelegenheit verpaßt, diesen Anfang zu beobachten, weil einen die Lektüre am Hingucken hindert.

Ein Mißverständnis, tatsächlich.

Freunde

Im Sommer Neunzehnhunderteinundneunzig, kurz nach Beginn der Semesterferien, liegt David morgens um sechs mit Quark in allen Gliedmaßen, einigen trotz viel warmem Wasser nicht ordentlich rausgewaschenen Kotzresten am oberen T-Shirt-Rand und verquollenem Gesicht bäuchlings auf dem Rasen hinter dem Hauptgebäude der Freiburger Universität. Er versucht eine Kurzgeschichte zu lesen. Neben ihm ruht auf dem Rücken Paul, der auch die ganze Nacht durchgemacht hat, aber eisern weiterraucht und gut beieinander ist, wie immer, ein Avatar der Coolness – nicht so wölfisch scharf und dehydriert cool wie Clint Eastwood oder Ivan Lendl zwar, dafür ist sein Gesicht zu breit, aber auf eine andere Art, die ebenfalls Starqualitäten verrät: mit sehnigem Leib, ruhiger männlicher Stimme, ungeheuer entspannten Zügen, freier Stirn.

Ein Steve McQueen: Alles, was Paul braucht, sind ein paar technische Geräte, ein bißchen Rechenzeit, Raum zum Manövrieren im Exakten, dann geht es vorwärts, wenn auch manchmal im Zickzack.

Johanna hat sechs Jahre früher, im anstrengenden Sommer Neunzehnhundertfünfundachtzig, über David und Paul zu David gesagt: »Du bist einer, der meistens nur in Gedanken handelt. Aber Paul ist umgekehrt einer, der handelt, damit er denken kann.«

»Du willst sagen«, hat David geantwortet, »ich bin bloß Leninist – aber Paul ist Lenin.«

So hat man in diesen Kreisen Neunzehnhundertfünfundachtzig noch geredet; Lenin war eine, na, sagt man nicht: Bezugsgröße? Nein. Das sagt man auch nicht mehr.

Jetzt nimmt Steve McLenin also seine Sonnenbrille ab, putzt sie mit seinem sauberen Hemdzipfel – er trägt natürlich ein weißes Herrenhemd, kein T-Shirt, denn er hat es nicht nötig, sich wie David, der nie jung war, zu beweisen, daß er jung ist – und sagt ganz überraschend etwas ziemlich Abgeklärtes: »Willst nicht mal nach Hause gehen und ausschlafen?«

»Nö.«

»Haste denn noch vor?«

»Ich wart', bis die UB aufmacht. Ich will mir paar Bücher mitnehmen.«

»Bücher, Bücher. Bücherbücherbücher. Ich denk, du brichst dein Studium eh ab?«

»Um Schriftsteller zu werden, ja. Deshalb die Bücher.«

Man schweigt ein paar Minuten, in denen Paul an erstklassige Mädchen denkt und David ein und denselben kurzen Absatz seiner Kurzgeschichte dreimal zu lesen anfängt, ohne zu verstehen, was dort geschrieben steht.

Dann fragt Paul: »Liest'n da?«

»Eine Erzählung von Geoffrey A. Landis.«

»Das hilft mir ja nun gar nix.«

»Science-fiction. Über Zeitreisen, beziehungsweise über das Gegenteil davon. Schwer zu erklären. Aber erzählt ist das ganz leicht. Ich komm' bloß nicht rein hier.«

9

»Und wie heißt dann so was?«

»Die Geschichte? ›Ripples in the Dirac Sea.‹«

»Hübsch. Da hat sich also wenigstens mal einer von euch ähm … Schriftstellern nicht die ewigen Einsteine und Heisenberge ausgesucht, sondern einen wirklich interessanten Physiker.«

»Inwiefern?«

»Na, dann schreib selber mal was über ihn, da wirst du merken: So leicht wie bei den Herren Berühmtheiten ist das nicht. Die, also, diese ähm sogenannte moderne Physik und ihre Interpretationen von Herrn Einstein und von Herrn Heisenberg, weißt du, das kriegst du heute von jedem Esoteriker erzählt. Die waren halt parteilich, das kann man leicht auf Parolen runterkochen. Der eine ’n altmodischer Realist und der andere ’n Positivist mit deftigem Mystik-Einschlag, aber Dirac …«

»Ja?«

»Der hat es sich schwerer gemacht. Mit dem ist die Geschichte noch nicht fertig.«

»Weißt du was?«

»Mhmh?«

»Johanna hat recht. Du bist echt Lenin.«

»Hat sie das gesagt?« Paul lächelt, kratzt sich den Bauch unterm Hemd; es gefällt ihm.

»Ja«, lügt David und hat überhaupt kein schlechtes Gewissen dabei.

»Aber andererseits … Zeitreisen, also, hmpf, nee echt«, sagt Paul.

»Was dagegen?«

»Nö. Aber doch weil … das ist immer so verbissen, dieses Science-fiction-Zeug. Die wollen jedes Mal die Vergangenheit ändern, Jesus kennenlernen, Hitler umbringen, alles bloß nach dem öden Prinzip der Aufwandsrechtfertigung gedacht, weißt du. Aus Holz.«

»Wie würdest du es denn denken?«

»Mehr so als Klingelstreich.«

»Als Klingelstreich.«

»Ja, verstehst du: Man nimmt eine Riesen-Stereoanlage, natürlich autobatteriebetrieben, mit in die Vergangenheit und baut sie nächtens im Schutz der Dunkelheit vor dem Fenster von Richard Wagner auf, dann ...«

»Paul, entschuldige bitte, aber du mußt das sofort wissen: Ich kann es wirklich kaum erwarten, zu hören, was für eine große Scheiße jetzt gleich von dir kommt, glaubst du das?«

»Dann dreht man das Ding auf maximale Lautstärke, und ab geht's.«

»Was geht ab?«

»Die ›Star Wars‹-Titelmusik von John Williams.«

»Wieso?«

»Was wieso?«

»Wieso sollte man denn so was ... so was total Subalternes und Inferiores machen?«

»Damit es ihn mal richtig graust. Den alten Wagner. Spaß muß sein.«

David sagt nichts dagegen. Er hat furchtbaren Durst.

Bei Johanna

Die Tür geht auf.

Johanna steht im dunkelgrünen Flur, lächelt, winkt den Gast herein.

Er tritt ein, legt ab. Johanna sagt: »Hallo, alter Freund. Du kommst gerade richtig. Wie's mir geht? Diese Sauerei zu erzählen, das lohnt sich nicht. Belassen wir es bei: fein. Einfach fein. Und wie sieht's bei dir aus? Was ist mit den großen Träumen passiert? Sind welche wahr geworden? Bist du schon verheiratet? Ach? Ich dachte, das wärst du inzwischen. Hab's ganz vergessen: Wie hieß sie? Yeah, die gute alte Wie-heißt-sie-noch. Und bist du denn jetzt wegen mir hier, oder bist du bloß einsam? Sind wir ja alle. Doch, gefällt mir, wie du aussiehst, wie grad auf dem Fundbüro abgeholt. Rückkehr in die Welt der Menschen. Ich bin froh, daß du hier aufkreuzt. Du bringst mich gut drauf. Ich wüßte ja schon, was ich mir wünschen würde, wenn ich die Sorte wär', die sich was wünscht: daß du mal öfter in der Gegend bist.«

Christof fragt: »In der Gegend?«

»Meiner Gegend, du Wikinger.«

»Oh Mann, Johanna, hör auf. Nicht das. Nicht diesen Witz.«

»Du hast sein Buch gelesen? Wo er das wieder ausgräbt, deinen Wikingerspitznamen?«

»Mmhmm.«

»Wie findest du es? Das Buch?«

»Weiß nicht.«

»Verstehe. Ja, so ähnlich geht es mir auch. Aber natürlich mit mehr Wörtern.«

»Klar. Willst du drüber reden?«

»Sehr gern. Das Buch erinnert mich an was, was Carter Scholz mal über Barry Malzberg geschrieben hat: Wenn er gut ist, ist er spitze, aber wenn er schlecht ist, dann ist er wahrlich abstoßend.«

»Wer sind die Typen?«

»Dichter, wie David.«

»Es gibt zu viele Dich ... zu viele kreative Menschen auf der Welt. Man soll sich die wirklich nicht alle merken, das ermutigt die nur. Wollen wir eigentlich gleich los zu Paul?«

»Ich weiß nicht. Vielleicht kannst du mich noch ein bißchen vorbereiten auf seine Freundin, diese Nicole. Soll ja sehr eigenwillig sein.«

»Sie ist krank. Ich weiß nicht, wie schwer, und ich weiß nicht, was es ist, aber gesund ist sie nicht.«

»Du sagst das so ernst. Das ist jetzt kein Spott, oder? Das ist deine fachlich gedeckte Meinung, als Psychiater?«

Christof grunzt, dann sagt er: »Soweit die Expertise reicht, ja.«

»Aber du bist nicht dagegen, daß sie bei ihm wohnt? Ich meine, sie ist ja wohl auch noch zig Jahre jünger als er.«

»Zehn Jahre sind es mindestens. Eher fünfzehn. Aber wenn du so fragst: Ja, ich bin dafür. Was immer das ist, was sie hat – es wird durch Paul nicht schlechter. Sie fängt eher an zu leben. Bei ihren Bauerneltern ging das wohl nicht so gut, nach allem, was ich höre. Paul ist ihre erste richtige Chance, und vielleicht auch ...«

»Die letzte?«

»Warum wird eigentlich immer gleich alles so ernst mit dir, Johanna? Ich wollte dich bloß mal wiedersehen, Mensch.«

»Ja. Hast recht. Komm her, du alter Freund, du.«

Sie umarmen einander.

Unterschied

Paul Dirac in der deutschen »Physikalischen Zeitschrift« Vol. XXIX, Neunzehnhundertachtundzwanzig, unter der Überschrift »Über die Quantentheorie des Elektrons«, gegen Ende des Textes:

Die Theorie gestattet Übergange von +e in −e. Jedoch ist die Wahrscheinlichkeit für diese Übergänge außerordentlich klein (...). Folglich ist die gegenwärtige Theorie eine Annäherung. Es scheint, daß diese Schwierigkeit nur durch eine fundamentale Änderung unserer bisherigen Vorstellungen behoben werden kann und vielleicht im Zusammenhang steht mit dem Unterschied zwischen Vergangenheit und Zukunft.

Aufhören

Warum gibt David Dalek Anfang der neunziger Jahre sein Sprachwissenschafts- und Physikstudium auf?

Man muß da zwei Fälle unterscheiden: den der Physik von dem der Sprachwissenschaft.

Das mit der Physik hat einen Anlaß und einen Grund.

Der Anlaß sind die vielen Übungen: manchmal ein Dutzend Aufgaben pro Woche, bei denen man rausfinden muß, was das Fach längst genau weiß.

Der Grund ist, daß David bei diesen Übungen klar wird, daß er wegen einer schwer definierbaren, aber deutlich empfundenen heuristischen Beschränktheit seines Verstandes wohl sehr wahrscheinlich niemals mit wissenschaftlichen Mitteln etwas herausfinden wird, was noch niemand weiß.

David hat schon vor dem Studium Literatur geschrieben, und weil er jetzt sehr ernsthaft mit der Schreiberei weitermacht, wird ihm im direkten Vergleich zur Mühsal des bloß reproduzierenden Rechnens klar, daß er zwar häufig Textideen hat, ja überhaupt ästhetische Einfälle, auch mal visuelle oder musikalische, aber eben keine wissenschaftlichen. Niemals. Keinen einzigen. Gar nichts.

Das ist nicht schlimm. Irgendwas kann jeder.

Man muß aber, wenn man nicht bloß anderen Menschen die Luft wegatmen will, unbedingt seinen Platz kennen, das heißt: seinen Beruf. Dann kann und soll man arbeiten.

Daß er die Sprachwissenschaft gleich mit verabschiedet, ist erstens ganz praktisch – so kann er sich komplett exmatrikulieren – und liegt zweitens an einem Satz, der immer schon an ihm genagt hat, seit Paul ihm Neunzehnhundertneunundachtzig zur Feier der Konterrevolution in der DDR den antiquarischen siebzehnten Band der Werke Josef Stalins, erschienen im Verlag Roter Morgen, Hamburg Neunzehnhundertdreiundsiebzig, mit der Bemerkung geschenkt hat: »Da, lies das mal. Sonst bleibst du ewig ein verblödeter Trotzkist und fühlst dich noch wer weiß wie klug dabei.«

Der Satz, den David sich aus diesem Buch zu Herzen nimmt, steht in Stalins kleiner Antwort an die Genossin J. Krascheninnikowa: »Zu einigen Fragen der Sprachwissenschaft«. Er lautet: »Es ist nicht schwer zu begreifen, daß, wenn die Sprache materielle Güter erzeugen könnte, die Schwätzer die reichsten Menschen in der Welt sein würden.« Als David das Physikstudium schmeißt, fällt ihm endlich eine praktische Anwendung dieses Satzes ein: Man soll sich, wenn es geht, wirklich nur nebenbei mit Sprache als solcher, mit ihren reinen

Formen befassen, zur Koordination und Optimierung wichtigerer Dinge, nicht hauptberuflich. Er läßt also auch die Sprachwissenschaft bleiben und wird statt dessen Journalist und Schriftsteller.

Er redete nie viel

Stephen Hawking über Paul Dirac:
Nach Neunzehnhundertfünfundsiebzig sah ich ihn fast jedes Jahr bis zu seinem Tod (...). Er redete nie viel, im Gegensatz zu seiner Frau, die eine Ungarin war und eine fantastische Person. Man erzählte sich, daß seine Wortkargheit von seiner Kindheit herrühre; sein Vater habe ihm nur erlaubt, bei Tisch etwas zu sagen, wenn er dies in vollkommenem Französisch tat. Das mag stimmen, aber ich habe den Verdacht, daß er auch dann wenig geredet hätte, falls dies nicht geschehen wäre. Wenn er jedoch einmal etwas sagte, dann war es um so wertvoller.

Zu zweit

Paul hat wenig Zeit an diesem Samstagmorgen, es kommen später Gäste.

Er kann deshalb auf Nicoles Schwierigkeiten jetzt keine Rücksicht nehmen – diese Zustände, die sie manchmal kriegt, wenn sie von irgend etwas völlig fasziniert ist, wie neulich wieder, beim Blumenkaufen für Pauls Mutter, als sie mit der Verkäuferin aus keinem erkennbaren Grund eine Mordsdebatte angefangen hat darüber, warum die kleinen Töpfchen für die gelben Topfrosen so wahnsinnig billig sind, und wie toll das sei.

Gefährlich wird's auch immer wieder im Auto: Es muß nur was im Radio kommen, was ihr gefällt, dann schmeißt sie die Haare hin und her, lacht und trommelt mit den Fingern auf dem Handschuhfach herum. Wie zum Beispiel ausgerechnet

Supertramp: »Dreamer«, das ist für sie das Allergrößte. Wie der da kiekst, dieser Idiot, und wie es dazu klimpert.

Gut: Nicole ist verrückt, oder halbautistisch, soziopathisch, na: was immer das ist, was Christof seit Wochen bei ihr zu diagnostizieren versucht. Wenn man so etwas hat, darf man schon mal Supertramp toll finden. Noch schlimmer wird es aber, wenn sie dann was im Radio bringen, das ihr mißfällt. Schon fängt sie an zu kreischen, wirklich: wie am Spieß, und macht sogar die Tür auf, entriegelt sie erst und klappt sie dann raus, mitten auf der Straße, an der Kreuzung, sogar auf der Autobahn, in voller Fahrt.

Unberechenbar – und das ihm, dem Toprevolverhelden der diskreten Mathematik, Mister Computer. Aber er liebt sie. Also kommt er damit zurecht. Nur nicht heute. Er kann sie nicht mitnehmen in den Laden, weil sie dann womöglich wieder Grießbreitüten aufreißt oder das Gesicht zwischen die Früchte im Obstregal legt und erstmal tief einatmet. Er braucht nur eben noch ein paar Nudeln, die geht er ohne sie einkaufen.

»Kannst du hier auf mich warten? Geht das?« fragt er sie, als er ihr im Schnellrestaurant, das seit dem Umbau zum Edeka gehört, eine heiße Schokolade und ein Stück Käsekuchen kauft, weil er weiß, daß sie um diese Zeit, viereinhalb Stunden nach dem Frühstück, hungrig genug ist, um sich wenigstens mal zehn Minuten still mit Essen zu beschäftigen.

Nicole küßt ihn auf die Nase und setzt sich an ihren kleinen Nichtrauchertisch.

Paul beeilt sich sehr.

Er nimmt drei große Pakete Penne Rigate mit, Kochzeit elf Minuten, außerdem noch zwei Tüten Milch und eine unbehandelte Zitrone, weil er sich nicht mehr sicher ist, ob die zwei schrumpligen Dinger, die er schon in der Stadt gekauft hat, gespritzt waren oder nicht. Das viele Zeug läßt sich mit nur zwei Armen nicht leicht halten; er ärgert sich ein bißchen, daß er sich keinen Einkaufswagen genommen hat, ist dann aber erleichtert, als er wenigstens eine vergleichsweise kurze Schlange an der linken Kasse erwischt.

Die Kassiererin, eine kleine, spitzgesichtige, rothaarige Frau von Anfang Zwanzig, fragt ihn, als sie alle Sachen über die Preiserfassung gezogen hat: »Wollen Sie noch eine Tüte?« Sie findet den schlanken, ernsten Mittdreißiger attraktiv, will ihm helfen, sieht mitfühlend die Schwierigkeiten voraus, die er haben wird, wenn er seine Einkäufe lose von hier fortbringen will. Paul hat es aber eilig: »Was? Nee. Ach, oder doch. Ja, bitte.«

Er schüttelt den Kopf und lächelt. Die Verkäuferin findet das cool und zeigt ihm, wo die Tüten liegen. Er nimmt eine raus und kriegt sie nicht auf: »Scheiße.«

»Geben Sie mal her.«

»OK. Entschuldigung, aber ich, ich muß dringend los jetzt.«

»Ja, dann, wenn's pressiert, dann klappt's immer alles nie so, wie man will, gell?«

»Tja, genau.«

Paul denkt, während er mit der Frau schäkert, an Nicole und macht sich Sorgen.

Die Verkäuferin kriegt die Tüte ohne Mühe auf und hält sie ihm hin, so daß er die Ware reinstopfen kann. Paul bedankt sich und läuft mit der im Galopprhythmus gegen sein Bein schlagenden Tüte los. Als er die Kurve am Blumenladen und der Backwarentheke vorbei zum Restaurant nimmt, sieht er, daß eine fremde, blonde Frau bei Nicole sitzt. Er spürt Irritation, leise Wut, auch Angst: Mit wem hat sie sich jetzt schon wieder eingelassen? Gibt das Probleme?

Die Frau sagt etwas zu Nicole, dann steht sie auf, lacht, nickt Nicole zu und geht.

Als Paul bei seiner schwierigen Freundin ankommt, ist die Fremde längst zur Tür raus.

»Wer war das? Die Frau?«

Nicole guckt auf diese herausfordernde Art, die sie draufhat, zu ihm hoch, zeigt ihm ihr schiefstes, keckstes Grinsen und erzählt es ihm dann, inklusive Mißverständnis: »Das war die Frau von der Küste. Sie hat gesagt: Du mußt entscheiden, wer sterben soll.«

Präzision

Bei den Recherchen für sein Buch über Dirac stößt David auf eine Geschichte, die Monica Dirac, eine der Töchter des Physikers, auf dem »Dirac Centennial Symposium« im Dezember des Jahres Zweitausendundzwei den zu Ehren ihres Vaters an der Florida State University in Tallahassee versammelten Wissenschaftlern erzählt hat: »Ich erinnere mich an die schwarze Katze, die wir hatten. Die ist immer durch die Klappe zum Kohlenlager im Keller, neben dem Ofen, rein- und rausgeschlüpft. Mein Vater wollte das Loch verschließen, so gut es ging, aber noch genug Platz lassen, daß die Katze weiterhin durchkonnte. Also bat er mich, sie ihm zu bringen. Da hat er dann mit einem Lineal den Abstand zwischen den Spitzen ihrer längsten Barthaare abgemessen, wegen der Spaltbreite.«
David versteht dank dieser Geschichte, was das Thema seines Buches über Dirac sein muß.
Eine Frage nämlich: Gibt es Menschen, die es fertigbringen, die Welt genauer zu sehen, als sie ist?

Spinnweben

Wenn Johanna Rauch, deren schöner vieldeutiger Name noch in ganz andere und viel grellere Geschichten führen will als die nun folgende, im Frühjahr des Jahres Zweitausendundfünf ihr jüngeres Schicksal »diese Sauerei« nennt, dann ist das nicht nur so dahingesagt und jedenfalls bestimmt keine Übertreibung.

Vor zwanzig Jahren, als Johanna, Christof, Candela, Paul, David und Sonja, die alle in dieser Geschichte vorkommen müssen, noch Teenager waren, ist Johannas Vater ein erfolgreicher und also vermögender Anwalt gewesen. Im Frühjahr Zweitausendundfünf aber hält er sich seit sechs Monaten in einer Klinik für Alkohol- und anderweitig Suchtkranke in der Nähe von Frankfurt am Main auf. Johanna besucht ihn dort häufiger als früher bei ähnlichen Aufenthalten an ähnlichen Orten, zum einen, weil sie das Gefühl hat, daß es diesmal schlimmer steht, zum andern aber auch deshalb, weil sie es sich zum ersten Mal in ihrem Leben leisten kann – der Dauerauftrag, der sie seit Jahren aus dem Gröbsten heraushält, läuft zwar weiter, aber sie braucht seine Überweisungen eigentlich nicht mehr. Sie hat jetzt endlich ein einigermaßen regelmäßiges eigenes Einkommen.

Vater Rauch sieht an Weihnachten Zweitausendundvier nicht schlecht aus, viel weniger grau im Gesicht, mit klarerem Blick als vor zwei Jahren, bei seiner letzten sogenannten Kur. Aber auch kleinere Zusammenbrüche wie den jüngsten steckt er heute schwerer weg als früher, weil er älter ist, schon auf die Siebzig zugeht. Als sicherstes Anzeichen dafür, daß er selbst genau weiß, wie heikel seine Lage werden kann, wenn er es nicht endlich schafft, trocken zu bleiben, erkennt Johanna seine tapsigen Versuche, klare Verhältnisse zwischen sich und seinen grausamen, dummen und bösen Geschwistern zu schaffen.

»Ich verstehe mich mit meinem Bruder und mit meiner Schwester nicht mehr so gut wie früher« – das sagt er, den Kopf verschämt gesenkt, undeutlich und vergrummelt zu Johanna. Es rührt sie sehr, daß er ihr dies anvertraut, weil es ganz offensichtlich ein gestisches Geschenk für sie sein soll. Er hat nicht mehr viel, außer Geld, was er ihr schenken kann, aber weil er weiß, daß Johanna weiß, daß sein Bruder und seine Schwester, Johannas Onkel Hagen und ihre Tante Hiltrud, ihre Nichte mit schwefelgelber Erbitterung hassen und verfolgen, ja ihn bei jeder Gelegenheit gegen sie aufzuhetzen versuchen, sagt er ihr, was sie gern hört. Johanna würde ihn dafür am liebsten ein bißchen drücken, wenigstens den Arm um ihn legen. Aber sie kann das nicht; so ist sie nie gewesen, das würde ihn nur wundern, es paßt nicht.

Daher sagt sie statt dessen: »Du hast auch wirklich keinen Grund, dich mit denen gut zu verstehen.«

Sie meint damit Vorfälle wie vor drei Jahren: Damals wollte ihr Vater, der als vereinsamter Witwer in dem großen Haus auf dem Hügel häufig klaustrophobische Beklemmungen aushalten muß, eine kleine Tour unternehmen – nach Ägypten und Israel, aus Gründen privater biblischer Forschung und unmittelbarer Anschauung. Damals war Heinz Rauch unvorsichtig genug gewesen, seinem nichtsnutzigen Bruder am Telefon von der bevorstehenden Reise zu erzählen.

Daraufhin hat der aus seinem hundsrotzdummen, stinkenden Stuttgart beim einzigen Reisebüro der kleinen Stadt angerufen, in der Heinz Rauch gefangensitzt, wenn er nicht gerade wieder woanders in der Suchtklinik leidet, und hat dem Reiseveranstalter die Hölle heißgemacht: Ob der eigentlich wisse, daß Heinz »ganz schwerer« Alkoholiker sei, ob er sich auszumalen fähig sei, welche Risiken so eine Fernreise mit sich bringe, welche Krisen, skandalösen Szenen und beschämenden Schadensfälle?

Johannas Vater war trotzdem geflogen, weil der Mann vom Reisebüro sich von Verwandten seiner Kunden nicht einschüchtern oder herumkommandieren lassen wollte. Es war nichts passiert.

Johannas früheste Erinnerung an ihren Onkel Hagen: Er sitzt im Wohnzimmer ihrer Großeltern und erzählt dröhnend, daß er Taucher ist, außerdem einen Pilotenschein hat und überhaupt keinem Abenteuer aus dem Weg geht: »Ich bin ein rastloser Mensch, ich brauche das Risiko.«

Rastlos: So hat er immer dahergequakt, dieser Trottel mit seinen bunten Hemden und Fliegen und Einstecktüchlein, durch zwei verkrachte Versuche hindurch, sich selbständig zu machen, mehrere lausig unerhebliche Jobs, die er beim Erzählen zu enormen Positionen aufgeblasen hat – ich bin Landvermesser, ich betreue Kunden aus Übersee, meine Firma erhält Aufträge vom Kanzleramt –, eine kurze Ehe, an deren Ende ihn die Frau, die er mit irgendeinem unseriösen Weinhandelsprojekt fast ruiniert hätte, achtkantig an die Luft setzen mußte, mehrere Umschulungen und Hüftoperationen; unterwegs durchs tapfer FDP-wählende Arschlochleben ständig diese Auftritte, bei denen er andere Menschen zur Schnecke machen muß – er weist noch heute, da er mit Anfang Fünfzig als nicht vermittelbarer Arbeitsloser in einer halbleeren Wohnung in Stuttgart haust, in der chemisch gereinigte und gebügelte Anzüge auf einer Leine quer durchs Zimmer hängen und der Dreck sich im Spülbecken zu tropischen Landschaften türmt, mit Vorliebe Bedienungen in Kneipen zurecht, weil sie ihm das Bier falsch zapfen, oder herrscht im Intercity-Expreß den Kartenknipser an, weil der Zug Verspätung hat, oder befiehlt Johannas Vater, er solle Johanna gefälligst enterben: »Die kümmert sich einen Dreck um dich. Ich würde ja, wenn ich keinen Engpaß hätte, aber ich muß in Bewegung bleiben, ich bin ein Mann ohne Ruhe, aber das Mädchen – die ist nie was Ordentliches geworden, die läßt sich bloß treiben, das gehört eigentlich bestraft.«

Johannas früheste Erinnerung an ihre Tante Hiltrud: Die zitronensaure Frau äußert sich abfällig über eine Puppe, die Johannas Vater gekauft und über die sich die fünfjährige Johanna sehr gefreut hat: »Dieses Plastikzeug, dieser Kitsch aus Amerika, das kannst du nicht machen, Heinz, so etwas verdirbt die ganze kindliche Wahrnehmung.«
Kindliche Wahrnehmung: So geschwollen und verkniffen hat die ledergesichtige Vogelscheuche immer dahergeredet, auch später, als Johanna, die schon vor der Einschulung lesen ge-

lernt hatte, sich mit ungefähr zwölf Jahren für Bücher zu interessieren anfing, die »nicht ihrer Altersstufe entsprechen«. Johannas Vater hat ihr die Bücher trotzdem geschenkt. Tante Hiltrud hat dagegen Front gemacht, so schrill sie konnte: »Das ist doch Wahnsinn, die wird verzogen, so ein teures Buch über Impressionismus, das weiß die doch noch gar nicht, was das ist, mit fünfzehn Jahren. Das verwirrt sie nur, setzt ihr Flausen in den Kopf! Und Gedichte, Hölderlin, Lasker-Schüler, die liest ja alles durcheinander, da fehlt doch die Aufnahmefähigkeit. Wenn sie das alles am Lehrplan vorbei, ohne Anleitung, in sich reinstopft, dann, merk dir meine Worte – das wirst du noch bereuen, Heinz. Denk an meine Worte.«

Zu Weihnachten Zweitausendundvier besucht Johanna ihren Vater also in der Klinik.
Er gibt ihr einen Karton mit Plätzchen drin, auch ein selbstgebastelter Engel ist dabei, ein ganz prächtiges Christbaumschmuckstück.
Sie nimmt das alles mit nach Hause, rührt aber die Plätzchen tagelang nicht an. Etwa eine Woche später kommt sie von der Galerie, bei der sie aushilft, spät nach Hause und hat eine Nachricht auf ihrem Anrufbeantworter: »Johanna, hier ist die Tante Hiltrud. Ich will dir nur mitteilen, daß der Karton, den dir dein Vater gegeben hat, von mir ist. Vor allem der Engel ist von mir, für ihn. Das Gebäck kannst du behalten, du hast es ja wahrscheinlich auch schon aufgegessen. Aber den Engel will ich wiederhaben. Der war nicht für dich bestimmt.«

Johanna lacht kurz und häßlich, als die Botschaft zu Ende ist.
Dann, beim Abendbrotmachen, wird sie in der Küche plötzlich von einer unglaublichen, flutwellenartig tobenden und brausenden Wut gepackt, absolut begriffslos, tierhaft verkrampft, sie schmeißt Teller auf den Boden, stampft in ihr Wohnzimmer, räumt den halben Schreibtisch mit einer einzigen wilden Armbewegung ab, die Bildbände, ihre Noti-

zen und Zeichnungen, Entwürfe, Einladungen zu Eröffnungen, Zeitschriften – »Painting Today«, Filmhefte, die »Artforum«-Ausgabe mit Johannas erstem Artikel in englischer Sprache, die schon seit einem Jahr da liegt, obwohl sie das Heft nicht mehr anschaut, aber sie will es eben auch nicht ins Magazinarchiv einräumen, so stolz ist sie immer noch darauf –, alles muß zu Boden, runter, weg. Dann tritt sie danach, daß das Zeug im Zimmer herumfliegt wie ein Schwarm verrückt gewordener Vögel.

Sie schreit, sie weint und tobt. Die Nachbarin klopft nicht; sie ist das inzwischen gewöhnt, denkt Johanna, die Alte weiß, es hört gleich wieder auf.

Bevor es aufhört, brüllt Johanna: »Diese Schweine! Diese hirnlosen, toten Vampir-Arschlöcher, wann lassen die mich endlich in Ruhe! Schweine, diese miesen, verschissenen Schweine ohne eigenes Leben, die nur andere Leute kaputtmachen können! Ich will da raus! Ich will da endlich raus aus dieser schweinischen, herzlosen Drecksfamilie! Diese dummen, ekligen Monster!«

Johanna irrt sich sehr über die uralte Frau nebenan. Erstens hört die genau zu, was Johanna schreit und wie sie sich in ihrem persönlichen Scheol herumwirft und leidet. Zweitens erkennt sie, daß Johanna sich im Scheol befindet, nicht in der Gehenna. Das sind zwei Sorten von in der Bibel erwähnten Höllen: Im Scheol ruhen die Toten, an die sich Gott erinnern wird und die deshalb auferstehen werden, in der Gehenna die Vergessenen und Verdammten, die keine Aussicht auf Vergebung haben.

Drittens ist die alte Frau nicht uralt, sondern erst sechsundfündzig.

Viertens klopft sie nicht deshalb nicht mehr, weil sie mit Johannas Anfällen inzwischen gut zurechtkommt, sondern weil das Krokodil ihr gesagt hat, sie solle aufmerksam zuhören, was die Leidende nebenan unternimmt, um Druck abzulassen. Das Krokodil von Johannas Nachbarin lebt in deren Badewanne. Niemand weiß davon. Wenn nämlich die Leute davon erführen, erführen auch die Ämter davon, und dann gäbe es eventuell Ärger.

Am nächsten Tag packt Johanna den Engel mit völligem Gleichmut sorgfältig so ein, daß er bei den bekannt rüden Transportsitten der Post keinen Schaden leidet, bringt ihn zu McPaper und denkt, als der Angestellte das an Tante Hiltrud adressierte Päckchen, in dem außer dem Engel und Packpapier nichts ist, kein Brief, keine Karte, in eine schmutzige gelbe Plastikwanne wirft: Was rege ich mich auf, es sind halt Versager.

Ganz bittere und krude Leute. Das ist wahr, aber es hilft nur bis zum nächsten Mal.

Die Bösen aber können in Ruhe warten; sie haben nichts vor, außer ihren großen Bosheiten.

Deshalb sagt Johanna zum lieben Gott: »Ich geb' nicht auf, wenn Du nicht aufgibst.«

ZWEI

Altes Gedicht

Im ersten Sonnenschein sehen die Fragen brüchig aus, wie von fleckiger, blasser Rinde überzogen, die an vielen Stellen aufgeplatzt ist. Der Beobachter weiß, was man über ihn redet: Der alte Mann jagt einen weißen Wal. Vielleicht stimmt das, vielleicht ist es aber auch eher wie beim biblischen Jona: Er sitzt in dem Wal gefangen. Das Licht nimmt immer zu; zuviel bleibt aber im Dunklen. Ich habe Elemente einer Geschichte des ganz Kleinen und des ganz Großen gesammelt, habe die Geschichte erlebt, aber die Worte dafür fehlen noch. Ich habe nie angefangen, sie zu erzählen. Nicht einmal in den Nachrufen auf meine Freunde: Schrödinger, Kapitza ... Das einzige, was mir von der Arbeit bleibt: gemalte Rosen, statt richtiger. Was habe ich eigentlich angestellt mit meiner ganzen Zeit? Sein Gedächtnis sucht nach einem Zuhörer, der die Geschichte verstehen kann. Oppenheimer fällt ihm ein, damals in Göttingen, vor zwei Menschenaltern: der ernste junge Amerikaner, das schmale Gesicht, die gekrümmte Körperhaltung (»zusammengefaltet«, hat Heisenberg gesagt), das Buch auf den Knien, die Lippen bewegt wie beim Beten.
»Was liest du da?« wollte Max Born wissen.
Oppenheimer verstand die Frage ganz wörtlich und nannte als Antwort deshalb nicht den Titel des Buchs, sondern las die Worte laut ab, die er eben vor sich sah:

Drauf barg er sich. Doch ich, beim Rückwärtsschreiten
Zum alten Dichter, prüfte überdenkend
Die Worte, die wohl Unheil prophezeiten.

Dickes Buch, flaschengrüner Einband.

Born zog die Stirn kraus, Heisenberg nickte: »Unser verträumter Freund liest den alten Dante – die ›Göttliche Komödie‹. Wenn du nur nicht trübsinnig wirst darüber, Oppenheimer – von der Stelle an ist es ein langer Weg aus der Hölle.«
Max Born fand das lustig; er war damals leicht überdreht und immer bereit, sich über frisch gelöste Rätsel zu freuen, wie wir alle, und wenn es die banalsten waren. Wir wußten ja nicht, wie gut wir es hatten.
Oppenheimer sah mich fragend an, der Blick schnitt Heisenberg und Born von mir ab. Damit begann eine Freundschaft. Wie hat mein Gesicht ausgesehen?

Beim Kanal

Ende der siebziger Jahre gibt es bei David Dalek zu Hause häufig Schläge. Nachmittags, wenn seine berufstätige Mutter nicht da ist, treibt er sich, anstatt seine Hausaufgaben zu erledigen, mit asozialen Kindern rum, die am nahe gelegenen Kanal wohnen, hilft nicht bei der Hausarbeit und räumt sein eigenes Zimmer nicht auf. Spielsachen und »Perry Rhodan«-Heftchen liegen überall herum. Davids Mutter ist überfordert, brüllt sie. Das heißt, sie hat Angst. Die kommt aber weniger davon, daß er sich als Kind benimmt wie ein Kind, vielmehr vom Alleinerziehen an sich. Sie glaubt und fürchtet, schreit sie, das Jugendamt nimmt ihn ihr weg, wenn er so weitermacht. Dann gibt es auch kein Geld vom abwesenden Vater mehr, statt dessen den Hohn der Verwandtschaft. Deshalb kommt sie manchmal abends ins Zimmer gestampft und hat entweder schon den Kochlöffel oder den Besen in der Pranke, oder sie greift sich sein Steckenpferd. An diesem Steckenpferd lernt David zu der Zeit gerade, wie man so tut, als würde man zu Popmusik im Fernsehen Gitarre spielen: man macht mit der rechten Hand am Kopf des Pferdes schrabbschrabb und greift mit der linken Hand am Stock rum, weil das der Gitarrenhals ist. Auf dem Boden liegen »Sesamstraßen«-Plastikfiguren aus dem »Sesamstraßen«-Puppenhaus, das die Mutter gekauft hat, auch »Marvel«-Comics.

Die Griffe an der Nichtgitarre, die David ausprobiert, sind falsch: für die hohen Töne greift er oben, für die tiefen unten. Später wird er an Johannas Geige merken, daß das bei Saiteninstrumenten in Wirklichkeit genau umgekehrt funktioniert; Ende der siebziger Jahre kann er so etwas noch nicht wissen, weil er selber nur Blockflötespielen gelernt hat.

Die Mutter hat keine Schwierigkeit mit den richtigen Griffen; sie packt einfach etwas Längliches aus Holz, und dann kann es losgehen. Er kriegt es nur ziemlich abstrakt mit, wenn er verprügelt wird, denn die Schläge sind nicht wahnsinnig fest und auch nicht sehr präzise. Es ist, wie er sich später, als ihn sprachliche Mikrodifferenzen zwischen verwandten Wörtern immer mehr interessieren, klarmachen wird, gar kein planvolles *Zu*schlagen, sondern ein hilfloses *Drein*schlagen. Trotzdem tut es natürlich weh und hinterläßt auch immer Spuren, die manchmal sogar von den anderen Kindern bemerkt werden. Die Asozialen vom Kanal finden das allerdings normal. Nicht bemerkt werden die Spuren dieser Schläge vom Jugendamt, zum Glück.

Am Wasser

Kann man das Erlebte und Vollbrachte zusammenfassen? Vielleicht so: Ich habe meine Seele für einen Moment der Klarheit verkauft.

Wie sagte doch Max, damals in Göttingen, zu Werner, über mich, in meinem Beisein, als wäre ich nicht da? »Es ist beschämend. Wir alle arbeiten hier emsig zusammen, er aber sitzt allein auf seiner Insel ... ich meine nicht nur England. Ich meine die Insel in seinem Kopf. So treibt man keine Wissenschaft, besonders nicht in diesen Zeiten, in denen jeder Tag etwas Neues bringt. Es ist ein Skandal: Was immer der Mann anfaßt, auch der größte Unfug, wird wie von allein richtig.«

Der Beobachter schließt die Augen und öffnet sie sofort wieder. Skarabäusfarben blinzelt das blanke Seetablett – halt, nein, das Blinzeln bin ja ich. An den Rändern des Wassers lebt etwas: Knacken und Knistern, dringender Betrieb von Wesen im Schilf, aufgeregte Kleinigkeiten kämpfen miteinander, fressen und werden gefressen.

Der Beobachter ist ein sehr alter Mann.

Früher einmal war er groß und schmal, jetzt steigen die Schultern mit jedem Monat, der Kopf nickt nach vorn und nach unten, das Rückgrat sinkt langsam in sich zusammen, Glied um Glied.

Er steht, weil er das weiß, nicht trotzig, sondern schicksalsergeben da, in einem unauffälligen grauen Anzug. Seine Krawatte ist so lang, daß ihre Spitze im Hosenbund steckt. Trotzdem sieht er nicht lächerlich oder bemitleidenswert aus. Seine Haltung teilt bloß mit, daß dieser Mensch sich keine Illusionen macht darüber, wieviel Haltung ihm überhaupt noch möglich ist. Der Blick aber sagt etwas anderes: Niemand, der davon lebt, Menschen zu täuschen, möchte von diesen Augen lange angesehen werden.

Die schlanken Hände des Beobachters liegen so ruhig am Körper an, daß man vermuten kann, sie wären oft mit Hobbys beschäftigt, die Fleiß und Sorgfalt belohnen – Numismatikerhände, Entomologenhände.

Sie haben kompakte Wahrheiten aufgeschrieben, geheime Namen dafür, wie die Welt ist. Der Beobachter war nie Schriftsteller und kein Philosoph, kein Dichter und kein Psychologe. Vor zwei Menschenaltern hat er Ingenieur werden sollen. Statt dessen ist er etwas viel Gefährlicheres geworden.

Was ist das eigentlich immer, mit dem Werden? Ein Witz fällt ihm ein, mit dem er eine seiner erwachsenen Töchter gern aufzieht, wenn sie wieder jammert: Aus mir wird nichts. Da lächelt er dann und sagt: Mach dir keine Sorgen, Kind, du bist längst fertig, aus dir ist schon nichts geworden.

Der Beobachter kneift die Augen zusammen, um die Grenze zwischen der Natur hier und der Stadt jenseits des Sees etwas genauer zu erkennen. Am Ufer drüben liegen jetzt Leute in ihren Zimmern im Innern von Flachdach-Hotels mit entschieden zu bunten Art-Deco-Fassaden in bequemen Betten. Ungefähr um diese Zeit, denkt der Beobachter, der einige dieser Hotels kennt, schalten sich auf zahlreichen Nachttischen Radios ein. Dann läuft das Lied »Call Me« – das singt diese neue Popgruppe jetzt schon seit über einem Jahr, andauernd und überall, hin und wieder abgewechselt von Radionachrichten, die pausenlos den Gesundheitszustand der Präsidentin erörtern. Die Präsidentin hat mit dem Rauchen aufgehört, die Präsidentin hat einen Schwindelanfall gehabt, die Präsidentin fühlt sich besser, der Präsidentin geht es schlechter, die Präsidentin wird bald sterben, die Präsidentin wird ewig leben, das Amt ist tot, es lebe die Amtsinhaberin. Ein Affenzirkus. Dieses morbide Interesse der Leute an der kranken alten Frau in Washington stößt den Beobachter ab. Was wollen sie? Die Frau ist drei Jahre jünger als ich, also praktisch eine vorsintflutliche Eidechse, ein Krokodil, das sich ins Leben verbissen hat, da sollte man nicht so genau hinsehen, das ist unhöflich. Sollen doch die Radios statt solcher Bulletins viel lieber neue Dudelmusik wie dieses unaufhörliche »Call Me« abspielen, damit die Menschen gute Laune haben. Schließlich kriegen die früh genug ihre eigenen Lungen- und Herzleiden ab, da muß sich keiner in denen von Frau Rand suhlen.

Küssen

Neunzehnhundertsechundachtzig gibt es in ganz Sonnenthal keine einzige Party mit Jugendlichen, auf der irgend etwas los ist, bevor Paul kommt.
Er ist derjenige, der den Alkohol mitbringt, und wenn schon Alkohol da ist, bevor er kommt, ist er der erste, der ihn trinkt. Alle machen immer gerne, was Paul will – nicht einfach nur,

was er sagt – er sagt ja auch viel weniger als beispielsweise David –, sondern wirklich, was er will. Man errät es.

Die Mädchen lieben ihn natürlich. Außer Candela Lauder, die liebt keinen, der nicht älter ist als sie.

»Ist dir klar, daß Svenja was von dir will?« fragt David einmal, als sie beide besoffen sind, auf dem Balkon von Davids Wohnung, in der sie feiern, weil Davids Mutter in dieser Nacht die ganze Nacht nicht da ist. Paul schaut über seine Schulter ins Wohnzimmer von Davids Wohnung und sieht Svenja, dann sagt er: »Wen soll ich denn noch alles küssen?«

»Mich vielleicht?« sagt David und lacht. Paul stellt die Bierflasche hin und kommt näher. David sagt nichts und guckt nur, dann küßt Paul ihn. Es ist sehr kurz, schmeckt gut und bleibt das einzige Mal. Fast hätte David die Augen zugemacht dabei.

Dann kommt Johanna raus und fragt, ob Paul noch »zu Rauchen« hat.

Fernsehen

So hat Paul Nicole noch nicht vor dem Fernseher sitzen gesehen wie an dem Abend, als er vom Zahnarzt nach Hause kommt, der ihm einen abgebrochenen Schneidezahn repariert hat. Sie grüßt ihn fahrig, mit »He Paul« und einer Handbewegung. Nicole hockt im Schneidersitz viel zu nah am Kasten auf dem Teppich, den Oberkörper nach vorn geneigt, als würde sie am liebsten in die Kiste kriechen, die Augen weit auf, die Lippen feucht, weil sie immer wieder drüberleckt.

»Was guckst du denn?«

»Nicht reden!« sagt Nicole, und ihre hinreißende Stirnfalte unterstreicht den Ernst der Lage. Paul wirft einen flüchtigen Blick auf das, was auf dem Schirm passiert: Zwei amerikanische Teenagermädchen stehen auf irgendeinem Schulklo vor dem Spiegel, die Blonde versucht ihren Knutschfleck am Hals unterm Kragen eines grotesk übergroßen Sweatshirts zu verbergen, ihre dunkelhaarige Freundin redet ihr gut zu; insgesamt geht es gesprächsweise sehr expertinnenartig »um Jungs«.

Paul zuckt mit den Schultern, geht in die Küche und schüttet für seine Liebste und sich einen Haufen gesalzener Chips in eine große grüne Salatschüssel. Dann nimmt er zwei Flaschen Cola – aus Glas, von der Tankstelle, ziemlich teuer, aber Nicole trinkt nicht aus Plastikflaschen, deshalb gibt es in der gemeinsamen Wohnung meistens nur Wasser, Saft oder Milch – aus dem Kühlschrank und bringt den Kram rüber.

Die Dunkelhaarige von vorhin sitzt jetzt in einer typischen US-Fernsehseriengefängniszelle, direkt neben einer anderen Zelle, in der Colin Hanks hockt, der Sohn von Tom Hanks. Der Sohn von Tom Hanks ist beleidigt. Die Dunkelhaarige – sehr niedlich, findet Paul, wenn auch, wie alle Wesen mit zwei Beinen unten, nicht ein gequetschtes Sechsunddreißigtausendstel so schön wie Nicole – redet auf Colin Hanks ein und weint. Es geht irgendwie darum, daß die Dunkelhaarige schuld ist an beider Knastaufenthalt und ihm, also das ist ja wohl die Höhe, noch nicht mal sagen will, warum. Schließlich verrät sie immerhin: »Isabel, Max und Michael sind nicht von hier«, und in dem Moment, da der Sohn von Tom Hanks diese Information als unerheblich wegwischt – Paul versteht auch nicht, was sie mit irgendwas zu tun hat, worum es hier überhaupt geht – und eher lustlos wissen will, woher sie denn seien, zeigt die Süße mit dem Zeigefinger in die Höhe. Wie, von oben? Aus Wyoming? Kanada? Da klingelt Pauls Handy, und die immer noch vom Schirm gebannte Nicole fuchtelt erregt mit der Rechten und flüstert: »Geh ran, geh ran, nimm es ins Schlafzimmer mit!«

Als Paul zurückkommt – es war David, er braucht einen Buchtip für sein Dirac-Ding – steht Nicole auf, umarmt ihn und küßt ihn heiß und panisch ab, während im Fernsehen Werbung läuft.

Paul lacht: »Ach, jetzt gibt es mich doch wieder?«

Sie schaut ihn staunend an und sagt: »Es war doch nicht bös! Nur weil Alex fast alles dem Sheriff erzählt hätte, mit dem vertauschten Blut und daß Isabel ihn zum Ausfragen auf die Party eingeladen hat, weil sie in seinem Traum sehen kann, daß er auf sie steht, da hat Liz ja irgendwas machen müssen, und das war so spannend, ob sie ihm jetzt sagt, daß Max und die andern zwei in dem Absturz dabei waren und dann erst viele Jahre später aus den Kapseln rausgekommen sind, als Menschen!«

»Wie heißt sie denn, deine … ähm … ist das deine Lieblingssendung jetzt, das hast du mir ja noch nie …«

»Oh Mann, es geht weiter!« sagt Nicole, nimmt seine Hand wie manchmal beim Spazierengehen und drückt sie vor Begeisterung. Da kann er nicht anders als sie zurückzudrücken und sich dazuzusetzen, auf den Boden. Gemeinsam schauen sie den Schluß von etwas, das laut Titeleinblendung »Roswell« heißt und eine Serie über menschliche und außerirdische Teenager zu sein scheint, die sich so kompliziert und doppelt dreiecksförmig wie möglich ineinander verlieben, oder auch nicht.

Als es fertig ist, fragt Nicole: »Gefällt dir das auch? Das war doch Wahnsinn, man denkt ja immer, jetzt küß sie halt mal endlich! Ich finde das toll, daß Max und Liz jetzt endlich richtig zusammen sind.«

Damit springt sie auf, seine Antwort nicht abwartend, und läßt den Fernseher weiterflimmern. Paul lächelt, schüttelt den Kopf, schaltet den Apparat per Fernbedienung ab und ruft ihr in die Küche hinterher: »Was machst du da eigentlich?«

»Wir müssen doch jetzt ein richtiges Abendessen machen. Wer nur Chips und Cola ißt, kriegt Krebs und alles im Bauch verfault. Oder kannst du noch nichts Richtiges essen wegen dem Zahn?«

»Doch, ich kann«, ruft Paul.

»Also dann machen wir jetzt Nudeln, und wegen deiner Frage

tut's mir leid vorhin, daß ich das nicht beantwortet habe, also klar ist ›Roswell‹ meine Lieblingssendung.«

»Wieso?« fragt er, als er in die Küche kommt, und umarmt sie von hinten.

»Was?«

»Wieso ist das deine Lieblingssendung?«

Sie prustet, als wollte sie sagen, was für eine pipileichte Frage, und dann erklärt sie, während sie die Nudeln ins kochende Wasser schüttet: »Na das ist doch das Tollste, man muß immer total gespannt wissen, wie es weitergeht, weil das sind Verliebte, wo man es überhaupt nicht weiß, weil sie Menschen und Außerirdische sind, total verschieden halt, genau wie du und ich. Wie es ausgeht. Weil Liebesgeschichten, wo alles einfach ist, sind ja langweilig.«

Aus Fulda

David lernt Candela Lauder nicht erst Neunzehnhundertachtzig auf dem Gymnasium kennen, sondern schon Neunzehnhundertsiebenundsiebzig auf der Dr.-Max-Metzger-Grundschule in der Sonnenthaler Adam-Müller-Straße. An dieser breiten, unebenen und hellen Straße ist er schon in den katholischen Kindergarten gegangen; während der Grundschulzeit besucht er außerdem täglich den katholischen Hort daneben.

In jenem Kindergarten hat ihn einmal eine für das Erziehen verantwortliche Frau mit dem schönen Künstlernamen Schwester Einbetha einen Nachmittag lang in eine Besenkammer eingesperrt, weil er dauernd so geschrien hat. In dieser Besenkammer hat er dann versucht, irgend etwas kaputtzumachen, aber da standen und lagen nur Gegenstände herum, die so dumm und primitiv waren, daß es daran leider gar nichts kaputtzumachen gab. Dies ist ein Gleichnis auf die katholische Soziallehre.

Neunzehnhundertsiebenundsiebzig also lernt David Candela kennen und erfährt von ihr durch extrem penetrantes Ausfragen, daß sie im von Südbaden unermeßlich weit entfernten Fulda geboren ist, was er in den darauffolgenden vier Jahren, bis er ihr erneut begegnet und sich in sie verliebt, wieder vergißt, weil, wie jeder weiß, vier Jahre in diesem Alter ein Äon sind.

In der Grundschule, drei Stühle entfernt von Candela, langweilt er sich schrecklichst und schreibt auf Anweisung der psychisch gestörten Lehrerin dauernd grauenhafte, deprimierende Sachen von Pinter und Beckett in sein Heft wie: »Die Kinder spielen im Hof. Die Kinder spielen im Garten. Die Kinder spielen in der Scheune. Die Kinder spielen im Haus. Die Kinder spielen auf der Wiese.«

Wenn die Kinder auch im Unterricht spielen, verteilt die psychisch gestörte Lehrerin, bei der immer das rechte Auge zuckt, Strafaufgaben und böse Spitznamen. David kriegt zwar einige Strafaufgaben ab, aber keinen bösen Spitznamen. Den verpaßt die psychisch gestörte Lehrerin dafür dem Mädchen, das sich beim rituellen Aufgerufenwerden und den eigenen vollen Namen Hersagen immer mit »Candela Alexandra Franziska Lauder« vorstellt. Die Lehrerin nennt dieses Mädchen »Candela Quatscheviel«, wird aber nach vielen derartigen Witzen, weil sie immer häufiger grundlos anfängt zu heulen, auch im Unterricht, schließlich abgeholt und nicht mehr gesehen.

Banjofrosch mit Flügeln (im Schilf verborgen)

Plicketiplick, pickpickpick.
An irgendeinem schönen Morgen, der so ist wie dieser, wenn dieses Leben zu Ende ist, werde ich wegfliegen, plicketiplick, pickpickpick, am Morgen früh, wenn ich sterbe, Halleluja, eins-zwei-drei, ich fliege weg. Der kommende Tag, am Himmel über der Wasserfläche und in der eingesunkenen Brust des

Beobachters, ist eine geschlossene Seerose, die bald blühen wird. Die Ordnung des Ganzen im zunehmenden Sonnenlicht: Gerade, Parallele, Strecke, Winkel, Abstand, Flächeninhalt, der See eine Punktmannigfaltigkeit, Wellenmuster, darin Einbettungen von Wölbungen und Sätteln, ich fliege weg. Unterm Spiegel regen sich Schatten von Fischen, schlank, schwarz und glatt.

»Poisson«, sagt der Beobachter leise.

Wo die Fische sind, zittert die Wasseroberfläche.

Seine Töchter, überlegt der Beobachter, schlafen sicher noch, aber seine Frau sitzt ebenso sicher schon am Frühstückstisch. Die erste Mahlzeit stellt die Energie bereit für den ganzen geschäftigen Tag. Manci wird's nicht mögen, daß sie allein frühstücken muß. Sie redet gern viel und braucht auch dann, wenn sie mal nicht reden mag, immer Leute um sich. Ihn hat das nie gestört.

Grübeln

»Ich hab 'ne Theorie«, sagt David am achten Januar Neunzehnhundertvierundachtzig zu Paul, als sie beide wie üblich mit anderen am Fahrradrondell vor dem Theodor-Heuss-Gymnasium von Sonnenthal stehen und rauchen.

»Theorie zu was?«

»Warum du hier der Boß bist und ich nur dein Propagandachef, also – du bist der Politiker und ich nur der politische Intellektuelle bei unserem ganzen Marxismus hier. Du entscheidest, ich begründe, und ...«

Paul schnickt eine aufgerauchte Kippe nah an Davids Gesicht vorbei, um ihn zu ermahnen, daß er diesen Teil kennt, das alles schon weiß. David streicht sich eine lange Haarsträhne aus dem Gesicht und sagt: »Es liegt nämlich am Schulweg. Der Schulweg zum Gymnasium hat das entschieden, wer von uns grübelt und wer nicht.«

»Ach.«

»Ja, paß auf: Ich muß morgens aus der Bühlmatt auf die Feld-
bergstraße und mich dann schon entscheiden, ob ich den Berg
hoch an der Sporthalle vorbei auf die Roggenbachstraße will
oder rechts vorbei am Grundstück von Christofs Eltern die
Feldberg lang bis zur Himmelreichstraße. Die geh' ich dann
entweder hoch, oder die Roggenbach runter, bis ich auch auf
der Himmelreich bin, und auf dem Weg kann ich in diverse
Spiegel gucken, Ladenfenster und so, dann muß ich an der
Wehrer Straße über diese lebensgefährliche Autoscheiße und
in die Schlierbachstraße rein, die geh' ich geradeaus lang, an
den winzigen Kreuzungen mit der Goethestraße und dem
Achtmüllerweg vorbei, dann bin ich da. Du? Du gehst bloß
die Schwarzwaldstraße hoch an Sonjas Haus vorbei, die Heb-
belstraße geradeaus, fertig. Du mußt wach sein, wenn du an-
kommst, dich dem Leben stellen, wie wir alle, und hast wenig
Zeit, dich selber aufzuwecken. Ich kann beim Latschen ausschlafen, träumen und grübeln. Mich im Spiegel anschauen. So
ist das gekommen.«
»Quatsch«, sagt Paul, sieht aber amüsiert aus und geschmeichelt.

Bei den Menschen (beruflich)

Der Beobachter blickt nach oben: Das ist der Nachteil am
Tageslicht, daß man die Sterne nicht mehr sehen kann, obwohl
man weiß, da sind sie überall.
Ein schwarzer katholischer Priester geht neben einer alten,
weißhaarigen Frau zu einer der grüngestrichenen Bänke am
Uferhang. Der Priester ist um die dreißig Jahre alt. Er stützt
die Frau und tätschelt ihr ein bißchen zu väterlich den Arm.
Denn die Menschen, denkt der Beobachter, meinen es ja an-
dauernd nur gut.
Nicht seiner Haltung nach, wohl aber wegen der Kleidung,
ein wenig auch wegen des Gesichts, erinnert der Priester den
Beobachter an den Abbé Lemaître.

Strahlende Theologenaugen – ganz anders als die beiden unruhigen Flammen in Oppenheimers Wolfsgesicht. Vielleicht ist das der Unterschied zwischen denen, die, wie Oppenheimer, ihren Gott noch suchen, lebenslang, wenn nötig, und denen, die ihn, wie Lemaître, schon gefunden haben, oder von ihm gefunden worden sind: Die einen gucken, um zu sehen, die andern sehen eher selber nach was aus, beim Schauen.

Im April Neunzehnhundertdreiunddreißig war das, in diesem Jahr, über das ich mich heute noch wundere.

Wie viele Nukleonen gibt es im ganzen Weltall? Der Abbé war's, der mich ursprünglich auf diese Frage gebracht hat. Jahrmarktsspiel: Wie viele Münzen sind in diesem Glas? Es war kein Spiel für Lemaître, nicht für Eddington und Milne, auch für den armen Gamow nicht. Der Abbé hat uns damals einen schönen Floh ins Ohr gesetzt, mit seiner wunderbaren »Ursprungshypothese«. Urknall, sagen sie heute. Das kosmische Ei, aus dem alles geschlüpft ist. War ich eigentlich selber dabei, damals im Kapitza-Club, bei diesem Treffen? War ich überhaupt in Cambridge? Ich weiß es nicht mehr.

Was hat man gesehen und gehört, was nur gelesen? Und ist das Gelesene nicht sogar wahrer, weil es abstrakter gewußt wird? Wenn ich auch vielleicht wirklich nicht dabei war, kann ich mir's doch sehr gut vorstellen: die aufmerksamen Leute in dem kleinen wohlriechenden Raum, Lemaîtres geübt profunde Predigerstimme, voll und warm: »Nun, ein unendlich dichter Punkt, nehme ich an. Hieraus emaniert das Weltall, hieraus entfaltet sich alles, im Anfang, wie wir in meinem andern Fach sagen. Und Sie verzeihen, aber exakter kann man nicht davon sprechen: Es war wirklich finster auf der Tiefe.«

Der junge Priester tätschelt immer noch den Arm der greisen Frau.

Beide haben sich hingesetzt, die Alte erträgt alles geduldig, vielleicht auch geschmeichelt. Der arme Kerl tätschelt seine Angst vor dem Tod weg, denkt der Beobachter.

Wie es eben ist, wie es eben kommen mußte: Inzwischen sind so viele von uns nicht mehr am Leben. Lemaître selber, Milne, der arme Gamow auch nicht mehr.

Ich selber? Ich kehre immer wieder zu den offenen Fragen aus der besten Zeit zurück, die wir hatten, zur Quantenelektrodynamik, auch zur Kosmologie. Kleine Fragen und große: alle sind wichtig, die wir noch nicht beantworten können. Lange vor der Sache mit den Quanten habe ich den Ort betreten, an dem sie entschieden werden, mit der Arbeit über Sternatmosphären – der gute Lehrer Milne hat mir diese Tür geöffnet. Später habe ich immer wieder versucht, Kleines und Großes aufeinander zu beziehen: Quanten auf das Alter des Alls und die Anzahl der Nukleonen darin ...

Zehn hoch achtzig ...

Das einzige, was gegen die Versuchung hilft, Wichtiges durch Raten erwischen zu wollen, sind präzise formale Einfälle. Die *queer numbers*, die neuen Schreibweisen. Alles hängt an einem Komma oder einer Klammer. Mutter hat immer gesagt: Erst denken, dann schreiben.

Aber manchmal, in guten Zeiten, denkt das, was man schreibt, für einen mit.

Die Mathematik hat mich zum Denken benutzt, durch mich hindurch sind ihre Einsichten zur Welt gekommen. Pauli hat drüber gespottet: »Der Mann verkündet Naturgesetze wie vom Berge Sinai – fabelhafte Mathematik, eine runde Sache, aber das ist doch keine Physik mehr.«

Pauli: leider auch schon tot.

Der Schatten des Beobachters auf dem stoppelkurzen Gras ist leicht geknickt, weil der Boden sich hier eine Welle erlaubt, als wäre er Wasser. Der Beobachter steht zwischen einer Lebenseiche und zwei Königspalmen. Drüben, zweihundert Meter nördlich, wachsen noch mehr von diesen Palmen, immer paarweise einträchtig nebeneinander. Hab's mit Gartenarbeit versucht, methodisch und logisch, hat nie funktioniert. Manci hat mich ausgelacht: »Kein grüner Daumen, hilfloser Mann.«

Was zum Teufel hat ein verdammter Daumen damit zu tun? Immer muß alles vermenschlicht werden, die sachlichsten Probleme, kein Wunder, daß die Welt nicht weiterkommt. Andererseits, wie sagte der Große: »Mir hat es eigentlich immer sehr geholfen, alles zu vermenschlichen. Ich habe mir immer vorzustellen versucht, wie es ist, wenn man diese Dinge selber erlebt, die wir untersuchen. Das EPR-Papier, das Äquivalenzprinzip, diese ganzen Ideen sind so entstanden. Sogar das Photon habe ich versucht, mir als etwas mit Bewußtsein vorzustellen. Was erlebt, was sieht ein Photon – verstehen Sie?«

Nein, das hat der Beobachter nicht verstanden. Wann war das, diese Unterhaltung?

Princeton Vierunddreißig, als ich Manci kennenlernte? War Eugene auch dabei, bei dem Gespräch?

Ich habe den Großen selten bei seinen Feldzügen begleitet, ihn nicht recht öffentlich unterstützt, aber wenn man's genau nimmt, waren wir nicht so weit auseinander – er hat sich der Kopenhagener Deutung ebenso widersetzt wie ich mich jetzt weigere, diesen ganzen modernen Renormierungs-Schund anzuerkennen.

Aus einem Kofferradio am Rand eines Pärchenpicknicks gibt eine angestrengte Kopfstimme das Unvermeidliche von sich: »Call me, call me any, any time.«

Der letzte dünne Nebelrest, unscharfer cremiger Schleier, zergeht überm Lake Bradford; Vogelschreie wie schroff angestrichene Geigensaiten fallen über die gedämpften kleinen Plastiktrompeten quarrender Frösche her, die Banjomelodie im Schilf zergeht.

In jüngeren Jahren bin ich auf Berge geklettert, hab' lange Fußmärsche bewältigt, bei denen nicht nur Manci außer Atem kam. Ich höre Werner noch nach Luft schnappen und rufen: »Um Himmelswillen, jetzt bleiben Sie doch mal stehen!«

Dabei ist er selbst Pfadfinder gewesen, ein Kletterkönig im Harzgebirge und weißgottwo.

Eine Menge Natur und Elementenaufruhr haben wir zusammen gesehen: riesige Wellen ums zerbrechliche Schiff, Neunzehnhundertneunundzwanzig, gewaltige Brecher, grüne Gewitter, knochenweiße Blitze.

»Jetzt nehmen Sie sich halt mal ein nettes Mädchen und tanzen ein bißchen. So viele nette Mädchen gibt's hier an Bord, aus den besten Familien, da kann man doch nicht widerstehen! Tanzen Sie! Tun Sie mit!«

Mir ist fast der Kragen geplatzt, aber dann habe ich mich bezwungen und mit dem, was mein Vater mir als »schneidende Höflichkeit« beigebracht hat, möglichst kühl erwidert: »Ich frage Sie, Heisenberg: Woher wissen Sie im voraus, welche Mädchen nett sind? Sie kennen sie doch überhaupt nicht.«

»Um Himmelswillen, Dirac … meine Güte.«

Das war alles gewesen. Keine richtige Antwort, nur dieser Stoßseufzer, und das Augenverdrehen.

Via Deutschland

Keine fünfhundert Meter weit weg von da, wo der Beobachter mit der Zunge schnalzt, um die nirgendwo hinführenden Erinnerungen zu verscheuchen, steht eine Beobachterin.

Die Frau ist längst noch nicht alt, aber auch kein junges Mädchen mehr.

Sie hat goldblonde Haare, die sind glatt und hinterm Kopf zum Zopf zusammengebunden. Hohe Wangenknochen, kleine Nase: eine echte Schönheit, trotz dem etwas zu dicken Hals und den ziemlich schmalen Lippen. Sie trägt ein hellblaues T-Shirt, bunte Shorts und flaschenglasbraune Gummisandalen. Sie kommt von ganz woanders, hat Zwischenstop in Deutschland eingelegt, wo sie sich umgesehen hat, weil sie mit diesem Land viel verbindet, dann ist sie nach Frankfurt gefahren und von dort aus mit dem Flugzeug weitergereist nach Florida.

Anders als die meisten Touristen und Geschäftsreisenden an Bord der Lufthansa-Maschine hat sie während der langen, stillen Stunden des Transatlantikflugs nicht in Romanen, Zeitschriften, Zeitungen oder Reiseführern gelesen, sondern einen kleinen Aufsatz aus der deutschen Zeitschrift »Die Naturwissenschaften« studiert, den der Beobachter dort vor fast zehn Jahren, Neunzehnhundertdreiundsiebzig, unter dem Titel »New Ideas of Space and Time« auf englisch veröffentlicht hat.

Wenn sie nicht diesen Aufsatz las, hat sie sich die Zeit mit ein paar Übungen in ihrem kleinen gelben Notizbuch vertrieben: Hamilton-Operatoren für die Zeitentwicklung eines Teilchens mit einem Freiheitsgrad unter Potentialeinfluß nach der Schrödinger-Gleichung, selbstadjungierte Operatoren im Hilbert-Raum, Störungssätze.

Würde der Beobachter dieses Notizbuch durchblättern, dann könnte ihn von dessen Seiten ein Gesicht ansehen, das ihm vertraut ist.

Die Beobachterin ist dem Grund ihrer Anwesenheit jetzt sehr nahe.

Sie blickt durch die Doppellinsen eines kleinen Zeiss-Opernglases auf den alten Mann, der immer noch mit blinzelnden Augen am Ufer steht und langsam ein- und ausatmet.

Sie ist müde, in der Nacht zuvor hat sie nicht geschlafen.

Gestern abend erst haben ihre Nachforschungen ergeben, daß der Alte sich mit einer nicht allzu kleinen positiven Wahrscheinlichkeit heute morgen hier an diesem Seeufer einfinden würde. Es ist alles richtig; es passiert immer das, was passieren soll.

Die Frau nimmt ein kleines schwarzes Diktiergerät (japanisches Fabrikat) aus ihrer Kunstleder-Umhängetasche, führt es zum Mund, drückt mit dem Daumen die Aufnahmetaste und spricht aufs Band: »Ich hab' ihn gefunden, er steht bloß einen Steinwurf weit weg von mir, wirkt leicht eingefallen, müde. Und wie ich erwartet hatte: sehr alt. Aber die Körperhaltung, die ist trotzdem königlich – er weiß wohl, wer er ist.«

Der Beobachter hört Stimmen.

Das beunruhigt ihn nicht: Die meisten Menschen hören solche Stimmen vor dem Einschlafen oder beim Aufwachen, vielleicht, mutmaßt er, gehören sie wie zum täglichen so auch zum Lebensabend. *Wraiths.* Gespenster der letzten Tage, das heißt: der letzten Woche, die eben erst vergangen ist:

»Was denkst du, Dad, warum ziehen die Menschen überhaupt zusammen in gemeinsame Wohnungen, gemeinsame Häuser? Männer und Frauen, meine ich? Warum verbringen sie ihr Leben zusammen? Der reine Fortpflanzungsinstinkt kann es ja wohl nicht sein. Es passiert ja sogar Homosexuellen.«

»Ich weiß es nicht.«

»Natürlich weißt du's nicht. Niemand weiß es.«

»Ah.«

»Manchmal … ich weiß, du kannst das nicht glauben, aber manchmal stellt man Fragen nicht, weil man unbedingt gleich eine Antwort hören will, verstehst du?«

»Wozu dann?«

»Um … oh je … ach Gott, ich meine … weil man halt drüber reden will, nicht?«

Der Beobachter schüttelt den Kopf.

Die Stimme der Tochter schweigt.

Eine Frage stellen, weil man reden will?

Dieses ganze verzettelte Sichäußern – und wie oft beleidigen die Leute damit einander, meistens unabsichtlich, und wenn ihnen dann das Blut in den Schläfen pocht, der Hals im Kragen anschwillt, die lebenslange Wut sich meldet, die fast alle im eisernen Griff hat, so daß sie sich jederzeit aus den kleinlichsten Anlässen zurückgesetzt fühlen, nicht geliebt, ausgebootet, verlacht, mißverstanden, und immer wird geredet und geredet, dann ist der Schaden groß, dann tut es allen leid, und damit fängt auch schon die nächste Runde an.

Erst denken, dann schreiben? Schriftlich sieht's auch kaum besser aus: Wenn man wirklich nur veröffentlichen würde, was man sicher weiß, wenn man nicht von Angst und Ehrgeiz angetrieben würde, sähe die Bilanz bestimmt besser aus. »Nature«, »Science«, »Physikalische Zeitschrift der Sowjetunion«, »Journal of the London Mathematical Society«, »Communications of the Dublin Institute for Advanced Studies«, und unser aller Mutter: »Proceedings of the Royal Society« – *reprints, preprints*, viel zu oft fauler Zauber, Herausgeber, Gremien, Schreiben, nur damit man gedruckt wird, vielstimmige Unordnung, ein nicht zu ordnendes Chaos.
Statt daß es auf der ganzen Welt einfach nur einen verbindlichen Ort gäbe, wohleingerichtet, zwischen zwei Buchdeckeln am besten, wo Platz für nichts anderes ist als schöne Mathematik, und ein Ende der Spielchen ums Primat irgendeiner läppischen Entdeckung.
Wird es eigentlich immer schlimmer damit, stimmt das?
Haben das damals die Alten nicht auch gedacht? Fowler war nicht entzückt, daß ich kein Interesse an Experimenten hatte. Er dachte, weil ich doch vom Ingenieurswesen herkam, müßte ich eigentlich ganz wild drauf sein.

Diese Studenten heute, die auftreten, als wären sie Newton persönlich, weil sie müssen, weil ihnen sonst niemand Gehör schenkt, das abgeschmackte Auftrumpfen überall, dieser Gestus, einfach abstoßend. Selbst ein ständig unter Druck stehender Hansdampf wie Werner hätte den Mund nie so voll genommen, und wenn Pauli zuschlug, bei Debatten, dann war das immer der Sache wegen: weil er etwas nicht glaubte, weil ihm etwas faul vorkam, wie oft genug bei meinen Theorien – aber eben nicht, weil er der große Wolfgang Pauli war.
Vielleicht sitzt er jetzt wirklich im Himmel, wie in diesem Witz, den der kleine Tscheche in Coral Gables erzählt hat:

Pauli tritt vor Gott und fragt, warum ist die Feinstrukturkonstante gerade 1/137? Und Gott fängt an, die Sache zu erklären, schreibt Gleichungen an eine Tafel. Da schüttelt Pauli den Kopf: Nein nein, so geht das nicht ...

Zwei Silberreiher, dicht überm Wasser, schlagen harmonisch mit den Flügeln, gewinnen Höhe. Ihre Hälse haben die Farbe der Sterne; sie schreien nicht, gleiten nur immer aufwärts in großzügigen Bögen, wenden sich dann nach Osten und verschwinden über den hohen Nadelbäumen am nordwestlichen Saum des Apalachicola-Waldes.

»Professor Dirac?«
Er dreht den Kopf äußerst langsam nach rechts: Die Frau soll merken, daß er sich gestört fühlt. Sie nimmt keinen Anstoß und läßt sich auch gefallen, daß er sie danach lange genau betrachtet. Das Fernglas, das sie in der Hand hält, spricht für sie, findet der Alte: Wahrscheinlich beobachtet sie Tiere. Er mißt sie noch ein Weilchen, nur er weiß, woran. Dann sagt er endlich: »Guten Morgen. Sie müssen entschuldigen, daß ich mich nicht an Sie erinnern kann.«
Sie lacht leise, dann sagt sie in überdeutlich akzentfreiem Schulenglisch: »Wir kennen einander nicht ... das heißt, Sie kennen mich nicht.«
Er lächelt, antwortet nichts.
»Ich würde gerne ein Weilchen mit Ihnen reden. Haben Sie schon gefrühstückt? Trinken Sie Kaffee?«
»Sie haben gleich sehr viele Fragen.«
»Allerdings. Aber wenn Sie mir etwas Zeit geben, werden Sie verstehen, daß es sich auch für Sie lohnen kann, mir einige davon zu beantworten.«
»Ach?«
»Ja.«
Dirac findet die Frau sympathisch, aber übereifrig, vermutlich eine Journalistin.
»Sie müssen wissen, daß meine Fragen niemand anderer be-

antworten kann. Es sind keine persönlichen Fragen – von denen verspreche ich mir nichts, außerdem weiß ich schon genug über Sie, was Sie niemandem je erzählt haben. Ich wollte mir das für später aufheben, aber ich will doch lieber offen zu Ihnen sein, Professor Dirac, schließlich will ich etwas von Ihnen.«

Er sieht die Fremde fragend an.

Sie sagt: »Ja. Ich kenne Ihr Geheimnis.«

Er glaubt ihr.

DREI

Absage

»Es tut mir leid.« David dreht die Telefonschnur um den Finger. Er ist verlegen, fühlt sich schäbig und im Unrecht. Beim Erfinden von Ausreden tut er sich schwer, besonders, wenn es um etwas so Wichtiges geht.

»Ja, klar.« Paul gibt sich alle Mühe, dem Freund den Sarkasmus als möglichst stumpfe Klinge in die dünne Haut zu drücken. »Erst mach' ich dir ein halbes Jahr den Therapeuten, weißt du, obwohl ich, wenn ich das mal sagen darf, gar nicht der Psychiater bin von unserm Haufen – das ist nämlich der Doktor Christof Kiehn, falls du es vergessen hast. Aber, na schön, weißt du, ich kann mir das ja ruhig monatelang alles anhören, damit du dein Sonja-Buch fertigschreiben kannst. Deine Traumata und Psychosen von damals. Dann wird das gedruckt, du bist durch damit. Dann lade ich alle, die drin vorkommen, zu mir und Nicole ein, verstehst du, nicht zuletzt damit wir dein Werk feiern können – und wer kommt natürlich nicht? Der Dichter. Und Sonja läßt sich auch nicht blicken, okay, die ist entschuldigt, die lebt weit weg.«

»Paul, bitte . . .«

»Ach, Tailgunner, ich hab' das Kindertheater wirklich satt, langsam. Von den Zitronennudeln, die Nicole und ich grad machen, kann Botswana drei Jahre leben, ist dir das klar?«

Tailgunner – nach dem Iron-Maiden-Stück, so hat mich ewig niemand mehr genannt, auch Paul nicht, von dem das ursprünglich stammt, diese Idee, mich so zu nennen, denkt David. Paul war der Pilot, ich der Mann hinten am Maschinengewehr, der Tailgunner.

David lächelt und sagt: »Der Wikinger wird's schon auffressen.«

»Bestimmt. Oder Johanna.«

»Mit ihrem fetten Arsch.«

»Das hast jetzt du gesagt, David.«

»Heute ja. Aber damals nicht. Damals hast du das gesagt: Johanna mit dem fetten Arsch. Ich geb's nur wieder.«

So geht das Geplänkel noch zehn Minuten weiter, dann nimmt Paul hin, daß David angeblich irgendwelche obskuren und hoch termingefährlichen Sachen für seine Zeitung schreiben muß sowie obendrein »morgen Sonntagsdienst« hat, »Umbruch und so«.

David entschuldigt sich noch zweimal flattrig, dann verabschiedet er sich »auf demnächst, und ich schick' dir dann das erste Kapitel vom neuen Ding, wie den andern«.

Es ist, wie so oft, alles gelogen: Er will sie einfach nicht alle auf einmal treffen, jetzt nicht, noch nicht. Denn weil er endlich weiß, wie das Dirac-Buch aussehen wird, muß er jetzt wirklich anfangen, noch heute.

Der ganze Tag steht schon im Zeichen dieses Aufbruchs: Morgens hat er sich den verwilderten Bart abrasiert, komplett, und ist beim Blick in den Spiegel darüber erschrocken, wie kurz sein Kinn ist, wie klein sein Mund aussieht. Einen solchen Rübezahlbart, wie Chris der Wikinger ihn schon mit neunzehn Jahren hatte, wird David sich eh nie züchten können, dazu ist sein Flusenwuchs zu dünn, die Farbe zu indifferent: ein grau-dunkelblondes, garstiges Zeug, ganz anders als das urkommunistische Piratenrot des Doktor Kiehn.

David setzt sich also an den Computer und tippt ein paar Absätze.

Dann schaut er das Klassenfoto von Neunzehnhundertfünfundachtzig an, das über seinem Bildschirm an der Wand klebt, neben den Bildern von Marti Noxon, Marx und Engels, Buffy und Lucio Fulci auf dem Highway an der Küste, im Regiestuhl.

Alle abgebildeten Mitschülerinnen und Mitschüler freuen sich über irgend etwas. Nur vier der rund dreißig Teenager auf dem Foto lachen oder lächeln nicht: Er selbst, der zwischen Christine und Karin steht und statt in die Kamera lieber ins nahe Wäldchen guckt; Candela Lauder, die streng und heroinabhängig blaß ausschaut, aber auch priesterlich ernst; Christof Kiehn, der in einer Art Damensattelposition am linken unteren Bildrand sitzt und hier noch keinen Wikingerbart hat; schließlich Johanna, das erwachsenste Gesicht auf dem Bild.

Johanna trägt einen Pullover, der in Lila, Blau und Weiß mit Fetzenquerstrichen gemustert ist, gestörter Computer-Screenshot, abgestürzte Website. Nichts wußte man damals von solchen Sachen, es gab sie nicht.

Paul sieht bescheuert aus: Er hat viel zu viele Haare auf dem Kopf, eine Art ramponierter Afrofrisur. Der Wind scheint ihm kurz vorm Knipsen des Bildes direkt ins Gesicht gefahren zu sein, so schrill steht der schräge Haarhut von der Stirn ab; das Ganze wirkt wie eine Art Pumuckl auf Drogen, von dem man angesichts dieses Fotos nicht glauben würde, daß ihn fast alle Mädchen, die das Bild außerdem zeigt, gern militant bekuschelt hätten.

Ja: Paul und Johanna, die reifsten Menschen, die ich damals und überhaupt je gekannt habe, denkt David. Wahrscheinlich die ersten in unserer Klasse, die Sex hatten.

Passenderweise auch gleich miteinander.

Als sie ihn dann sausen ließ – Johanna, die verschlossene, zwar gutaussehende, aber nicht strahlend hübsche Kunstspinnerin, hat ihn, den coolsten und klügsten Typen der Gegend, das Genie der Schule, tatsächlich nach zwei Monaten Turteln wieder abgeschossen, das muß man sich mal vorstellen –, ließ Paul sich eine Weile hin und wieder über ihren angeblichen »fetten Arsch« aus – an ganz schlechten Tagen, wenn seine sonst unfehlbare Ritterlichkeit irgendeinen Knick abgekriegt hatte.

Nur unter vier Augen allerdings, nur David gegenüber, seinem Freund, der ihm jederzeit Johannes den Täufer gemacht hätte, der ihn liebte und verehrte wie danach keinen andern Menschen mehr – der ihn, wo wir schon dabei sind, immer noch liebt und verehrt, denkt David und schreibt es auch gleich hin, ins Dirac-Buch.

Er weiß jetzt, daß er vor allem deshalb nicht zu dem kleinen Essen bei Paul fährt, weil er eifersüchtig ist auf diese Nicole, die er nur von Erzählungen und einem Foto kennt, diese Kranke, die er so schnell nicht treffen möchte. David sagt zu dem Foto: »Was seid ihr denn für absurde Kids gewesen? Ihr hattet es gut!«

Damals hat er Geschichten geschrieben, kleine Erzählungen, Romänchen auch, und endlich das Theaterstück über Außerirdische, das sie dann tatsächlich an der Schule aufgeführt haben. Seine ersten Leser sind immer Paul, Johanna, Christof und Candela gewesen; jedesmal in dieser Reihenfolge, hintereinander, denn er hatte kein Geld für Fotokopien.

Paul durfte ihm dann verraten, ob die Story wasserdicht war oder logische Fehler hatte. Johanna hat die Arbeiten poetologisch auseinandergenommen und betreut, ihm stilistische Tips gegeben, sie war und ist die schärfste, sorgsamste Kritikerin seiner Sprache. Christof stand das Urteil darüber zu, ob Menschen sich überhaupt verhalten wie da geschildert, besonders die Freunde, die David unter falschen Namen mit ungeheuerlichen Abenteuern malträtierte. Candela schließlich wußte immer, was ihn am meisten interessierte: ob das Ding langweilig war oder spannend, ob es »geil« war oder »feige«, ob er das Zeug dazu hatte, Leute für seinen Kram zu interessieren, kraft der darin gespeicherten Wahrheit.

Gleichmäßige Materieverteilung

Es geht alles gut; das Treffen wird sogar lustig.
Die meisten Zitronennudeln vertilgt, wie schon von David und Paul vermutet, der Doktor Kiehn. Nicole ist stolz, von ihr stammt das Rezept. Danach spielen alle zusammen

Mensch ärgere dich nicht, weil sie genau vier Leute sind. Als es ans Abwaschen geht – »Ich mach' das, laß mal«, sagt Paul –, spielt Johanna mit Nicole Mühle und merkt schnell, daß Pauls Freundin jedenfalls nicht zurückgeblieben ist – Johanna verliert auch dann, wenn sie sich richtig Mühe gibt, und kann kaum glauben, daß Nicole das Spiel erst seit anderthalb Jahren kennt. Paul hat es ihr beigebracht.

Johanna fallen einige Züge und Tics an Nicole auf, die sie sehr reizend findet: Wie sie den Kopf senkt beim Nachdenken; wie sie beim Lächeln oder Grinsen häufig so viele Zähne wie überhaupt möglich zeigt, dabei die Zunge hinter die obere Zahnreihe preßt und das Ganze dann so aussieht, als hätte sie ein Seerosenblütenblatt im Mund; wie sie immer wieder ihre glänzenden nußbraunen Haare hinter die Ohren steckt, obwohl die dann jedes Mal sehr schnell wieder nach vorn fallen; wie sie die Brauen zusammenzieht, wenn sie vermutet, man halte sie zum Narren; wie schnell sie manchmal plötzlich redet und dann den Plapperfluß abrupt wieder abbremst, wenn sie merkt, man versteht sie schon – als wäre das schneller Reden ein Mittel, Verstehen zu forcieren, was ja gegen jede Etikette, Intuition und Erfahrung der Menschheit gedacht ist, aber irgendwie doch auch einleuchtet.
Johanna ist sich bald sicher, daß die meisten Leute Nicole wahrscheinlich erst mal eine Weile unterschätzen müssen, um überhaupt mit ihr zurechtzukommen; vielleicht, mutmaßt sie, gehört zu denen sogar Paul.
Noch etwas sieht Johanna, das sie bald darauf Paul mitteilt. Daß sie das sieht, was sie da sieht, ist nichts Besonderes – es handelt sich um etwas ziemlich Offensichtliches.

Um halb fünf sitzt Christof, während Paul nebenan spült, extrem satt und blühend rot im Gesicht im Sessel vor dem großen Fernseher, auf dessen Schirm Nachrichten laufen, deren Ton er abgedreht hat. Der Arzt zündet sich seine Pfeife an, woraufhin Nicole einen ihrer Witze macht, von denen Johanna und Christof bisher nur aus Pauls Erzählungen wissen: »Du brauchst die natürlich, weil du kannst keine Zigaretten haben wegen der Feuerwehr.«

Johanna guckt fragend. Nicole erklärt: »Zigaretten sind zu kurz.«

Christof und Johanna verstehen immer noch nicht.

»Der Bart«, sagt Nicole.

Johanna lacht, Christof winkt ab.

»Der Bart fängt sonst Feuer«, erläutert Nicole noch einmal, in diesem sehr deutlich betonten Hochdeutsch, an dem sie ebenso deutlich Freude hat, wie sie inzwischen jeden Dialekt haßt, weil Dialekt für ihr Elternhaus steht, für die viele verschwendete Zeit. Sie hat früher nur so geredet, das muß vorbei sein.

Johanna und Nicole fangen eine neue Runde Mühle an.

Christof erhebt sich langsam und majestätisch, wie ein alter Grizzlybär, dann geht er brummend in die Küche.

»Wie geht's ihr?« fragt er dort Paul.

»Gut, glaube ich. Sie hat mich gefragt, ob ich ihr helfen kann bei ... sie will sich einen Job suchen gehen. Mag nicht mehr von meinem Geld leben, sagt sie.«

Christof nickt beifällig: »Die wird dich noch abhängen, deine Freundin. Ich finde das klasse. Ich erlebe nicht so viele ... Geschichten dieser Art, in meinem Beruf.«

»Kann ich mir denken«, sagt Paul und reicht dem Arzt ein Handtuch, damit der sich nützlich machen kann.

»Und zwischen euch beiden?«

»Was willst du wissen?«

»Nicht, was du wieder denkst. Ich meine nur: Wie läuft's?«

»Ich bin wahnsinnig froh, daß es sie gibt, Chris. Wir lachen. Wir streiten uns, wir schlafen miteinander – obwohl David in seinem Buch schreibt, wir würden das nicht tun, ich hätte ihm das gesagt ... in Wirklichkeit haben wir das schon sehr bald gemacht, als ich bei ihren Eltern zur Untermiete gewohnt habe. Das hab' ich David auch verraten, aber ...«

»Dichterische Freiheit«, spottet Christof.

»Nee, ich glaube, weißt du, er schämt sich für mich, weil er Nicole irgendwie für behindert hält und das Ganze deshalb pervers findet. Dabei philosophieren wir sogar zusammen, meine angeblich beschränkte Freundin und ich, wenn du das glauben kannst. Du weißt ja, wie ich vorher gelebt hab': nirgends länger als zwei Monate gewohnt, immer wieder bei meinen Alten untergekrochen, für mieses Geld Zeitverträge runtergerissen, nix Gescheites ... als ob ich der Studienabbrecher bin, nicht David.«

»Tscha. Unser Schriftsteller«, die Mißbilligung in Christofs Ton ist nicht zu überhören.

»Er war auch eingeladen. Und Sonja.«

»Damit sie sich gegenseitig seine Liebesbriefe vorlesen können, die er zum ...«, Christof zieht ein angewidertes Gesicht, »... zum ›Romanessay‹ erklärt hat?«

»Komm, laß ihn in Ruhe. David kämpft mit seinen hang-ups, wie wir alle. Ich fand das gar nicht so übel, wie er unsere ... wir waren ja alle linksradikal, ganz scharfer Rettich, und jetzt haben wir das nicht mal für Geld und Ruhm eingetauscht, sondern einfach keine Zeit mehr, weil wir uns irgendwie durchwursteln müssen. Hat er schon ganz gut getroffen, finde ich. Ich hab' mich jedenfalls wiedererkannt.«

»Ich mich auch. Und das meine ich nicht als Lob. Wozu Kunst draufschreiben, wenn es bloß die engsten Freunde vorführt? Erschlichenes ... ich weiß auch nicht. Ich schmolle, Paul. Ich finde, der macht es sich ein bißchen zu leicht.«

Paul schnaubt, dann sagt er: »Ja, was weiß ich. Na, die Sache mit Sonja ... ich glaube, er ist wenigstens nicht mehr hinter ihr her, seit er sich seinen Komplex ... Das Buch war ein Abschluß, glaub' ich, kein neuer Anlauf. Katharsis, weißt du.«

»Ich bin Psychiater, Paul, schon vergessen? Katharsis ... Mit dem Quatsch brauchst du mir nicht kommen. Ich weiß, was das ist: Erst scheißen sie ins Bett, dann wird ihnen das irgendwann peinlich, deshalb gehen sie zum Therapeuten, der kitzelt dann eine amtliche Katharsis aus ihnen raus, und danach scheißen sie zwar immer noch ins Bett, aber jetzt gefällt's ihnen, sie sind sogar stolz drauf. Nimm dein Leben an, sag ja zum Symptom ... Krankheit als Weg und was nicht alles. Katharsis. Super. Und Sonja?«

»Große Sachen, Forschung, da in Haifa, an so einem Superzentrum, Technion heißt das Ding, eine Stadt innerhalb der Stadt, nix wie High-Tech und Zukunft. Die holen von überallher junge Genies ...«

»Nur Juden?«

»Nee. Das heißt, weiß nicht. Kann allerdings schon damit zu tun haben, daß Sonjas Mutter ... keine Ahnung.«

»Und hat sie denn jetzt gar keine Verbindung mehr nach Deutschland, Sonja mein' ich? Ich dachte, die hatte doch hier einen Typen, der ...«

»Ja, ihr Freund, seit einigen Jahren. Der ist Physiker in Berlin.«

»Was ist das für einer?«

»Als Person: keine Ahnung. Hab' ihn nie getroffen. Als Wissenschaftler wohl 'ne größere Nummer. Befehligt ein eigenes Team oder so, cutting edge. Die wollen irgendein irres Experiment durchziehen, kostet nicht viel, könnte aber die ganze moderne Physik von innen nach außen krempeln. Heißt es. Sagt man.«

»Man.«

»Gutunterrichtete, führende Johannas.«

»Ach?«

»Ja, es geht da um den Äther, um die spezielle Relativitätstheorie, zappzerapp. Wenn sie Erfolg haben, muß das alles überdacht werden.«

»Also was eher Theoretisches?«

»Nicht so ganz. Es hätte auch Folgen fürs Praktische, für die Chemie, zum Beispiel, so hat Sonja ihn auch kennengelernt, den Typen, der war erst Chemiker, bevor er Physiker wurde. Was er macht, wirkt sich aus auf die Dirac-Gleichung, auf der ja die ganze Chemie ...«

»Dirac, warte, das hab' ich ...«

»Ja, Paul Dirac. Über den schreibt David sein nächstes Buch. Er hat's dir erzählt, nehme ich an. Er will uns ja was schicken. Proben. Wie früher.«

»Ja, toll, ich weiß.«

»Das Buch versucht er schon seit Jahren zu schreiben. Ich hab' ein paar Anläufe erlebt ... nicht hübsch, sag' ich dir. Er quält sich damit echt rum.«

»Na, hoffentlich kommt da 'ne fette Katharsis bei raus, sonst Gnade uns Gott.«

»Ja, tja, vielleicht klappt es jetzt. Wir sollten die Daumen drücken.«

»Er kann ja Sonjas Stecher fragen, ob der ihm hilft.«

Bevor Paul darauf was erwidern kann, erscheint Johanna in der Tür und sagt: »Also deine Nicole, die ist ja ... also bitte, du Arsch, Paul. Echt.«

Sie sieht nicht wütend aus, also fragt Paul, der nicht begreift, wie sie das meint, etwas verstört: »Was paßt dir nicht an ihr?«

Johanna verdreht die Augen: »Wie, was paßt mir nicht? Du erzählst mir seit Monaten von der Frau und läßt das Wichtigste weg. Das ist unfair. Jetzt, wo ich es selber sehe – also das ist verschleppte Angeberei, Paul. Übel.«

Christof muß wieder grinsen, verbeißt sich aber, was er dazu sagen könnte; er weiß, was Johanna meint. Paul hat keinen Schimmer: »Was denn? Was ist denn mit Nicole?«

Die drei hören in der Küche, wie die Toilettenspülung geht. Nicole ist also außer Hörweite, wird aber gleich wieder bei ihnen sein. Deshalb senkt Johanna konspirativ den Kopf und zischt Paul zu: »Na du Depp – wie schön sie ist. Die ist ja so wunderschön, das zieht einem ja die Schuhe aus. Hättest du mich ruhig drauf vorbereiten können. Jetzt will ich sie natürlich zeichnen, malen und auffressen.«

Paul flüstert seine Antwort im von Johanna vorgegebenen Ton: »Ich geb' dir paar schöne Fotos. Der Rest gehört mir.«

»Was macht ihr hier, gibt's Eis?« fragt Nicole beim Eintreten und schaut forschend Paul und Johanna an.

»Eis?« freut sich Johanna.

Paul seufzt und macht den Kühlschrank auf. Niemand hört, wie Chris der Wikinger leise sagt: »Paul Dirac. Derselbe Vorname. Ich frage mich, als Facharzt, ob das was bedeutet.«

Gravitationswellen

Christof ist der erste, der das von David versandte zweite Kapitel des Manuskripts gelesen hat.

Er ruft David an und rät ihm davon ab, sein Buch mit dem anzufangen, was er ihm da geschickt hat: »Dieser ganze Tonfall, dieses Historienschinkenhafte, das trägt nicht. Überhaupt der Imperfekt. Auch diese Mystery-Show-Elemente: Wer ist die Frau, die Dirac am See aufsucht? Wer will das wissen? Das ist ›Akte X‹, ›Millennium‹, letztes Jahrhundert.«

»Findest du?«

»Wieso sollte ich es sonst sagen? Aber mach ruhig. Mir soll es ja egal sein, solange ich nicht selber wieder drin auftauche, Chris der Wikinger und so.«

»Keine Sorge. Es geht nur um Dirac und sein historisches ... seine, eine, na: eine Art biographischer Fantasie, wie ich das nenne.«

»Hübsch.«

»Im Ernst, hast du nix Positives? Eine Empfehlung? Was soll ich deiner Meinung nach schreiben?«

»Was du früher geschrieben hast. Was wir gelesen haben, im Nest. Du hast jetzt das Ding mit Sonja gemacht – vierzehn Briefe an die Jugendliebe, Bekenntnisse eines passionierten Spinners, was Autobiographisches. Man erwartet, laß dir das sagen, in unseren äh Kreisen nicht dieses Kostümdrama, sondern etwas Unmittelbares von dir. Du könntest zum Beispiel diese Klatschebene ausbauen, die sich schon in dem Sonja-Buch andeutet. Schreib darüber, was dich an Dirac interessiert, wie du dazu kommst, ruhig mit ein paar längeren halbdokumentarischen Einsprengseln, aber ähm ...«

»Klatschebene«, wiederholt David trocken. Es soll keine Nachfrage sein, sondern vernichtend kühl klingen, aber Christof läßt es sich gefallen, das als Aufforderung zu genaueren Erläuterungen zu verstehen: »Ja, Klatschebene. Ich meine, Junge, du arbeitest bei einer der bekanntesten Zeitungen des Landes, und du hast zwei Bücher gemacht, die … erst hast du ein Buch gemacht, das Enzensberger herausgegeben hat, dann das mit Sonja, beim Wichtigverlag für Wichtige von Wichtigen – bau diese Leute ein, diese Zeitungsfritzen und Verlagsonkel, die Stars des Geisteslebens. Stell sie deinem Dirac gegenüber, von mir aus. Die Mediensphäre von heutzutage gegen den erhabenen großen Forschergeist. Du hast früher schon diese kleinen Beobachtungen drin gehabt, wenn jemand eine Macke hatte oder sonstwie Symptome, so Indizien, dafür hattest du ein Sensorium. Laß die Prominenz aufmarschieren, setz deinen Dirac und dich selber dazu ins Verhältnis. So richtig voll Rohr postmoderne Scheiße, Roman eines Romans. In dem Enzensberger-Buch, da ging es doch auch um zwanzig echte Mathematiker und Physiker, da gab es auch schon ein Dirac-Kapitel, stimmt's?«

»Wenn du so fragst, hast du es nicht gelesen.«

»Wie käm' ich denn dazu? An so was könntest du das aufhängen: Schreib direkt ein ›Making-of‹, statt die Dirac-Schwarte – das Kapitel in dem Enzensberger-Ding ist ja wohl ein Probelauf gewesen, für den eigentlichen Dirac-Plan, oder?«

»Ich hab' es rausgenommen aus dem ursprünglichen Corpus. Es gibt schon ein, zwei so Dirac-Konvolute, größere Faszikel, seit Jahren.«

»Hmhm, hat mir Paul von erzählt.«

»Das Kapitel in dem Mathematikerbuch war das erste fertige, weil ich es nur für das von Enzensberger gewünschte Format zusammenstreichen mußte.«

»Na siehste. Und dann, paß auf, schreibst du halt diese Geschichte: wie du eine große Rosine im Kopf hast, einen mordsmäßigen Dirac-Backstein schreiben willst, wegen der Katharsis oder …«

»Weswegen?«

»Katharsis. Vergiß es. Also, so fängst du an, und dann geht das in diesem größeren Ding auf, in etwas, für das ein Bedarf besteht – verstehst du, eine Art Bildungsroman: von der Privatobsession zum Eintritt des Helden ins … ja, weiß nicht, ins erweiterte Literaturleben. Das ist es. Darüber solltest du schreiben. Was? Du sagst gar nichts mehr. Du solltest dich bedanken.«

»Ich warte lieber noch andere Meinungen ab, Herr Doktor. Johanna und Paul.«

»He, es ist dein Buch.«

Die Unterhaltung driftet ab, zum Angenehmen, zwischen ihnen beiden nicht Strittigen, und dauert dann nicht mehr sehr lange.

Fliegende Untertassen

Im ersten gemeinsamen Gymnasialjahr entdecken Paul und David, daß Freundschaft erst richtig interessant wird, wenn man gemeinsame Interessen hat, die ein bißchen abstrakter sind als Schwimmbad, Grillen mit den Eltern und Lego. Bevor sie einander Heavy Metal und Horrorfilme erschließen, erobern sie als allererstes intellektuell stimulierendes Interessengebiet die Phänomenologie der fliegenden Untertassen.

Es fängt mit einem Artikel in einer der seriösen Nachrichtenzeitschriften an, die Pauls Vater liest, der beim Radio arbeitet. Dann sammeln beide Jungs eine Weile lang die auf mehrere Alben verteilte Comicfassung der Theorien des Erich von Däniken, »Die Götter aus dem All«.

David kriegt von seinem Vater auf fast schon plärrendes Insistieren hin schließlich ein richtiges, also relativ teures Buch über das Thema geschenkt. Am meisten begeistert ihn und Paul darin die Doppelseite über den Absturz eines UFOs in Roswell, New Mexico, im Jahre Neunzehnhundertsiebenundvierzig.

Das tollste daran sind die Fotos, die Reproduktionen zeitgenössischer Zeitungstitelseiten, die Skizzen. Es ist der bestdokumentierte Fall in dem Buch, was die beiden zwar so nicht sagen würden – »bestdokumentiert« gehört nicht zu ihrem Wortschatz –, aber ganz genau spüren und sehr erregend finden.

Anfang Neunzehnhundertundachtzig sagt Paul auf der Treppe der katholischen Stadtbücherei dann zu David: »Weißt du, ich glaube eigentlich nicht, daß die UFOs außerirdische Raumschiffe sind. Das könnte man nicht geheimhalten.« »Dann ist das aber doch alles Mist«, sagt David, »was wir da lesen. Das hätten wir dann genausogut alles bleibenlassen können.« Er sagt das ohne Verstimmung; eher ist er neugierig, was Paul auf diesen Spielverderbergedanken hin wohl mitreißend und intelligent Optimistisches einfallen wird. Paul fällt nämlich immer was mitreißend und intelligent Optimistisches ein.

»Wieso, wir wissen doch jetzt mehr als vorher.«
So einfach will David es dem Jüngeren auch wieder nicht machen, den er bewundert: »Was? Nein! Man kann doch nicht sagen, daß man was weiß, wenn es Quatsch ist. Wenn es das gar nicht gibt, was man weiß.«
»Wieso denn nicht? Es gibt doch auch Leute, die wissen viel über Romane und Bilder und Theater. Das sind doch alles Sachen, die bloß jemand erfunden hat. Die es gar nicht gibt.«
Irgendwas kommt David an diesem Argument angedreht vor; aber ihm fällt nicht ein, was das sein könnte. Ein paar Jahre später, als beide längst aus der UFO-Sache rausgewachsen und statt dessen Kommunisten geworden sind, begreift er dann, ganz für sich und stillschweigend, was Paul ihm an diesem sonnenklaren Nachmittag im Frühling eigentlich hat sagen wollen, und daß er wie immer ganz und gar im Recht war damit. Aus Freude über die neue Einsicht schreibt er ein Drama darüber, weil eine Deutschlehrerin am Theodor-Heuss-Gymnasium von Sonnenthal passenderweise gerade bei ihm ein Theaterstück für die jährliche Schulaufführung bestellt

hat. Der erste ideologiekritische Gedanke seines Lebens, der ihn, aus Pauls Kopf kommend, auf jener Treppe Neunzehnhundertundachtzig erreicht hat, liefert ihm den richtigen Stoff für diesen dramatischen Versuch: UFOs.

Das Stück handelt von ein paar Erwachsenen aus linksradikalen Kreisen, mit denen ein Schüler, den David »David« nennt, eine Freundschaft schließt, die zum Problem wird, als die linksradikalen Erwachsenen plötzlich als Außerirdische enttarnt und von der Regierung gejagt werden.
Sie verschanzen sich in Davids Klassenzimmer und nehmen ihn und seine Mitschüler als Geiseln, bis die Untertassen auf dem Schuldach landen, die sie mitnehmen, zu den Sternen.
Die außerirdischen K-Grüppler werden bei der Aufführung von Lehrern gegeben, die Schüler, David und seine Freunde, spielen sich selber.

Geschenk

Ende Mai Zweitausendfünf hat Nicole Geburtstag. Sie wird dreiundzwanzig.
Ihre Eltern und Geschwister rufen nicht an, obwohl sie wissen, wo Nicole jetzt wohnt.
Paul schenkt ihr einen Discman, weil er mitgekriegt hat, wie gern sie sich mit seinen Kopfhörern auf dem Kopf vor seine Anlage setzt, wenn er arbeitet, und stundenlang Radio oder CDs hört, unter heftigen mimischen und gestischen Reaktionen, die aber nie so arg werden, daß sie ihn bei der Arbeit stören.

Zum Discman hat er ihr ihre erste eigene CD gekauft, damit sie nicht immer nur seine Sachen hören muß.
Sie freut sich erst verhalten, sagt »Danke«, weil sie zwar ablesen kann, um welche Platte es sich handelt, aber nicht weiß, wer »Supertramp« ist. Das Cover der »Very Best of« gefällt ihr

jedenfalls gleich – die Hand, das Tablett, das knallorange Getränk im Glas. Er nimmt die CD aus der Box, legt sie in seine Anlage, dreht den Lautstärkeregler weit nach rechts und wählt das neunte Stück an.

Als das Keyboardgeklimper anfängt und sich nach einem weiteren halben Takt ein bonbonbuntes Glockenspiel einmischt, das wie Gläserklirren aus den großen Boxen klingelt, geht für Nicole die Sonne auf. Sie lacht so breit, daß man fast alle Zähne sieht, ein ganz gewaltiges Lachen.
Dann ruft sie: »He! Das ist ja das!« und klatscht, während der Sänger anfängt, »Dreeeeamer« zu krähen, in die Hände wie ein Kind. Paul ist von seiner eigenen Reaktion, als sie aufspringt und anfängt mit den Hüften zu kreisen und die langen braunen Haare zu schütteln, völlig überrascht: ihm wird der Hals eng, Tränen schießen ihm in die Augen. Er muß viel Beherrschung aufbringen, um in diesem Moment nicht hemmungslos glücklich loszuflennen. Es ist wie im Kino, nur wahr. Dann nimmt sie ihn bei den Händen, und sie hüpfen zu einer Musik, die er eigentlich das absolut Allerletzte findet, wie zwei kleine verzückte Gummi-Enten ungelenk und eifrig durch die Wohnung und quaken den alten Unsinn aus dem Jahr Neunzehnhundertvierundsiebzig mit, bis sie komplett verausgabt auf den Teppich im Flur sinken und lachen, keuchen, atmen.

Papa

Am ersten Juniwochenende darf Heinz Rauch auf Empfehlung seines behandelnden Arztes das erste Mal übers Wochenende nach Hause, um Wäsche zu wechseln, ein paar Sachen zu holen, auf andere Gedanken zu kommen.
Auf dem Rückweg in die Klinik schaut er am Sonntagmorgen bei Johanna vorbei, die ihm einen Tee aufsetzt, weil er nichts anderes trinken möchte.

Während sie in der Küche rumsucht, was sie ihm noch an Keksen oder Früchten anbieten könnte, setzt er sich auf ihr breites Bett mit den schweren weinroten Decken drauf und schaut sich in ihrem größten Raum um, der zugleich Schlaf-, Wohn- und Arbeitszimmer ist.

An den Wänden hängen Sachen, die ihm gefallen, weil sie bedeuten, daß seine Tochter weitermacht mit dem, was sie schon lange liebt: ein japanisches Filmposter zu Bergmans »Persona« neben dem Bücherregal, ein riesiger Druck von Jacques-Louis Davids »Mort de Marat« überm Bett, eine nachgemachte Plastikplakette nach Marcel Broodthaers' »Le drapeau noir. Tirage illimité« überm Plattenspieler.

Am Fuß des Bettes liegen auf einem Schafsfell ein Briefumschlag und ein Stapel Ausdrucke.

Johannas Vater nimmt den Brief in die Hand, liest den Absender:

Prof. Sonja Wilhelm
Technion City
Haifa 32000
Israel

Er holt das Schreiben nicht aus dem Umschlag, legt den Brief lieber wieder hin, nimmt dafür die Ausdrucke. Es ist Davids zweites Dirac-Kapitel. Heinz Rauch blättert, liest kurz drin, versteht es nicht, aber weil er glaubt, es sei ein Text von Johanna, legt er es wieder genau so hin, wie er es vorgefunden hat, denn er weiß, daß sie es nicht mag, wenn man sich ihre unfertigen Sachen anschaut.

»So, Papa, ich hoffe, du magst das mit Himbeeren.« Johanna bringt die Kanne und zwei volle Tassen sowie Gebäck auf einem Tablett ins Zimmer. Er setzt sich auf einen Hocker, sie nimmt auf einem dicken Sitzsack Platz.

»Wer ist das Mädchen? Auf den zwei Fotos da?«, er deutet mit einer Kopfbewegung auf die beiden Abzüge von Porträtaufnahmen, die Paul von Nicole gemacht hat.

»Sie ist sehr schön, nicht?« sagt Johanna. Ihr Vater findet, daß das stimmt.

Auf dem ersten Bild hat Nicole eine kurze, helmartige, aber leicht angewuschelte Frisur, das Pony hängt ihr über die Stirn, die grünen Augen haben andeutungsweise dunkle Schatten, sie sind das Älteste an diesem Gesicht. Nicole guckt in die Kamera, als wäre sie ein bißchen überrascht, daß man sie fotografiert, aber trotzdem bereit, das Beste draus zu machen. Ihr Kopf sieht rund aus, die Wangen sind fast kindlich rosig, die Nase ist klein, man sieht die obere Zahnreihe bei diesem Lächeln, die Grübchen überm Kinn. Sie trägt einen schneeweißen Rollkragenpulli.

Das zweite Bild ist später aufgenommen, sie wirkt erwachsener, die Lippen sind geschlossen, fast ein bißchen zusammengepreßt. Nicole schaut nach rechts, ihr linkes Ohr ist frei, es hat eine schöne Form. Die Haare sind länger, links gescheitelt und nach hinten gekämmt, dort zusammengesteckt. Die Stirn, frei und glatt, glänzt ein bißchen. Nicole sieht aufmerksam aus, konzentriert, intelligent. Ihr Pulli auf dem Bild ist schwarz, darüber trägt sie eine schwarze Lederjacke, die Paul ihr gekauft hat. Etwas von ihrem schlanken Hals kann man sehen, ein wenig Haut.

Johanna sagt: »Das ist die Freundin von Paul. Du erinnerst dich an ihn?«

»Der mit dir in der Schule war?«

»Ja.«

»Sie ist ziemlich jung.«

»Sie sieht jung aus. Aber, wie sagt man? Alte Seele.«

»Du willst sie zeichnen. Oder malen. Stimmt's?«

»Du kennst mich, Papa«, sagt Johanna, und reicht ihm ein Schälchen mit Kandis.

Dankesbrief

Eine Woche nach ihrem Geburtstag langweilt sich Nicole zu Hause, will aber nicht raus, weil es furchtbar gießt.

Sie beschließt, Paul, der heute im Institut rumsitzt, einen Brief zu schreiben, um sich für den Discman und die CD zu bedanken. Sie findet Papier in seinem Drucker und einen Kugelschreiber in einem Pappbecher auf dem Schreibtisch, setzt sich aufs Bett, nimmt als Unterlage eines seiner Fachbücher. Das Thema, das sie sich vorgenommen hat, vergißt sie sofort, als sie anfängt zu schreiben, und teilt ihm statt dessen etwas ganz anderes mit, in ernstem, selbst erdichtetem Nicole-Deutsch, indem sie versucht, sehr deutlich zu werden:

»Lieber Paul,
Deine Person hat mich die Schmerzen der weiblichen Jugend vergessen gemacht. Wie Du mich behandelst, ich erinnere mich an keinen Tag, an dem Du mich in andere Kleider stecken wolltest. Ich schenke Dir jetzt diesen Brief, den Du immer haben kannst, wenn ich weg bin. Fort. Tod. Gestorben. Blöd. Ich bin immer für Dich da und bei Dir.
Nicole«

Sie braucht lange dafür, streicht manchmal was weg, baut es um. Das Ergebnis lohnt den Aufwand.

Rotverschiebung

Während die Tage länger werden und die Nächte kürzer, geht der alleinlebende Doktor Christof Kiehn immer häufiger nachts weg, immer länger spazieren, denn er hat sehr viele Probleme, von denen seine Freunde überhaupt nichts wissen, weil es alte Freunde sind, die er erst kürzlich wiedergefunden hat und denen er von den letzten Jahren seines Lebens nichts erzählen will. Neue Freunde hat er keine, dafür war nie Zeit, während er langsam immer größere Probleme gesammelt hat.

Jetzt sind sie riesig und endgültig zu viele. Der Arzt kann sich nicht mehr heilen, die Bank kann ihm nicht mehr helfen, die Diagnose läßt sich nicht mehr bestreiten, das Ende ist absehbar geworden, dagegen tun kann man gar nichts. Er findet sich zu dick und zu müde für das Schicksal, das ihm bevorsteht. Er hat große Angst.

Large Number Hypothesis

Oft sitzen Paul und Nicole nachts auf einer Wiese unweit des Wohnblocks, in dem sie leben, und schauen sich die Flugzeuge an, die vom nahe gelegenen Flughafen gerade gestartet sind oder ihn anfliegen. Häufig ist der Himmel über diesem Park so klar und der Lichtsmog so schwach, daß man sogar zahlreiche Sterne erkennt.

Dann philosophieren sie zusammen.

Paul sagt: »Stephen Wolfram behauptet, daß das alles ein Computer ist. Die Sterne, die Welt. Da steht ein Programm geschrieben, da oben, und es gibt kein kürzeres, weniger kompliziertes Programm, mit dem man so eine Welt berechnen könnte. Das Weltall selber ist die kürzeste Art, den Namen des Weltalls aufzuschreiben. Verstehst du, was das heißt?«

Er stellt ihr solche anspruchsvollen Fragen, weil er weiß, daß sie eine erstaunliche Antwort finden wird.

Das klappt auch diesmal: »Niemand auf der ganzen Welt kennt meinen Namen, Paul.«

Er schüttelt den Kopf, lacht ungläubig: »Wieso, du heißt doch Nicole, mein Knuddel.«

»Keine Seele auf der ganzen Welt kennt meinen Namen. Aber irgendwann werde ich ihn lesen.«

»Wo?«

»Da oben, da draußen. Mit Sternen.«

VIER

Störung

»Wovon … Entschuldigen Sie, aber wovon reden Sie?«
Dirac hat seinen Stuhl vom Tisch weggeschoben – er ist aufgesprungen, als das Geschrei losging: »Einfach abgerissen. Vom Leib gerissen!« Was meint der Mann? Der Schreier hustet trocken. Er und seine beiden Begleiter, alle drei Bohemiens in Tweedjacken und kniekurzen Fahrradhosen, sehen einander an und brechen dann in lautes Gelächter aus.
Dirac ist verunsichert: Hat er einen Fehler gemacht?
Er nähert sich vorsichtig. Der schlanke Blonde, der dem kleinen Club vorzustehen scheint, grinst und deutet mit dem Zeigefinger der Rechten zum Fenster hinaus:
»Da, sehen Sie? Die Birke. Der Sturm hat dem Baum alle Blätter vom Leib gerissen. Von wegen schlaffer englischer Himmel, der nicht Schnee noch Unwetter hervorbringt.«
»Ach so.« Dirac hat sich umsonst gesorgt.
Als die drei nichts weiter sagen, dreht er sich wortlos um und geht zurück an seinen Platz. Ihm fällt auf, wie leer es hier drin ist: außer einem verschrumpelten alten Ehepaar und ihm selbst sind die drei die einzigen Gäste; der Wirt, ein spindeldürrer Mann mit zerzaustem, rotblondem Vogelnest auf dem Kopf, lehnt untätig am Tresen. Wenn es vorhin nicht plötzlich angefangen hätte zu regnen, hätte Dirac seinen Sonntagsspaziergang nicht unterbrochen, um hier einzukehren.

»Schaut euch den an.«
»Ein ganz Milder!«
»Vielleicht hat er Liebeskummer!«
»Pssst! Er ist ein Denker.«
»Der Ärmste.«

Dirac setzt sich stumm hin, aber die Provokationen sind nicht vorbei: »Liebeskummer? Armes Herz! So ein hübscher Schnurrbart.«

Dirac senkt den Blick, sieht auf die dunkle Tischplatte, studiert die Maserung: Eingefrorenes Fließen suggeriert Dynamik im Starren, Kraftlinien, vielleicht magnetisch oder elektrisch: Maxwellsche Gesetzmäßigkeit. Diracs Augen sind immer noch Ingenieursaugen, auch wenn er jetzt ein Cambridge-Mann ist. Wie schon den ganzen Tag lang, seit er nach dem Frühstück zu einer seiner Wanderungen aufgebrochen ist, denkt er an den Aufsatz, den Professor Fowler ihm im August als Fahnenabzug geschickt hat. Inzwischen liegt der Text, wie Dirac weiß, auch gedruckt vor, in der deutschen »Zeitschrift für Physik« – beginnend auf der Seite 879 in der Nummer 33 des laufenden Jahres Neunzehnhundertfünfundzwanzig: »Über quantentheoretische Umdeutung kinematischer und mechanischer Beziehungen«.
Der Verfasser, ein »W. Heisenberg in Göttingen«, hat seine Arbeit mit einer Präambel versehen, in der er erklärt, er habe sich die Aufgabe gestellt, »Grundlagen zu gewinnen für eine quantentheoretische Mechanik, die ausschließlich auf Beziehungen zwischen beobachtbaren Größen basiert ist.«
Diracs Lehrer Ralph Fowler und ein paar andere an der Fakultät sind der Ansicht, daß hier etwas ganz Außerordentliches passiert ist: »Wirklich neu und bahnbrechend, Dirac. Diese Sprache wird bald überall gesprochen werden.«
Vor einiger Zeit – Ende Juli, glaubt Dirac – hat der ominöse Heisenberg als Gast des Kapitza-Clubs in Cambridge einen Vortrag gehalten. Der Club, begründet vom aus der Sowjetunion stammenden jungen Rutherford-Studenten Pjotr Kapitza, ist einer von gerade mal zwei akademischen Vereinen, denen Dirac angehört. Geselligkeit: nein, die muß nicht sein. Mit Kapitza freundet er sich allerdings gerade so ein bißchen an – manchmal wandern sie schon ein paar Meilen zusammen oder klettern auf Hügeln im Umland herum. Der Russe ist ausdauernd und ein aufgeräumter Kerl.

Schwerpunkt der Referate im Kapitza-Club sind sonst ja meist experimentelle Fragen, anders als im von Dirac ebenfalls frequentierten Del-Squared-Club, der sich um Theoretisches kümmert. Heisenbergs Vortrag bei den Kapitza-Leuten hieß »Termzoologie und Zeemanbotanik«. Es ging um ein paar Gedanken zu neueren spektroskopischen Messungen von Atomeigenschaften. Der Göttinger hat vor seinem Auditorium die experimentell bestätigten Regeln für die Spektrallinien des Wasserstoffatoms aus den allgemein geläufigen Voraussetzungen der Atomtheorie nach Niels Bohr und Arnold Sommerfeld abgeleitet. Dirac, dessen Deutsch seiner eigenen Einschätzung nach »passabel« ist, hat Sommerfelds Buch »Atombau und Spektrallinien« vor anderthalb Jahren in der Originalsprache selber durchgearbeitet und ist mit der Theorie daher bestens vertraut:

Elektronen bewegen sich auf ganz bestimmten, die bekannten verblüffenden Quantelungs-Effekte bedingenden Umlaufbahnen um den Atomkern. Die Radien dieser Bahnen können ermittelt werden, wenn man beachtet, daß das Produkt aus Impuls und Bahnlänge des Elektrons ein ganzzahliges Vielfaches der Zahl h ist, des berühmten Planckschen Wirkungsquantums also, das der neuen Quantentheorie den Namen gibt und das Maß für die Größenordnung der Päckchenenergiezustände des Elektrons darstellt.

Auch den Hörern von Heisenbergs Vortrag im Kapitza-Club war die Theorie von Bohr und Sommerfeld bekannt. Heisenbergs Zusammenfassung hätte deshalb für sich genommen niemanden erregt; nach dem Ende seines Referats aber deutete der Deutsche informell an, es gebe da »etwas Neues«.

»Heisenberg bringt eine Theorie, oder doch eine Skizze zu einer Theorie, aus der die spektroskopischen Regeln auf völlig neue Art abgeleitet werden. Er sagt, er habe es nicht mehr nötig, über ›Bahnen‹ zu reden. Er sagt, wir hätten ohnehin keine Beweise dafür, daß es diese Bahnen überhaupt gibt, also bringt es, meint er, auch nichts, daß wir sie uns vorstellen oder darüber reden. Er sagt, wir müßten versuchen, nur über die Observablen zu reden – das, was man messen kann. Alles andere hält er für ›Metaphysik‹ und meint, es schaffe nur Unklarheit.«

Das schreibt Fowler an Dirac im Begleitbrief zu Heisenbergs Artikel.

Als diese Post Ende August in Bristol eintraf, hätte die Ablenkung Dirac nicht willkommener sein können. Er verlebte gerade miserable Tage in seiner Geburtsstadt; das Verhältnis zu seinem verschlossenen Vater war gespannt, nicht anders als zu der Zeit, da Dirac noch dort gewohnt hat. Die bedrückenden Abendessen seiner Jugend vermißt er nicht: Paul und sein Vater im Eßzimmer, die Mutter mit der Schwester und dem älteren, inzwischen toten Bruder Reginald in der Küche, weil sie nicht Französisch sprechen wollten. Die Sache ist nicht ausgestanden, auch nach dem Auszug nicht: es blieb über allem Reginalds Schatten.

Selbstmord. Unvorstellbar.

Und dann dieser Regen wieder: Ein »strahlender Sommer«, wie ihn die Wetterdeuter im März prophezeit hatten, sah jedenfalls anders aus. Nicht nur Dirac, alle Menschen am Ort, selbst die von weither angereisten Zuschauer der Regatta, wirkten verschnupft, es nieselte, dann schüttete es, dann sprühte und nebelte es wieder.

Mit einer gewissen Dankbarkeit für die Ablenkung also machte er sich daran, das Neue und Aufregende, von dem Fowler redete, aus Heisenbergs Aufsatz herauszuklauben.

Er scheiterte zunächst kläglich: Selten war ihm die deutsche Grammatik struppiger erschienen, und Heisenbergs Gleichungen kamen ihm vor wie mit dem Hammer bearbeitet, gesucht, mit Gewalt zusammengezwungen. Was im Titel »Umdeutung« hieß, erweckte zunächst den Eindruck der schieren Willkür – als habe es der Deutsche bloß darauf angelegt, sich durch möglichst grobe Abweichungen von der Konvention interessant zu machen.

Kritik

hi kleiner,

erstens: ja, christof hat recht, der imperfekt bremst. zweitens: keine gute idee, uns verschiedene fassungen zu schicken und unterschiedlich genau drüber aufzuklären, wie der gesamtplan aussieht. die fassung im präsens ist alright, zumindest schneller als die andere, aber das erschließt sich so richtig erst, wenn man weiß, daß es sowieso eine gegenwartsebene gibt, eben die der erzählung von den freunden – warum du christof und paul das nicht verraten willst, sehe ich nicht ein, es schafft eine lesemodellverteilung, bei der du dann immer alles, was wir dir zum manuskript sagen, damit wegrelativieren kannst, daß wir den gesamtüberblick nicht haben, und erzähl mir bitte nicht, daß ich ja schließlich die top-vertraute bin und alles erfahre, ist doch eh klar, daß du auch mir sachen verheimlichst, die dann wieder paul und christof wissen. schaff das ab. drittens: die gefahr der gegenwartskiste ist natürlich, daß du erfahrungsliteratur baust statt gedankentext; ich nehme an, das willst du eigentlich vermeiden. aber so stellen wie das auf dem rasen vor der uni mit paul und dir im ersten kapitel, die sehen aus wie direkt bei den realisten geklaut, so eine kuschlige ranschmeiße an die reporter aus dem schwingungsleben der pop-gegenwart, david does goetz. ich weiß schon, daß du durch diese ganzen konkreten sachen einfach deine saubere mathematische konstruktion in einen lebensfähigen erzähl-gang einnähen willst, aber sie wird davon nicht, wie du meinst, gehalten, sondern bloß versteckt. weiß nicht, wie das besser gehen soll, was ich meine, hat auch nix mit einem plumpen vorschlag à la mehr reflexion, weniger dialog und schilderung zu tun, aber du darfst nicht so kleinklein ansetzen, wenn du aufs abstrakte ganze gehen willst. dazu fehlt dir zuletzt einfach der platz: wenn du wirklich die fragen, um die es dir geht, jeweils an so mini-episoden aufhängen willst, dann braucht das am ende siebenhundert seiten in diesem anekdoten-sound, bis du das alles durchhast. viertens: bist du sicher, daß du das, was du mir erzählt hast, um einen mann wie deinen helden dirac herumbauen kannst, also letztlich ein alter ego, statt wie im augenbuch um die unerreichbare sonja? mit dirac setzt du dich der gefahr aus, daß alles zur identität zusammenstürzt, zur tautologie, das ich oder der allwissende erzähler werden auf die art, mit so einer standpunktfigur, gegen deine ganzen flausen von wegen dynamisierung, multi-angle-shots, poly-kontext etc., gerade wieder eingeführt, und zwar auf ziemlich plumpe, ungebrochen von identifikation erzählende art. du hast gesagt, daß das diracbuch im zeichen von candela steht, weil das eine abstraktere art verliebtheit war als bei sonja, aber daß du eben deshalb nicht noch mal eine liebesgeschichte aus deinem leben erzählen kannst, sondern candela und das von dir bewunderte an ihr eher in die person dirac mit reinnehmen willst: die willensstärke, autonomie, klarheit, das hoch erho-bene haupt, die scharfsicht. gut, aber es gibt einen grund dafür, daß die präraffeliten von ihrer lizzie nicht losgekommen sind, und das war nicht der, daß sie alle in sie verknallt gewesen wären, sondern diese frau war für sie die gelegenheit, ihre willensgeschichten, ihren wettstreit um das erreichen des jen-seits, ihr mit-dem-kopf-durch-die-wand an etwas außerhalb ihrer selbst auszutragen. as a feminist myself schätze ich es, wenn männer die idee der muse ernst nehmen, weil sie das zwingt, ihr ding auf ein draußen zu beziehen, ein other. ich sage nicht: nimm doch statt dirac lieber emmy noether oder julia bowman robinson, denn was du erzählen willst, geht wirklich nur mit diesem typen, soweit ich richtig verstanden habe, was du mir von ihm erklärt hast. aber ohne, ganz blöd, sex oder jedenfalls etwas, das den kopf zwingt, sich als zu einem leib zugehörig zu verstehen, kommst du nicht weiter, und ich meine deinen kopf, das heißt du kannst diesen punkt nicht einfach an das figurenpaar paul und nicole delegieren. zum schluß was positives: seit dem umschreiben der direkten diracpassagen ins präsens sieht man die anschlußstellen deut-licher, der ton wird sozusagen gehalten, der rhythmus geht gut

rein. also laß dich nicht ablenken, bleib genau auf diesem ener-
gielevel und weitermachen ist alles und denk immer dran,
kleiner, mit bobby darin: as long as i'm singing my song …

alles liebe

johanna

Streit

»Noch eine Bestellung, Sir?«
Der Kobold mit dem Vogelnest auf dem Kopf hat sich wie ein
Indianer angeschlichen.
»Gut, ja, eins noch.«
Die drei Musketiere am Fenster lachen und prosten einander
zu. Regen klatscht gegen die schmutzigen Fenster. Der Wirt
verschwindet hinter der Theke, zapft, wischt den Schaum vom
Glas, bringt Bier, stellt es stumm auf den Tisch, das alles ist
eine einzige, verblüffend fließende Bewegung. Zwei der Bur-
schen am Fenster applaudieren: »Ein richtiges Zirkuspferd!«

Dirac schüttelt den Kopf: Na gut, dann kommt Heisenberg
also ohne Bohrs Elektronenbahnen aus. So schwierig ist der
Gedanke nicht, und außerdem erst der Einstieg – danach verzichtet Heisenberg sogar auf noch mehr: Es gibt, wie experimentell demonstrierbar, eine Anzahl Attribute der Quanten-
teilchen, die Heisenberg »konjugiert« nennt und von denen er
feststellt, daß es prinzipiell nicht möglich ist, jeweils beide im
selben Meßrahmen beliebig genau zu bestimmen – was bei
Objekten, die Bahnen wie den Bohrschen folgen, ja eigentlich
möglich sein müßte.
Zwischen den konjugierten Eigenschaften der Teilchen herr-
schen demnach bizarre Abhängigkeiten der Bestimmbarkeit:
Je genauer man die eine Eigenschaft bestimmt, desto ungewis-
ser wird der Status der andern. Mathematisch gesehen emp-

fiehlt es sich daher, diese Größen in ans Wirkungsquantum gebundene Ungleichungen einzuarbeiten, die beschreiben, daß die synchron beliebig genaue Messung von Ort und Impuls oder Energie und Zeit für diese Partikel nicht möglich ist. Dirac sieht ein, daß Fowler, ein großer Anhänger des Bohr/Sommerfeld-Modells, von diesem Punkt sehr in Aufregung versetzt wird.

Tatsächlich mag man folgern, daß der ganze von Heisenberg so scharf akzentuierte Sachverhalt impliziert, es gebe Ort und Impuls bei den Quanten (anders als bei makroskopischen Erfahrungsobjekten wie Steinen, Pferden oder Schuhen) nicht wirklich, jedenfalls nicht gleichzeitig.

»Er schüttelt den Kopf. Ich glaube, er mag uns nicht.«
»Ach, ist das so? Vielleicht sollten wir mal rübergehen.«
»Ich wette, du traust dich nicht.«
»Was du nur immer mit deiner Wetterei hast, Stu!«

Dirac ist nicht entgangen, daß er erneut Zielscheibe des Spotts der drei geworden ist. Innerlich bereitet er sich darauf vor, den Angriff möglichst ökonomisch abzuwehren. Kann sich nicht einfach jeder um seinen eigenen Kram kümmern?
Der Sturm läßt nach, der Regen fisselt fadendünn, Reste von nassen Windvorhängen, wie mit Tapetenmessern vom Himmel abgeschnitten, fallen schlaff zur Erde. Dirac strengt sich an, seinen Gedanken wiederaufzunehmen, er stützt den Arm auf, legt die Wange in die Handinnenfläche und denkt: Vielleicht stehe ich wirklich noch zu sehr im Bann von Bohr und Sommerfeld. Was mich enttäuscht an dem Heisenberg-Aufsatz, ist vor allem, daß hier nicht mit diesen eleganten Hamilton-Operatoren gerechnet wird, den sparsamen Bewegungsvorschriften für Teilchen, wie sie die Bohrsche Arbeit auszeichnen.
Deshalb habe ich das Ding abgelegt; eine Woche blieb es liegen. Und damit wurde alles nur noch schlimmer: Familienhorror, stumme Vorwürfe, stieres Schweigen.

Dann, eines Morgens, als seine Knochen sich wie altes Brot anfühlten, sein Hirn ihm wie eine Pfütze Essig roch, setzte er sich noch einmal an Heisenbergs Text, und da dämmerte ihm plötzlich, vielleicht vor Entkräftung oder weil keine Widerstände und Erwartungen mehr übrig waren, daß er hier wirklich etwas Besonderes vor sich hatte – nicht neu im Sinne der Relativitätstheorie, also schön, klar und einleuchtend, sondern eher mühsam, kompliziert, in vieler Hinsicht unklar, aber bislang unbekannt, noch nicht ganz verstanden und trotzdem wahr.

»Es liegt«, sagte Dirac an jenem Morgen vor dem Spiegel zu sich selbst, »einfach daran, daß er selber noch nicht genau weiß, was er will.« Wenn das so war, mochte es immerhin bedeuten, daß man der Sache auf die Sprünge helfen konnte. Von diesem Moment an hatte Heisenbergs Arbeit ihn nicht mehr losgelassen, ihn begleitet wie ein schwingungssatter Grundton, als er zurück nach Cambridge kam, ins Seminar, in sein Studierzimmer, auf den Sonntagsspaziergang und bis in diese finstere Ecke hier.

Eine gnomische Fleischfliege läßt sich auf dem Rand von Diracs Glas nieder und spaziert die Glaskrümmung entlang. Die Lippen des jungen Wissenschaftlers bewegen sich lautlos, als bete er einen Rosenkranz, ein Mantra: »Zwei Dimensionen hat das Heisenberg-Ding. U und V sind nichtkommutativ – U mal V ist nicht dasselbe wie umgekehrt. Wo habe ich das schon mal gesehen?«

Er sieht der Fliege in die Facettenaugen, sie weiß es auch nicht.

Was Dirac jetzt ahnt, fast greifen kann, bei weit geöffneten Augen, sind die Matrizendarstellungen der beobachtbaren Größen in Heisenbergs Formalismus: Multipliziert man eine dieser Größen, u, mit der anderen, v, kommt etwas anderes heraus als wenn man umgekehrt v mit u multipliziert. Dirac sieht die Buchstaben doppelt, es bilden sich Paare von us und vs, die lösen sich voneinander, umkreisen einander wie

Schmetterlinge, bilden eine schüchterne, aber hübsche Figur, die –

»Ich spucke auf Cambridge!«

»Dieser Muff!« Wieder der, den seine Kumpane vorhin als Percy angeredet haben, nicht zu überhören. »Ein Bild des Jammers. Schaut sie euch doch an: wie ausgestopft!«

Dirac wird wütend: Zuerst ist das nur ein Schläfenpochen, eine Kontraktion von Muskeln, dann fällt ihm eine Ermahnung seines Vaters ein: »Schließ die Augen und zähl die Sekunden: einunddreißig, zweiunddreißig. Laß dich niemals provozieren. Rohlinge brauchen nichts dringender als die Bestätigung, anderen die Ruhe geraubt zu haben. Das darf man ihnen nicht gönnen.« Schon richtig, das Problem ist: Was immer diese Kerle da sind, die Bezeichnung »Rohlinge« wird ihnen nicht gerecht. Genaugenommen gehen sie fast raffiniert vor, das macht es ja erst richtig schlimm: Sie investieren so etwas wie Geist in ihr schlechtes Benehmen. Dirac zählt wirklich, ohne sich dessen ganz bewußt zu sein: einunddreißig, zweiunddreißig. Aber er hat vergessen, dabei wie empfohlen die Augen zu schließen, und stiert die drei am Fenster deshalb unverhohlen feindselig an.

»Was gibt es zu gaffen? Fühlt man sich bei der Andacht gestört?«

»Gentlemen ...«, ist alles, was dem Wirt einfällt.

Percy wird angriffslustig: »Was denn? Wir tun niemandem was, und der will uns den Tag verderben! Müssen wir uns das gefallen lassen?«

»Genug. Das reicht.« Dirac steht auf und geht sehr langsam um seinen Tisch herum.

Brian und Stuart weichen etwas zurück, Percy aber sagt lauernd, jedes Wort betonend: »Kein Grund, aus der Haut zu fahren, Sportsfreund.«

Dirac schüttelt den Kopf: »Nein. Sie stören mich beim Denken. Es gibt für all das keinen Grund. Hören Sie jetzt auf damit.«

Percy lächelt: »Ein Philosoph?«

»Ich bin Wissenschaftler.«

»Ah, ein Ritter der Dampfmaschine. Einer, den Newtons Schlaf gefangenhält. Ich nehme nicht an, daß Ihnen das was sagt? William Blake? Der ... hemm ... wußte noch ... daß es Fragen gibt, die Leute wie wir eher beantworten könnten als einer, der einfach nur ›nachdenkt‹. Das Leben zu leben, das ist auch eine Wissenschaft! Kaltes Rechnen allein macht nicht klüger.«

»Was denn für Fragen?« Dirac bereut die Erwiderung, kaum daß sie ihm entfahren ist.

»Oha! Fühlen Sie sich herausgefordert, mein Guter?«

Dirac beschließt, nicht nachzugeben: »Was für Fragen?«

Percy räuspert sich, blickt mit gespieltem Mitleid erst nach rechts zu Stuart, dann nach links zu Brian, sieht schließlich Dirac ins Gesicht und senkt abermals die Stimme: »Nun, zum ersten ... was ist das überhaupt, das Leben? Das größte aller Geheimnisse! Kommt nicht ein Lachen, ein Bonmot, oder ein Vers, ein Traum diesem Geheimnis näher als die genaueste Berechnung? Und bevor Sie sich in Ihre Platitüden flüchten, von wegen, Leben sei ›Energie‹ und wie die schmucken Wörter alle heißen ...«

»Unsinn. Energie ist nicht lebendig.«

Stuart hält den Atem an; Brian schmatzt.

Percy ist nicht beeindruckt: »Fein, aber was ist es dann, das Leben?«

»Zellwachstum und Vermehrung, bei denen aus Zellen bestehende Wesen ihr Energiedefizit durch Zufuhr von außen ausgleichen müssen, entweder mittels Sonnenenergie oder mit Hilfe anderer Lebewesen, die gefressen werden.«

»Nein wirklich! Ich sehe, Sie machen sich so Ihre Gedanken. Aber das ist doch ein bißchen platt, oder? Wir scheinen uns auf eine Art Streit eingelassen zu haben!«

Dirac ist nicht bereit, irgend etwas derartiges anzuerkennen, aber er widerspricht auch nicht.

Percy kommt in Fahrt: »Also, Herr Wissenschaftler. Wir sollten das ganz sportlich austragen. Nach klaren Regeln. Ich würde sagen: Ich darf ihnen drei Fragen stellen, die der Wissenschaft ihre Grenzen zeigen, und wenn Sie auf alle so … gefaßt eine Antwort wissen, dann bin ich bereit, Ihre Nervenschonung für ein kostbareres Gut zu halten als unsere Lebensfreude. Was meint Ihr?«

»Fair.«

»Überaus sportlich von dir, Percy.«

Was für Idioten, denkt Dirac.

»Wir haben also gehört, was Leben ist. Unser neuer Freund hat sich da mit technisch korrekten, aber philosophisch höchst unzureichenden Argumenten weggeduckt. Es gibt jedoch, ich bestehe darauf, Dinge, denen man ohne geeignetes Empfinden nicht nahe kommt. Nehmen wir ruhig die Wissenschaft selbst. Was serviert sie uns da für Bilder vom Höheren, von einer anderen Wirklichkeit? Wie steht es mit der vierten Dimension, von der man jetzt so viel hört? Man hat sie offenbar entdeckt, man spricht von ihr, und doch kann sich niemand vorstellen, was das ist. Im Herzen der Vernunft, sage ich, lauert das Unbegreifliche!«

»Ist das Ihre zweite Frage? Die vierte Dimension?«

»Wenn Sie so wollen. Erklären Sie's uns, und zwar so, daß man sich etwas darunter vorstellen kann.«

»Die vierte Dimension ist eine mathematische Form, wie die drei anderen Dimensionen auch. Solche Formen ermöglichen es uns, Bewegung oder Ruhe von etwas relativ zu etwas anderem zu beschreiben. Die Dimensionen sind jederzeit austauschbar, wie man ein Koordinatenkreuz dreht. Man kann also nicht sagen, daß die vierte Dimension die Zeit ist. Es kann auch die Tiefe oder Breite sein, es kommt nur auf die Bewegung an, die wir beschreiben wollen. Es gibt keine absolute Bewegung, also auch keine absoluten Dimensionen.«

»Unfair!« mault Stuart. »Damit ist nichts erklärt! Das sind nur Definitionen!«

Dirac zuckt mit den Schultern: »Es geht doch gar nicht anders.

Das gilt für alle Wörter. Genausogut könnten Sie, wenn Ihnen das nicht paßt, von mir verlangen, ich soll Ihnen Rot so erklären, daß Sie sich darunter etwas anderes vorstellen können als bloß eine Farbe.«

Spitzenbombenbastler

David ist bei Paul und Nicole zu Besuch.

Man redet über Pauls Arbeit, Nicoles neueste Entdeckungen und Experimente in der Großstadt – »Es gibt Parks, wo es nur um Drogen geht, das ist wie ein Zoo, wenn die da so rumlaufen in ihren Zuständen, die sie haben« – und Davids Arbeit. Es wird Alkohol getrunken, Witze werden erzählt.

Als draußen das Tageslicht verschwindet, greift Nicole plötzlich nach der Fernbedienung auf dem Glastisch und sagt priesterlich: »Es geht ja los, Mensch! Es geht ja gleich los.«

»Ach, stimmt, he, Entschuldigung!« sagt Paul und küßt ihren Arm, als sie sich auf den Boden vor den eingeschalteten Fernseher setzt. Dann flüstert er David zu, der ihn fragend anschaut: »Heute kommt ihre Lieblingssendung, hatte ich voll vergessen. Wenn es dich nervt, können wir ja ...«

»Nee, laß doch!«, David ist im Gegenteil sofort sehr interessiert. Bald sitzen sie zu dritt auf dem Teppich.

Heute geht es darum, daß Maria ihre Freundin Liz ohne deren Wissen in einen Blind-Date-Contest eingeschrieben hat. Sofort sind alle Typen der Stadt, die ansprechenden wie die trüben, hinter ihr her, während Max und Kyle bei einem größeren Besäufnis endlich kameradschaftliche Gefühle füreinander entwickeln und Alex mit seiner Band die erste große Auftrittschance bekommt.

Als die Show vorbei ist, stehen Paul und David auf dem Balkon, während Nicole sich die Haare wäscht, und Paul sagt: »Weißt du noch, wie wir uns damals todernst damit befaßt haben, was da passiert ist in Roswell, ob es wirklich ein außerirdisches Raumschiff gewesen sein kann, mit Antimaterieantrieb oder was weiß ich? Und jetzt ist es eine Teenie-Fernsehserie, und meine Freundin steht drauf.«

»Ich weiß nicht, so unpassend finde ich das gar nicht«, sagt David und stößt mit Paul an.

»Weil das so albern ist, dieser UFO-Quatsch, und also passend für Teenies?« lacht Paul.

»Wie kommst du darauf«, brummt David, »daß ich Teenies albern finde? Bin ich ein verklemmter Idiot von der Uni, ein Soziologe, ein Pop-Journalist oder was?«

Paul grinst und antwortet: »Ja, reg dich ab, Tailgunner, ist gut.«

David schaut über die Dächer hoch zum Mond und sagt: »Es paßt halt. Mir, meine ich. Fürs Buch.«

»Weil du unsere alte Untertassenbegeisterung wieder ausgräbst, für den autobiographischen Teil, und wir genauso alt waren wie die Helden von Nicoles Serie, damals?«

»Nicht nur das. Roswell war auch ... in dem Zusammenhang habe ich das erste Mal den Namen Dirac gelesen. In einem von diesen Untertassenbüchern, entweder von Hynek oder von diesem Atomphysiker, der an den Crash bei Roswell glaubt, Stanton Friedman ...«

Paul gluckst, schüttelt den Kopf: »Wieso das denn? Was hat denn Dirac ...«

»Na ja, angeblich hat ihn Oppenheimer auf Wunsch der Air Force rekrutieren sollen, fürs Reverse Engineering ... das Schiff, das da abgestürzt ist, soll irgendeine Antimaterietechnologie gehabt haben, entweder als Antrieb oder als Bewaffnung, Antimateriebomben. Na ja, und weil Dirac der Mann war, der im Zuge rein mathematischer Operationen die Existenz von Antiteilchen entdeckt hat – das Positron, um genau zu sein, war 'ne Voraussage, die man direkt aus der Dirac-Gleichung fürs Elektron ...«

»Halt, halt, halt, halt!« Paul hebt abwehrend die Bierflasche, schüttelt vehement den Kopf und sagt: »Das ist Mumpitz. Das weißt du doch. David, hör zu«, er wird heftig, weil David ein skeptisches Gesicht zieht, »also bitte, du weißt, daß das nicht klappt – ich meine, du brauchst, was weiß ich, ein Kraftwerk, ein Riesenkraftwerk, um auch nur an einem Tag ein Gramm Antimaterie zu produzieren, und die Aufbewahrung … also technisch, ich meine, David, bitte, du kannst vielleicht ein paar Antiwasserstoffatome ein Weilchen zu Forschungszwecken isoliert lagern, ohne daß es knallt, und übrigens, Einsatz als Waffe, je nach Umgebung hättest du da unter Umständen höchstens einen ganz bescheidenen …«

»Weißt du, wer den ersten wissenschaftlichen Aufsatz über die Möglichkeit des Einfangens negativer Teilchen, die schwerer als das Elektron sind, in normaler Materie geschrieben hat?«

»Nee«, sagt Paul, und zieht jetzt, weil er eine sauber konstruierte Falle wittert, seinerseits ein saures Gesicht.

»Enrico Fermi und Edward Teller. Zwei Spitzenbombenbastler. Teller, der Vater der Wasserstoffbombe, hat sogar …«

»Ja, ich weiß ja nun wirklich, wer Teller …«

»Schon gut. Und weißt du auch, wann dieser Aufsatz, betitelt ›The Capture of Mesotron in Matter‹, erschienen ist?«

»Wann denn?«

»Neunzehnhundertsiebenundvierzig. Im Jahr des Zwischenfalls von Roswell. Wer sagt dir, daß Fermi und Teller von sich aus auf diesen technischen Einfall gekommen sind? Wer sagt dir, daß sie nicht einfach eine Technologie beschrieben und in leicht verschleierter und entstellter Form der Fachöffentlichkeit zur Diskussion gestellt haben, die ihnen in Gestalt von …«

»David! Tailgunner! Genosse! Hör auf! Ich ersuche dich in aller Form!«

David setzt eine Unschuldsmiene auf, schaut an Paul vorbei in die Wohnung, ob Nicole schon aus dem Bad zurück ist und ihnen zuhört, und trinkt dann den Rest aus seiner Flasche leer.

»David. Ernsthaft. Du weißt doch, was in Roswell wirklich passiert ist, damals, im Juli Siebenundvierzig, oder?«

»Nein, was denn?« fragt David, völlig im Ernst.

»Also, paß auf – was ist wenige Flugminuten von Roswell entfernt?«

»Las Cruces? El Paso?«

»White Sands. Das Testgelände. Das Naturwunder. Wo sie die deutschen V2-Raketenversuche imitiert haben, und die erste Atombombe getestet – ›Trinity‹, weißt du –, und wo die Shuttles gelandet sind und die Tarnkappenbomber ausprobiert wurden und ... Verstehst du? Irgendein ... irgendwas, vielleicht ja wirklich der Projekt-Mogul-Radarfänger, von dem das US-Militär behauptet, er wäre es gewesen – irgend so ein Ding, ein Flugzeug, ein Proto-Raumschiff, jedenfalls was Amerikanisches, ist diesem Bauern da ... wie hieß er ...«

»Brazel. Mac Brazel.«

»Ja. Dem auf seine Weide geknallt, und die lokalen Trottel in Roswell wußten eben nicht, was das ist ...«

»Paul, diese lokalen Trottel waren auf einer Luftwaffenbasis stationiert, die das erste nukleare Geschwader der Welt beherbergen durfte. Wenn jemand sofort informiert worden wäre, falls was Amerikanisches runtergeht, egal wie geheim, dann die Typen in Roswell. Aber statt dessen geben sie eine Presseerklärung raus, die eine abgestürzte Untertasse ...«

»Ja, ich kenne die Erklärung. Ich kenne die Quelle – die einzige UFO-Meldung, die jemals in einer seriösen Zeitung ...«

»Man sieht die Ausgabe im Vorspann der Lieblingsserie deiner Freundin, wie ich heute feststellen durfte. Die Titelseite.«

»Schön, toll. Was beweist das? Es beweist nichts.«

»Die Hälfte aller nicht geheimen Arbeiten von Teller nach dem Zweiten Weltkrieg, nach diesem ersten Papier mit Fermi, und eine große Anzahl der Arbeiten von Andrej Sacharow, den unsere Genossen in der SU dann wohlweislich weggesperrt haben, handelte in irgendeiner Form von Antimaterie. Das läßt sich nicht rechtfertigen, wenn man nur die technischen Probleme im Kopf hat, von denen irdische Technik weiß. Aber falls jemand diese Probleme gelöst hat, da oben«, David bewegt den Kopf in Richtung Weltraum, »dann könnte ...«

Nicole erscheint auf dem Balkon wie eine nasse Katze, geschmeidig, unvermittelt und lustig: »Wollen wir noch in die Stadt jetzt, wo Musik läuft?«

»Wenn Herr von Däniken hier«, Paul blinzelt David provozierend an, »nichts dagegen hat, wäre mir das recht.«

»Früher hast du andere Autoritäten respektiert als die Air Force«, mault David in gespielter Gekränktheit beim Reingehen, und Paul pariert: »Tu' ich immer noch, aber bevor du mir erzählst, daß auch das Ding in Rußland ... Tunguska ... eine Untertasse war, und daß Lenin davon gewußt hat, sehe ich keinen marxistischen Grund, kleine grüne ... oder rote Männchen zu erforschen.«

»Streitet ihr euch jetzt wegen Roswell, oder was?«

»Oder was«, bestätigt Paul, und David läßt es gut sein.

Überhaupt keine Farbe

Percy betrachtet Dirac schweigend, als ob er etwas genau erforschen will, was er noch nie gesehen hat. Dann wird sein Blick glasig, verliert den Brennpunkt.

Dirac erkennt, daß Percy nicht durch ihn hindurchsieht, sondern nur an ihm vorbei, auf etwas anderes, etwas hinter ihm. Er dreht sich um, sieht da aber nichts: Was soll da sein? Die Wand? Die Theke? Sich selbst sieht er auch, dort in dem breiten Spiegel, und die Bedränger: vier Leute, die ein sinnloses Gespräch führen. Ist es das?

»Ja. Der Spiegel, mein Freund. Der Spiegel. Ich will Ihnen ein letztes Beispiel davon geben, daß manche Geheimnisse größer sind als Ihre Art, zu fragen und zu antworten, je erkennen kann. Farben, haben Sie gesagt. Rot, nicht wahr, ist eben eine Farbe, und Blau ist auch eine Farbe ... Ein Maler zum Beispiel. Er erkennt Farben. Er sieht, wie Sie sagen, das Rot, das Gelb, das Grün. Und dann? Er braucht Inspiration. Er muß mehr verlangen, als das Schulwissen ihm sagen kann. Ein Künstler ist ein Mann, der fragt: Wenn alles eine Farbe hat, welche Farbe hat dann ein Spiegel?«

Stuart und Brian lachen wie Sieger.

»Nun? Was weiß der Wissenschaftler? Wollen Sie sagen, daß man über das schweigen muß, wovon man nicht sprechen kann? Welche Farbe hat der Spiegel?«

»Farben sind Lichtwellenlängen. Es gibt ein Spektrum von kurzen Wellen – also blauen – über mittlere, gelb – bis zu langen, rot. Wenn Sie etwas Blaues betrachten, heißt das, daß das Licht aller Wellenlängen außer der blauen von dem Gegenstand geschluckt wird. Das blaue Licht wird zurückgeworfen. Ein Spiegel wirft zwar alles Licht zurück, aber nicht in beliebige Richtungen, wie etwa ein weißes Objekt. Die Reflexion eines Spiegels ist kohärent. Das bedeutet, das Licht – egal welcher Wellenlänge – wird jeweils in genau die Richtung zurückgeworfen, aus der es kommt. So entsteht eine identische Abbildung der Lichtquelle oder eines anderen reflektierenden Gegenstands vor dem Spiegel.«

»Sie sagen also … der Spiegel hat überhaupt keine Farbe?«

»Haben Sie nicht zugehört? Nichts hat eine Farbe. Es geht darum, welche Wellen zurückgeworfen werden, und ob das beliebig gestreut oder kohärent geschieht.«

»Er weicht dir aus, Percy!«

»Er faselt! Hör dir an, wie er die Worte verdreht!«

Die beiden eilen ihrem Herrn zu Hilfe, aber der wendet sich ab. Schweigt. Schaut zum Fenster hinaus. Dirac wundert sich: Was ist hier gerade geschehen?

Wer hat den Blitz in den Boden abgeleitet? Hat es eine Entscheidung gegeben, hat jemand gewonnen? Die Sonne scheint, man sieht keine Wolken mehr am Himmel.

Dirac tritt zurück, sieht sich im Raum um. Der Wirt lehnt an seiner Theke, mit geschlossenen Augen. Er scheint zu schlafen, ein kleiner halbkahler Vogel, es fehlt nur der Flügel, unter den er seinen Kopf stecken kann.

Dirac geht zu ihm, stößt ihn sacht an der Schulter an. Der Wirt nimmt sein Geld entgegen. Dirac läßt das halb ausgetrunkene Bier zurück und geht hinaus; er fühlt sich wie ein Sträfling, den man aus der Haft entlassen hat.

Da ist sie, viel später

»Und dann bist du zu diesem Detektivbüro und hast ihr so einen Ermittler und Knipser auf den Hals gehetzt. Sie überwachen lassen. Damit du ... das hast du einfach so durchgezogen.«

»Einfach, was heißt einfach ... Ich hab' halt schlagartig kapiert, daß sie alle Fäden in der Hand hat, die Übersicht, den Nexus, aus dem heraus ...«

»Das ist aber größer als die Geschichte, die du schreiben wolltest.«

»Größer, klar. Aber darum geht es doch: daß man im Laufe der, sagen wir halt, Ermittlungen auf einmal merkt, daß man das Biest nur am Zipfel, an der Schwanzspitze erwischt hat, daß da ein unsichtbarer Elefant im Raum steht, gegen den man plötzlich läuft, so wie Dirac das an diesem Sonntagnachmittag auf einmal spitzkriegen mußte, daß er genau das richtige mathematische Gespür besitzt, das nötig ist, um die Dinge zusammenzuschauen.«

»Und was kam dann also raus, bei den Ermittlungen, die dieser Detektiv ...«

»Kann ich dir auf dem Schirm zeigen. Hier. Im Rechner sind alle Daten. Fotos, Filme. Mit dem Programm, dem Zellulären Automaten verrechnet, als reiner Datenstrom ...«

Knacksen, Klicken.

Raster öffnen einander, Lichter blenden auf, scharlachfarben, meergrün und sonnengelb.

»Oh Mann. Ach du lieber mein Vater.«

»Ja. Siehst du? Da ist sie. Da war sie immer schon, seit die Zeit angefangen hat. Sie ist da, sie ist dort, hier, ist dann und wann und immer, geht rundherum und wieder zurück. Schau sie dir an: Das sind ihre Fußstapfen, in der Ewigkeit. Die Botin mit dem Schlüssel.«

»Sie kennt uns.«

Suchen

Zwischen Straßengraben und Wiese glänzen große glatte Pfützen.

Diracs dünner Mantel knattert, Wind zaust die Haare, kühlt das Gesicht.

Kaum hat er auf seinen Weg zurückgefunden, ist das Erlebnis mit den drei Tagedieben vergessen. Wie eine Melodie, die der pfeifende Mund schneller findet als das suchende Gedächtnis, kehrt Heisenbergs Mathematik ins Zentrum von Diracs Aufmerksamkeit zurück. Nichtkommutativität, das eine mal das andere ist nicht dasselbe wie das andere mal das eine. Ein blaugrauer Vogel wirft sich dicht über Dirac in den Wind, kämpft damit, taumelt, trudelt, fängt sich, legt sich schräg in den Luftstrom, dann steigt er wieder auf, sehr schnell sehr hoch.

Dirac sieht ihn in einem Koordinatenkreuz, wie der Vogel sich dreht, nach oben entflieht.

Ort und Geschwindigkeit, wohin der Vogel geworfen wird, wie er flattert: Himmel und Pfütze, Wind und Wasser, Vogel und – Fisch?

»Poisson«, sagt Dirac.

Das ist es: Poisson-Klammern. Siméon Denis Poisson, Siebzehnhunderteinundachtzig bis Achtzehnhundertvierzig. Nichtkommutativität ... wo hat Dirac das gelesen? Was ist das? Es scheint eine Beziehung zu geben, oder ist das ein Haschen nach Wind? Heisenbergs Kommutator:

$uv - vu$

und die Relation zwischen zwei Größen in diesem Formalismus für Phasenraumfunktions-Transformationen ... die Erinnerung ist vag: alte Mathematik, die Heisenbergs neuer Physik zu Hilfe kommen könnte. Dirac setzt über den Straßengraben, ohne recht zu überlegen, was er da tut, und läuft dann quer über die im Matsch versunkene Wiese. Jeder Schritt schmatzt, Dirac hat es eilig: Er muß nach Hause, nachlesen, was es damit auf sich hat, Poisson, Nichtkommutativität, alles.

Dreck bespritzt seine Hosenbeine, die Gelenke knacken, er eilt weiter.

Es kann nicht stimmen. Die Ähnlichkeit der beiden Formen ist Zufall, wie ein Reim in einem Gedicht, oder eine Harmonie zwischen zwei Stimmen; es wäre zu verrückt, wenn das etwas bedeutet – schon wird ihm der eben erst geahnte Gedanke unplausibel, aber im selben Ausmaß wächst doch auch die Aufregung: Was, wenn was dran ist? Nach ein paar hundert Metern Querfeldeinlauf erreicht er einen Kiesweg und merkt, wie er um Atem ringt, strauchelnd, schwindelnd: Er ist gerannt. Die ländlichen Bezirke liegen hinter ihm, er ist jetzt in der Stadt, fühlt sich nach vorn geworfen in seine Gedanken, von einem Rückenwind, der ihn erfaßt wie vorhin den Vogel.

Endlich steht er vor seiner Tür.

Hektisch wühlt er den Schlüssel aus der Manteltasche, will rasch aufschließen, aber das Ding verhakt sich im Schloß. Dirac flucht; er muß da rein, das nachlesen, saubere Definitionen, Ordnungen. Er rüttelt am Schloß, das gibt den Schlüssel frei. Dirac zieht ihn raus, steckt ihn gleich noch einmal rein, dreht ihn um. Es funktioniert, die Tür springt auf.

Ohne den Mantel abzulegen stürzt Dirac in sein Zimmer, durchsucht seine Bücher und Mitschriften, kniet am Boden, zieht Schubladen auf. Der Sturm von vorhin wird in diesem Zimmer wiedergeboren, Blätter fliegen, Augen irren, nichts: kanonische Transformationen, lineare Abbildungen, Differentialgleichungen, Lehrbücher, Formelsammlungen.

Alles viel zu grundlegend, nirgends was über Poisson-Klammern, kein Hinweis.

Aber er hat es gesehen, hat es gelesen: in einem Buch, nicht in einer Mitschrift.

Schließlich sitzt er keuchend in der Unordnung, die er angerichtet hat, streift den Mantel ab und muß lachen: Sonntagabend. Alle Bibliotheken haben geschlossen.

Er fährt sich mit beiden Händen durchs Haar, als hätte sich das, was er sucht, in seiner Frisur festgekrallt.

Furchtbare, euphorische Nacht: Diracs Herz hämmert ihm im Hals, halb schlafend fantasiert er sich als kleinen Vogel im Wind, wirft sich links- und rechtsherum.

Wenn man es wirklich so darstellen kann, wenn man eine Art Hamilton-Dynamik mit nichtkommutativen Poisson-Klammern formulieren kann, wenn das der Schlüssel ist ...

Der Morgen graut. Dirac steht auf. Die Glieder schmerzen ihn. Er ist sehr ruhig, als hätte er eine sehr schwere Arbeit hinter sich. Nach kurzer, flüchtiger Wäsche kleidet er sich an und läuft aus dem Haus, geradewegs zur Fakultätsbibliothek.

Er ist der erste. Die Bibliotheksangestellte läßt ihn kopfschüttelnd ein. An langen, hohen Reihen von Büchern eilt er vorbei, er kennt sich hier aus.

Am großen Kreuzfenster schwenkt er nach links, vor eine der Kolonnen, und dort, in Brusthöhe, steht Whittakers »Analytical Dynamics«. Schnell findet Dirac, wonach er sucht. Die Zeichen flackern, er hat Mühe mit dem Lesen. Aber seine Ahnung hat ihn nicht getrogen.

Er hat einen eigenen Schlüssel zur neuesten Physik.

FÜNF

Pressematerial

David lacht ungläubig, weit weg, am andern Ende der Leitung. Es hört sich trotz der Verzerrung warm an, weshalb Johanna gute Laune kriegt; der Tonfall erinnert sie an »Fourteen Zero Zero« von Console: Computerkuschelsound. Sie sieht vorm inneren Auge, wie er den Kopf schüttelt. Dann sagt er: »Das kann ich dir ja wohl nicht glauben, daß du dir nicht wenigstens die Liste angeguckt hast! Ich bin mir schon blöd vorgekommen, daß ich mich erst anderthalb Wochen vor Abflug bei dir melde.«

»Ich hab's aber wirklich nicht gemacht. Nicht gelesen. Das ist für mich alles Papierkram.«

»Ihr Kunstmenschen. Es ist zum Lachen.«

»Und was bist du, ein abgebrühter Zeitungsprofi? Nee, beantworte das bitte nicht, Kleiner.«

So hat sie ihn schon genannt, als sie noch mit Paul zusammen war.

Auf Johannas Knien liegt der Folder mit dem Pressematerial für die Israelreise: »Visit to Israel: German Press/Culture«. Sie ist in ihrer Eigenschaft als freischaffende Kunstjournalistin und Künstlerin auf Vermittlung der Redaktion der deutschen Zeitschrift »MechArt« vom israelischen Außenministerium eingeladen worden, an einer Informationsreise im Vorfeld der großen Ausstellung israelischer Kunst im Berliner Martin-Gropius-Bau in zwei Monaten teilzunehmen.

Wer da sonst noch mitkommt, hat sie bis gerade eben nicht interessiert.

»Ich hätt's mir ja denken können. Ich mein', deine Zeitung ... was seid ihr, die immenseste, wichtiglichste, breiteste und lauteste Tageszeitung in Deutschland überhaupt?«

»Eine der flächendeckenderen«, sagt David und gibt sich Mühe, daß man genug Pomp und Gedröhn mithört.

»Weißt du, was mich auf deine Spur hätte bringen sollen?«

»Hm?«

»Das Programm. Der Besuch in Haifa am Sonntag. Das hast du so hingedreht, stimmt's?«

»Was meinst du?« Er versucht, lämmchenunschuldig zu klingen. Sie lacht ihn aus und betrachtet einen Augenblick lang leicht abwesend ihre am Boden verstreuten Zeichnungen von Nicole. Die war gestern lange hier bei ihr.

Sie mag das Mädchen sehr, es macht ihr Spaß, die Blätter anzuschauen.

Dann sagt sie: »Na hier, äh fünfzehn Uhr: Visit the Technion and meet Prof. Peretz Lavie, Vice President. Da arbeitet und wohnt doch auch Sonja, oder?«

»Nach Haifa wären wir eh gebracht worden, Johanna. Das ist die einzige normale Stadt in Israel, die einzige, wo sich nicht alle andauernd an die Gurgel gehen – Muslime, Juden und dieses ganze andere arme Zeug.«

»Weich mir nicht aus, Kleiner. Du hast doch sicher auch diese Mail gekriegt, ob wir besondere Wünsche haben und irgendwas sehen wollen, oder?«

»Habe ich.«

»Und wenn von deinem eminenten Blatt jemand Sonderwünsche hat, und diese Wünsche eh auf der Route liegen ... ich mein', ich als Freie hätte doch wohl kaum so 'ne Extrawurst anmelden dürfen ...«

»Ja, ist ja gut, stimmt, ich will sie treffen, okay?«

»Bringst du ihr dein Buch mit?«

»Das hat sie schon. Ich bin seit ... ich habe Kontakt zu ihr, schriftlich, seit ... vor der Veröffentlichung. Paul hat sie gefunden.«

»Das klingt, als wäre sie verloren gewesen.«

»Sind wir doch alle, oder? Verloren?«

Danach geht es um nichts Wichtiges mehr.

Man vergleicht die Flüge – beide reisen am Donnerstag hin, am darauffolgenden Dienstag zurück, er direkt von und nach Frankfurt, sie billiger, über Wien –, und er, der schon zweimal in Israel war, sagt ihr noch, worauf sie achten soll. Sie läßt das zu, obwohl es sie nicht kümmert.

Hot and bothered

Pauls Erinnerung kennt nichts, was auch nur annährend so sexy wäre wie Nicole, wenn sie geil wird.

Er nennt den Zustand bei sich »hot and bothered« und fragt sich manchmal, woher er diesen Ausdruck hat – vielleicht ja aus einem der Liedtexte, die David damals für die gemeinsame Heavy-Metal-Dilettantenband geschrieben und gesungen hat, in der Paul Schlagzeuger war.

»Full Copper Repipe« hat die Truppe geheißen; das waren so unsere Witze.

Nicole, *hot and bothered*: finster kluger Blick unter schweren Lidern, Hautpartien um die Augen verschatten sich, als hätte sie drei Nächte lang am Siechenbett eines im Sterben besonders schönen heidnischen Gottes gesessen und ihm die Stirn gekühlt. Erschöpft sieht sie dann aus, und wenn sie was sagt, dann leise singend, wiegenliedhaft: »Mmmh Schmusen?«

Sie hat lange genug alles getan, was in ihrer Macht stand, diesen Moment aufzuschieben, sagt der dunkle Blick, aber jetzt muß sie ihn küssen und anfassen, geküßt und angefaßt werden. Ihre Bewegungen werden langsam, ihre Arme und Beine wirken länger; ihre Lust ist überlegt, wie ein Ritus, eine religiöse Hinrichtung vielleicht, mit der das Opfer einverstanden ist.

Sie wird zur Priesterin und streift Paul sein Hemd über den Kopf, während sie summt und singt und er wie gelähmt ist von diesem Tanz und dieser Musik, den Tricks und Überraschungen mit der Zunge, die sie auf viertausend Jahre alten Zauberpapyri gelesen hat.

Was sie zusammen sind, ist das Schönste, was er je erlebt hat, eine ganz neue Art, Details zu sehen, eine überhitzt nichtwissenschaftliche: Aha, da ist sie jetzt dunkler und hier wärmer, fast heiß, und das mag sie und das eher nicht. So bemerkt er im Lauf der Monate nicht die Veränderungen an ihr, weil er alles nur bewundert und genießt, viel zu nah und alles andere als objektiv, wenn sie nackt ist, und die analytische Kühle, die nötig wäre, damit er die Hyperpigmentation bestimmter Körperstellen, die Gesichtsverwandlung, das neue Leuchten mitkriegt, schmilzt weg. Deshalb erfährt Paul das Allerwichtigste viel zu spät.

Löcher, Wellen

Aus der Erzählung »Ripples in the Dirac Sea« von Geoffrey A. Landis (David Daleks Arbeitsübersetzung):

Nachdem er das Postulat aufgestellt hatte, daß der gesamte Kosmos mit einem unendlich dichten Meer aus negativenergetischen Teilchen angefüllt ist, fuhr Dirac fort und fragte sich, ob wir, die wir im positivenergetischen Universum leben, jemals in Wechselwirkungszusammenhänge mit diesem Meer eintreten können. Was würde passieren, wenn man etwa einem Elektron im negativen Meer genug Energie zuführen würde, um es da hinauszujagen? Zwei Dinge: Erstens würde man scheinbar ein Elektron aus dem Nichts »erschaffen«. Zweitens ließe man ein »Loch« in jenem Meer zurück. Das Loch, begriff Dirac, würde sich verhalten, als wäre es selbst eine Art Teilchen, und zwar eines, das genau dem Elektron gliche, mit einem einzigen Unterschied: Es hätte die entgegengesetzte Ladung. Wenn dieses Loch jemals auf ein Elektron träfe, würde das Elektron zurück ins Dirac-Meer stürzen, wodurch sowohl das Elektron wie das Loch vernichtet würden, in einem grellen Energieblitz. Schließlich gab man dem Loch im Dirac-Meer

einen eigenen Namen: »Positron«. (...) Siebzig Jahre später
erinnerte ich mich an eine Geschichte, die mir mein Professor
für transfinite Mathematik erzählt hatte, und dachte sie mit
Diracs Theorie zusammen. Wie man einen zusätzlichen Gast
in ein volles Hotel mit unendlich vielen Zimmern einquartiert,
indem man alle Gäste bittet, ins Zimmer mit der nächsthöhe-
ren Ziffer umzuziehen, so daß das erste frei wird, damit fand
ich einen Weg, Energie aus dem Dirac-Meer zu borgen. Oder,
um es anders auszudrücken: Ich lernte, wie man Wellen macht.
Und Wellen im Dirac-Meer bewegen sich rückwärts durch die
Zeit.

Bei Johanna

Die Tür geht auf.
Johanna steht im dunkelgrünen Flur, winkt den Gast herein.
Er tritt ein, legt ab. Johanna sagt: »Wo warst du denn? Komm,
setz dich her, deine Witze haben mir gefehlt.«
Das ist natürlich selber so ein Witz, und Christof findet ihn
gut, es erleichtert den Anfang. Er setzt sich mit etwas Mühe
auf ihr Bett, weil nichts in Johannas Wohnung sonst groß
genug ist, daß der massige Mann sich drauf ausruhen könnte.
»Im Ernst«, ruft Johanna aus ihrer Wichtelküche, während sie
anfängt, Kaffee zu machen, »ich hab' dich seit ... na seit wir
bei Paul waren weder gesehen noch gehört. Was war los?«

Christofs eben noch lächelndes Gesicht mit dem gesträubten
Bartbusch verliert jeden Ausdruck.
Er starrt glasig auf Johannas Schreibtisch und sagt in gleich-
mütigem Ton, aber laut genug, daß sie es hören kann: »Ach,
nichts Besonderes. Die Frau, mit der ich mal zusammen war
und eine Gemeinschaftspraxis hatte, die mir Geld geliehen
hat, damit ich anfangen kann, und die mich vor drei Jahren
sitzengelassen hat, will ihr ganzes Geld zurück.«
»Scheiße!« ruft Johanna nicht besonders alarmiert und gießt

alt gewordene Milch in die Spüle. »Hatte ich keine Ahnung von. Kannst du sie vertrösten? Ich nehme mal an, du hast die Kohle nicht?«

»Nee, wirklich nicht. Es gibt zwar immer mehr Verrückte, aber die bringen mir kein Geld. Zum Teil so Hartz-Vier-Opfer, für die ich dann Gutachten schreiben muß, Leute mit Schwerbehindertenpaß, und ... na ja. Sie braucht das Geld wirklich, das ist keine Schikane. Sie ist im Engpaß, früher war sie reich, aber jetzt ... irgendwelche Aktiengeschichten ... sie hat mir sogar gedroht, daß sie ...«

Er ärgert sich, daß ihm nicht gleich einfällt, wie der Satz weitergeht, irgendwas mit Anwalt und Gerichtsvollzieher. Die Worte wollen sich nicht ordentlich in die ihnen angewiesene Fahrspur einfädeln, und das liegt natürlich, wie der Psychiater erkennt, an seinem anderen, viel größeren Problem, an der Diagnose, die ihm sein Neurologe mitgeteilt hat, ein alter Studienkollege, als Doktor Kiehn wegen seiner Schreibprobleme und der wackligen Knie zu ihm gegangen ist, vor drei Wochen: Was ist eigentlich mit meiner Körperbeherrschung, was sind das für motorische Dysfunktionen, bin ich organisch krank oder nur von Angst wegen des Geldes gequält?

Überrascht merkt Christof, daß seine Schultern auf und ab springen wie Pudding unter Stromfolter, daß seine Brust bebt und ihm Tränen in den Bart rinnen, daß er bald Rotz und Wasser heult und Johanna plötzlich vor ihm steht, mit entsetztem Gesicht.

Er schaut sie an, schluckt zweimal schwer und feucht. Ihm fällt auf, daß sie sehr gut aussieht – ein bißchen androgyn, englisch bleich, kantig und rein, so unversaut wie Tilda Swinton in »Orlando«.

»He, Chris ...«, sagt sie, und es rührt ihn, wie diese sonst so distanzierte und beherrschte Frau ihm jetzt nah zu sein versucht, wie sie sich neben ihn setzt und mit ihrem langen Arm um seinen schweren Körper herumfaßt, sich eher an ihn zieht als ihn an sich.

»Ich hab' … mein Vater hat einen Haufen Geld, immer noch. Ich kann …«, sagt sie, aber er schüttelt langsam den Kopf und sagt leise: »Das ist es ja nicht. Das ist es nicht.«
Sie macht ein leises Geräusch, das wortlos fragt, was es denn dann sei.
»Ich muß sterben«, sagt Christof. »An einer ganz scheußlichen Krankheit. Ich werde langsam … man verliert allmählich die Muskelkontrolle, das dauert wohl ziemlich lang, und dann erstickt man. Zum Schluß.« Er lacht kurz und kalt und sagt dann, als wäre das eine gute Pointe: »Ist total berühmt, diese Krankheit. Sogar Stephen Hawking hat sie, also, man kann schon noch lange leben damit, eigentlich. Wenn man kein überschuldeter fetter Versager ist jedenfalls. Amyothrophe Lateralsklerose.«
Die Kaffeemaschine nebenan ist fertig mit Brühen, aber Johanna steht nicht auf.
Es wird ein langer Abend, eine lange Nacht: Erst reden sie nur so weiter, dann heulen sie zusammen, dann schimpfen sie über David, über Verwandte und Christofs exreiche Exfreundin.
Gegen zwei Uhr morgens lachen sie wieder ein bißchen mehr und erinnern sich auch, daß sie mal was miteinander hatten, allerdings viel kürzer als Paul und Johanna und ohne richtigen Sex.
So sagt sie das: »Richtigen Sex hatten wir keinen.«
»An mir lag's nicht«, sagt Christof und guckt so grimmig dabei, daß wieder beide loslachen müssen. Dann küßt sie ihn. Er sagt, im selben Schimpfton wie eben, aber verunsichert: »Du willst jetzt ja wohl hoffentlich nicht aus Mitleid mit mir bumsen?«
»Nö«, sagt Johanna. Schaut ihm ins Gesicht, das jetzt sehr rot ist. »Nicht aus Mitleid. Aber ist doch schon was Gutes eigentlich, oder?«
»Von der psychiatrischen Fachwarte aus … kann ich das jetzt nicht befürworten«, sagt er und ärgert sich fast ein bißchen, daß er merkt, wie er Lust bekommt. Es paßt nicht zum Ernst

der Lage, fällt ihm ein, und fast muß er davon schon wieder gackern. »Außerdem habe ich kein Kondom dabei.«
»Ich hab' welche hier«, sagt Johanna.

Sie schlafen wirklich nicht deshalb miteinander, weil Johanna Mitleid hat.
Sein Motiv ist Angst und Lust.
Ihr Motiv ist selbstsüchtiger und komplizierter: Sie will nicht, daß er stirbt, weil sie ihn sehr gern hat, sie will etwas machen, damit er lebt, und wenn sie auf ihm sitzt, wenn er unter ihr rücklings auf dem Teppich liegt, der alte Freund, dann sieht und hört und riecht sie, daß er lebt. Mehr kann sie nicht tun, und es ist ja auch wirklich was Gutes.
Er bleibt danach bei ihr, schläft ein, während er sie hält.
Sie schläft nicht, sondern hört ein Zischen in der Wand, bis es hell wird und das Geräusch verschwindet. Dann steht sie auf und holt Frühstück. Als sie zurückkommt, hat er sich angezogen; aber sie essen noch zusammen.
»Wir sind jetzt aber kein Paar oder so was, hoffentlich«, sagt Christof beim Hörnchenmampfen. Sie findet die Krümel in seinem Bart lächerlich und sagt das auch. Dann antwortet sie auf seine Frage: »Ich glaube nicht. Aber wir sind Freunde. Und wenn ich dir was helfen kann, mach' ich das, okay?«
»Okay. Kannst du. Nummer eins: Erzähl es keinem. Weder das mit dem Geld, noch das mit der Krankheit, und auch nicht, daß wir ...«
»War es so furchtbar, daß es in diese Reihe gehört?«
»Entschuldigung«, lacht er, »hast recht, das war geschmacklos. Nein, es war toll. Aber, Nummer zwei: Ich glaube, wir sollten es dabei ... ich meine, versteh das nicht falsch, Johanna, aber ein anderer Mensch, so richtig nah in meinem Leben, das isses eigentlich nicht, was ich im Moment ...«
»Verstehe. Aber melde dich. Öfter. Nicht wegen dem Krankenstand. Wegen der Freundschaft.«
Er verspricht es ihr, und sie nehmen Abschied.
Dann räumt sie auf, duscht, wäscht ab, setzt sich an ihren

Schreibtisch und kann nicht arbeiten, weil ihr einfällt, daß Leute wie Tante Hiltrud und Onkel Hagen kerngesund ihr Gift verspritzen, während ihr Vater sich langsam totsäuft und Christof an einer völlig absurden Kacke sterben muß. Da weint sie noch mal richtig, für ihre Verhältnisse sehr still, ohne etwas kaputtzuschmeißen. Sie wagt das nicht zu denken, aber daß sie nicht tobt, liegt vor allem daran, daß sie ihre Nicoleskizzen nicht kaputtmachen will, weil die Geschichte mit Nicole und Paul in Johannas Leben gerade für etwas zu stehen anfängt, das sie vorher nur in Kunst gesucht hat und nie unter Menschen vermutet hätte: Glück.

Ausprobieren

Aus der Erzählung »Ripples in the Dirac Sea« von Geoffrey A. Landis (David Daleks Arbeitsübersetzung):
Zeitreisen unterliegen zwei Beschränkungen: Energieerhaltung und Kausalität. Die Energie, die in der Vergangenheit ankommt, ist nur aus dem Dirac-Meer geborgt, und weil Wellen im Dirac-Meer sich in negativer t-Richtung fortpflanzen, kann man nur in die Vergangenheit reisen. Die Energie in der Gegenwart bleibt erhalten, weil das reisende Objekt mit einer Zeitdifferenz von genau Null wieder zurückkehrt, und das Prinzip der Kausalität sorgt dafür, daß Handlungen in der Vergangenheit die Gegenwart nicht verändern können. Was würde geschehen, wenn man zum Beispiel in die Vergangenheit reiste und den eigenen Vater tötete? Wer würde dann die Zeitmaschine erfinden? Einmal habe ich versucht, mich umzubringen, indem ich meinen Vater umbrachte, bevor er meiner Mutter begegnete, dreiundzwanzig Jahre vor meiner Geburt. Es änderte natürlich rein gar nichts, und ich wußte sogar schon, als ich es tat, daß es nichts ändern würde. Aber man muß diese Dinge ausprobieren. Wie hätte ich sonst sicher sein können?

Bei den Menschen (privat)

David Dalek lebt im Dienst an seinem Dirac-Vorhaben einen krummen Askesebegriff: Schon seit drei Jahren hat er, um in Bewegung zu bleiben und sich nicht aus Versehen im Buch festzufressen, keine feste Frankfurter Wohnung, sondern schläft abwechselnd in Berlin, wo seine Freundin lebt und es eine Redaktionszweigstelle gibt, sowie in Freiburg. Letztere Schlafstatt gehört ihm nicht alleine, ist im Moment aber sonst nicht bewohnt, weshalb er von dort aus oft über Wochen »pendelt«, das heißt jeden Tag vier Stunden im Zug sitzt, morgens nach und abends von Frankfurt.

Ist er nicht schon zu verwüstet, das Geforderte zu vollbringen?
Häufig hat er, seit er die Arbeit wiederaufgenommen hat, zum diesmal wohl letzten Anlauf, vor dem Einschlafen eine Art Halluzination, die weder ganz Traum noch freischwebende Vision ist: Er liegt statt allein auf dem Bett zwischen nackten Menschen.
Es sind seine Freunde, Paul ist dabei und Johanna, auch Christof, wie er früher war, also schlank, aber schon bärtig, sogar Candela, mit ihren knochigen Hüften und schönen Schulterblättern, natürlich Sonja und noch andere, vergessene. Die Körper sind warm, aber er weiß nicht, ob sie leben.
Ein bißchen schämt er sich, daß er sich in diesem Bild so wohl fühlt, so zufrieden und aufgehoben, denn sie könnten alle tot sein, was sagt das über ihn? Bevor sie kälter werden und er also Gewißheit hat, daß sie wirklich nicht mehr atmen, schläft er ein.

Als das Material des Romans anfängt zu glühen, die Sätze schneller werden, die Konsequenzen sich aussprechen wollen, gibt er seinen Pendelwahnsinn auf und nimmt sich eine Wohnung in Frankfurt, nur für eine Weile, ein paar Wochen, vielleicht Monate. Die Wohnung gehört irgendeiner reichen Person und ist eine Kapitalanlage.

Ein Freund vermittelt sie ihm. In der Wand der Kapitalanlage der reichen Person wird schon morgens um acht wacker geklopft, so daß David, der wegen Dirac das Büro der Zeitung wieder erst um elf Uhr abends verlassen hat und zwischen den Körperschemen von Freunden erst gegen zwei Uhr morgens eingeschlafen ist, geweckt wird, aufstehen muß und sich waschen. Es dauert lange, bis das warme Wasser in den Hähnen des Badezimmers in der Kapitalanlage morgens warm wird. Also wäscht sich David kalt, was die Haut anstrengt und brüchig macht. Er spürt, als er hinausgeht, in die Morgenklarheit, wie das Gesicht spannt: eine Maske.

Er denkt über die Zustände nach, in denen reiche Personen Wohnungen voller Designer-Handtuchaufhänger und Minifernseher und cooler Regale und Reproduktionen von Kunst an der Wand an etwas weniger reiche, aber immer noch reichlich gutgestellte Personen für viel Geld vermieten können.

David denkt an die Rede Diracs beim Bankett nach der Nobelpreisverleihung, in der sich sein schwieriger Held über genau solche Zustände so sehr gewundert hat, daß ihn manche Zuhörer für einen Kommunisten hielten. Damals, denkt David, war das ein Ehrentitel, den man bekommen konnte, wenn man das mit den reichen, den weniger reichen und den armen Personen furchtbar und unnötig fand.

David ist selbst eine Zeitlang praktizierender Kommunist gewesen.

Jetzt ist er nur noch kontemplativer, das heißt schlafender Kommunist, der gerne wieder, wie früher mal, mit Paul in einer Partei wäre, die sich nichts gefallen läßt und den Hauptfeind benennt.

Aber so eine Partei gibt es nicht, selbst die Lafontainisten, die DKP und die MLPD können auf ihre Mitglieder nicht den Druck ausüben, unter dem richtige Kommunisten heute andauernd stehen müßten. Der Druck kann nur noch Gesinnungssache sein, selbstauferlegt, und das ist unzuverlässiger als selbst die krumme Askese, die David seinem Dirac-Vorhaben weiht.

SECHS

Insel

Wir waren auf einer Insel, erinnert sich Oppenheimer, in meinem Traum – Heisenberg, Dirac und ich, rings riesige Farne, kaum Palmen, keine Kokosnüsse. Wir irrten stundenlang herum, auf dem Weg zum Herzen des Waldes, wo wir, sagte Heisenberg, der unser Anführer war, ein »Büro finden« würden, das uns »mit einer Auskunft behilflich« sein sollte. Heisenbergs Stimme klang wie eine Hupe unter Wasser, seine Gesten waren jedoch sehr bestimmt.

Ich wunderte mich zwischendurch, warum ich überhaupt atmen konnte – der Gedanke war: Warum schneiden seine Gesten, diese Handkantenschläge, mir nicht den Atem ab?

»Ich wünsche Ihnen das Beste«, sagte ich zu Heisenberg, der, als wir dem versprochenen Ziel schon ganz nahe gekommen waren, plötzlich anfing, Dirac mit Lobreden zu überhäufen: »Ihre Werkzeuge, diese ganze Transformationstheorie, das läßt mich die Mechanik der Sache immer genauer verstehen – ich glaube wirklich, sie ist so gut wie abgeschlossen. Wir sind gleich da! Wenn man die Erfahrung neu interpretiert, wenn man begreift ...«, da verlor ich ihn, vielleicht auch deshalb, weil ich das Büro gefunden hatte.

Ich trat ein. Da saß eine Frau an einem Klavier, dem ich mich von seiner rückwärtigen Seite aus näherte, über dessen Kasten ich griff und das ich dann mit der Frau zusammen vierhändig zu spielen versuchte: sie richtig herum, ich falsch herum. Lieber hätte ich sie allerdings geküßt.

Dann passierte etwas in der tatsächlichen Welt, jemand rief »Minchen! Komm her!«, und der Traum fiel auseinander.

Treibstoff

»Also eine Zeitmaschine«, sagt Paul.

»Ja. Und das Design müßte sich ein Beispiel nehmen an«, David überlegt einen Augenblick, dann hat er's, »ähm an der Wells-Verfilmung von Neunzehnhundertsechzig, mit Rod Taylor.«

Paul nickt, er erinnert sich gut: »Ja, sah aus wie ein Schlitten und zugleich wie ein Rollstuhl. Flott, aber zweifellos auch gut geeignet …«

»Für Behinderte wie uns. Das ist nämlich eine Behinderung, wenn man die Zeit nur vorwärts erlebt. Eine Wahrnehmungsstörung. So ist sie gar nicht. Einstein und Gödel haben …«

»Und womit läuft das Ding? Wie wird er betrieben, dein Zeitreisenrollstuhl?«

»Mit, tja«, David linst über Pauls Frisur ins Regal, da stehen sie alle, die feinen Schotten: »Also am besten mit zehn Jahre altem Ardberg, oder achtzehn Jahre altem Highland Park, das heißt, vielleicht doch besser mit Glennmorangie, Port Wood Finish, in amerikanischen Eichenkisten gereift.«

»Laphroaig?«

»Na gut, Laphroaig.«

Oft freilich sehn sich so die Dinge an

»Minchen! Komm her!«

Der mächtige Busen der Zimmerwirtin wogt, beide Backen bläst sie auf, als sie laut nach ihrem Haustier ruft.

Der Gast am sonnenüberfluteten Tisch mit dem strahlend weißen Leintuch drauf lächelt besinnlich vor sich hin. Die Schelte bewirkt gar nichts: Minchen, eine blaue russische Katze, die im Türrahmen zum Eßzimmer auf der Schwelle zusammengerollt liegt, bauschig kompaktes Kissen, bewegt sich nicht, atmet nur sacht. Die Wirtin schimpft kurz weiter; dann steigt sie unter zärtlichen Mißfallensbekundungen die restlichen fünf Treppenstufen runter zu dem Tier, faßt es im Genick, hebt es hoch und trägt es davon, während es dabei herausfordernd gähnt.

Tieren sind ihre Namen egal, denkt der Gast, sie reagieren höchstens auf den Tonfall, die Musik.
So gesehen ist Dirac eine Katze – als ich ihm sagte, daß seine Schwester einen in der italienischen Dichtung epochemachenden Vornamen trägt, war's ihm gleich: »Netter Zufall.« Ein Naturalist eben, wie wir in Amerika sagen: interessiert an allen Aspekten der freien Natur, die der Neugier offenstehen, aber unwillig, irgendwas zu vermenschlichen, sogar Menschen.

Was der alles zusammenwandert, noch vor dem Frühstück!
Nördlich bis zum Forst Weende, im Süden einmal sogar bis auf den Diemardener Berg – seine breite Kenntnis der allgemeinen Lageverhältnisse, Wege, Gehölze, Gartenschenken und Raststätten der Umgebung ist erstaunlich, wenn man sich klarmacht, daß er erst Ende Februar aus Kopenhagen eingetroffen ist. Kein Wunder, daß er sich mit Heisenberg versteht – der Deutsche wandert auch gern, zum »frische Luft schnappen« (schnappen: dasselbe Wort, das hierzulande die heftige und gierige Kieferbewegung von Doggen oder Haien bezeichnet. Seltsames Volk).

Dirac, der Naturalist, kennt sich auch mit Katzen aus.
Born und ich dachten, Minchen wäre ein Karthäuser (eine Karthäuserin? Wie verhält sich das eigentlich mit diesen deutschen Geschlechtern, bei Tieren?), aber Dirac klärte uns auf: Der Körper ist für einen Karthäuser viel zu langgestreckt, die Ohren sehen zu dünn aus, das feine, weiche Fell und die grünen Augen sprechen auch dagegen: »Karthäuser haben orange, gelbe oder kupferrote Augen. Nein, das da ist ein russischer blauer Kater.«
»Blau? Sieht eher grau aus.«
»Blau ist bei Katzen eine Verdünnung von Schwarz, lieber

Born«, erwiderte Dirac. So redet er meistens: kurze, deklarative Sätze, eindeutige Feststellungen. So arbeitet er auch: Vor noch nicht ganz einem Jahr hat er promoviert, mit einer Arbeit, die den schlichten Titel »Quantum Mechanics« trägt. Auf so einen Titel muß man erst mal kommen, Lakonie ist gar kein Ausdruck.

Quantenmechanik: Sehr viel ist passiert, seit Heisenberg Neunzehnhundertvierundzwanzig seine revolutionären Vorschläge betreffend die Frage formuliert hatte, wie denn nun Plancks Beobachtungen »gequantelter« Strahlung und ebensolcher Energieniveaus auf eine das Bohr/Sommerfeld-Modell überholende Art in ein neues Bild vom Atom zu integrieren seien. Das damals skizzierte, recht unhandliche Matrizen-Modell ist mittlerweile von Erwin Schrödingers Wellenfunktions-Theorie abgelöst worden, bei der eine sogenannte Ψ-Funktion offenbar – jedenfalls nach Max Borns langsam um sich greifender Interpretation – Wahrscheinlichkeiten für die zu untersuchenden Teilchenattribute benennt.

»Die beiden Modelle sind mathematisch äquivalent, aber Schrödingers Wellenfunktion ist schöner zu rechnen; also gibt man ihr zu Recht den Vorzug« – so denkt Dirac, so vertritt er es überall. Drei Monate nach seiner Promotion, im August Neunzehnhundertsechsundzwanzig, hat er in einem trockenen, aber sehr wirkungsvollen Aufsatz die neuen Theorien auf die statistische Mechanik angewandt und dabei endlich die schlüssige und korrekte formale Begründung für die experimentell ermittelten, seit der Jahrhundertwende bekannten Planckschen Gesetze gefunden: »Symmetrische Eigenfunktionen ergeben exakt die Einstein-Bosesche Statistische Mechanik, die wiederum zu Plancks Gesetz der Schwarzkörperstrahlung führt« – ein Satz, der den ganzen Paul Dirac enthält und von dem Bohr in Kopenhagen meint: »Das ist ein sehr schönes Beispiel dafür, daß man genau so klar formulieren muß, wie man denkt. Aber nicht klarer.«

Oppenheimer legt seinen deutschen Dante vor sich auf den Tisch und liest:

Oft freilich sehn sich so die Dinge an,
Daß man zu Zweifeln kommt und falschen Schlüssen,
Weil man den rechten Grund nicht sehen kann.

Wozu von oben Kirchenglocken läuten. Geistliches Zeitmaß der kleinen deutschen Stadt, Räder innerhalb von Rädern innerhalb von Rädern, und Oppenheimer, der Wissenschaftler: auch nur ein Astrologe, der trügerische Prophezeiungen ersinnt? Sein Blick wischt unstet über die Zeilen, dann bleibt er am Anfang des Neunten Gesangs hängen:

Des Kleinmuts Farbe, die mein Antlitz deckte,
Als ich den Führer sah so traurig kehren,
Trieb ihn, daß er die eigne Furcht versteckte.

Er horchte aufmerksam, als ob belehren
Das Ohr ihn sollte, weil nicht in die Weite
Das Auge drang, dem Dunst und Qualm zu wehren.

»Kann ich Ihnen noch etwas bringen, Herr Oppenheimer?« Es ist die Wirtin – ihr scheinbar sauber vom Körper abgetrennter, breiter roter Kopf schwebt im Türrahmen wie ein Zirkusluftballon und strahlt den Gast an, als wäre heute der Heiland geboren und sie hätte es eben erst erfahren. Oppenheimer schüttelt den Kopf; die Erscheinung verschwindet, wie von hinten ins andere Zimmer zurückgerissen. Wir werden schreiende Götter aus dem Äther zerren. Keine unangenehme Frau eigentlich, nur ... wie war das, am ersten Tag? »Ach, und ich dachte, wissen Sie, Sie wären vielleicht ein Deutscher, bei diesem Namen – Oppenheimer. Aber natürlich, ich hätt' drauf kommen sollen: Sie sind halt ein Jude.«

Aus Davids Schultheaterstück

DIE AUSSERIRDISCHE: Und vergiß nicht, Polizeihund, wir haben nicht deshalb Geiseln genommen, um politische Ziele zu erreichen. Diese Situation ist das Ergebnis eurer Strategie und Taktik, nicht unserer. Ihr habt unsere Wohnungen verwüstet, ihr habt einen unserer Freunde getötet, ihr habt unser Leben bedroht, weil eure Herren nicht wissen, wie sie uns disziplinieren können. Wir wollten diesen Planeten verlassen, und wir haben uns bewaffnet, weil wir Grund zu der Annahme hatten, daß man versuchen würde, uns daran zu hindern. Wir wollten auf dieser Schule jemanden abholen, dessen Leben ebenfalls bedroht war und ist, der das aber im Gegensatz zu uns nicht gewußt hat. Man hat uns nicht erlaubt, dieses Gebäude mit ihm wieder zu verlassen. Ich weiß: Wir wurden aufgefordert herauszukommen. Aber seid ihr gern Gefangene, seid ihr gern tot?
Wir auch nicht.

Soundtrack

Manchmal greift Paul daneben, wenn er versucht zu erraten, womit er Nicole eine Freude machen kann.

Im ersten Herbst nach dem Ausbruch von Nicoles »Roswell«-Fieber kauft er ihr, als er sie zufällig im SATURN entdeckt, die Soundtrack-CD zur Fernsehserie, auf der außer dem Titelsong von Dido auch das Stück drauf ist, mit dem die Serie endet, »Shining Light« von Ash.

Das hat ihm sowieso immer gefallen, das wird sie mögen, denkt er, und dazu noch »I Shall Believe«, zu dem Max (Jason Behr) und Liz (Shiri Appleby) in Nicoles »absoluter Superlieblingsfolge« miteinander tanzen.

»Was soll ich damit?« fragt Nicole, als sie die CD ausgepackt hat, in ihrer präzisen Offenherzigkeit.

»Wieso, magst du die Serie nicht mehr?«

»Spinnst du, ›Roswell‹ ist doch das Tollste!« sagt Nicole. Stimmt, denkt er: Sie ist immer noch so verliebt in diese Show wie am Anfang, neulich erst war sie wieder ganz aufgelöst, nach dem tödlichen Autounfall des lieben Alex (für Paul immer noch »der Sohn von Tom Hanks«). Daran kann es also nicht liegen – er kapiert's nicht, fragt daher nach: »Aber?«

»Aber was?«

»Aber wieso willst du dann die CD nicht?«

»Nein, ist ja OK, ach so, du meinst, weil ich ... nein, aber ich brauche doch nicht, das ist bloß Musik, das kann man doch ... nicht sehen?« Sie intoniert das Satzende fragend und schaut ihn dazu an, als wundere sie sich, daß er das nicht weiß, daß man eine CD nicht sehen kann, daß das keine Fernsehfolge ist.

»Aber die Sendung hat doch dauernd diese Begleitung, und da dachte ich ...«

»Ach so«, sagt Nicole, »weil das da immer dazu läuft ... ja aber ich will doch auch nicht nach Roswell in den Urlaub fahren. Das sind doch ganz verschiedene Sachen, oder?«

Da hat sie natürlich recht, denkt Paul. Aber so wird aus meiner Verrückten nie eine ordentliche Kundin der Kulturindustrie – bloß: wozu auch? Paul merkt beschämt, daß er es auch nicht weiß.

Keine große Sache: Über den CD-ROM-Teil der Platte ist sie dann immerhin ganz begeistert, als er ihn ihr auf seinem Rechner vorführt – die interaktive Roswell-Landkarte, die Bildergalerie, der Bildschirmschoner, das alles findet sie toll, denn sie ist ja nicht prinzipiell gegen irgendwas, was man kaufen soll, bloß gefallen muß es ihr halt. Später hört sie dann auch die Musik ab und zu; aber nicht annähernd so oft wie »Dreamer« von Supertramp.

Herr Hitler

Was bedeutet so etwas: Sie sind halt ein Jude?

Dieses »halt«, ein sinnlos in Sätzen herumgeisterndes Sprach-teilchen, ist Oppenheimer inzwischen als Signalzeichen für leichte Abfälligkeit geläufig.

Ist es in diesem Fall Symptom einer sozusagen behutsam anti-semitischen Sicht auf ihn? Eisenspanartige metallische Staub-spuren von Judenfeindschaft legen sich ja auf viele Gespräche in diesem Deutschland des Jahres Neunzehnhundertsieben-undzwanzig, Andeutungen, launige Bemerkungen, Gesten, Gesichtsausdrücke ...

Born hat erst gestern, beim Kaffee, erzählt, schon vor fünf Jahren habe man auf der Tagung der Gesellschaft Deutscher Naturforscher und Ärzte zahlreiche Stimmen hören müssen, die sich unausgesetzt darüber beklagten, »die Juden« hätten eine Art Vorherrschaft über die deutsche Forschung erlangt, es werde »alles immer jüdischer« und »besonders seit Ein-stein« gerate das »langsam ganz außer Rand und Band«.

Männer wie Planck sind selten geworden – der Alte, immerhin in gewisser Weise ihrer aller Vater, hat auf der nämlichen Ta-gung, dazu befragt, was die »Arier« denn gegen den wachsen-den Einfluß der Juden im Wissenschaftsbetrieb unternehmen sollten, ruhig entgegnet: »Auch auf den Hosenboden setzen und arbeiten.«

Gut gegeben; aber ist das ein Trost?

Oppenheimer fragt sich, ob er zuviel in derlei hineinliest.

Man müßte das Land besser verstehen, um urteilen zu können.

Seltsame Gegend: Studenten gehören Verbindungen an, in de-nen man sich Schmisse beibringt und auch sonst an keinem Atavismus vorübergeht, während zeitgleich höhere Töchter in Berlin und andern Großstädten mit Bubikopf-Frisuren, ele-ganten Zigarettenspitzen, schwarz lackierten Fingernägeln und Monokeln vor den dunkel umrandeten Augen eine Gran-dezza zur Schau stellen, die sich auf der mondänsten New Yorker Party sehen lassen könnte.

Wer findet sich überhaupt zurecht in diesem ganzen europäischen Wirrwarr, das nach dem Ende des Weltkriegs entstand – was ist bedeutsam und was nur Blödsinn und Mode, wie wichtig sind die Weltanschauungen, Bewegungen, Parteien? Einiges wäre in den USA bestenfalls eine Jahrmarktsattraktion – Coney Island, Freakshow.

Was soll man, um nur ein besonders flagrantes Beispiel herauszugreifen, von diesem Schreier Adolf Hitler halten, der offenbar versucht, aus dem antisemitischen Bodensatz der Gesellschaft und dem Ressentiment der deutschen Bevölkerung über den Vertrag von Versailles eine Art Billigversion von Mussolinis italienischer Fascisten-Bewegung zu schmieden?

Vor zwei Wochen hat die bayerische Staatsregierung das über den Kerl wegen irgendwelcher Putschgeschichten verhängte Redeverbot aufgehoben. Schon krakeelt er wieder.

Selbst Einheimische, Born etwa, Hilbert oder Heisenberg, wissen nicht recht, ob man ihn ernst nehmen muß – »ein absurder Mensch«, »ein falscher Lenin«, »man sollte ihn ignorieren«.

Dirac hat auch eine Meinung: »Es kommt mir gar nicht richtig politisch vor, was da passiert. Politik, da geht es doch um Interessen. Wer kann sich etwas davon versprechen? Hat Herr Hitler etwas anzubieten, außer Bier und Schlägereien? Es gibt in meiner Heimatgegend diese Geschichte vom Räuber Sawney Bean. Kennen Sie die? Sawney Bean war ein Bösewicht, der um die Jahrhundertwende zwischen dem fünfzehnten und sechzehnten Jahrhundert mit seinem Weib in den Höhlen von Ballantrae gehaust hat. Straßenräuber und Mörder. Lauerten Reisenden auf, haben die armen Leute dann gefangen und gegessen. Sie hatten vierzehn Kinder, heißt es, und zweiunddreißig durch Inzucht zustande gekommene Enkelkinder. So wurden sie schließlich zu viele, als daß das ständige Auffressen von zufällig vorbeikommenden Reisenden sie noch hätte ernähren können. Also riskierten sie Ausflüge ins Umland und spielten sich ein bißchen als die Herren der Gegend auf, so wie dieser Hitler von Bayern aus Deutschland erobern will. Weil sie so unvorsichtig waren, die Sitten und Gebräuche ihrer Höhle in Gegenden zu tragen, wo man vor solchen Manieren lieber seine Ruhe haben wollte, hat man sie schließlich kurzerhand gefangen und ohne Gerichtsverfahren in Leith hingerichtet.«

»Dann wollen wir hoffen«, hat Oppenheimer erwidert, »daß Herr Hitler nicht erst als Menschenfresser von sich reden machen muß, bevor ihn jemand aus dem Verkehr zieht.«

Zum Institut

»Guten Morgen, Oppenheimer. Wieder an den Gedichten?«

»Ich lerne die Sprache.«

Dirac überlegt einen Augenblick, dann sagt er: »Ich verstehe nicht, wie man sich für Physik und Poesie gleichzeitig interessieren kann.«

»Wieso? Ist das so unverträglich? Ich will dir nicht zu nahe treten, Dirac, aber du bist schon ein seltenes Exemplar. Schau dich um: Die meisten von uns streben nach einem, ich weiß nicht ... musischen oder schöngeistigen Gegengewicht. Es läutert, und es klärt die Perspektive.«

»Vielleicht stimmt das. Aber in der Physik versuchen wir, etwas, was vorher niemand gewußt hat, mit Zeichen zu sagen, die jeder versteht. In der Dichtung ist es genau umgekehrt.«

Auf dem gemeinsamen Weg zum Institut schreitet Dirac markig aus, er scheint dem Tag durch die Abmessungen seiner Schritte offenbar bereits einen Takt geben zu können. Oppenheimer dagegen erlebt die Zeit in Schüben und Brüchen, nimmt Bilder wahr, Sätze, Lichteffekte und Stimmungen, gegeneinander verschobene Disjunktionen: junge Mädchen auf dem Schulweg, die Röcke aus grobem Stoff, die Schenkel zu dick, die Backen zu rosig. Diracs Spazierstock, der ab und zu in die Höhe schießt, als wäre der Engländer ein schweigsamer Tambourmajor, der einer Geistermarschkapelle voranschreitet. Die blitzblanke Sauberkeit der Apotheke. Der Sonnenball im Fensterkreuz, schmerzhaft grelle Reflexion.

Der Versuch, Dirac zu erklären, was es mit der Dichtung auf sich hat, gestaltet sich schwierig: »Erfahrungen … Es gibt ja Erfahrungen, die, ich weiß auch nicht, zu komplex sind, als daß man sie … es geht um Wahrheiten, genau wie in der Wissenschaft, aber anders. Vielleicht, weil die Wahrheiten der Literatur schon abgeleitete sind, während wir es mit den fundamentalen zu tun haben. Obwohl: das stimmt auch nicht. Die Liebe zum Beispiel: das ist ja doch ziemlich fundamental.«
Die Schulmädchen am Kirchturm, mit weißen Hemden, dunklen Röcken, stumpfem Glanz auf den Stirnen: junge Menschenfresserinnen?
Oppenheimer wird es heiß im Kragen.
Dirac sagt nachdenklich: »Liebe. Hm, nmja. Helfen Gedichte, das zu verstehen? Gibt es dafür nicht eher ganz alltägliche Lernmöglichkeiten: Kaffeekränzchen, Schulhoferlebnisse, Eisenbahnbegegnungen? Wenn man das allzu ernst und systematisch betreibt, bekommt es einen unangenehmen Beigeschmack von … vielleicht: Besessenheit?«
Die Hebung der Stimme beim letzten Wort zeigt Unsicherheit an, Dirac bleibt kurz stehen. Oppenheimer nutzt die Pause, um sich seine Pfeife anzuzünden. Dirac atmet durch, wie man das tut, bevor man ans Reck tritt oder sich an die Lektüre einer anspruchsvollen wissenschaftlichen Arbeit macht.
Oppenheimer sagt: »Ich glaube nicht, daß man das als … geistiger Mensch so sehen darf. Daß es Gegenstände minderer und solche höherer Systematik geben sollte. Daß man sich da Verbote auferlegen kann, weil irgend etwas nicht gesund sein könnte, oder… ich finde, das riecht ein bißchen nach demselben Vorurteil, das uns alle als weltfremde Spinner abtut. Vom Standpunkt des Gemüsehändlers« – so einer fährt gerade mit seinem hölzernen Karren auf der breiten Gasse an ihnen vorbei, die Salatköpfe auf seiner Lade leuchten grün und saftig – »ist es nicht weniger … ungesund oder besessen, sich lange

nach Mitternacht bei elektrischem Licht in zugigem Zimmer noch Gedanken über die Polarisationswinkel von Röntgenstrahlen zu machen. Das ist für den dasselbe, wie wenn sich Dante hinsetzt und über seine Liebe schreibt: ogni intelletto di là su la mira.«

»Verzeihung, ich spreche kein Italienisch.«

»Es bedeutet: Jeder höhere Intellekt betrachtet sie. Ich glaube, daß er damit recht hat.«

»Betrachtet sie? Wen meint er? Die Frau, die er liebt?«

Oppenheimer will erst widersprechen, dann schüttelt er den Kopf: »Einerseits ja, andererseits ... Schwierig. Ich meine, wenn du wissen willst ... also, er hat sich natürlich nicht eingebildet, daß jeder höhere Intellekt so wie er in seine Beatrice verliebt ist, in diese eine, wirklich existierende Frau. Er meinte wohl, daß ... das sehen zu können, was er in ihr sieht, die Sehnsucht jedes höheren Intellekts ist, jedes einigermaßen entwickelten ... jeder Sensibilität, die sozusagen ...«

»Es klingt nach Hokuspokus.«

»Nein, der Gedanke ist weit verbreitet in den Dichtungen und Religionen. Wir finden ihn in Salomos ›Hohelied‹, aber auch bei den Isis-Osiris-Mythen. Das kommt immer wieder vor: daß das erotische Ideal und das Ideal einer, sagen wir: Schau der Wahrheit, einer Gnosis ... es gibt Leute, die sagen, bei den antiken Mysterien, Eleusis und so weiter, sei es um nichts anderes gegangen, wie auch bei den südfranzösischen Troubadour-Dichtungen. Bis in unsere Zeit haben Dichter diese Sorte Schau vertreten. Also: etwas Fundamentales liegt da offenbar schon.«

»Ich kann mir darunter nichts vorstellen, tut mir leid.«

»Vorstellen ... Nun, da kommt dann diese Suche ins Spiel, dieses Ding, das mich eben doch sehr an unser wissenschaftliches Arbeiten erinnert, insofern es eben konzentriert und aufrichtig betrieben werden muß, wenn man Ergebnisse haben will. Nehmen wir Dante. Das ganze Motiv dieser höheren, vergeistigten Liebe hat bei ihm seine Wurzel in der neuplatonischen Philosophie und in deren ziemlich abstraktem

Verständnis von Erotik. Dante hat dem eigentlich nur dichterischen Ausdruck verliehen ...«
»Ich dachte, es ging eher um eine subjektive Angelegenheit als um Philosophie. Was war denn das nun für eine Geschichte, mit dieser Beatrice?«
»Beatrice Portinari, ein Mädchen der besseren Gesellschaft von Florenz. Im Jahr Zwölfhundertvierundsiebzig begegnete ihr der damals neunjährige Dante, da war sie acht Jahre alt. Folco Portinari, ihr Vater, war der Nachbar von Dantes Eltern.«
»Der Junge hat sich also in sie verliebt. Für sie geschwärmt.«
»Nein, bitte, geschwärmt, das gibt wirklich einen zu blassen Begriff davon. Er hat sein ganzes Leben lang nicht mehr davon lassen können, sich damit auseinanderzusetzen, was ihm da passiert ist, hat bald danach angefangen, zu dichten ... Und egal, wovon seine Werke sich sonst noch anregen ließen, wie viele und wie verwickelte mythologische, theologische Eindrücke, Empfindungen, Gedanken und Spekulationen sonst Eingang fanden, er hatte dabei immer dieses Bild vor Augen, wie ihn die Geliebte, die ihm den Weg zeigt in sein Paradies, in seine reine Anschauung von ...«
»Hat er sie wenigstens geheiratet?«

Oppenheimer stutzt, dann muß er lachen. Dirac fällt kopfschüttelnd mit ein.
Dann sagt Oppenheimer sehr ruhig: »Wir wissen nicht mal, ob die Frau seine Liebe überhaupt erwidert hat. Er läßt sie zwar, als seine literarische Kunstfigur, ein paar nette Sachen sagen, über einen wohl ebenfalls erfundenen oder geschönten Dante, aber das ist selbstverständlich ein sehr ... ein Zeugnis, das man ...«
»Mit Vorsicht genießen sollte.«
»Also, sie bleibt eigentlich überhaupt ein bißchen blaß, die wirkliche Beatrice, wenn man sich klarmacht, daß sie ja doch eine der, äh ... wie soll man sagen ... folgenreichsten ... Frauengestalten der abendländischen Literaturtradition ist.

Manchmal liest man, sie hätte irgend so einen reichen Kaufmann geheiratet, einen Simone de Bardi – schöner Zufall, wenn es stimmt, weil ja im Nachnamen immerhin der Barde vorkommt ... jedenfalls scheint Dante sie überlebt zu haben. Er erwähnt nämlich an einer Stelle, sie sei gestorben. Das Entscheidende ist, daß es eine wirkliche Frau namens Beatrice immerhin gegeben hat.«

Dirac setzt sich wieder in Bewegung, Oppenheimer folgt und hält dann Schritt.

Im Gehen fragt der Engländer: »Wieso ist das entscheidend?«

»Weil ... na, weil eben die Verwandlung von Lebenstatsachen in allegorische Formen der Erkenntnisvorgang ist, der sich in der Literatur abspielt. Den meine ich, das ist der Unterschied zur Wissenschaft, gerade im Ähnlichen. Denn was die privaten Erfahrungen, Epiphanien und so weiter für den Dichter sind, das könnte man bei uns die Versuchsanordnungen oder ...«

»Aber diese Versuchsanordnungen sind doch immer kontrolliert. Im Gespräch zwischen Wissenschaftlern vorausgeplant. Bewußt aufgebaut. Als die Deutschen ihre Temperaturforschungen treiben wollten, war es ja nicht einfach das Vorgefundene, was sie dazu gebracht hat, einen Raum zu konstruieren, der von Körpern gleicher Temperatur umschlossen war, durch die keine Strahlen dringen konnten. Sie hatten doch schon Vorstellungen davon, was sie wissen wollten. So lebt man doch kein Leben.«

Oppenheimer nickt; er weiß, wen Dirac meint.

Der fährt fort: »Die Überraschung im Leben ist doch gerade dadurch gekennzeichnet, daß man sie nicht auswerten kann. Das Wunderbare, wenn ich mich so ausdrücken darf. Als aber die Deutschen ihre Schwarzkörper erhitzten, haben sie die Abweichung von der Temperaturkurve gesehen, die von der damals herrschenden Theorie vorhergesagt wurde. So wurden sie gezwungen anzuerkennen, daß die entsprechenden Intensitäten nur in Päckchen vorkommen, nicht kontinuierlich.

Was dabei für die Theorie herauskam, war völlig folgerichtig, hätte gar nicht anders kommen können, unabhängig von den handelnden Personen. Wenn man sich aber verliebt, wenn Herr Planck Frau Planck kennenlernt, oder wenn einem der Vater stirbt oder sonst irgendein biographisches Mißgeschick zustößt, hat man darauf doch überhaupt keinen Einfluß. Man hat keinen Plan, noch nicht einmal eine Vorstellung von dem, was einen erwartet. Ich glaube, kurz gesagt, einfach nicht, daß man diese Dinge vergleichen sollte.«

»Aber das ist eben die Frage, ob die biographischen Verwicklungen wirklich so unvorhergesehen passieren. Die ganze Dichtung bestreitet diesen Gedanken. Dante zum Beispiel beansprucht für seine Liebe eine Gültigkeit, die über den biographischen Zufall weit hinausreicht. Sie ist ihm die perfekte Gestalt eines Menschen überhaupt, sie existiert in Plotins engelhaftem ›göttlichen Geist‹, die Engel im dritten Himmelszirkel der Liebe haben sie auf diese Höhe angehoben. Die Idee und Essenz der Schönheit, vorgefunden in einer Achtjährigen, genauso bezeichnend, wie den Deutschen die Quantelung der Strahlung an den Schwarzkörpern erschienen ist. Das Bild, von dem ich gesprochen habe – daß die Intelligenzen des Himmels in atemloser Bewunderung um sie herumstehen –, heißt nicht, daß man sich irgendwelche Wesen mit flatternden Flügeln vorstellen soll, sondern diese Wesen sind Ideen. Es geht um ›la sapienza santa‹, wie ein anderer Dichter geschrieben hat, um das heilige Wissen.«

Oppenheimer merkt beim Reden, daß er ein bißchen wütend wird: Ist es nicht ganz banal so, daß sich Dirac schlicht weigert, die Existenz von über Tausende von Jahren hinweg dokumentierten Phänomenen anzuerkennen?
Man kann sich natürlich immer weigern, Meßinstrumente abzulesen, aber ist man dann besser als die Kleriker, die nicht bereit waren, durch Galileis Fernrohr zu schauen?
Dirac formuliert seine Widerrede sorgfältig: »Ich weiß nicht. Was kann man überhaupt daraus lernen, selbst wenn es Expe-

rimente wären? Das, was dieser Dichter macht, meine ich? Es klingt für mich, trotz der grandiosen Perspektive und dem gesamten Aufgebot an himmlischen Intelligenzen, als ob der Dichter zwei ganz verschiedene Probleme unzulässig für nur eins hält: dasjenige seiner Sehnsucht, seiner unerfüllten oder meinetwegen auch erfüllten Liebe zu diesem Mädchen, und dann die Frage, wie er das inszeniert, wie er seine Dichtungen macht, wie er das, was er bloß selbst erlebt hat, in eine Form bringt, die von vielen gelesen und verstanden wird.«

Oppenheimer denkt: Dante hat Beatrice so öffentlich wie möglich verdaut. Noch so ein Menschenfresser.

»Ich kann das alles offenbar nicht so gut erklären, wie ich möchte. Vielleicht sollten wir Heisenberg fragen. Wenn er bei all seiner Kultiviertheit nichts dazu beitragen kann, kennt er vielleicht wenigstens ein Wort von Bohr, das auf die Frage paßt. Oder ich leihe dir mal ein Buch, das ich gerade gelesen habe, über diese Sachen, damit du dir eine eigene Meinung bilden kannst, unbeeinflußt von meinem Gestammel.«

»Ein Buch. Was für ein Buch?«

»›Mythopoiesis‹ heißt es. Ein Landsmann von dir hat's geschrieben, Perceval Lannister.«

»Nie gehört. Aber Bücher stören mich meistens.«

Oppenheimer glaubt, sich verhört zu haben: Bücher stören? Schreiende Kinder vielleicht, Blasmusik, maunzende Katzen, bellende Hunde. Aber Bücher?

Er fragt nach: »Stören? Wobei?«

»Beim Denken.«

SIEBEN

Anamnese

Doktor Christof Kiehn ist wütend.

Er möchte sich seine Pfeife anzünden, die vor ihm liegt, auf dem Schreibtisch, in seinem Sprechzimmer, in der Praxis, die viel zuviel monatliche Miete verschlingt. Das wäre erlaubt, denn um diese Zeit kommen keine Patienten mehr; die öde Bude kann man über Nacht schön durchlüften. Aber der Zorn in seinen Schläfen, Händen und in seiner Brust spannt so arg, daß er fürchtet, er könnte beim Anzünden das Zittern kriegen, und dann wüßte er nicht, ob das wirklich vom Ärger kommt oder von der Krankheit, an die er nicht denken will.

Vor ihm sitzt ein Trotziger, bei dem man vielleicht was richten kann.

Paul sagt gar nichts.

Die Nummer kennt Christof schon: »Du brauchst hier gar nicht so verstockt zu hocken. Du hast einen schweren Fehler gemacht, mein Junge. Du hättest mir davon erzählen sollen.«

»Wieso?« sagt Paul, nicht aufbrausend, im Gegenteil: viel zu kontrolliert, ohne jede Betonung.

»Weil das ein ernstes Symptom ist.«

»Du hast mir gesagt, sie ist Autistin. Leichte Autistin: Asperger-Syndrom.«

»Das habe ich bloß geraten, Paul. Ins Blaue diagnostiziert. Du hast sie kennengelernt, da war sie schon erwachsen. Es gibt ja keinerlei Beobachtungen über ihre Geschichte, verstehst du? Ihre Eltern haben sie für zurückgeblieben gehalten, deshalb ...«

Jetzt zeigt Paul doch Emotion, wird sarkastisch: »Gehalten ist das richtige Wort. Wie einen Hund haben die sie gehalten, auf diesem Scheißbauernhof. Wenn ich nicht so'n Drifter gewesen wäre, der sich aus Geldnot bei denen einmietet ...«

Christof hat die Faxen satt. Er haut mit der flachen Hand auf den Tisch und ruft in seinem strengsten, durchdringenden Baßton: »Hergottsacknochmal, Paul! Ich kapiere ja, daß du das zum Leben brauchst, diese Fantasie, daß du sie gerettet hast. Und was du mir geschildert hast – die Tics, das Zeug mit den Kissen, die sie aus dem Wohnzimmer holt und auf dem Bett aufschichtet, womit sie sich stundenlang beschäftigen kann, bis das ... Arrangement stimmt, das ständige Sortieren und Neusortieren deiner CDs, das Desinteresse an allem anderen, wenn sie so was macht ... das deutet alles auf ... das kann man alles in meine ursprüngliche Diagnose einordnen. Asperger, verschärft durch Vernachlässigung seitens der Eltern, als Reaktion dann zwanghafte Verhärtung, Einpanzerung, wie immer du es nennen willst.«

»Aber nicht diese Geschichte jetzt, oder was?«

»Es ist eine Obsession. Eine Halluzination vielleicht. Paul, hör zu: mechanisches, repetitives Verhalten, fehlplazierte Affekte, Dystonien, was auch immer: das ist das eine. Aber echte Trugwahrnehmungen, Denkstörungen ...«

»Jetzt hör mal auf, ja? Sie hat mir von einer Frau erzählt, die ich selber bei ihr sitzen gesehen habe. Wo ist die Trugwahrnehmung?«

»Du hast die Frau nur ein einziges Mal gesehen, hast du gesagt. In dem Edeka. Und Nicole sagt, sie trifft sie immer wieder, und außerdem sagt sie, die Frau wäre ein Engel, und habe ihr befohlen ...«

Paul hebt abwehrend die rechte Hand, schüttelt den Kopf: »Moment Moment Moment ... Sie will mich halt aufziehen. Ist doch in Ordnung. Wir spielen Spielchen!«

»Jetzt nimmst du alles zurück, das bringt keinem was. Laß mich's wiederholen: Sie sagt, die Frau ruft sie an, wenn du nicht in der Wohnung bist. Sie sagt, sie würde sie ab und zu treffen, in der Stadt, weil die Frau immer weiß, wo Nicole gerade ist. Und daß sie ihr zusetzt, sie solle endlich sagen, wer sterben muß. Das hört sich ehrlich gesagt alles sehr ernst an. Keine Spielchen, wenn du mich fragst. Und du fragst mich ja. Deshalb sitzt du hier.«

Paul schaut aus dem Fenster und sagt leise, mehr zu sich selbst als zu Christof: »Das weiß ich selber, daß sich das ernst anhört.«

Dann schaut er dem Freund, der sich, ohne es zu merken, den Bart streicht und dazu die Stirne runzelt wie ein alter chinesischer Karatemeister, der mit den Fortschritten seines Schülers unzufrieden ist, direkt ins Gesicht und sagt: »Also, was ist das dann? Wahnsinn?«

»Es könnte eine Psychose sein, ja. Verfolgungswahn. Schizophrener Formenkreis.«

»Klingt wie eine von Johannas Kunstkritiken.«

»Sehr witzig, Paul.« Christofs Wut, ein Donnergrollen: »Eure Situation ist ein einziges Chaos. Die ganze medizinische Frage, wenn das jetzt wirklich ein schizophrener Schub ist ... Sie ist immer noch bei ihren Eltern krankenversichert, sie kann ...«

»Was willst du damit sagen? Was soll das? Willst du sie in 'ne Anstalt schicken?« Auch Paul ist jetzt zornig, aber sein Ärger ist kälter, weil für ihn viel mehr auf dem Spiel steht. Immerhin ahnt der Psychiater das und sagt in milderem Ton: »Ich meine nur ... daß du dir klarmachen mußt, daß ihre Eltern bloß dulden, daß sie bei dir wohnt.«

»Sie ist erwachsen. Das hast du selber gesagt.«

»Nicht, wenn sie wirklich schizophren ist. Dann gibt es so was wie erwachsen gar nicht – das steht so zwar aus gutem Grund nicht in unseren Gesetzen, aber die Praxis ...«, er zuckt mit den Schultern.

»Der Zugriff ihrer Leute ...«

»Sie lassen Nicole jetzt bei dir wohnen, ja. Vielleicht sind sie, oder zumindest die arbeitenden, den Hof bewirtschaftenden Geschwister, sogar richtig froh, daß sie Nicole los sind. Aber das ändert sich, wenn sie in stationäre Behandlung muß. Als dein Freund darf ich nicht so tun, als könnte ich das ausschließen. Die Alten, wie du sie nennst, die Geschwister auch: Die sind dir nicht nur wohlgesonnen. Denn Nicole will bei dir sein, nicht bei ihnen, und das erinnert sie daran, daß sie ihr nicht gerade viele Chancen eröffnet haben, daß sie keine ... keine gute Familie für sie waren, verstehst du? Das nehmen solche Leute übel. Glaub' mir, ich hab' damit Erfahrung.«

»Willst du ... denkst du, sie geben mir die Schuld, wenn Nicole krank wird?«

»Nicole ist schon krank. Die Frage ist: Wie lebt sie damit? Wie lebt ihr beiden damit? Du mußt dir darüber Gedanken machen. Und nicht nur du allein.«

Paul nickt, steht auf. »Ja, muß ich. Wir müssen drüber reden, sie und ich. Das seh' ich ein. Aber jetzt ...«

»Klar. Die Arbeit, die Arbeit. Was machst du eigentlich im Moment?« fragt Christof und stemmt sich aus seinem Sessel.

»Mehrere Sachen gleichzeitig. Eigene Projekte mit den Baslern und Freiburgern und was für meine lieben Karlsruher Chemiker mit ihrem TURBOMOLE. Da sind ein paar *glitches* drin, die bügle ich raus.«

»Turbowas?«, Chris muß grinsen wie ein Apfel: diese skurrilen Ausdrücke immer.

Er bringt den Freund aus dem Sprechzimmer, aus der Praxis, zieht seinen Mantel an, schaltet das Licht aus, tritt mit Paul auf den Gang, schließt ab.

»TURBOMOLE. Ein sehr schönes Programm – natürlich so ziemlich das Gegenteil heroischer Wissenschaft, die rausfinden will, wie das Ding an sich tickt, aber ein Werkzeug, mit dem sie inzwischen Eigenschaften großer Moleküle mit paar hundert Atomen berechnen können. Haben sie fünfzehn Jahre dran gearbeitet.«

»Und du zupfst die Motten raus. Hilfreich wie immer, wie bei David und mir in der Schulinformatik.«

»Klar«, sagt Paul wegwerfend, als sie sich auf der regennassen Straße trennen, »bin ja 'n Heiliger, weißt du.«

»Paul?« Christof deutet mit dem Zeigefinger auf den Freund, der sich schon langsam entfernt.

»Ja?«

»Mit ihr will ich auch noch mal reden. Nächste Woche.«

»In Ordnung. Mach's gut, ja?«

»Selber«, sagt der Arzt, und nimmt sich vor, zu Hause ein paar Sachen nachzulesen, wegen Nicole. Ein Abend im Zeichen der Fortbildung, ganz ohne Selbstmitleid, das wäre fein.

Beratung

Die Tür geht auf.

Johanna steht im dunkelgrünen Flur, lächelt, winkt die Besucherin herein.

Diese tritt ein, steht aber einfach nur begossen da und macht keine Anstalten abzulegen. Johanna sagt: »Hatten wir heute 'ne Verabredung?«

Nicole senkt den Kopf, zeigt die süße Falte zwischen den Brauen, die immer da ist, wenn sie sich nicht für voll genommen fühlt, und murmelt: »Nein aber weil du eine Frau bist deswegen.«

Johanna versteht nicht, was das heißen soll. Aber diesen Zustand ist sie bei Nicole gewohnt, deshalb führt sie Pauls Freundin, ohne sie anzurühren, einfach durch Vorangehen in ihr Wohnzimmer, wo sie Johanna schon oft Modell gesessen ist.

»Magst du die Jacke ausziehen?«

»Paul hat mir die geschenkt weil das nicht wie eine Tussi aussieht, damit. Und ich finde sie riecht gut.«

Nachdem das geklärt ist, zieht Nicole zögernd ihre schwarze Lederjacke aus, geht in die Hocke und legt die Jacke, klatschnaß wie sie ist, sehr ordentlich auf den Boden. Dann setzt sie sich daneben, zieht die Knie an, legt die Arme drum und sagt: »Ich will auch gar nix zu trinken.«

Johanna lacht: Das ist ihr also aufgefallen, daß Johanna, wenn sie Gäste hat, denen immer zuallererst etwas zum Trinken anbietet, am besten etwas, was man erst zubereiten muß, und dann meistens gleich in die Küche verschwindet.

»Du hast ein Problem und willst, daß ich dir zuhöre, oder? Also, raus damit.«

Nicole hebt den Kopf, schaut aber Johanna nicht an, sondern das japanische Bergman-Plakat. Sie konzentriert sich sichtlich und fängt dann langsam an zu erzählen: »Das glaubt er mir nicht, daß das nicht absichtlich war. Daß ich da Scheiße gebaut habe. Ich weiß das ja von meiner Schwester, wie das ist, und wie mir jetzt schon wieder schlecht geworden ist, hab' ich mir das lange überlegt, was ich jetzt machen soll. Zu wem ich gehe, und weil du eine Frau bist, komme ich halt her.«

Johannas Augen weiten sich, aber sie sagt nichts, legt sogar die Hand, auf die sie ihr Kinn eben noch gestützt hat, vor den Mund, damit kein Laut entwischt, weil der Verdacht, der sich bei ihr regt, ein ziemlicher Hammer ist. Nicole holt zweimal hastig Luft und spricht dann weiter: »Ich sage Tabletten, wir haben uns darüber schon mal gestritten, aber nur im Scheiß, nicht ernst. Er will, daß man Pillen sagt, aber Pillen sind lang und diese Dinger sind mehr flach, also sind es doch Tabletten. Ich hab' sie auch sonst immer genommen.«

»Aber ein paar Mal nicht, stimmt's?«

»Nicht oft. Aber das ist halt die Scheiße«, sagt Nicole tapfer, obwohl ihr elend ist, »weil er will ja bestimmt kein Kind von mir. Ich bin ja sowieso blöd und dann noch ein Kind, das auch noch blöd ist, das geht ja eh nicht.«

Johanna weiß, daß bei Nicole nicht funktionieren wird, was sie neulich bei Christof gemacht hat: den Arm um den Leib legen, trösten. Nicole mag Berührungen nicht, zu denen sie nicht selber explizit einlädt. Deshalb atmet Johanna jetzt tief durch, sie will durchaus, daß Nicole das hört.

Erst dann sagt sie: »Du bist sicher, daß du schwanger bist? Du hast es getestet?«

Jetzt schaut Nicole sie doch an, erstaunt: »Nein. Weil mir schlecht ist und weil man das merkt. Meine Schwester hat das auch gemerkt.«

»Okay. Gut. Kann ja sein. Aber du mußt es genau wissen,

bevor du mit Paul redest. Sonst denkt er wirklich, du bist bekloppt. Fuck.«

»Wieso fack?«

Johanna flattert mit der Hand wie eine hysterische Taube mit den Flügeln: »Weil ich nicht hier sein kann. Weil ich morgen früh … fuck fuck fuck«, sie schaut auf ihre Armbanduhr, »weil ich in sechzehn Stunden im Flieger nach Israel sitze und dort David treffe und lauter Blödsinn. Wir könnten natürlich trotzdem jetzt noch in die Apotheke gehen, oder …«

»Nein, ich will das dann schon alles alleine machen. Du sollst mir nur sagen, wie das geht, dann mache ich das schon alles alleine.«

Johanna ist beeindruckt: »Echt? Wieso denn?«

»Weil wenn ich das alleine mache denkt Paul nicht, ich kann überhaupt nix. Ich kann mich selber drum kümmern, das sieht er dadurch, auch um das Kind, dann darf ich es vielleicht haben.«

Johanna spürt, daß sich bei ihr ganz unwillkommene Gefühle melden, daß da plötzlich ein unerwarteter Rührschwall gegen alle inneren Schleusen drückt und sie gleich losflennen muß, wegen dieser mutigen Frau hier. Mit ziemlicher Mühe verbeißt sie sich's, weil das Praktische wichtiger ist, die Riesenkatastrophe.

»Was heißt hier dürfen? Es ist dein Leben. Es ist dein Bauch.« Wahnsinn, denkt sie, daß ich diese uralten und völlig richtigen Parolen noch mal ganz konkret gebrauchen können würde. Das hätte ich mir auch nicht träumen lassen.

Das Fabelhafteste daran aber ist, daß Nicole ihr aufmerksam zuhört und diesen Satz mit dem Bauch offenbar eine ganz ausgezeichnete Erkenntnis findet, wenn der zustimmende Gesichtsausdruck nicht trügt.

Johanna fährt fort: »Gut, also paß auf, ich sage dir …«, sie steht auf, geht zum Schreibtisch, beugt sich über einen Block, nimmt einen Kugelschreiber, »ich schreibe dir alles auf. Was du für einen Test kaufen mußt. Wie der geht. Das machst du morgen alles, und dann rufe ich dich abends gleich aus Tel Aviv an, bevor du mit ihm redest.«

Nicole steht auch auf, schaut ihr über die Schulter und sagt zweifelnd: »Wenn er abnimmt statt ich? Was sagst du?«

»Daß wir ein Privatgespräch unter Freundinnen führen müssen und er sich an seinen Rechner verpissen soll und sein doofes Programmgewichse machen, bis wir fertig sind«, sagt Johanna und erfährt, daß das genau das richtige war, als Nicole sie von der Seite unbeholfen und steif, aber aufrichtig erleichtert umarmt.

Bär

Am Tag der Abreise nach Israel, die Johanna und David vom selben Flughafen aus, aber mit unterschiedlichen Flügen antreten, lügt Paul frühmorgens das erste Mal, seit sie einander kennen, Nicole an.

Die Symmetrie zwischen ihnen bleibt gewahrt, weil kurz danach auch sie ihm zum ersten Mal bewußt die Unwahrheit erzählt.

Als er sich nämlich sehr früh anzieht, fragt Nicole ihn, ob er heute ausnahmsweise nicht zu Hause endlos Code schreiben, sondern mal wieder zur Uni fahren wolle, worauf er antwortet: »Ja, genau, ich hab' ein Treffen mit der Arbeitsgruppe. Bringt zwar nicht viel, das Gequatsche, aber man muß da ab und zu sein Gesicht zeigen. Ich bin mittags wieder da.«

In Wirklichkeit will er in die Stadt, sich informieren gehen, über Wahnsinn.

Nicole weiß das nicht und sagt: »Mittags bin ich aber vielleicht nicht da, weil ich heut viel unterwegs bin.«

»Hast du also doch schon 'n Job gefunden – ohne meine Hilfe?« neckt er sie.

Nicole rümpft die Nase und sagt: »Ja, klar hab' ich 'n Job, weil ich mach' Striptease im Kino.«

»Wieso denn im Kino?«

»Damit sie mir auf den Bär gucken und nicht den Film mitkriegen, die Leute, dann gehen sie nämlich noch mal rein für die Handlung oder sie kaufen später sogar die DVD von dem Film, bei dem sie schon im Kino waren. Das macht dann mehr Geld für die Filmer.«

»Clever«, lobt Paul, »das ist das erste vernünftige Start-up-Unternehmen, von dem ich je gehört hab'. Krieg' ich den Bär denn dann heute abend auch zu sehen?«

»Ohne Film und Eintritt«, verspricht Nicole, küßt ihn, verabschiedet sich und verschwindet an ihm vorbei ins Bad, wo sie bis zwanzig zählt, damit er weg ist, wenn sie rauskommt, weil sie ihn nicht so lange anschwindeln will. Die Tür fällt ins Schloß; Nicole ist erleichtert.

Paul geht nicht zur Universität, sondern in die medizinische Buchhandlung. Dort blättert er eine Weile in verschiedenen psychiatrischen Büchern. Schließlich kauft er den dünnen Ratgeber für Patienten und Angehörige von Josef Bäuml: »Psychosen aus dem schizophrenen Formenkreis«, und die dicke Monographie: »Schizophrenie. Entstehung, Erscheinungsformen und die bedürfnisangepaßte Behandlung« von Yrjö O. Alanen, weil er sich beim Blättern davon überzeugt hat, daß das erste Buch einen knappen, unsentimentalen Abriß bietet, während das zweite den Krankheitsbegriff und die gebräuchlichen Schizophreniedefinitionen ziemlich kritisch sieht und das Phänomen irgendwie alternativ und progressiv behandelt.

Zwei ziemlich verschiedene Meinungen: sehr gut.

Mit seinen beiden Neuerwerbungen setzt Paul sich in ein Eiscafé, weil er beim derzeit herrschenden Dreckwetter zu Recht davon ausgeht, daß er in so einem Lokal an diesem Werktag erstmal seine Ruhe hat. Bevor er anfängt zu lesen, starrt er längere Zeit die Wendung »Ein Ratgeber für Patienten und Angehörige« auf dem Bäuml-Buch an und hofft arg, daß er das zweite ist: ein Angehöriger von Nicole.

Und wenn sie wirklich irgendwo in eine Klinik muß, denkt er, dann heirate ich sie vorher oder irgendwas, damit gar nicht erst jemand dran zweifelt, daß ich ein Angehöriger bin. Dieser Mist darf uns nicht trennen, das ist sicher.

Nicole geht währenddessen in eine Apotheke und erzählt der Dame hinter der Theke alles auswendig herunter, was Johanna ihr aufgeschrieben hat. Sie geht mit zwei verschiedenen Tests nach Hause, macht beide und kriegt deshalb zweimal chemisch raus, daß sie tatsächlich schwanger ist.

Nicole weiß, daß das Probleme gibt. Aber das ist ein ganz blasses, windiges Wissen, gemessen an der Freude, die ihre Seele flutet, am Spitzenwunder, das nur will, daß sie springt und singt.

Sie geht ins Wohnzimmer, legt ihre Platte auf und spielt das Lied.

Sie spielt es und hüpft immer noch, als Paul zurückkommt.

Es hat keinen Zweck, sich an Johannas Plan zu halten. Er weiß, als er sie sieht, daß etwas Ungeheuerliches passiert ist, etwas Beängstigendes, aber Tolles.

Sie stellt also das Lied ab und erzählt ihm alles, weil ihr Herz ihr das befiehlt, und das wahnsinnigste, findet er später, ist, daß auch Paul diesem Befehl sofort gehorcht und die durch die Nachricht ausgelöste explosionsartige Vervielfachung aller Ängste um Nicole, die er ohnehin schon gehabt hat, nicht als Desaster erlebt, sondern als eine völlig unbegreifliche Art von Befreiung, als wäre ihre Liebe jetzt wirklich von oben abgesegnet, tatsächlich, wie er vorhin im Café gedacht hat, bombensicher: daß sie auf jeden Fall zusammensein werden bei allem, was weiter passiert, und jedenfalls weder sie noch er alleine untergehen können, sondern auch das nur noch gemeinsam, wenn es so kommt.

Abreise und Ankunft

Am Frankfurter Flughafen geht Johanna durch die Kontrollen und stellt sich danach auf einen der lichten Gänge zwischen den Gates, um ein paar Sachen in ihr neugekauftes Notizbüchlein zu sudeln.

»Was schreibst du denn da, Impressionen einer Durchsuchten?«

Es ist David; er trägt eine grotesk bauchige schwarze Tasche an einem absurd langen Gurt, Handgepäck des Auswanderers.

»Sind das alles Bücher, was du mitschleppst, Kleiner?«

»Und Waffen. Den Friedensprozeß zerstören, dazu bin ich ausgesandt.«

Sie setzen sich, weil beide noch Zeit haben – er mehr, sie weniger – an eine Saftbar. Er müllt sie gleich wieder mit seinem Zeug voll, lauter kleinen Non-sequitur-Einfällen: »Wir, du und ich, Johanna, sind nur wenige Jahre älter als die diplomatischen Beziehungen zwischen Israel und der BRD, wußtest du das? Als wir fünf waren, waren wir halb so alt wie die.«

»Wenn Hitler noch leben würde, wäre er nicht tot«, erwidert Johanna müde.

Aber David läßt nicht locker, so gut gelaunt oder nervös ist er, vielleicht auch ängstlich, sie weiß das bei ihm nie: »Neunzehnhundertsiebenundvierzig. Interessantes Jahr – Israel, der außerirdischste Staat der Welt, ich meine, was ist das denn: eine vernünftige Begründung zur Ausrufung eines bürgerlichdemokratischen Nationalstaates, wann hat es das zum letzten Mal gegeben, nach Frankreich und Amerika im achtzehnten Jahrhundert? Und das im selben Jahr, in dem in Roswell der UFO-Crash war. Kein Zufall, würden Spinner sagen.«

»Das mit den Jahreszahlen, das ist dein neues Ding, ja?« fragt Johanna. Sie hat sich jetzt reingegroovt in seine Hektik, er darf so weitermachen, sie findet es nun doch leidlich unterhaltsam.

»Wieso? Mein Ding?«

»Na ja, auch in dem Dirac-Konzept, das du mir gemailt hast: Da machst du ein ziemliches Gewese um dieses Neunzehnhundertdreiunddreißig, daß da, ja, also natürlich Hitler, aber eben auch der Nobelpreis gleichzeitig für Schrödinger, Heisenberg und Dirac … Der eine von den dreien emigriert, der andere macht beim Adolf weiter, der dritte erlebt den Krieg gegen England dortselbst …«

»Und alle drei wissen Dreiunddreißig noch nicht das leiseste davon, ja, sondern lassen sich zusammen in schönster Eintracht … Dieses Foto am Bahnhof, wo sie da alle so …«

»Du würdest dein Neunzehnhundertdreiundreißig am liebsten dazustellen, als einen Statisten, was? Diese ganzen Jahre sind für dich Figuren, mindestens Nebenfiguren – weißt du, du solltest sie nicht als Ziffern, sondern alle ausschreiben, wie Eigennamen: Neunzehnhundertvierundachtzig, wie bei Orwell.«

»He, genau! Ja! Mache ich. Wie findest du es denn bis jetzt? Das Buch? Besser als die ersten Sachen, die du in der Mail …«

»Du machst immer noch dieselben … dieses Vergleichen von Leuten mit Filmstars zum Beispiel, wenn es ums Physiognomische geht, das machst du immer noch, nur um dich gegen, wer war's, der das verboten hat, als schriftstellerische Faulheit?«

»Algis Budrys.«

»Genau. Rogue Moon und so. Aber du machst es: Paul ist Steve McQueen. Wer bin ich?«

»Gillian Anderson. Mit dickem Arsch.«

Sie tratschen noch ein Weilchen weiter. Dann muß Johanna los, auf ihre Maschine.

»Bis Tel Aviv also.«

»Bis Tel Aviv.«

Auf dem Frauenklo am Gate steht ein schön sinnloser Spruch, der Johanna aufheitert, was ihr überhaupt erst bewußt macht, daß sie Kummer hat und der Aufheiterung bedarf:

Fuckin Bush
Fuckin Burgers
Fuckin Yankees
Arriba Uruguay!

Sie sitzt da auf der Toilette, verwirrt, erheitert und unglücklich, wegen Chris dem Wikinger, wegen der Bedrohung, die für ihr Bild von Paul und Nicole, nein: für ihre Bilder von Nicole von deren Schwangerschaft ausgeht, das schäumt jetzt alles auf, dieses Wissen, von dem sie David, wie sie jetzt begreift, gern erzählt hätte. Aber das geht natürlich nicht, das geht den nix an, am Ende landet es wieder in so einem Briefroman oder sonst in weißgottwas für einer Öffentlichkeit.

Sie schimpft mit sich: »Du Närrin«, weil das früher Pauls Lieblingsbeleidigung war. So kurz, cool und altmodisch konnte der damals sein: »Du Narr!« oder »Du Närrin!« oder, meistens, weil es fast immer mehrere Leute waren, denen Paul mitteilte, daß sie hinter seinen Erwartungen in irgendeinem Punkt zurückblieben: »Ihr Narren!«
Das hat er ewig nicht mehr gesagt. Warum? Ist er selber vielleicht inzwischen auch ein Narr geworden? Was denke ich denn da zusammen? Und warum sagt er wieder »Tailgunner« zu David?

Johanna ist fertig, wäscht sich viel zu lang die Hände und grinst sich experimentell im Spiegel an, ob es noch geht, das lustige Gesicht, oder nur die Trauermiene der mit zuviel Wissen Beladenen. Es geht aber. Sie schaut sich an, legt den Kopf schief. Arriba Uruguay!
Name: Unsinn.
Vorname: Reiner.
Rasch geht sie die Treppe hoch und steigt ins Fugzeug.
Johanna döst weg, wird aber bald vom Ruckeln der Maschine geweckt und erschrickt.
Name: Lenz.

Vorname: Turbu.
Dann beginnt schon der Landeanflug.

Die Journalisten, inklusive David, gehen ihr bereits im Auto schrecklich auf den Geist mit ihrer Wissensherzeigerei, der furchtbar erwartbaren gegenseitigen Ich-war-hier-schon-mal-und-kenne-mich-aus-Überbietung, dem dummen Tonfall des Berufsneugierigen.

Sie schaut lieber aus dem Fenster, da sind Palmen, Flachgebäude, Waschputz, graues Braun. Das Carlton Hotel ist wahnsinnig hoch und innen kühl. Johannas Zimmer ist riesig, sie schaut auf die Uhr: noch kann ich Nicole nicht anrufen. Im Foyer, auf der Suche nach dem Restaurant, will David sie rumkriegen: »Komm, wie gehen alle was trinken, Richtung Hafen. Das Programm geht ja erst morgen früh los.«

»Wo ist das, Hafen?«

»Norden, drüben, wo wir hergekommen sind. Hier ist Marina.«

»Na«, zischt sie ihm zu, während die Meinungsmachermeute unter großem Hallo aufbricht, »dann gehe ich nach Süden. Am Strand lang.« David versteht, was sie stört, teilt die Empfindung aber nicht: »Na gut, dann mach mal. Ich geh' mit. Ist doch okay, mit denen, obwohl, na ja, ich bin's halt auch gewohnt … ich sag' ihnen, du triffst hier schon wen, jemanden von der Kunst.«

»Danke«, nichts wie raus.

Sie stapft sehr lange stur vor sich hin. Es ist noch warm, wird aber gerade kühler.

Hinterm Drum Beach kurz vor Jaffa, der nicht umsonst so heißt, geht die Sonne schnell unter. Johanna sitzt auf einem Felsensteg im Meer und sieht die summende Feuerscheibe in extremen Frank-Stella-Knallfarben abtauchen. Dann schwappt plötzlich eine hohe Welle gegen die großen Steine, und Johanna fragt sich, ob das nicht womöglich vom Eintauchen der Sonne ins Wasser kommt – hier, in biblischer Gegend, weiß man vielleicht noch nichts von Kopernikus, hier ist die Welt noch eine Scheibe, hier fällt die Sonne nach wie vor abends so richtig vollumfänglich in den Ozean.

Es wird jetzt langsamer getrommelt. Johanna steht auf und geht zurück zum Hotel.

Als Gast des Außenministeriums, alles außer Eigenaufwendungen wird bezahlt, kann ich ruhig mal was Eigenes aufwenden und mit Deutschland telefonieren – Johanna wählt die 2, Leitung aus dem Hotel, dann die deutsche Länderkennzahl, dann Pauls Nummer.

Paul nimmt ab: »Johanna, he! Hallo.«

»Äh?« macht Johanna, die Überrumpelung hat funktioniert. Dann fängt sie sich aber: »Woher willst du denn wissen, daß ich es bin?«

»Na du bist es doch, oder?« Nicht ganz logisch, aber es sitzt.

»Ja, lustig. Hör mal, ich wollte mit Nicole ...«

»Ich weiß schon, ihr müßt ein Privatgespräch unter Freundinnen führen und ich soll mich an meinen Rechner verpissen und mein Programmgewichse machen, bis ihr fertig seid.«

Johanna lächelt müde: »Deine autistische Freundin hat ein viel zu gutes Gedächtnis.«

»Ich weiß. Nicht nur das mit dem Gedächtnis, auch das andere wegen ... mit Nicole.«

»Nicht nur mit Nicole«, verbessert Johanna.

Dann erzählt er ihr, was passiert ist: daß Nicole ihm alles gesagt hat, daß sie beide sich freuen und nicht wissen, wie es weitergehen soll, daß Johanna sich keine Sorgen machen muß.

»Ich mach' mir sowieso Sorgen. Aber ich bin auch erleichtert, daß es so gelaufen ist. Mit euch.«

»Ja. Okay.«

»Arriba Uruguay.«

»Bitte?«

»Ach nix. Gib mir jetzt aber doch mal Nicole, ja?«

»Klar. Steht schon hier und nervt mich.«

Nicole erzählt alles ein zweites Mal, und wieder springt etwas auf Johanna über von der Energie dieser Frau, zieht sie richtig in die Höhe, daß sie schließlich sogar diffus glücklich ist, beim Auflegen. Danach geht sie sofort ins Bett, mit Schaumstoffstöpseln in den Ohren, damit sie David nicht hört, falls der nachts anklopft.

Parteilichkeit

Bei Nichterfüllung der im Statut festgelegten Pflichten und bei anderen Vergehen wird das Parteimitglied bzw. der Kandidat der Partei zur Verantwortung gezogen, wobei folgende Parteistrafen beschlossen werden können: Verweis, Rüge (strenge Rüge), Rüge (strenge Rüge) mit Eintragung in die Registraturunterlagen. Die höchste Parteistrafe ist der Ausschluß aus der Partei. Bei geringfügigen Verstößen sind Mittel zur Erziehung und Einwirkung durch die Partei in Form von kameradschaftlicher Kritik, Mißbilligung, Ermahnung oder Verwarnung anzuwenden. Ein Parteimitglied, das sich ein Vergehen zuschulden kommen ließ, hat sich dafür vor allem vor der Grundorganisation zu verantworten. Wird ein Kommunist durch die Partei vom übergeordneten Organ zur Verantwortung gezogen, so wird die Grundorganisation davon in Kenntnis gesetzt. Bei der Entscheidung über die Verantwortung gegenüber der Partei sind ein Höchstmaß an Sorgfalt und eine gründliche Prüfung der Stichhaltigkeit der gegen den Kommunisten erhobenen Beschuldigungen zu gewährleisten. Spätestens ein Jahr nach der Verhängung der Strafe über das Parteimitglied nimmt die Parteiorganisation seinen Bericht darüber entgegen, wie er die unterlaufenen Mängel behebt.

ACHT

Mahlzeit

Hier gibt es alles, Abenteuer, Geschicklichkeitsproben, in bunte Plastikchassis abgepackte Naturkatastrophen: Die Videospielgeräte lärmen, blitzen und beben, ihre Lichter irritieren den Mediziner, aber er behält seinen Ärger für sich, will hier nur essen, nicht auffällig werden.

Man kann diese Maschinen eh nicht leiser drehen, höchstens abschalten, und das wird ihm zuliebe niemand tun.

Am »Pac Man« sitzt ein weizenblonder Junge von etwa elf Jahren, daneben, an »Space Invaders«, müht sich ein kleines schwarzes Mädchen (fünf Jahre alt? sechs?) am Schalthebel ab, das seine sechs Quarter-Münzen für weitere Spiele auf die Glasabdeckung des Geräts gelegt hat. Dr. Keane schaut den kleinen Hypnotisierten zu und denkt bei der Gelegenheit ein Weilchen an gar nichts. Die Wahrnehmung zerfällt ihm darüber: der verhalten fluchende Junge; das blinkende Kettchen des Mädchens mit dem Symbol des Thunderbird Hotels als protzigem Anhänger; das rote Gesicht eines Highway-Polizisten, der eben von der Toilette kommt; die geräuscharm rotierenden Deckenventilatoren.

Zwei Möchtegern-Yuppies mit schmalen Lederkrawatten, wahrscheinlich Studenten der Literatur, sitzen in der *booth* vor der Küche und unterhalten sich über Geistiges. »Und deshalb haben wir den Commies was voraus«, doziert der eine, blonde Kerl, »weil wir eben nicht bloß ans Materielle denken – wenn wir Ausbeuter wären und gierig, hohl und dekadent, wie die glauben, dann hätten wir keine Philosophin als Präsidentin, sondern, ich weiß nicht ...«, der andere, mit schön geschwungener Habichtsnase und krausen roten Locken, nickt eifrig und vollendet den Gedanken: »Dann hätte die Grand

Old Party diesen Dings aufgestellt gegen Carter, den Cowboy-schauspieler...« – »Reagan, genau. Dann hätten wir den jetzt, statt Ayn Rand. Aber wir sind eben keine Karikatur, wir sind das freieste Land in der Geschichte, deshalb...« und so fortan, die immer gleichen frenetisch panegyrischen Ergüsse über die kranke Frau in Washington, von deren Zustand die Radios so gern und eifrig berichten wie wahrscheinlich damals in Ruß-land vom Zipperlein des großen Stalin. Kinder: sie glauben wirklich, dies wäre das Goldene Zeitalter. Immerhin, amüsante Vorstellung, sollte man sich merken: Reagan als Präsident.

Der Doktor befreit mit der Zunge ein Fetzchen Ei zwischen zwei Zähnen, schluckt, nippt an seiner Cola und schaut sich erneut im Diner um, wacher jetzt. Atmosphärisch-osmotisch nimmt er auf, was passiert: Der Polizist steht an der Jukebox und drückt noch mal, was er vorhin schon gedrückt hat, »Heat of the Moment« von Asia. Das schmutzige Pärchen am schlechtesten Tisch, direkt beim Klo, streitet sich etwas leiser – sie leidet sehr schön; er sieht gefährlich aus mit seinen fetti-gen schulterlangen Haaren, seinem Mongolenreiter-Oberlip-penbart und dem zerrissenen Hemd.

Und drüben, in der von einer Topfpflanze verstellten Nische am Eingang – was ist denn das, wer sitzt denn da?

Haarbürste

Im zweiten Gymnasialschuljahr wird David klar, daß es eine ganz einfache Methode gibt, die Schläge abzustellen, die er von seiner Mutter bekommt.

Damit er das begreift, muß allerdings erst etwas ganz Grund-sätzliches passieren: ihre Autorität muß von außen erschüttert werden. Dies geschieht, indem sich unerwartet eine Situation herstellt, in der sie plötzlich nicht mehr weiß, wo ihr geschie-dener Mann steckt. Das Geld bleibt zwei Monate lang aus, dann ruft sogar der Chef von Davids Vater an und will wissen, ob sie weiß, wo der Mann sich aufhält.

Die Lebensangst der armen Frau steigert sich zu Panik. David erkennt plötzlich, wie schwach sie eigentlich ist. Bald stellt sich heraus, daß sich sein Vater in einer Entzugsklinik bei Frankfurt am Main aufhält – derselben übrigens, in der zwanzig Jahre später Johannas Vater landet (Alkoholikerväter: eines der Themen, über das Johanna und David sich später näherkommen).

Im vierten Monat des sehr langen Klinikaufenthalts von Davids Vater will David eines Morgens schnell ins Bad und schnell wieder raus. Seine Mutter blockiert den Raum immer so lange, daß er zu spät zur Schule kommt, was ihm normalerweise egal ist. Aber heute hat Paul neue Science-fiction-Taschenbücher von Asimov und Simak dabei, die er David unbedingt vor der ersten Stunde geben muß, sonst kann der nicht schon in Erdkunde mit dem Lesen anfangen, was eine Katastrophe wäre, für die es keine Worte gibt.
Er haut mit der Faust an die Tür. Die Mutter grunzt. Er haut noch mal, die Tür fliegt auf. Die Mutter schwingt ihre Haarbürste, er duckt sich weg. Greift ihre Hand, dreht den Arm um.
Sie ist erstaunt, sie japst nach Luft. Die Bürste fällt zu Boden.
Er läßt den Arm los. Sie klatscht ihm lustlos, wie im Schlaf mit der Hand auf die Schulter und schreit: »Mistbengel!«
Da ohrfeigt er sie und sagt in die davon ausgelöste abgründige Stille hinein sehr deutlich: »Und in Zukunft haue ich immer zurück. Dann werden wir ja sehen.«
Dabei bleibt es.
Er muß nie wieder zurückhauen.

Pärchen?

Dr. Keane hört sich leise, aber deutlich sagen: »Merkwürdig. Sehr, sehr merkwürdig.«
»Noch einen Teller?«

Schinken und Rührei? Nein, lassen Sie mal. Lieber beobachte ich, was da drüben vorgeht: Dort sitzt in unerwarteter Begleitung Keanes berühmtester Patient, der zweiundachtzigjährige Nobelpreisträger Paul Dirac, den der Arzt um diese Tageszeit viel eher auf der Veranda seines Hauses vermutet hätte, umgeben von seiner stets gut aufgelegten Frau und seinen sympathischen Töchtern. Was macht der da, im Nichtrauchereck eines viertklassigen Diners an der Schnellstraße von Tallahassee?

Bei Dirac sitzt eine junge, blonde Frau, die mit ernstem, aber freundlichem Gesichtsausdruck geduldig auf den Alten einredet und Keane genausowenig beachtet wie jener. Nichts an Diracs Miene, seiner Gesichtsfarbe oder der Lage seiner Hände auf dem Tisch verrät, wie er die Frau sieht, die ihm gegenübersitzt. Der Alte und die kühle Jugend: ein faustisches Thema, denkt Keane und kippt so hastig den letzten Schluck Cola, daß er husten muß. Zitternd bellt er eine Weile in sich hinein, um nicht durch einen lauten Ausfall auf sich aufmerksam zu machen. Faust und Gretchen, das erinnert Keane an eine Anekdote, die ihm berichtet worden ist: Ein zierliches Mädchen von etwa zwanzig Jahren, vermutlich Undergraduate-Studentin, jung, hübsch, rote Haare, betrat vor ein paar Jahren während der normalen Sprechzeiten unangemeldet Diracs Büro.

Dirac saß gerade mit seinem Forschungsassistenten am Schreibtisch und ging wissenschaftliche Korrespondenz durch, machte Anmerkungen, legte Journale ab, sortierte Einladungen aus, auf die er nicht antworten wollte. Die beiden Gelehrten wunderten sich über das stumme Mädchen; Dirac erhob sich, langsam und förmlich, ging zwei Schritte auf die Besucherin zu und streckte ihr verbindlich lächelnd die rechte Hand entgegen.

Ehe er wußte, wie ihm geschah, hatte sie ihm eine frischgeschnittene, leuchtende rote Rose überreicht. Das Mädchen senkte den Blick und sagte leise und grave, als wäre der Text

eine kriegswichtige Botschaft in einem schweren diplomatischen Krisenfall: »Das soll Sie anerkennen und ehren.«
Noch bevor Dirac oder sein Helfer etwas erwidern konnten, war die Frau verschwunden.

Weiß ich, wer er ist? Was macht seine Aura aus?
Behram Kursunoglu und dessen Frau, Steve Edwards von der Florida State Uni, er selbst: Sie sind so etwas wie Diracs Freunde, und doch, überlegt Keane, weiß von uns allen niemand wirklich etwas über ihn.
Ich könnte keinen Roman über ihn schreiben, so wenig kenne ich Dirac.
Liebt er Blumen? Hat er Angst vor Spinnen? Ist er heimlich homosexuell?

Wann hat er sich je schon mit Dirac über solche Sachen unterhalten? Vor einigen Monaten, auf einem langen Ausflug mit dem Propellerboot in den Sümpfen, als Keane ein bißchen über Lebewesen, Leben überhaupt, Darwin und die lokalen Vogelpopulationen doziert hatte, wurde Dirac ausnahmsweise einmal gesprächig, erzählte, als der Motor eine Weile schwieg: »Ein Freund von mir ... ein Österreicher ... den hat das nicht losgelassen. Was das Leben ist. Wie es funktioniert. Wir haben im selben Jahr den Nobelpreis bekommen. Er war damals mit Heisenberg und mir in Stockholm. Was ist Leben – so nannte er sein Buch darüber. Er hat überhaupt viel über Dinge nachgedacht und geschrieben, die nichts mit Physik zu tun haben.«
»Anders als Sie, nicht wahr?«
Diracs Blick war lange über Gras und Brackwasser, Büsche und verkrüppelte Bäumchen geschweift, dann hatte er zögerlich gesagt: »Mein Freund ... ist Neunzehnhundertzweiundsechzig gestorben. Erwin Schrödinger. Ich habe ... einen Nachruf auf ihn geschrieben.«
»Was stand darin?«
»Ich weiß es nicht mehr. Nichts. Seine Bedeutung für die Quantentheorie. Die Wellengleichung.«

»Nichts Persönliches?«

»Meine Erinnerungen ... wissen Sie, er war ja ein Kollege, die Erinnerungen haben natürlich alle mit der Sache zu tun. Mit Heisenberg habe ich enger zusammengearbeitet. Pauli hat mich stärker provoziert, Bohr hat mich mehr beeindruckt, Oppenheimer stand mir im Temperament näher. Aber Schrödinger ... Ich glaube, von allen Physikern, die ich kennengelernt habe, war mir Schrödinger wohl am ähnlichsten. Ich stimmte ihm bereitwilliger zu als irgendwem sonst. Wenn die andern etwas behauptet haben, mußte ich immer erst einen eigenen Weg finden, auf dem man dahin kommen konnte, wo sie waren. Ihm aber konnte ich schnell folgen, meistens jedenfalls. Ich glaube, der Grund dafür ist, daß wir beide großen Wert auf den mathematischen Schönheitssinn legten.«

Schönheitssinn, interessant.

Sagte das etwas über Diracs Persönlichkeit aus?

Alligator

Dieser Blick ist das Unheimliche, sternenweit davon entfernt, wie Menschen sonst wirken, beim Sehen: Immer schaut der Alte etwas an, von dem er eine genaue Vorstellung zu haben scheint, nie stiert er einfach so ins Leere. Dr. Keane steht auf, aus mehreren Motiven: Ich sollte mich bewegen, bevor er mich bemerkt; ich müßte mal aufs Klo; ich will noch was zu trinken.

Der Arzt wird von einem breiten Biker angerempelt, prallt fast gegen die Theke, fängt sich aber und hofft, daß die beiden, die er beobachtet, die Szene nicht bemerkt haben. Er wendet sich, nicht eben elegant, von ihnen ab, um nicht von Dirac erkannt zu werden, legt den Kopf etwas zurück und schaut hinauf in den Spiegel über den Computerspielkonsolen: Die fremde Frau hört jetzt zu; Dirac redet.

Keane tritt schwankend an die Theke, schiebt einen verlassenen Teller von sich weg und atmet tief durch.

Er überlegt, ob er sich setzen soll, entscheidet sich dagegen. Statt dessen wendet er sich nach rechts und macht sich auf den Weg zur Toilette. Vielleicht, überlegt er leicht verwirrt – es ist ihm auf einmal nicht gut, eine Art Schwindel verstört ihn –, sollte er einfach zum Tisch der beiden gehen und sich der faszinierenden Frau vorstellen lassen. Er will sich zuvor allerdings etwas sammeln, während er sich erleichtert.

Könnte sie eine Universitätsbekanntschaft sein?

Keane hat Dirac nur einmal am Institut besucht.

Die Bürokraten dort wußten genau, was sie an dem Alten haben: Es heißt, das Formular hängt immer noch gerahmt an einem ausreichend besucherfreundlichen Ort, mit dem er seinen ersten Besuch aus Anlaß einer Konferenz Neunzehnhundertachtundsechzig angemeldet hatte:

Name: Paul Adrien Maurice Dirac, Hauptadresse: 7 Cavendish Avenue, Cambridge, England, Gegenwärtige Adresse: Sheraton Four Ambassadors Hotel, Arbeitsgebiet: Quantentheorie.

Damals erwanderte Dirac sich die Umgebung in wenigen Tagen und fand die Luft besonders erfreulich. Schon am ersten Tag der Konferenz ging der Mann nach dem Ende des Tagesprogramms zu Fuß zurück zum Four Ambassadors Hotel, entlang der US 1, über eine Distanz von mindestens fünf Meilen. Täglich schwamm er im Hotelpool, genoß das klare Wasser, den wolkenlosen Himmel, aß tropische Früchte. Weiter weg von Bristol, berichtete er Keane später, hatte er sich nie gefühlt, nicht einmal auf den Bergen des Kaukasus oder unter den Kirschblüten Japans: »Ich muß, wenn ich mich recht erinnere, damals schon gedacht haben, daß es gut für mich sein würde, einmal hierherzuziehen. Ich wäre am liebsten gleich geblieben.«

Soweit Keane weiß, spaziert Dirac noch immer täglich ungefähr eine Meile zur Arbeit, schwimmt im Silver Lake und im Lost Lake, auch im Meer. Den restlichen Tag lang bewegt er sich ungezwungen auf dem Universitätsgelände, ißt häufig mit Leuten von der Fakultät zu Mittag, lebt anspruchsarm so vor sich hin.

Ab und zu hat er Dirac auf Ausflügen begleitet.
Am saubersten Strand des Landes:
So zerbrechlich der alte Mann wirkt, so angstlos legt er sich dennoch in die langsam und schwer anbrandenden Wellen, als gehörte er zu den großen Meerestieren, als wäre er zu Hause am nassen Ufer, bei den starken Lichtern der See: weiß, grau, beige, ambra.

Einmal geht ein Alligator aufreizend gemächlich über die Straße, während Behram, Sevda, Keane und die Diracs mit dem Auto warten müssen.
Dirac ist beeindruckt: »Ich glaube, er weiß, die Autos haben hier nichts zu suchen. Ihm gehört die Gegend.«
Behram sieht das anders: »Ich weiß nicht. Vielleicht rotten wir sie irgendwann aus. Der Mensch hat schon ganz andere Tierarten verdrängt.«
Dirac schüttelt den Kopf.

Keanes Hände sind trocken, die Haut ist spröde, sie spannt, wenn er die Finger streckt.
Er verläßt die Toilette und erschrickt, als ein schneller Körper gegen seinen prallt.
Vor lauter Entschuldigungen und Tastkontrollen, ob seine Kleidung richtig sitzt, braucht er mehrere Sekunden, bis er begreift, daß er mit der jungen Frau zusammengestoßen ist, mit der Dirac eben noch geredet hat. Der Flur ist dunkel. Niemand außer ihnen beiden steht im Zwielicht.
Von nebenan hört man Rock aus der Jukebox und das wiedereinsetzende Dudeln der Computerspiele. Das Gesicht der

Frau schwebt keine dreißig Zentimeter von Keanes eigenem entfernt, der Rest ist nicht auszumachen. Sie lächelt ihn an, ohne Herzlichkeit. Er öffnet den Mund, obwohl er nicht weiß, was er sagen soll. Sie ist schneller: »Du solltest das für dich behalten, Christof. Dirac und mich, meine ich.«

Der Doktor nickt, sein Eifer dabei überrascht ihn.

Er deutet mit einem Blick und einer minimalen Kopfbewegung an, daß er den Flur gern verlassen würde. Sie weicht höflich zurück; er sieht sich nicht nach ihr um.

Erst auf dem Parkplatz, als Keane im Auto sitzt, umschlossen von Hitze wie von einem massiven Block aus Sonnenlicht und muffigem Plastikgeruch, erst als er den Anlasser betätigt und aufs Gaspedal tritt, fällt ihm auf, wie die Frau ihn angeredet hat: Christof.

So heiße ich doch gar nicht.

NEUN

Arzt, heil dich

Anita Buck sagt es ihm jetzt ins Gesicht. Sie weiß sich anders nicht zu helfen, hat wochenlang zugesehen. Weil nicht mehr viele Patienten kommen, konnte sie sich in aller Ruhe eine Meinung bilden.

Sie mag den Arzt: die Umgangsformen, den Tonfall, das alles war am Anfang und noch lange danach sehr angenehm. Auch die Arbeit hat ihr Spaß gemacht, vor allem, als Frau Doktor Stefan noch hier war und es viele Termine zu koordinieren gab. Als die Praxispartnerin sich dann nach München verabschiedet hat, war zunächst immer noch alles ziemlich gut, oder fühlte sich jedenfalls nicht gleich schief an, geschweige so unheimlich wie jetzt. Der Job wird auch ordentlich bezahlt, da gibt es nichts zu mosern. Anitas Freundinnen sitzen zum Teil zwei, drei Jahre nach dem Schulabschluß immer noch rum, wohnen bei den Eltern oder bei ihren Typen, jobben höchstens mal irgendwo für Tröpfchengeld. Die meisten haben sich inzwischen Kinder andrehen lassen, damit wenigstens irgendwas passiert im Leben.

Anita macht sich Vorwürfe, daß sie die ersten paar Tage, an denen überhaupt niemand mehr kam, mit Internetsurfen und Musikhören verbracht und sogar einigermaßen genossen hat. Dann wurde der Chef launisch, manchmal schikanös. Die Leute, die kamen und weiterhin kommen, waren und sind ein anderer Menschenschlag als vorher: fahler, angegriffener, mürber, und dann diese schreckliche Szene vorhin ... Anita sollte eigentlich schon nach Hause gehen, aber sie sammelt sich, gibt sich einen Ruck und klopft beim Chef an.

»Doktor Kiehn? Hallo?«

»Was denn, verfi... ja?«

Anita findet ihn am Boden, auf allen vieren, wie er schwitzend und gepreßt schimpfend Papiere zusammensucht, zum Teil handschriftlich mit Bleistift bekritzelt, in seiner schwungvollen Klaue, teils auch Ausdrucke von E-Mails, Kopien aus Büchern. Der ganze Zauber muß ihm eben erst aus der Hand gefallen sein. Er packt die Blätter in einen blauen Pappordner; die normale Standardmappe für Patientenkram.

Anita geht ohne zu überlegen in die Knie und hilft ihm, so gut sie kann. Er wehrt das ab, aber nicht allzu heftig, und läßt sie dann doch einfach gewähren: »Nein, schon recht, bitte, ich kann ... ich werd' hier schon ...«

Während sie ihm reicht, was sie aufsammelt, beobachtet sie, daß auf der blauen Mappe mit Edding »Nicole« geschrieben steht – es ist also tatsächlich ein Patientenfolder, aber ohne Nachnamen.

Ist das Schlamperei oder Schlimmeres?

Sie hat noch nie mit der Akte oder dem Namen »Nicole« zu tun gehabt, von niemandem mit diesem Vor- oder Nachnamen Praxisgebühr kassiert, keine passende Karte eingelesen.

Eben: unheimlich.

Sie hilft ihm auf, als alles eingesammelt ist. Er legt den Folder möglichst hoch im Bücherregal auf ein paar weinrot in Kunstleder eingebundene Bände, die statt Titeln nur lateinische Ziffern auf dem Buchrücken tragen. Ein bißchen zittert er, meint sie zu erkennen – nicht parkinsonschlimm, aber doch mehr, als die Anstrengung rechtfertigt. Sein Atem ist schwer, sein roter Schnauz über den Lippen bewegt sich beim Schnaufen, er muß mehrmals tief Luft holen, bevor er, leidlich freundlich wenigstens, fragen kann: »Also, Anita, was gibt es? Warum sitzt du noch nicht auf dem Fahrrad?«

Sie lächelt unsicher, spricht nicht gleich weiter. Das ist ein Fehler, merkt sie, denn es alarmiert ihn, er ist schließlich Psychiater. Sofort wird seine Stimme voller, bedrohlicher: »Hast du ein Problem mit mir, ist irgend ...«, aber als er sieht, wie sie zurückzuckt, schüttelt er den Kopf, geht hinter seinen Schreibtisch und bietet ihr mit einer Arm- und Handbewegung den gegenüberliegenden Stuhl an, während er sich umständlich setzt. Sie nimmt das Angebot an; als sie auch sitzt, sagt sie: »Ich mache mir nur ... ich mach' mir Sorgen. Weil Sie vorhin ...«

Christof Kiehn schließt die Augen, faltet die schweren Hände auf dem Tisch, dann öffnet er die Augen wieder, was seinem Gesichtsausdruck nach große Anstrengung erfordert, und sagt endlich: »Ja, das war dumm. Daß ich den angebrüllt habe, den Herrn Kappler. Aber er hat mich ... er hat mich in Rage gebracht, wirklich, mit seiner elenden Druckserei heute.«

Er versucht einen kokett demütigen Augenaufschlag, um die Situation zu entspannen, aber obwohl Anita ihn daraufhin freundlicher anschaut und etwas auf dem Stuhl nach hinten sinkt, um ihm zu signalisieren, daß sie seinen Versuch der Mäßigung und Versachlichung zu schätzen weiß, empfindet sie in Wahrheit leises Grauen: wie er sich windet, wie er das Problem nicht sehen will, daran vorbeischielt, als könne er es nicht ertragen, sich klarzumachen, was doch ganz offensichtlich ist und was sie ihm jetzt einfach sagen muß: »Er wird gerade erst ... Sie stellen ihn gerade erst neu ein, er probiert neue Medikamente aus, die Sie ihm verschreiben ... und er ist depressiv, er ist ... Sie können doch so einen Mann nicht anbrüllen.«

»Sind Sie jetzt auch Psychiater?« fragt Christof mit gefurchter Stirn. Wieder dieses Grollen, fast Knurren.

»Nein, Sie haben recht, ich weiß es ja nicht, ich verstehe nichts davon und ...«

»Nein, schon gut, ich habe ja wirklich gepatzt. Es stimmt, es ist nicht nötig und nicht hilfreich, wenn ich hier der ähm Gegenübertragung erliege, wie das die Psychoanalytiker nennen, und dem Mann seine Abreibung verpasse, um die er bettelt.«

Anita findet das häßlich, wie der Chef jetzt redet. Aber auch das behält sie für sich und geht das Problem lieber noch mal von einer anderen Seite aus an: »Sie stehen unter Strom, ich merke das. Aber Sie müssen sich langsam Gedanken machen über die Praxis. Es geht nicht, daß Sie ... Dieser Freund von Ihnen, der hier immer sitzt, stundenlang, das sind ja wohl keine Privattreffen, oder? Der läßt sich beraten, dem helfen Sie ärztlich, und das ohne irgendeine ... Entschuldigung, nein, lassen Sie mich ausreden bitte, ich weiß, Sie werden sagen, daß es mich nichts angeht, aber als Ihre Sprechstundenhilfe geht es mich was an, ich mach' hier die Abrechnungen, und Sie lassen mich das nicht abrechnen. Und das mit Herrn Kappler ist vielleicht Gegen... Übertragung oder so was, aber vor allem ist der Mann selbstmordgefährdet. Das habe ich selber von Ihrer Minikassette abgetippt, das war Ihre erste ... Ihre Diagnose.«

»Anamnese, eigentlich«, brummt Christof und starrt auf die Tischplatte wie ein ertappter Erstkläßler. Ganz langsam schüttelt er den Kopf, dann schaut er Anita an und sagt trotzig: »Es geht dich wirklich nichts an, mein liebes Mädchen. Wen ich anschreie, von wem ich Geld nehme, ob Paul und ich hier über Fußball reden oder über Weiber. Du hast nicht drunter zu leiden, oder? Die Überweisungen kommen pünktlich. Du kriegst dein Geld. Alle kriegen ihr Geld. Ich lasse keinen hängen. Auch nicht den Herrn Kappler, ha ha.«

Er schließt erneut die Augen.
Anita ist kalt, ihr Rücken fühlt sich auch nicht gut an, wund irgendwie, angekratzt. Daß er sie duzt und das noch nicht mal selbst zu merken scheint, ist ein weiteres grusliges und trauriges Signal des Verfalls in diesem Laden, in diesem Leben.
Leise, blind hinter schweren Lidern, spricht Christof aus seiner Dunkelheit: »Geh nach Hause. Ich hab' mir morgen frei genommen. Nimm du dir auch frei. Am Mittwoch wird alles besser.«
Darauf ist nichts zu erwidern. Anita Buck steht auf und geht, die Tür schließt sie leise.

Christof sitzt verstummt in seiner Angst herum, bis er eine halbe Stunde später aufsteht und zum Schrank geht, wo der Cragganmore steht. Er schenkt sich zitternd ein, trinkt eine volle Faust mit einem Schluck weg. Nimmt die Flasche und das Glas, setzt sich wieder an den Schreibtisch und denkt: Ich verliere das hier. Alles geht kaputt, entgleitet mir.

Irgendwie gefällt ihm das. Es kann gar nicht schnell genug zu Ende gehen.

Schreckliche Kunst

Am ersten Tag der Tour führt ein netter, schlanker, nicht eben großgewachsener Israeli von etwa Mitte Dreißig mit Dreitagebart und Stirnglatze namens Ziv die Deutschen durch die Weiße Stadt im Zentrum von Tel Aviv: Und siehe, es ist alles Weltkulturerbe – Pilaster im anorientalisierten Bauhaus-Stil, Zahnweißputz, Hitze und Trockenheit, am Straßenrand DVD-Automaten und dazu Davids endloses Mitschreiben, Zeichnen, Fragen, das Johanna bald in die Flucht schlägt.

»Sie sind selbst Künstlerin?« fragt eine Mutti aus Leipzig von einer großen Berliner Weltstadtprovinzzeitung, die sich andauernd lautstark auf Jerusalem freut.

»So was Ähnliches«, muffelt Johanna und schaut gebannt weiter auf die Farben, das Licht, will die Verhältnisse nicht sehen, die Gespräche nicht hören, Zivs Erklärungen vergessen, noch bevor er sie ausgesprochen hat.

Die Deutschen werden zum Helena Rubinstein Pavillon geführt, vor dem drei Altglascontainer stehen. Die sind auf deutsch beschriftet: »Nur für Braunaugen«, »Nur für Grünaugen«, »Nur für Weißaugen«. Das soll die Leute einstimmen auf die Kunst, die drinnen rumsteht.

Die ist nach drei Abteilungen gegliedert, Braunaugen sind die Nichtarischen, die Opfer, Grünaugen die Mitglieder der Herrenrasse, weiß sind die Augen der Toten, und das ist exakt so grob wie der ganze ensprechend sortierte Rest im kühlen

Bauch des Pavillons, nämlich eine insgesamt ganz fürchterliche Ausstellung der Konzept- und Sinnlichkeits-Künstlerin Sigalit Landau namens »The Endless Solution«. Feig verrätselt wird Sinn zusammensymbolisiert, der lautet, daß alles schrecklich quälend und schwierig ist, die Geschlechterfrage, der Rassismus in Israel, die Antisemiten einst und jetzt, der Krieg, einfach die ganze nichtendliche Endlösung von allem durch alle oder manche oder wen.

Eine vom Amt für Image und Angst extra vorgeladene Kunstkritikerin deutet auf dies, interpretiert das und lobt abschließend jenes. Sie kommt von »Ha'Aretz« – auch so eine, wie David ungefragt Johanna ins Ohr flüstert, »sehr gute, eher linke, jedenfalls liberale Zeitung«. Genau, denkt Johanna, es gibt sie jetzt überall, diese linken, jedenfalls liberalen Zeitungen. Dieser verschnupfte Gedanke löst immerhin eine Idee für ein eigenes Kunstwerk bei ihr aus, nämlich kleine Kärtchen, zum Aushändigen an die betreffenden Deutschen bei sich im Bahnreisefall unweigerlich bietender Gelegenheit in deutschen Zügen, vielleicht auch deutschen Restaurants oder Wartezimmern, mit der Aufschrift:

WIE ICH SEHE, LESEN SIE EINE EHER LINKE, JEDENFALLS LIBERALE ZEITUNG.
SIE WERDEN MICH ALSO WAHRSCHEINLICH GLEICH WEGEN IRGEND ETWAS HIER IM ZUGABTEIL / RESTAURANT / WARTEZIMMER ANSPRECHEN, BELEHREN, BELÄSTIGEN WOLLEN.
SIE GLAUBEN, SIE HÄTTEN EINEN EIGENEN KOPF UND WÜRDEN DAMIT DENKEN. SIE HALTEN SICH FÜR ETWAS BESSERES ALS DEN PÖBEL, DER DIE BILD-ZEITUNG LIEST.
LASSEN SIE MICH LIEBER IN RUHE UND FRAGEN SIE SICH, WARUM ES SICH FÜR MICH LOHNT, MIR WEGEN IHRESGLEICHEN SO EINE KARTE DRUCKEN ZU LASSEN.

Die Kunst von Frau Landau ist wirklich erbärmlich: Videos mit schwimmenden Melonen drin, einem säkularen Gemüse, gegen die religiöse Intoleranz, tollkühn umdekorierte Schrottbusse, kleine Menschen, Salz, Sündenböcke aus Stein, schummriges Licht, gefällig undeutliches Denken. Johanna sagt zu David: »Kommst du mit abhauen, in ein koscheres McDonald's?«

Er lacht leise und kneift sie in den Arm, dann hängt er sich wieder an die Kunstkritikerin und schreibt mit, weil er nicht verstanden hat, daß Johanna das todernst meint, denn unterwegs hat sie tatsächlich genau so ein Restaurant gesehen.

Nach der frommen Herumsteherei in den saudummen Gedanken der saudoofen Frau Landau verläßt man den Bau, und Johanna erkennt, daß Einheimische die Glascontainer mit ihren üblichen Graffiti beschmiert haben, weil sie nicht wissen, daß diese Dinger nicht hierhergehören, wo es doch bei ihnen sonst gar keine Mülltrennung gibt. Sie nehmen die törichte Schwerkunst liebenswert unbürokratisch auf in ihr Stadtbild, so lange sie währt; das versöhnt fast auch Johanna damit.

Auf dem Flur zwischen zwei Hallen im Tel Aviv Museum of Art sitzt Nelly Agassi, die Johanna von ihrem halben Jahr in Berlin her persönlich kennt, auf einem riesigen Bett ganz hinten an der Wand. Viel Publikum steht mehrere Meter weit von ihr weg.

Agassi schweigt, die Performance heißt »Bed Room«. Hier, merkt Johanna, ist sofort ein ganz anderer Ernst, ein viel trokkenerer, leichter entzündlicher Kunstwillen am Werk als bei der ärgerlichen Frau Landau. Sofort öffnet sich was Abstraktes für Johanna: richtig, so muß es sein. Sie weiß, daß man die Agassi nachher auch noch treffen kann und freut sich drauf, das sagt sie sogar zu David: »Es gibt nix Schöneres als keusche Intelligenz. Statt dieser verhurten kritischen.«

Er nickt, fast verschämt, weil er weiß, daß er das hier alles ein bißchen weniger gut versteht als Johanna. Anständigerweise verrät er ihr das: »Du verstehst das besser. Ich sehe nur, wie konzentriert die da sitzt, diese Frau – du verstehst es und kannst es mir nicht erklären, weil es natürlich nicht ums Verständnis von Sätzen, von Propositionen geht dabei, sondern darum, auch so was Ähnliches machen zu wollen und von diesem Ding hier darin bestärkt zu werden. Das ist 'ne andere Art Verständnis, tätig, widerspruchsreich.«

»Minderwertigkeitsprobleme?« sagt Johanna, und David zwinkert ihr zu, durchschaut.

Dann entfernt er sich.

Von diesem langen Tag wird Johanna schwindlig; plötzlich findet sie sich inmitten der anderen im geräumigen und schwülen Studio des alten Provokationsmalers und -bildhauers Moshe Gershuni wieder, der schleppend und angesoffen gegen die Regierung seines Landes polemisiert, weil diese die Palästinenser scheußlich behandelt.

Er brennt Hakenkreuze in Keramik und wirkt in seiner empörten Verschlafenheit irgendwie nett.

David stellt wie immer Fragen, zettelt Debatten an, Johanna will nur wieder ans Wasser, zum Drum Beach, sie weiß, bald geht die Sonne unter.

Als sich die Fragestunde mit Gershuni auflöst und die Taxis zur Rückfahrt zum Hotel gerufen werden, kommt David zu ihr. Sie sitzt auf den Steinstufen im Treppenaufgang zu Gershunis Studio. David sagt: »Ich muß den ganzen Tag über Modernität nachdenken, seit diesen Bauhausbrocken heute früh. Du auch?«

Johanna ist fertig mit dem Tag, sie wehrt ab: »Von mir aus, okay. Mach mal, Kleiner. Worüber willst du auch sonst nachdenken, über die Postmodernität von Frau Landau?«

»Ich dachte nur, weil ich bei der Zeitung so einen sehr klugen Kollegen habe, politisch rechts von allem, was auf meine Kuhhaut geht, und der sagt immer, die Kunst und Architektur, die ihm gefällt, ist von archaischer Vornehmheit und steiler Modernität – na, und hier in diesem unbegreiflichen Ding von einer Gegend, wo die aus Europa abgehauenen Juden viertausend modernistische Bauten hingestellt haben, wo einem noch mal klar wird, wie das mit Modernismus und Universalismus ist, daß und weshalb Juden große Hoffnungen auf die Moderne gesetzt haben – da frage ich mich: Wie will so ein Mensch, der an die sozialen Versprechen der Moderne nicht glaubt, eine Modernität definieren, die er wünschenswert findet? Über Maschinen vielleicht, Technik, Futurismo? Das ist dann doch eigentlich, na ja – jede neomythologische Rechte seit Mussolini und Hitler hat genau das Verhältnis zu ihrer eigenen Modernität, das sie den Juden als deren Verhältnis zu den traditionellen Lebenstatsachen unterstellt: ein parasitäres, schmarotzendes. Sie wollen das Mittelalter, aber mittels moderner Wehrtechnik, Verwaltung, Vernichtung.«

Das ist bestimmt alles wahr, findet Johanna und gähnt.

Eine Kollegin Davids von der »Süddeutschen« oder »Sudetendeutschen« oder irgend so einer Anstalt hat sich dazugestellt und auch gleich viele brandheiße Meinungen dabei, die sie schamlos runtererzählt.

Johanna sieht unten das erste Taxi kommen und zwängt sich mit Ziv, der Ostdeutschen und einem Herrn aus Stuttgart schleunigst rein.

Johanna geht sofort hoch auf ihr Zimmer zum Duschen. Danach ruft sie David an. Als er ihr erzählt, daß außer ihm nur eine weitere Person aus dem deutschen Troß zum Treffen mit Nelly Agassi geht, ist sie sofort dafür und will mit. Das wird gemacht, man ißt mit der Künstlerin zu Abend, trinkt zusammen.

Bald reden nur noch Johanna und die Israeli, hauptsächlich über neue Kunst, von der David und der Kollege aus Stuttgart noch nie gehört haben. Es wird unglaublich viel getrunken, gelacht. Im späten Auto zurück hat Johanna den Arm um David gelegt und er seinen um sie. Es fühlt sich freundlich an, als hätte man getanzt.

Man gesteht sich noch einiges, dem Stuttgarter wird es fast zu eng dabei, als er erleben muß, wie gut Johanna und David einander kennen und sogar, mit allem nötigen Abstand, noch ein bißchen lieben, wie alle, die das mitgemacht haben, damals in Sonnenthal an dieser Schule.

Johanna gibt zu: »Ich bin mitgekommen, weil ich mich von meinem eigenen Kunstquatsch erholen muß. Ich steck in der Schleife, in der Sackgasse oder ... oder so: dauernd Nicole zeichnen, als ob ich ... noch auf'm Gymnasium wäre, aber wo das hinführt ... und es ist halt immer einfacher, sich noch mal zu orientieren, indem man viel andere Kunst sieht, weil man da sofort weiß, warum das alles schlecht ist, was die fast alle falsch machen – Nelly nicht, klar – und das gibt einem das Gefühl, nee: jedenfalls mir, daß ... ich ... daß ich doch noch weiß, wo es langgeht. Bei meinem eigenen Zeug weiß ich nämlich immer nur, daß irgendwas nicht sitzt und stimmt, aber nicht, was es ist.«

David gibt zu: »Der Krawattenkram in diesem offiziellen Reiseleben hier macht mich wahnsinnig, und die Konferenzen und dieses Wichtigsein, wenn man wo hinkommt, der prüfende Blick, die bohrende Frage, man kann sich die Sachen überhaupt nicht mehr so angucken, wie sie sind – auf Exkursion, bei der Feldforschung, zeigt man immer die Zeitung her, trägt sie mit sich rum, anstatt zu beobachten, was man findet – ich habe ständig das Gefühl, meine Fragen sind alle Fake, nur damit ich da war und gefragt habe ... und äh und dieser, dieser schauspielerischen Anspannung draußen in der Welt, wenn man repräsentiert und Sachen einsammeln soll, ist dann als Komplement daheim oder im Büro, vor dem Bildschirm, am Text, so ein ganz furchtbares Versacken zugeordnet, ein Sichgehenlassenkönnen, das maue und laue Texte macht. Ich weiß nicht, wie man da rauskommt, ohne den Journalismus ganz zu schmeißen, ich ahne nicht mal, wie das gehen soll.«
»Liegt dir halt im Blut oder was?« lacht Johanna. Er winselt komisch. Sie lacht lauter.

»Morgen sind wir in Jerusalem, da passen wir hin, Stadt der Irren«, sagt David und drückt die besoffene Johanna an sich, die dagegen nichts einzuwenden hat.

»Und übermorgen in der Stadt ... in der Stadt der Vernunft, wo Sonja arbeitet und wohnt«, sagt sie, und David kichert, weil es ihm peinlich ist, daß sie so genau weiß, was er denkt.

Später, alleine auf ihrem Zimmer, ruht sich Johanna an der geöffneten Balkontür auf einer Couch aus, die sie sich zu Hause nicht leisten könnte, ohne ihren reichen Säufervater um einen Zuschuß zu bitten.

Sie hat ihren Discman eingeschaltet und hört über Kopfhörer leise ihre derzeit liebste Musik, die herben, ruhigen Sorgenlieder der Gillian Welch. Dazu rauscht das nahe Meer. Es ist Nacht; auf Augenhöhe fliegt ein Flugzeug vorbei. Johanna kann die Köpfe der Passagiere in den kleinen Fenstern sehen. Die fliegen fort, *o glory,* die fliegen fort.

Scheibenlagerung

Roswell Army Air Base, Roswell, NM
Achter Juli Neunzehnhundertsiebenundvierzig, morgens
Die vielen Gerüchte über fliegende Scheiben haben sich gestern bestätigt, als das Aufklärungsbüro der 509th Bomb Group der Eighth Air Force auf dem Roswell Army Air Field das Glück hatte, sich unter Mithilfe eines örtlichen Ranchers und des Sheriffbüros von Chaves County in den Besitz einer solchen Scheibe zu bringen.

Das fliegende Objekt war im Laufe der letzten Woche auf einem Ranchgrundstück in der Nähe von Roswell abgestürzt. Da er keinen Telephonanschluß besitzt, hat der Rancher die Scheibe bei sich gelagert, bis er Gelegenheit erhielt, das Sheriffbüro zu verständigen, welches seinerseits Major Jesse A. Marcel vom Aufklärungsbüro der 509th Bomb Group unterrichtete.

Die gebotenen Maßnahmen wurden augenblicklich eingeleitet und die Scheibe wurde bei dem Rancher abgeholt. Sie wurde auf dem Roswell Army Air Field untersucht und daraufhin von Major Marcel an eine übergeordnete Behörde weitergeleitet.

Kein Hilfsprogramm

Seit Nicole schwanger ist, das heißt: seit Paul weiß, daß sie schwanger ist, kommt er sich manchmal extrem dämlich vor. Zum Beispiel nach der Arbeit: Er sitzt noch ein bißchen am Schirm, da spürt er ihre Hände im Nacken, wo sie ein bißchen rumknetet, weil er das mal bei ihr gemacht hat, na ja, massieren – so richtig kann sie's nicht, aber er versteht, wie es gemeint ist.

Dann fragt sie: »Was machst du? Heute, den Tag lang?«, und da kommt er sich dann eben dämlich vor, weil er darauf nur etwas total Lahmes antworten kann: »Das ist kompliziert, weißt du.«

Was zwar stimmt – er sitzt an einer Arbeit über die Parametrisierung von reversiblen digital gefilterten MD-Simulationen. Aber wie soll er ihr sagen, was das ist, was das bedeutet, daß da Bewegungen in einer Molekulardynamiksimulation im Computer verstärkt oder gedämpft werden, indem ein digitaler Filter auf die Simulationsgeschwindigkeiten angewandt wird?

»Kompliziert bin ich selber und ich muß auch sehr viele Tests machen, wegen dem Baby«, sagt Nicole.

Das stimmt: Die korrekte wissenschaftlich-medizinische Prüfung des Schwangerschaftsverdachts gestern hat zwar ergeben, daß die Tests aus der Apotheke kein falsches Ergebnis angezeigt hatten. Das war aber erst der Anfang zahlreicher Prozeduren, die auf Nicole jetzt zukommen, von all den Empfehlungen für richtiges Verhalten ganz abgesehen, mit denen sie sich herumschlagen muß: sanftes Walking und Nordic Walking wären gut, Schwimmen, Radfahren und Yoga, auf aversive Reaktionen gegen bestimmte starke Gerüche achten und diese sowie deren Quellen ab jetzt meiden, Eßgelüsten ruhig nachgeben, gut stützende BHs gegen die zunehmende Empfindlichkeit der Brust tragen, nicht den Harn zurückhalten ...

»Stimmt«, sagt er und dreht seinen Stuhl, bis er sie auf seinen Schoß ziehen kann, »kompliziert bist du selber, und es gibt kein Hilfsprogramm für mich.«

»Was denn für'n Hilfsprogramm?«

»Na wär' schon schön, weißt du, eine Liste von Koeffizienten, die den Vektorinput der Prozesse, die mit dir jetzt laufen, gewichten helfen kann.«

»Ich darf alles essen, was ich will. Und heute will ich Grießbrei mit Himbeer-Kabapulver drin, ein Steak halb durch mit Pommes und Kräuterbutter, zwei verschiedene Sorten Wein, Pfannkuchen und Thailändisch mit süß-saurer Soße.«

»Nein. Willst du nicht. Mich ärgern willst du.«

Sie nickt heftig und sagt: »Und dann machen wir eine Liste von Koeffizienten, Vektorinput und Prozessen und finden für mich eine Arbeit, die muß ich nur ein paar Monate machen und dann kriege ich Schwangerschaftsurlaub.«

»Dein Gedächtnis ist echt zu gut. Johanna hat völlig recht«, sagt Paul und drückt seine Liebste hoch, damit er aufstehen und mit ihr in die Küche gehen kann, um irgendwas zu kochen, das mit der Liste von gerade eben möglichst wenig zu tun hat.

ZEHN

Streit

Die Konfusion wird schließlich, Jahre und Jahrzehnte später, zu ordentlichen Lehrbuchtexten gerinnen.

Am Ursprung der physikalischen Moderne aber reden die klügsten Physiker der Welt innerhalb weniger Tage das newtonische Erbe kaputt, weil es der neuesten Entwicklung im Weg steht. Man streitet sich in Brüssel, auf der fünften Solvay-Konferenz, Ende Oktober Neunzehnhundertsiebenundzwanzig. Man prügelt einander mit Argumenten und Hypothesen quer durch das ganze Hotel Métropole. Im Konferenzraum, im Speisesaal, auf einigen Zimmern und Fluren, sogar im Restaurant prallen Freunde Bohrs und Helfer Einsteins aufeinander.

Der Däne hält dafür, die Physik könne niemals zu einer Beschreibung der Welt, »wie sie wirklich ist«, vordringen, sondern nur unsere Beobachtungen darüber mehr oder weniger geschickt und nutzbringend systematisieren. Einstein dagegen sieht die Aufgabe der Wissenschaft nach wie vor darin, eine mit den Sachverhalten kongruente Darstellung dessen zu liefern, was der Fall ist.

Die positivistische Kopenhagener Schule hat ihren streitbarsten Vertreter in Werner Heisenberg, die realistische Partei den energischsten Wortführer in Erwin Schrödinger gefunden. Wer immer diesen beiden oder ihren Speerträgern auf den Korridoren, der Veranda oder der Auffahrt zum Hotel begegnet, wird nach etwas Vorgeplänkel mit den strittigen Problemen konfrontiert und nicht eher in Frieden gelassen, als bis er wenigstens prinzipiell durchblicken läßt, auf welche der beiden Seiten er sich schlagen wird.

Am Abend des dritten Tages seiner Anwesenheit auf dem Kongreß geht Dirac die breite Treppe zum Hotelfoyer hinunter, als ihm von unten Born entgegenkommt: »Rasch! Das müssen Sie sehen! Sie sind aneinandergeraten!«

Dirac hustet und sagt: »Gehen sie schon mit Messern aufeinander los?«

Born winkt ab: »Kommen Sie! Zieren Sie sich nicht, nun kommen Sie doch ...«

Dirac folgt Born den Gang hinunter. Schon von weitem erkennt er Heisenbergs blonden Schopf. Der kleinere Schrödinger ist in der Menschentraube nicht auszumachen, im Näherkommen aber hört Dirac ihn, schon leicht heiser, ein Sperrfeuer von dringlichen Sätzen ausstoßen: »Nein, bittesehr, bitt' Sie das geht so nicht, hören Sie. Das machen wir nicht, das geht nicht. Ich kann das nicht so sehen, ich kann damit, hören S', nichts anfangen. Wie soll'n wir uns das vorstellen? Es ist schon gut und recht, zu sagen, das Quadrat der Wellenfunktion gibt eine Wahrscheinlichkeitsdichte an, aber was ist das, was soll das, wie sieht eine Wahrscheinlichkeitsdichte im Raum aus? Ich klammere mich ja nicht ans newtonsche Bild, verstehen S' mich nicht falsch. Ich denke, daß die einfachen klassischen Systeme von Materiepunkten, die man wunderbar berechnen kann, wirklich nicht existieren, in einem, wenn S' so wollen, metaphysischen Sinn, das sind Kürzel, das ist alles schon richtig. Aber dürfen wir deshalb so weit gehen ...«

Dirac und Born erreichen die Gruppe. Der Österreicher fixiert Bohr, der schweigend seine Pfeife raucht und lässig an die Tischplatte gelehnt dasteht. Dicht daneben, ein wenig zusammengesunken, den Kopf gesenkt und in tiefer Konzentration, hockt schweigend Einstein auf einem Stuhl.

Weder Bohr noch Einstein scheinen sich direkt einmischen zu wollen. Schrödinger aber hat keine Lust, sich allein mit Heisenberg zu streiten, er fordert den Dänen direkt heraus: »Wollen Sie das? Machen Sie sich bittschön klar, was Sie da verlangen: Dürfen wir sagen, daß wir uns nicht nur von den Massepunkten und anderen Vereinfachungen der klassischen

Mechanik, sondern gleich von allen anschaulichen Vorstellungen überhaupt verabschieden wollen? Dürfen wir gar nicht mehr sagen, was es gibt und was nicht? Wo, meine Herren, bleibt dann noch der Unterschied zwischen Atomen und Vampiren, zwischen Lichtstrahlen und Spuk? Wir haben etwas, bitte, also da ist doch etwas, das den Raum ausfüllt, das können wir sozusagen fotografieren. Meine Ψ-Funktion beschreibt etwas, was es gibt und was wir messen können, wenn wir das klassische System durch all seine Konfigurationen laufen lassen. Der Wert, schaun S', das Meßergebnis ist das Quadrat von Ψ aus meiner Gleichung. Mit anderen Worten, ich denke, das System ist ein zusammengesetztes Bild, das ...«

Born unterbricht ihn: »Ich versteh' die Aufregung nicht. Was stört Sie denn an der Wahrscheinlichkeitsinterpretation? Sie gibt dieselben Werte, ohne Zusatzannahmen!«

Schrödinger rückt seine runde Brille auf der Nase zurecht und fährt sich mit der rechten Hand durchs widerspenstige Haar. Seine Augen leuchten svengalihaft, er singt fast, statt zu sprechen: »Was nennen S' da eine Zusatzannahme? Daß wir in einer wirklichen Welt leben, in der es Ursachen und Wirkungen gibt? Ich glaube, ob's Ihnen paßt oder nicht, daß es da eine Wolke gibt, wie im Feldbegriff, eine echte Welle, die solche Dinge wie Ladung und Masse trägt. Sie, nicht wir, Einstein und ich, glauben an Punktpartikel, als reine Abstraktionen, das nenn' ich eine Zusatzannahme. Sie, Born, wollen aus der Welle eine Wahrscheinlichkeit machen.«

»Und Sie möchten diese ... wirkliche Welt da mit nichts als einer reinen Feldtheorie beschreiben? Daran sind schon andere gescheitert – das wissen Sie!«

»Ich denke nicht an eine Feldtheorie ... jedenfalls nicht nur. Wir müssen beispielsweise der individuellen Gestalt der elektronischen Dichte, also: dem Elektron, wenn Sie es so nennen wollen, irgendwie gerecht werden. Aber ich kann mir nicht vorstellen, daß wir dabei auf Eindeutigkeit und Kausalität verzichten dürfen, daß es nur noch Sprünge zwischen Wahrscheinlichem und Gemessenem gibt anstelle von Kontinua, die ...«

Dirac gähnt.

Als er bemerkt, daß Heisenberg ihn dabei unverwandt und lächelnd ansieht, spürt er, wie ihm Schamröte in die Wangen steigt: Heisenberg freut sich also. Fehlt nur noch, daß er Dirac zuzwinkert, weil er annimmt, daß der mit seinem Gähnen auf die Öde der Schrödingerschen Argumentation reagiert.

Dabei ist Dirac nur müde und krank.

Die ganze Spiegelfechterei interessiert ihn einfach nicht. – Natürlich, denkt er, gibt es eine wirkliche Welt, wer könnte daran zweifeln? Kindereien beiseite: Heisenberg tut es bestimmt nicht. Gut, bei Bohr bin ich mir nicht so sicher, aber selbst wenn, was soll's? Es ändert ja nichts.

Dirac sehnt sich nach einem Blatt Papier, einem Bleistift und ein paar grundlegenden Vorgaben seiner Transformationstheorie: Gleichungen statt Scholastik.

Mit schwindender Aufmerksamkeit hört er zu, wie Heisenberg seinem Kameraden Born beispringt: »Ach ja? Kontinua und keine Sprünge? Sie scheinen von der Unschärfe schon ganz absehen zu wollen, mein Lieber.«

»Also wirklich, was hat denn die Unschärfe mit Existenz oder Nichtexistenz von ...«

Kalt lächelnd fährt Heisenberg dem Angreifer über den Mund: »Die Unschärfe ist eine Genauigkeitsgrenze. Durch sie werden alle Formulierungen über Kausalität und Kontinuität, wie Sie das Zeug verstehen, im Grunde gegenstandslos. Weil man die Anfangsbedingungen nie genau kennt, kann man keinen deterministischen Ablauf berechnen. Jede neue Beobachtung wählt aus einer Fülle von Möglichkeiten eine ganz bestimmte aus und beschränkt für spätere Beobachtungen die ferneren Möglichkeiten. Deshalb sind die Gesetzmäßigkeiten der Quantenmechanik statistischer Art – dieselben Gesetzmäßigkeiten, denen Sie eine so schöne Form gegeben haben. Also hören Sie schon auf, nach dem Gral zu suchen, Schrödinger.

Die Theorie ist fertig. Es fehlt nichts. Sie ist schön und sie ist wirkungsvoll, sie erlaubt uns, zutreffende Vorhersagen zu machen. Warum soll man sie zerreden? Wir sind uns doch im Grund einig. Oder was meinen Sie, Dirac?«

Dirac räuspert sich; der Adamsapfel hüpft im langen Hals. »Nun ja. Also ... Ich weiß nicht, wozu die Debatte gut sein soll. Aber meinetwegen. Ja, Heisenberg hat recht. Ich denke, der klassische Determinismus muß wohl aufgegeben werden. Was man tut, wenn man den Zustand eines Quantensystems beschreibt, ist im Grunde, daß man zwei Mengen von Zahlen aufeinander bezieht. Die eine betrifft ein isoliertes System, das wir nicht kennen – Sie haben es gerade den Anfangszustand genannt. Die andere meint das, was wir messen, ein durch uns gestörtes System. Und es sind leider nur diejenigen Zahlen, die solche störenden Akte des freien Willens beschreiben, was man als Ausgangspunkte für eine Berechnung im Rahmen der Quantenmechanik nehmen kann. Das sind die konjugierten Matrizen, in denen Sie rechnen, Heisenberg.«

»Na also.«

Dirac wechselt, bevor er sich abwendet und wortlos in den Speisesaal davongeht, einen sehr kurzen Blick mit Schrödinger. Der Österreicher sieht aus, als wolle er Dirac zunicken: Ich verstehe schon, was Sie meinen, aber diese Leute hier verstehen's nicht. Die denken, Sie wären auf ihrer Seite. Aber ich weiß, Sie sind auf Ihrer eigenen, einer ganz anderen.

Dirac hofft, daß das stimmt: Ich habe mich für keine der beiden Parteien ausgesprochen, ich habe nur den gegenwärtigen Stand des Wissens beschrieben.

Wie man sich für mehr als das zuständig fühlen kann, ist mir ein Rätsel.

Nicht eindeutig

»Ist der immer so?« sagt Candela zu Jutta, als sie das Theater mitkriegt, das David ihretwegen veranstaltet, inklusive rätselhafte Gedichte in der von ihm, seinem persischen Kumpel Reza und Christof Kiehn fabrizierten »Schülerzeitung«, die bloß eine Schülerzeitung in Anführungszeichen ist, weil sie offiziell auf dem Gelände nicht vorkommt, sondern einzeln von Hand zu Hand geht.

Jutta ist eins der vielen Mädchen in Candelas Hofstaat.

Der ist dazu da, daß Candela immer mit Zigaretten, Klatsch, »Bravo«-Heftchen und Lippenstift versorgt wird.

Das demonstriert Candelas Macht im selben Ausmaß, in dem es sie zugleich erschafft und befestigt.

Alle Typen wollen was von Candela.

Manche schreiben ihr deshalb sogar die Hausaufgaben. Normalerweise gibt einem ein freundlicher Mitschüler vielleicht mal sein Heft, damit man das, was der gearbeitet hat, abschreiben kann. Zumindest so viel muß man dann schon selber machen. Nicht so Candela Lauder: sie läßt abschreiben.

Wer ist das? Wo kommt die her? Aus Fulda?

Wo liegt das? Was erklärt es?

Eine Märchenfigur: Nimm dich in acht, mein Prinz, wie ist ihr Haar so schwarz, wie sind ihre Wangen so blaß, wie gefährlich sieht das aus, wenn sie auf ihrer Unterlippe kaut – genau, es sieht aus, als blute Schneewittchen, denn der Lippenstift ist furchtbar rot. Candela lacht Blut, wir weinen Schnaps für sie.

Schlechtes Elternhaus: Candelas Vater ist aus der Ehe abgehauen, bei David war's die Mutter.

Kein Wunder also, daß aus David und Candela nichts wird, keine Ehe, kein Paar.

Mit der unauffälligen Jutta ist David dagegen mal zwei Wochen gegangen. Deshalb verspricht sich Candela von ihr Aufklärung darüber, wie dieser komische Kommunist aus Pauls Heavy-Metal-Haufen »immer ist«.

»Zu mir war er nicht so«, sagt Jutta, mit äußerst feiner Ironie, über die Candela königlich hinwegsieht.

Weil zwischen Candelas Amazonenrepublik, dem Land der netten normalen Mädchen um Sonja Wilhelm und der Kommunistisch-Paulistischen Partei Sonnenthals außer dem selbstverständlichen, alle einenden Respekt vor Paul nicht mehr als genau eine Verbindung besteht, nämlich die von Johanna als ehrenamtlichem Quasimitglied beider Gruppen gestiftete, fragt David schließlich Johanna, was er in Sachen Candela unternehmen soll.

»Lad' sie halt mal nachmittags zu dir ein. Ihr könnt ja Platten hören oder schon mal Vorsaufen, bevor abends dann wieder alle in die Stadt gehen.«

David riskiert es. Candela nimmt die Einladung sogar an. Drei Wochen lang räumt er jeden Tag sein Zimmer auf und putzt sogar den peinlichen Dreck seiner Mutter weg, in der Küche, im Wohnzimmer, wäscht ab, saugt den Teppich.

Candela kommt nicht.

Er drängelt nie.

Manchmal verrät sie ihm morgens von sich aus, warum es nicht geklappt hat: »Mein Vater war da« oder »meine Mutter hat Streß« oder »Jutta hat Liebeskummer, muß ich mich drum kümmern.«

Endlich fragt er sie grundsätzlich, warum sie nie kommt.

»Na ja«, sagt sie, nicht halb so kalt wie erwartet, »ich will dir halt keine Hoffnungen machen.«

»Aber wieso hast du dann überhaupt ... wieso hast du mir nicht gleich gesagt ...«

David ist leider schwer von Begriff.

»Ich mag dich halt ganz gern«, sagt Candela, »und wenn ich dich gleich abblitzen lasse, dann ... dann mache ich ja gar keinen Unterschied zwischen dir und irgendwelchen Nieten.«

Paul lacht sich einen dicken, sauberen Ast, als David ihm das zwei Stunden später beim Rauchen erzählt. David ist sauer und sagt: »Was soll ich denn jetzt deiner Meinung nach machen? Das ist doch wieder nicht eindeutig! Das läßt mir immer noch 'ne Chance, oder?«

»David, Lieber«, sagt Paul, »versuch's noch mal bei Jutta.«
Das ist lustig; aber David leuchtet der Witz in diesem Moment nicht ein.

Er zieht sich lieber zurück, schmollt auf dem Hof, ist tagelang, auch aus anderen, familiären Gründen, extrem niedergeschlagen.

Dann weht eines Tages plötzlich ein anderer Wind.
Die Luft leuchtet kühler, der Himmel wird grau, in Kopf und Brust regt sich die Wohligkeit, die er seit frühesten Kindertagen mit dem Herbst verbindet, der Zeit, in der man noch mehr liest als eh schon das ganze Jahr. An diesem Tag verliebt er sich in Sonja.

Short Story

»Die Erzählung ›Ripples in the Dirac Sea‹ von Geoffrey A. Landis ist ein ähm schwieriger, ein fordernder Text, aber er belohnt die ernsteste Versenkung, denn es steckt viel drin.«
»Viel ... drin ...«
»Kommst du soweit mit?«
»Ja, mußt halt deutlich sprechen. Wenn es noch ins Buch soll.«
»Weiß ich doch nicht. War ja deine Idee, weil man es sonst angeblich nicht versteht. Ich wollte nur den Verweis am Anfang drin haben, als na ja Lesetip – Kunden, die diesen Roman nicht begriffen haben, werden auch an folgender Erzählung verzweifeln und so. Ich finde, das Ding ist selbsterklärend, auch ohne den Landis, aber da ich ihm immerhin ein zentrales Motiv verdanke – eben die geheime Verbindung zwischen der

Gegenwartsebene und der Dirac-Ebene im Buch, das ja nur deswegen ein Buch über Dirac sein konnte, weil es diese Verbindung gibt, weil die sicherstellt, daß das Gegenwärtige aus dem, wie soll man sagen, aus dem Diracischen herausentwikkelt ist – also, weil ich das als Abwandlung eines Landis-Gedankens gedacht habe, sollte für philologisch inklinierte Leserinnen und Leser wenigstens die Erzählung genannt sein. Sie können sie ja dann ausfindig machen und nachlesen, das rundet ihr Bild ab. Er hat übrigens den Nebula gewonnen dafür. Du weißt ...«

»Ja, der Hugo und der Nebula sind die beiden höchsten Auszeichnungen im Science-fiction-Feld. Weiter.«

»OK, also es ist eine Zeitreisegeschichte. Sie handelt von einem Mann, der ... pfff, der erste Satz schon schlägt den Mollakkord ›Tod‹ an, und auch mein Buch handelt ja vom Tod, wird ja damit eröffnet, daß Nicole entscheiden soll, wer stirbt ... also, den Anfang bei Landis kann ich auswendig, weil das eine so wichtige Geschichte ist für mich: ›My death looms over me like a tidal wave, rushing toward me with an inexorable slow-motion majesty.‹ Es geht um einen Mann – das ist der Ich-Erzähler –, der aus Diracs Idee der besetzten Energiezustände, dem ›Meer‹ im Überall, einen Weg ableitet, durch die Zeit zu reisen. Der Witz ist, er entdeckt vier Gesetze: Erstens kann man nur von der Gegenwart in die Vergangenheit reisen und wieder zurück, aber nie in die Zukunft, zweitens kehrt das, was da reist, immer an den exakten Ort und zu der exakten Zeit zurück, an denen die Reise ihren Ausgang nimmt, drittens kann man keine Gegenstände oder Personen oder was auch immer aus der Vergangenheit in die Gegenwart mitnehmen und viertens kann nichts, was man in der Vergangenheit tut, die Gegenwart verändern. Dieser letzte Punkt ist auf komplizierte Art mit den Erhaltungssätzen, mit Energieerhaltung, Ladungserhaltung und so fort verknüpft und führt zum Kernpunkt der Geschichte: Am Ende der Erzählung wird offenbar, daß der zeitreisende Ich-Erzähler die letzten Sekunden seines Lebens, bevor er in einem Feuer ums Leben kommt, für mehrere Reisen in die Vergangenheit nutzt, um seinem Schicksal irgendwie zu entgehen, auch um andere zu retten, die er liebt und inzwischen verloren hat. Es klappt aber wegen Gesetz Nummer Vier nie, nach jedem Abstecher ist er dem Tod bloß wieder ein bißchen näher. Das habe ich dann … genau dasselbe habe ich dann auf abstraktere Art auch meinem Repräsentanten im Dirac-Buch, meiner David-Figur angetan. Sie taucht ins Dirac-Meer, aber es ändert nichts. Die Energie … oder Masse, das ist ja nach Einstein dasselbe … also: die Objekte, die in der Vergangenheit auftauchen, werden sozusagen geliehen, vom Dirac-Meer abgezogen, und weil Kräuselwellen im Dirac-Meer sich in negativer t-Richtung fortpflanzen, geht der Transport nur in die Vergangenheit – ist aber dennoch der Energieerhaltung und der Kausalität unterworfen. Sonst käme es zu Paradoxa.«

»Hä?«

»Na ja, ich töte meinen Vater, bevor er mich zeugt, dann gibt es mich nicht und ich kann ihn also auch nicht töten. Solches Zeug. Wird bei Landis und in meinem Buch verhindert von Energieerhaltung und Kausalität. Es gleicht sich am Ende alles wieder aus, so wie im Vakuum, wo dauernd Teilchen und diracsche Antiteilchen spontan entstehen, wegen der Unschärfe, sich aber eben auch, weil sie Teilchen und Antiteilchen sind, sofort wechselseitig annihilieren, so daß am Ende weiterhin gilt: von nichts kommt nichts. Deshalb kann mein Paul Dirac zwar die Probleme meines David Dalek beleuchten und umgekehrt, aber keiner kann die des je andern wirklich lösen. Sonst wären Energieerhaltung und Kausalität verletzt.«

»Und das soll ich jetzt so reinschreiben?«

»He, du wolltest mich redigieren, also bitteschön. Wolltest Sachen reintun, die fehlen – nur du bist schuld, es war deine Idee, mich hier anzurufen und dir das aus dem Kopf ins Skript diktieren zu lassen.«

»Also schön, da mache ich jetzt einfach ein Kapitel draus, ja? In die Datei rein?«

»Yeah. Mit der dampfdummen Überschrift ›Short Story‹, wenn's geht.«

Die Wirklichkeit

Übereinandergelegt, auseinander hervorgehend Flur, Speisesaal, das Hotel, Brüssel, Belgien, das Ufer dort und das Ufer hier, die Stadt Cambridge, der vertraute Weg von der King's Parade durch den Park, an der Trinity Hall und dem Clare College vorbei, schon spaziert man auf der Brücke über den beruhigend gleichförmig rauschenden Fluß Cam, dann erreicht man das Wäldchen, das »The Backs« heißt.

Dirac bewegt sich, körperlich immer nach vorn, in der Erinnerung vorwärts und rückwärts zugleich, aber die Ideen hängen fest oder beschreiben quälende Schleifen.

Wie war das gewesen, in Brüssel?

Vier Stunden nach dem Schaukampf zwischen Schrödinger und Heisenberg hatte sich eine kleine Unterhaltung zwischen Dirac und Bohr über das Problem einer relativistischen Elektronengleichung ergeben, bei der Dirac hatte erkennen müssen, daß Bohr ein Problem für gelöst hielt, das Dirac erst noch lösen wollte: Wie beschreibt man das Verhalten des Elektrons, für das die Quantenmechanik – wie für alle ähnlich unscharfen Objekte – zuständig ist, mit einer Gleichung, die nicht nur den Quantengegebenheiten, sondern auch der speziellen Relativitätstheorie Rechnung trägt?

Nicht wenige Kollegen hatten eigene relativistische Wellengleichungen aufgestellt, darunter Klein, Schrödinger, Fock, Kudar und Gordon. Keine dieser Gleichungen aber führte bislang zu einer positiven, definiten Wahrscheinlichkeitsdichte für diejenigen Eigenschaften des Elektrons, an denen die Physik interessiert ist.

Eine Vermählung der beiden mathematischen Modelle, des

quantenmechanischen und des relativistischen, glückt demnach, denkt Dirac jetzt, hier und da tatsächlich. Aber die Ehen, die so gestiftet werden, bleiben kinderlos. Diracs Abneigung gegen das Gebastel, das Bohr und andere schon für zufriedenstellende Lösungen des Problems halten, betrifft just diese Fruchtlosigkeit der Resultate.

Dirac tritt Kiesel vor sich her. Er schreitet zackig aus, gräbt beide Hände tiefer in die Taschen.

Dirac hat Hunger, ohne davon Notiz zu nehmen; sein Appetit ist nicht sehr groß seit Solvay; er schläft auch nicht viel. Schwere Wolken ballen sich priesterrocksdunkel über den Dächern von King's College; Wind rauscht in den alten Bäumen und wechselt immer wieder jäh die Richtung; auch die Natur ist unzufrieden.

Nach längerem ziellosem Marsch durch Gestrüpp und Unterholz gesellt sich ein Schatten zu Dirac, den er Wolfgang Pauli nennt: untersetzt, von genialischem Widerspruchsgeist besessen, sehr gesprächig.

Dirac hört das Phantom sagen, was der lebendige Pauli erst vor kurzem zu ihm gesagt hat: »Das Elektron muß eine Zwei-Komponenten-Wellengleichung erfüllen, die den Elektronenspin enthält, explizit gebunden an den orbitalen Drehimpuls des Elektrons. Bei der Sorte Elektronengleichung, mit der ich bisher arbeite, muß man Größen, die man experimentell ermittelt hat, sozusagen von Hand einfügen – ohne Begründung. Meine Gleichung ist nicht relativistisch, das ist der Haken, das macht sie provisorisch, eine bloße Näherung.«

Dirac hört sich zu Pauli sagen: »Ja, das sehe ich genauso. Aber schauen wir uns Ihre Gleichung trotzdem noch einmal an. Ganz falsch ist sie vielleicht nicht. Wie sieht sie aus, ich meine: rein formal?«

»Ich bringe eine Matrizendarstellung: 2 x 2-Matrizen.«

Das Rauschen des Flusses wird leiser. Dirac geht tiefer in den Wald.

»Die spielen auch in meinen Versuchen eine Rolle, die richtige Gleichung zu finden. Ich glaube aber, daß ich diese Matrizen unabhängig von Ihnen gefunden habe, daß sie mir selber eingefallen sind.«

»Zwei Dumme, ein Gedanke. Scheint also fast richtig zu sein, nicht?«

»Ja, aber ...«

Dirac bleibt stehen.

Es riecht moosig und feucht, alles um ihn atmet.

»Aber warum ... sollten ... wieso müssen wir uns überhaupt an solche Matrizen halten, an Quantitäten, die nur in zwei Reihen und Spalten aufgeschrieben werden können? Warum nicht vier Reihen und Spalten? Warum kann man ... warum sollte man nicht ...«

Er redet jetzt nicht mehr mit Pauli, nicht mit anderen nahen und fernen Kollegen.

Bäume, Gras, Regen und Wolken sind verschwunden.

Paul Dirac sagt etwas Neues. Er spricht die Wirklichkeit an, leise, sehr bestimmt.

Pubertär

Wie man es auf dem von Oberstudienrat Adolf Schmied geleiteten Theodor-Heuss-Gymnasium von Sonnenthal ohne staatsfeindliche politische Umtriebe und, ab spätestens Neunzehnhundertfünfundachtzig, ohne häufige Motörhead-, Destruction- oder Venom-Konzerte im nahen Lörrach aushalten soll, können sich Paul und David überhaupt nicht vorstellen.

Auf die besseren Konzerte – also Motörhead, aber auch Voivod oder Slayer – verirren sich sogar manchmal einige der Mädchen um Candela, zum Beispiel die von David sitzengelassene Jutta oder die geheimnisvolle, ständig von irgendwas

Unaussprechlichem bedrohte Mary, die statt zur Schule zu gehen sommers meist bei den ätherischen Drogengespenstern an den Vogelkäfigen im Stadtpark auf der Wiese rumliegt.

Beim Konzert: »Ist doch schön hier«, sagt Paul manchmal, unhörbar in dem weißen Lärm, zu David, wenn sie wieder ein paar Liter Schweiß beim Moshen nah der Bühne vergossen haben.

Jutta hat wahnsinnig lange Haare, die sind aschblond; ihre Freundin Marion hat kräuselig braune, die sogar noch länger sind. Beide fliegen wunderbar im Blitzlicht, wenn Lemmy vorne, oben brüllt: »Easy . . . eeeasy . . . the only time I'm gonna be easy's when I'm . . .«

Und jetzt alle:
»Killed by death!
Killed by death!
Killed by death!«

Manchmal gibt es unter den Schülerinnen und Schülern an Schmieds Schule tatsächlich Tote: Verkehrsunfall beim Rasen, Drogenüberdosis, einmal auch eine Familienstreiterei mit Messereinsatz.

Die Schüler sind nicht schlimmer als die Lehrer – der brave Rektor hat eine ganze Menge von anderswoher Strafversetzter in seiner Truppe, Alkoholikerinnen, rechtsradikal auffällig gewordene Paranoiker und ein paar Typen, die sich mit Schülerinnen eingelassen haben. Einer von diesen fliegt Neunzehnhundertsiebenundachtzig, als sich herausstellt, daß er das schönste Mädchen der Schule, eine noch kühlere Eisblume als Candela – und außerdem, prima Pointe, auch noch Zeugin Jehovas –, bei einem Lehrer-Schüler-Discofest betatscht hat.

Lemmy röhrt: »Only way to feel the noise is when it's good and loud, so good you can't believe it's screaming with the crowd, don't sweat it, get it back to you . . .«

Und jetzt alle:
»Overkill!
Overkill!
Overkill!«

»Wahrscheinlich nimmt unser Adolf diesen ganzen strafver-
setzten Abschaum der Menschheit nur deshalb in sein Team
auf«, vermutet Paul, »weil er dann günstige Konditionen von
Stuttgart kriegt. Ich meine, schau dir unsere neue Turnhalle an,
überhaupt die Ausrüstung, Sprachlabor, alles erstklassig, und
das für so eine Provinzbude mit lauter kiffenden Problemkin-
dern und Rockern und ...«
»Typen wie uns«, ergänzt David stolz.

Der alberne Kunstlehrer Winzer, der einen roten Porsche
fährt und angeblich Millionenerbe ist, also eigentlich nicht
zu arbeiten bräuchte und sich außerdem gerade sogar als richtiger Künstler einen Namen macht – Johanna haßt ihn, sie
sagt, er mache »einfach alles falsch« –, fordert die Klasse eines
Tages im Herbst Neunzehnhundertsechsundachtzig auf, im
Rahmen der Unterrichtseinheit »Kunst am Bau« architekto-
nische Modelle aus Pappe, Holz und Klarsichtfolie zu bauen.
David und Paul verachten den Mann, er ist ein windelweicher,
auf *radical chic* und alberne Rollkragenpullis abonnierter So-
zialdemokrat. David nimmt einen Karton, sägt zwei kleine
quadratische Löcher rein, streicht ihn rot an, klebt das aus
dem »SPIEGEL« ausgeschnittene Emblem der Roten Armee
Fraktion drauf, stellt das Ding auf seinen Tisch und sagt, als
Winzer wissen will, »was das sein soll«, in verbindlichem Tonfall: »Das ist das Andreas-Baader-Gedächtnis-Parkhaus.«
»Du weißt, daß ich dir dafür eine Fünf geben muß«, sagt
Winzer.
»Ja, das weiß ich, du dumme Sau«, sagt David. Winzer kommentiert die Beleidigung nicht. Alle Lehrer an dieser Schule
sind dergleichen gewohnt.

Als Paul an der Reihe ist, sein Modell vorzustellen, legt er eine graue Pappe mit einem schwarzen »X« in der Mitte hin. David weiß augenblicklich, daß das ja nun wirklich noch viel besser ist als sein eigener Einfall, ein nicht mehr zu überbietendes Meisterwerk.

Winzer schüttelt den Kopf, malt was in sein Notenbuch und murmelt: »Ihr seid so pubertär ...«

»Toller Vorwurf, gegen Sechzehnjährige. Souverän«, erwidert Paul.

»Jetzt hör' mal zu, junger Mann«, bläst sich Winzer auf, aber der Junge schneidet ihm das Wort ab: »Und das, falls es Sie interessiert«, er deutet auf seine Pappe, »ist ein Erschießungsplatz für reiche Erben und sonstige Parasiten der Gesellschaft.«

Prinzipien

Die Zeitschrift »Proceedings of the Royal Society« enthält in der Ausgabe vom zweiten Januar Neunzehnhundertachtundzwanzig eine Arbeit mit dem Titel »The Quantum Theory of the Electron«, in der eine relativistische Elektronengleichung entwickelt wird, die als Diracs größter Beitrag zur Physik gilt.

Sie stellt eine Ψ-Wellenfunktion mit vier Komponenten vor und liefert positive Wahrscheinlichkeitsdichten für alle gewünschten Größen. Diracs Gleichung führt zum korrekten Spin des Elektrons, der ½ beträgt. Auch der von ihr bestimmte magnetische Impuls des in dieser Hinsicht wie ein kleiner Stabmagnet funktionierenden Teilchens entspricht exakt den gemessenen Eigenschaften des Elektrons, ohne daß in die Figuration der Gleichung diese Voraussetzungen mit irgendwelchen heuristisch unlauteren Mitteln eingeschmuggelt worden wären.

Dirac selber nennt die Exaktheit, mit der seine auf dem Weg

reiner Kontemplation und Spekulation entstandene Gleichung die Eigenschaften des Elektrons erschlossen hat, einen »völlig unerwarteten Bonus«.

»Es gibt«, sagt der Wissensoziologe John Ziman, »sehr wenige Episoden in der Wissenschaftsgeschichte, die man mit Diracs relativistischer Theorie des Elektrons vergleichen kann, weil sie direkt als mathematische Gleichung ersonnen wurde, ohne mitgedachte oder vorher entwickelte physikalische Anschauungsmodelle.«

Richard Feynman, Nobelpreisträger für Physik und Erfinder der Quantenelektrodynamik, stimmt zu: »Dirac *erriet* die korrekten Gesetze der relativistischen Quantenmechanik im wahrsten Sinne des Wortes. Er stellte eine Gleichung auf und hatte damit das gesuchte Gesetz entdeckt – allem Anschein nach eine recht effektive Methode, die einmal mehr beweist, wie gut sich die Mathematik eignet, die Tiefen der Natur auszuloten. Dagegen können alle Versuche, sie durch philosophische Prinzipien oder induktives Sichauskennen zu erfassen, schlicht einpacken.«

Telefonsex

Zwar versucht Paul, als das Gerücht aufkommt, David habe sich in die zwar niedliche, aber alles andere als glamouröse und also für einen Haupt- und Oberrebellen keinesfalls standesgemäße Sonja verliebt, die Genossinnen und Genossen, das junge verluderte Pack unter seiner Fuchtel, eine Weile lang dazu zu zwingen, sich einer Beurteilung dieser jüngsten Wendung zu enthalten, nach dem guten alten Motto des Genossen Stalin: »Uns fehlen noch einige Unterlagen.«

Irgendwann aber wissen es alle.
Die unmittelbar erfreulichste Folge der Entwicklung ist, daß

sich das Verhältnis zwischen Candela Lauder und David merklich entspannt. Da beide häufig ohne jede Elternaufsicht in ihren jeweiligen Wohnungen herumsitzen, führt diese Entspannung vor allem zu langen Telefongesprächen, in denen David damit angibt, was er bei seinen jüngsten Fahrten nach Freiburg zu seinem Vater wieder alles gelernt hat.

David ist zu diesem Zeitpunkt nämlich längst der freischaffende Verbindungsoffizier zwischen Pauls Kleinstadtszene und der richtigen, lebendigen und arbeitenden Linken geworden – vom Freiburger Ortsverein der DKP und deren Friedrich-Hecker-Buchhandlung, in der er regelmäßig die im Hinterzimmer angebotenen sozialistischen Klassiker kauft – ein durchschnittlich umfangreicher Band aus der braunen Lenin-Werkausgabe ist schon für zehn Mark zu haben – und bergeweise Material der Moskauer Presseagentur Nowosti mitschleppt, über die Leute von der GIM und anderen Hochschulgruppen, deren Veranstaltungen er häufig besucht, bis hin zum Antiklerikalen Arbeitskreis der Bunten Liste, die dem eifrigen, nervtötenden Burschen gerne Flugblätter überläßt, mit denen man am Sonntag die Sonnenthaler Kirchgängertrottel belästigen kann.

Am Sonntagabend, auf Pauls Zimmer, ist dann jedesmal politische Weihnachten.

Sobald er damit fertig ist, Fräulein Lauder seine jüngsten Kaderheldentaten und Materialeinkäufe zu berichten, spielt sich Candela damit auf, mit wem von den gefährlichen Motorrad-Twens der Gegend sie jetzt schon wieder eine Affäre hat – davon stimmt etwa die Hälfte –, wieviel sie dauernd überall rumvögelt – kein Wort ist wahr, niemand im Kreis um David vögelt mehr als Paul, der das entsprechend verschwiegener handhabt, sogar auf der Waldorfschule wildert er – und was sie so alles zusammensäuft von dem Zeug im Schrank ihrer Mutter, mit Jutta und den andern – und dieser Teil, als einziger, ist komplett wahr.

»Was bist du eigentlich für'n Sternzeichen, David?«

»Hurenbock. Wasserkopf.«

»Im Ernst jetzt.«

»Wie, glaubst du jetzt an den Scheiß?«

»Hi hi hi, David. Reingelegt. Wollte nur mal wissen, wie weich du schon in der Birne bist, jetzt, wo du eine kuschlige bürgerliche Ehe mit Sonjaflöckchen anstrebst ...«

»Laß das.«

»Sonja ... ahhh ... Sonja ...«, Candela stöhnt ziemlich gut.

»Hör auf, Mensch. Echt jetzt, Candela.«

»Hmmmm... oh jaaa... Sonja ... uhhh... ja, so ... leck schneller ...«

»Candela!«

»Ahh, ahhh, ja, bin ... gleich ... soweit ... aaaaahhhhhhh!«

»So. Schön. Geht's wieder?«

»Du verpaßt was, David. Wirklich. Geh mal wieder aus, abends.«

»Mit wem denn?«

»Wie wär's mit der flotten Jutta?«

»Daß mir das ewig nachhängt ...«

Näherung

Die physikalische Anschauung geht der Erfindung der Dirac-Gleichung also nicht voraus.

Das ist sehr ungewöhnlich. Noch seltsamer aber berührt die Kollegen, daß die Anschauung der Gleichung umgekehrt auf neues Gebiet folgen muß: eine rein mathematische Struktur, die es erlaubt, bekannte, weil gemessene Sachverhalte zu berechnen, enthüllt damit zugleich den Blick auf unbekannte, noch nie gemessene.

Die Gleichung gibt den korrekten Spin und die Sommerfeldsche Feinstrukturformel mit dem zutreffenden Wert und für kinetische Energien, die verglichen mit dem Produkt aus dem Quadrat der Lichtgeschwindigkeit und der Elektronenmasse klein sind, entsprechen die Lösungen allen Resultaten der kanonischen, nichtrelativistischen Schrödinger-Wellenfunktion.

Der Preis dafür aber ist hoch: Wo Paulis Wellenfunktionen zwei Komponenten mit den Spinwerten »up« und »down« hatten, besitzt die Diracsche vier, was zwar mathematisch klar und schön, physikalisch aber nicht recht faßbar ist. Wofür stehen die neuen Komponenten? Selbst Heisenberg beschwert sich: »Es kommt mir vor wie moderne Kunst, ich kann es nicht entschlüsseln, mir nichts darunter vorstellen.«

Ist die Komponentenverdopplung ein Artefakt, ein Trick, der aus den Sackgassen der Vergangenheit herausführt, oder entspricht ihr etwas Wirkliches?

Der rein artifizielle, mathematische Grund für sie besteht natürlich in der Paarigkeit der möglichen Lösungen von Diracs Gleichung: es gibt zwei mit positiven, zwei mit negativen Energien, jedes Paar mit Spin up oder down.

Die positiven Lösungen beziehen sich erkennbar aufs Elektron, aber was soll man mit den negativen anfangen?

In der klassischen Theorie, beim Umgang mit Einsteins berühmter Gleichung, die festhält, daß die Energie eines Objekts gleich dem Produkt der Masse des Objekts und des Quadrats der Lichtgeschwindigkeit ist, überwindet man die Schwierigkeit, daß es auch negative Lösungen gibt, indem man diese einfach fallenläßt, sie nicht beachtet. Das ist in der Quantenmechanik nicht erlaubt.

Zunächst spekuliert Dirac, daß die Lösungen mit negativer Energie sich auf Teilchen beziehen, deren Ladung das Gegenteil derjenigen des Elektrons ist – eine neue, nach quantenmechanischen Anforderungen maßgeschneiderte Variante der Nichtbeachtungsstrategie: die Hälfte der Lösungen muß, meint er, einfach deshalb abgelehnt werden, weil sie sich auf eine hypothetische Ladung »+e« fürs Elektron zu beziehen scheinen, von der natürlich keine Rede sein kann.

Schlüsselbund

»Nee, lach nicht, stimmt schon, is'n Krieg«, sagt Paul am vierten Mai Neunzehnhundertfünfundachtzig im Bistro zu David, weil der sich darüber lustig gemacht hat, daß Rektor Schmied den vielseitig beschädigten Lehrkörper seines Ladens neulich als »meine Bataillone« bezeichnet hat, im Rahmen einer seiner üblichen Ansprachen darüber, daß er diese unmöglichen, total verfransten Schüler schon noch »in den Griff kriegen« werde.

»Und dann stellt sich eben die Frage«, ergänzt Paul nachdenklich und hebt den Bierkrug hoch, »die sich auch dem verehrten Genossen und Generalissimus Stalin gestellt hat: Wie viele Divisionen haben wir?«

Ganz schön viele.

Aber Adolfs Bataillone setzen nicht auf Quantität – sie sind vielmehr teilweise dermaßen strahlend qualitativ wahnsinnig, daß man sich ums Kräftegleichgewicht wirklich Sorgen machen muß.

Zum Beispiel jener Geschichtslehrer, der aus seinen politischen Überzeugungen, Marke deutschnational vom Knochigsten, kein Geheimnis macht, und zugleich das Pech hat, ausgerechnet Göring zu heißen. Für David und Paul ein gefundenes Fressen, sie ziehen ihn mit Zwischenrufen auf, bis er schreit: »Ihr werdet euch noch wundern, beim Bund!«

»Keine Angst«, sagt David, der sich eben noch als beredter Panegyriker des bewaffneten antiimperialistischen Kampfes hervorgetan hat, »ich verweigere natürlich den Kriegsdienst.«

Göring nimmt sein Schlüsselbund und wirft es.

Der Metallklumpen verfehlt nur knapp Davids Kopf. Reza nimmt das Bund vom Boden auf und wirft es aus dem offenen Fenster. Göring schnauft, ächzt, will rumschreien. Verschluckt's.

Dann rennt er los und wirft beim Hinausstolpern die Tür hinter sich zu.

»Ich habe nur noch wenig Spaß an der Sache, Dirac«, gesteht Heisenberg, frischgebackener Dozent, in seinem neuen Leipziger Büro. »Die Situation war anders, als wir noch unsere unschuldigen Wetten gemacht haben, wie die Sache mit dem Spin zu beheben wäre, ohne etwas von Hand reinzufummeln. Aber diese ganze Geschichte jetzt … Negative Energien! Was soll das sein? Vier Komponenten! Wieso? Positive Elektronen! Was für eine Art Materie wäre das?«

Er verdreht die Augen zur Decke.

Dirac wippt auf dem Stuhl: »Es muß einen Weg geben, die negativen Lösungen in ein stimmiges Bild einzufügen.«

Heisenberg steht auf, geht zum Fenster.

Die Sonne scheint; die Menschen draußen haben keine Ahnung, wie unverständlich der Kosmos ist. »Es tut mir leid, ich mag nicht drüber nachdenken. Es irritiert mich. Es ärgert mich geradezu. Katerstimmung, könnte man sagen. Ich möchte weg von diesem ganzen … von diesem verfeinerten und endlos weiter verfeinerten Kram, in dem eine Theorie im Sande zu verlaufen scheint, von der ich dachte, sie wäre die echte Leistung unseres Jahrhunderts, ein Monument, eine Festung, Manifest eines neuen Goldenen Zeitalters. Was weiß ich.«

»Aber was wollen Sie dann tun? Die Physik bleiben lassen?«

»Praktische Forschung, die ein bißchen näher ans Experiment rückt. Ich arbeite an einer Theorie des Ferromagnetismus. Nehmen Sie's nicht persönlich, Dirac, aber das Schicksal Ihrer Gleichung, Ihrer Theorie ist das traurigste Kapitel der modernen Physik. Es sah alles so vielversprechend aus … Das geht nicht nur mir so. Ihr Elektron hat Pascual Jordan trübsinnig gemacht, wußten Sie das?«

Dirac gibt ein unverbindliches Schmatzgeräusch von sich.

Heisenberg geht zur Tür, öffnet sie und deutet mit einer Kopfbewegung an, daß er die Büchergruft verlassen will, vielleicht auf einen Spaziergang, einen Kaffee.

Dirac steht auf. Heisenberg sagt: »Manchmal fürchte ich, wir raten bloß im Nebel herum.«

»Nein. Wir müssen weitermachen. Es ist nicht wie in der Schule. Ausreden helfen nicht.«

ELF

Reptil

Manches, was man auftauen soll, ißt sie kalt.

Manchmal stapelt sie die Schachteln auch auf dem Tisch, wenn sie neue aus dem Laden geholt hat: Gemüse, Fischstäbchen. Da tauen sie langsam auf, dann gibt es eine Pfütze, eine Weile später verspeist sie das Zeug. Warum den Herd anmachen? Man kann sich verbrennen. Was sie nicht runterkriegt, bekommt das Krokodil. Manches kriegt sie erst runter und muß es dann doch auskotzen. Im Moment ist in der Nachbarswohnung wenig los. Die Frau ist verreist; man hat sie mit zwei Koffern in der frühesten Dämmerung vor ein paar Tagen in ein Taxi steigen sehen. Das war der Morgen nach dem letzten Besuch des gefährlichen Mädchens. Obwohl nichts geboten wird, solange ihre Nachbarin weg ist, läßt die Frau mit dem Reptilienhirn ihre Geräte ruhen. Sie muß auch deshalb Geld sparen, weil sie neulich in eine sehr ärgerliche Fahrkartenkontrolle geraten ist.

Ihren Ausweis, diesen speziellen, mit dem man vieles billiger kriegt und zum kostenlosen Fahren mit den Bahnen in der Stadt berechtigt ist, hat sie nicht mehr, weil das Krokodil ihr befohlen hat, ihn wegzuschmeißen. Es waren nämlich Fäden aus einem Metall drin, das den Körper vergiftet. Aber wie alle ihre Papiere hat sie den Ausweis vor dem Wegschmeißen mehrfach fotokopiert und konnte dem Kontrolleur eine Kopie zeigen, der allerdings nur sehen wollte, ob sie eine »Wertmarke« reingeklebt hatte.

»Na wie soll ich denn, die klebt ja in dem richtigen Ausweis, den ich nicht mehr habe!«

Sie hat überlegt, ob sie ihm ins Gesicht beißen soll, er hätte es nicht kommen sehen. Dann wäre sie weggelaufen, aber er hätte sie ja vielleicht doch eingeholt, weil sie ihre Krücken hätte fallenlassen müssen.

Ihre Haut, im Spiegel, ist grünes fleckiges Leder. Durch Aufwärmen an der Sonne, hat sie in einem Buch gelesen, kann ein Reptil mit weniger als zehn Prozent der Kalorien überleben, die ein Säugetier entsprechender Größe benötigt. Aber es ist keine Sonne da. Jedenfalls nicht in der Wohnung. Noch nicht.

Sie weiß, wer die Sonne hat: das gefährliche Mädchen. Sie wird sie sich nehmen, wenn das gefährliche Mädchen nicht aufpaßt. Das ist ihr Plan, deshalb kann sie warten: wenn die Nachbarin zurückkehrt, wird auch das gefährliche Mädchen wiederkommen.

Dann sehen wir weiter.

Spenden

Je länger der Trip dauert, desto satter, abgehangener und betäubter fühlt sich Johanna, auf eine unfaßbar träge Art. In Jerusalem trifft sie abseits der Gruppenumtriebe nachmittags die schwerreiche Galeristin Regina Stroh, die ursprünglich aus der Schweiz stammt und deren in Zürich ansässiger, sehr renommierter Laden drei Zweigstellen in New York, Jerusalem und Berlin hat. Wie sich herausstellt, vertritt Frau Stroh auch Johannas ehemalige Hamburger Kunsthochschul-Kommilitonin Birgit Harmann und meldet bei Eistee und Hühnchen überraschenderweise Interesse an Johannas eigener Arbeit an: »Schicken Sie mir doch mal was, vielleicht kann man sich was ausdenken, eine Gruppenausstellung ...«

Johanna nickt dazu, winkt das durch, blickt über die Dächer weg, wird immer müder.

Später, in Haifa, steht sie eine Viertelstunde zwischen den in Italien mit Laserstrahlen zurechtgeschnittenen Hebron-Steinen des ultrageometrischen heiligen Gartens der Bahai und schaut einfach nur mesmerisiert aufs Wasser runter, während David neben ihr am Geländer rumlümmelt und verbissen gar nichts sagt, weil er gleich Sonja treffen wird.

In einer Jeep-Limousine geht es den Berg der Ingenieure hoch, in die Stadt der Vernunft, wo der erste Nobelpreis für Israel hinvergeben wurde, vor wenigen Jahren, an hervorragende Biochemiker.

Dies hier ist die historische, erste Universität in Israel, die von Juden aus Deutschland gegründet wurde, daher erst »Technicum« hat heißen sollen, sich heute aber »Technion« nennt.

»Wir hatten ein Sprachproblem«, sagt ein Sprecher des Gastgebers beim Empfang mit Orangensaft und Schnittchen, »weil das Hebräische für viele wissenschaftliche und technische Termini keine Ausdrücke kannte. Es gab die Überlegung, die Lehre hier auf deutsch stattfinden zu lassen, aber dann hat man getan, was Techniker eben tun: man hat das Problem auf dem Weg der Erfindung gelöst; hier ist ein neues Hebräisch entstanden.«

»Wann triffst ... wann treffen wir Sonja?« wispert Johanna David ins Ohr, der zurückzischt: »Sie weiß, wann wir wo sind, und der Zeitplan stimmt noch.« Dazu hält er ihr seinen linken Arm mit der Uhr dran unter die Nase. Es ist halb vier Uhr nachmittags.

Die Gäste werden aufgefordert, die aeronautische Fakultät zu bewundern, an der man fliegende Untertassen und Lichtschwerter baut, und sich danach bitte für die Abteilung Electrical Engineering zu interessieren, die von allen Departments am schnellsten wächst.

Dann geht es zum Konzertsaal, wo der artige Sprecher verrät, daß Sport obligatorisch ist, aber nicht alle der zweiundfünfzig Clubs auf dem Gelände nur Sportvereine sind – man hat einen guten Chor, ein Symphonieorchester, es gibt sogar Extrastipendien für Ingenieure und Physiker, die sich im Musikleben des Instituts besonders eifrig engagieren. Mehr Hochkultur als Ozon hängt in der Luft, die Leitung des Ladens hält wahnsinnig viel von Allgemeinbildung.

Aus dem Fenster eines der Dormitories rappt Snoop Dogg, am West-Tor sitzt eine Traube Superhirne um ein Spielbrett auf einem Stein. Lachende Joggerinnen biegen rechts ab zum Canada Village. Spenden zahlen das hier alles, Gelder aus der ganzen Welt.

Die Deutschen werden Richtung Churchill Auditorium geführt.

Sonja Wilhelm kommt ihnen mit zwei Kollegen von der Chemie und der Biologie entgegen, lockig und mit sehr gesunder Gesichtsfarbe. Sie trägt einen Laborkittel, der so grell leuchtet, daß David denkt: da wird man ja schneeblind, darunter ein gelbes Hemd mit hohem Kragen von vage herrenhaftem Schnitt – nicht mal in diesem Sonnenglast also verzichtet sie aufs bewährt Hochgeschlossene; es ist alles wie immer, wie früher.

Johanna umarmt Sonja, David nicht, der nickt ihr nur zu. Sie lächelt, nickt auch, kommt mit der Gruppe mit zum letzten Programmpunkt. Johanna schenkt David auf dem Weg dahin einen Blick, der sagt: Ich laß' dich schon noch allein mit ihr, nachher, keine Angst.

So haben das Johanna und Sonja nämlich miteinander vereinbart, schriftlich.

Mogul

War es also wirklich so?

Die Armee behauptet zunächst, es habe sich beim abgestürzten Objekt um einen Wetterballon gehandelt, und sie frisiert in auffälliger Hast die einschlägigen Dokumente auf diese Version hin zurecht, aber keineswegs zu dem von Spinnern und Gauklern danach jahrzehntelang unterstellten Zweck, den Absturz eines außerirdischen Raumschiffs in der Wüste von

New Mexico zu kaschieren, sondern weil der Leichtmetall-Gummi-und-Holz-Krempel, der da vom Himmel gefallen ist, aus einer Serie von Prototypen eines neuen antisowjetischen Fernabhörgeräts mit Ballon- und Dracheneigenschaften stammt, das der akustischen Erfassung bolschewistischer Nukleartestexplosionen und Raketenabschüsse dient – Codename: Projekt Mogul.

Waren die »fliegenden Scheiben« also solche Mogul-Bauteile aus akustischen Sensoren, Radarreflexionseinheiten und andere Vorrichtungen von hohem strategischen Wert im Kalten Krieg? Es ist die vernünftigste Lesart, wenn man alle öffentlich mehr oder weniger zugänglichen Quellen einigermaßen skrupulös studiert hat. Nur in dieser Version der Geschichte nämlich haben sowohl der Unglaube an einige der spektakuläreren Spekulationen der UFO-Gemeinde als auch die selbst für Rationalisten und Skeptiker unübersehbaren Ungereimtheiten der staatsoffiziellen Beschwichtigungsversuche Platz. Die enorme und diffuse Dummheit, die entsteht, wenn man zuviel über Dinge liest, die man nicht persönlich überprüfen kann, ist nur dadurch aufzufangen, daß man sich zwingt, eben darüber, über just dieses Problem zu schreiben – nicht nur über die Sachverhalte selber also, sondern zugleich über das, was diese Art der Recherche suggeriert.

Um Paul Dirac zu verstehen, um die Veränderung zu spüren, die in der Noosphäre und in der praktischen menschlichen Naturbeherrschung als Resultat seiner Entdeckungen stattfand, muß man nicht nach Bristol oder Florida fahren, nicht selber sehen, wie es da aussieht, wo diese Ideen zu sich kamen.

Aber beim Lesen über Roswell meldet sich ein akuter Nachsehdrang, etwas wie das Fight-and-Flight-Syndrom oder ähnliche Aktivzustände angeborener Schaltkreise schwacher und gehetzter Tierarten: Man will aus den Dokumenten raus, man will selber rumlaufen in der Wüste, gucken, ob es da draußen noch irgendwas gibt, einen Zeugen, einen Hinweis, wenn denn schon nirgends eindeutig steht, was los war, was los ist, wieso.

Du und Candela

Die Limonade, die Du mir in Deinem Büro aus einem großen
Glaskrug in ein kleines Glas gießt, ist das erste nicht klirrend
kalte Getränk, das mir auf dieser Reise serviert wird.

Du schaust aus dem Fenster, rufst was auf Iwrit runter, weil da
Kollegen an ihren Fahrrädern zugange sind, von denen Du
was willst. Ich verstehe die Sprache nicht. Du hast sie in nur
einem Jahr so gut gelernt, daß sich ein längeres Gespräch mit
denen unten ergibt, bei dem Du nicht ein einziges Mal nach
Worten suchen mußt. Es geht um Wissenschaftliches, nehme
ich an. Als Du fertig bist, kippst Du das Fenster, ziehst den
Vorhang etwas vor, verteilst das herrliche Vermeerlicht im
Raum neu.

»Was machst du hier eigentlich genau?« frage ich lahm. Du
zeigst mir die Sachen auf Deinem Schirm: »Hier – ein Cluster
aus Goldatomen. Das war das erste und einfachste Modell:
Wie er sich verhält, wenn man ihn auflädt und entlädt. Aus
Metall dieser Art, zu Fasern gesponnen, kann man dann steu-
erbare Stränge machen, da, schau …«

Der kleine Film zeigt künstliche Muskeln. Du und Deine
Kollegen, ihr arbeitet eng mit der medizinischen Abteilung
und der Robotik zusammen. Ich freue mich über Deine Erklärungen, weil Dein Verstand so gesund ist, das paßt gut zu
Deinem Gesicht. Rosige Backen – der Vergleich mit Äpfeln ist
ein Klischee, aber er stimmt. Wenn man mir ein Foto zeigen
würde, auf dem Du so aussiehst wie jetzt, wüßte ich nicht, daß
Du in einem heißen Land lebst. Es sieht eher aus wie von
gesunder Kälte zu Durchblutung angeregt. Die Lippen sind
sehr rot, Make-up benutzt Du immer noch keins.

»Und deine eigene Arbeit?« fragst Du schließlich. Da möchte
ich mit dem Fuß in irgendeinem weißen Sand scharren: Es ist
mir schon peinlich, daß ich ein ganzes Buch über Dich und
mich geschrieben habe, ohne Dich zu fragen, ob ich das darf,
mit ein paar Verfremdungen zwar, aber ich weiß schon, daß

das ein Eingriff in die Privatsphäre ist, ich bin ja nicht völlig stumpf. Habe ich Dich klassifiziert und deklassiert? Bloßgestellt?

Ich weiß es auf einmal nicht mehr; beim Schreiben war das klarer. Ich dachte, gegen das Anekdotenhafte wäre die Briefform des Buchs ausreichend abgedichtet, in ihrer kontrollierten Verklammerung von Unmittelbarkeitsanspruch und Künstlichkeitsanmutung. Weil mir keine Bewegung einfällt und kein mimischer Ausdruck, der das alles mitteilen kann, sage ich gewunden: »Na ja, ich schreibe immer noch für... für Geld über Produkte und Ereignisse, das ist der Journalistenjob. Und dann in den Nächten über Menschen, die ich nicht frage, ob sie das wollen, daß ich über sie schreibe. Das ist die Schriftstellerei, das Wichtige.«

»Denken in anderen Köpfen, hm?« sagst Du und guckst an mir vorbei auf den Schirm, wo noch immer der Loop mit der Metallmuskelanimation läuft. Woher kennst Du denn dieses Brecht-Zitat? Ich frage danach: »Wie kommst du auf...«

»Wir kriegen hier die Zeitung, David. Ich hab' deinen Einstein-Aufsatz gelesen. Der war schön, melancholisch ... zärtlich.« Ich würde mich am liebsten gleich bedanken, daß Du so leise und vorsichtig redest, wo ich doch eigentlich derjenige bin, der aufpassen müßte, was er sagt, nach allem, was ich schon geschrieben habe. Stimmt: Da hat das dringestanden, in dem Einsteinding, daß er in anderen Köpfen gedacht hat, so wie Lenin laut Brecht.

»Nur daß du weniger in anderen Köpfen denkst, als daß du in anderen Körpern ... erlebst und in anderen Herzen liebst.«

Das ist jetzt sehr streng, ich zucke zurück, weil Du mich direkt anschaust dabei, wie etwas, das Du vielleicht exakt erforschen könntest, *if it struck your fancy to do so.*

Ich sage: »Na ja, ich schreibe gern über andere das, was ich über mich nicht sagen will – vor allem in Büchern. Weil ich's über mich nicht weiß. Ich will auch nicht wirklich viel über mich wissen, allgemein.«

Darauf antwortest Du nichts, also sage ich, und schau mir dabei Deine Hände an, die erstaunlich kurze Finger haben, sehr jung aussehen, kindlich: »Hast du dich geärgert, über das Buch?«

Da guckst Du milde, und mir fällt auf, wie praktisch das atmosphärisch eingerichtet ist, daß Du von diesem herbstgoldenen Leuchten umglänzt bist, das hier mitten im Mai durch Dein Fenster auf die dichte Molekülforschung fällt, die Du treibst. Dann sagst Du: »Nein, Quatsch. Geärgert nicht. Hab' aber natürlich drüber nachgedacht, wie du bestimmte Sachen ... interpretierst. Unsere letzte Begegnung zum Beispiel, auf diesem Klassentreffen. Das schreibst du ... das erzählst du so, als wäre das eine Chance gewesen, daß vielleicht doch noch das aus uns wird, was du mal wolltest, und als wärst du dann genau davor weggerannt, weil du es gar nicht mehr ... kannst oder willst. Na ja, da habe ich mich gefragt: War das so? Denn in meiner Erinnerung war ich halt einfach nett zu dir, weil ich dir zeigen wollte, daß es keine ... daß ich dir nichts nachtrage wegen damals, als du ...«

»Als ich dir so nachgestellt habe, auf der Schule.«

»Ja. Und dann war das schon komisch, das zu lesen«, Du hebst die Stimme ein bißchen und spielst mit einer kupferfarbenen Locke zwischen zwei Fingern, »weil, ehrlich gesagt, also mir wurde dabei erst klar: wahrscheinlich stimmt das, was du schreibst, ich fand dich an dem Abend wirklich ganz ... vielleicht wäre da wirklich was gewesen. Wenn du nicht abgehauen wärst. Bloß spielt das natürlich längst alles keine Rolle mehr, wenn man keine Bücher drüber schreiben will. Weil, das klingt jetzt komisch, aber: es war ja nichts, und damit ist es dann doch eigentlich fertig. Das ist doch genug.«

Ich atme auf, das ist sie, die Erleichterung, wir können also wirklich drüber reden wie über was Abgeschlossenes, endlich. Und ich sage: »Ja, eben, und das weiß ich ja auch, daß das für dich keine Rolle mehr ...«

»Ich meinte dich, David. Für dich. Also: für mich auch, klar, ich hab' ... ich lebe mein Leben, aber ... dir ist doch wohl auch klar, daß du es nur aufschreiben konntest, weil es dich nicht mehr wirklich … wie soll man das sagen? Interessiert?«

Es stimmt, das ist das Verblüffende. Du solltest Literaturkritikerin werden. Diesen ganz einfachen Gedanken habe ich noch nie in einer Profi-Rezension eines autobiographischen Textes gelesen: daß solche Schreibereien übers Erlebte diesem vor allem den Totenschein ausstellen sollen, nicht es vergegenwärtigen oder verarbeiten oder wie der ganze Quatsch heißt. Katharsis? Unsinn.
»Ja ähm so, also so ist das wohl«, sage ich matt, als wäre ich ein Computer und würde gerade runtergefahren.
Aber Du bist nicht fertig: »Und dann war es außerdem sehr seltsam, daß man sich in Zusammenhänge gestellt sieht, in denen man sich selber nie … zum Beispiel was du über die beiden Frauen schreibst, für die du damals geschwärmt … in die du damals verliebt warst – Candela und mich.«
»Candela und dich«, wiederhole ich, als ob unser Gespräch an der Stelle eine Zwischenüberschrift braucht.

Du nickst und sprichst weiter: »Ich habe, bis ich dein Buch gelesen habe, wirklich seit also mindestens zehn, eher fünfzehn Jahren nicht mehr an Candela Lauder gedacht.«
»Sie war ja auch … das war ja auch eine völlig andere Clique. Sie hielt Hof, sie war die Queen of Cool, und du warst die ernste, hochgeschlossene …«
»Verklemmte Streberin, ja«, Du lachst.
»Das habe ich nirgends so geschrieben.«
»Ich weiß. Aber man kann es sich leicht denken, von deinen Schilderungen her, daß es damals welche gegeben hat, die das so gesehen haben. Und das ist ja wohl auch richtig, das war schon auch so. Gerade deine Freunde: Christof und Reza, ein bißchen wohl auch Paul, obwohl der mich besser kannte als du – wir waren ja Nachbarn.«
»Während Candela …«
»Das war wirklich … du schreibst, daß deine … Kunst, deine

Schriftstellerei, daß es da zwei Frauen gegeben hat, wo es bei Dante nur die eine Beatrice war: Ich war die Inspiration, das, worüber du dichten willst, oder ähm ...«

»Die Sehnsucht.«

»Hm, oder ... aber Candelas königliche Art hat dir gezeigt, wie es gehen muß, wie ...«

»Wie der künstlerische Weltzugang ist, ja. Wie man sein Leben in allegorische Formen verwandelt. Was es bedeutet, sich zu gestalten und die Dinge zu inszenieren, statt sie bloß naturwüchsig passieren zu lassen.«

»Also ich«, Du siehst aus, als ob Dich das wirklich sehr wundert, »ich war der Inhalt und Candela die Form. Das ist sehr ... das ist irgendwie verrückt, wenn man so was über sich liest. Man denkt ja nicht, daß man der Inhalt oder die Form sein kann für die Berufs- und Lebensentscheidungen von jemand anderem.«

Da muß ich auch lachen, wenn Du es so sagst.

»Schreibst du denn mal ein zweites Buch darüber? Eins über Candela? Über Form statt Inhalt?«

»So was Ähnliches. Form ist natürlich schwieriger, indirekter, wenn sie Inhalt werden soll. Aber ich sitz' dran, an einem ... es soll die äh nächste, der nächste Schritt werden dann. Das nächste, was ich rauskriegen muß.«

»Also wir sind beide Forscher geworden, ja?« fragst Du, und gießt mir Limonade nach.

Für Geoffrey A. Landis (Zusatzwidmung)

Es ist alles gutgegangen, es ist ein Wunder, es ist ein Mißverständnis.

Tänzer

Die Gruppe geht ein letztes Mal zusammen aus, ins Tel Aviv Performing Arts Center, wo die Kibbutz Contemporary Dance Company unter der Leitung von Rami Be'er ein modernes Ballet zu einem kurzen Text von Büchner aufführt.

»Noch mehr Kultur, und ich krieg' Kunstvergiftung«, mault der Tailgunner zwar, aber so mault er gern, so kennt Johanna ihn, alles in Ordnung. Die Musik ist ein bißchen gerümpelhaft, Phil Glass, John Adams, diese Schiene. Ölglänzende Leute hopsen dazu; es gibt verwirrend viele Figuren, und in der Mitte der wildbewegten Choreographien dieser Veranstaltung springt und wirbelt meistens eine junge rothaarige Heldin mit einem Pappflamingo am Stiel, den sie dauernd dem Publikum entgegenhält, als wäre er eine Blume.

Nach dem Tanz findet ein Sektempfang statt.

Johanna muß kurz raus, es war ihr während der Vorstellung schon zu warm im Saal. Auf dem Vorplatz stehen zwei der Tänzer und das rothaarige Mädchen bei einer großen Betonwanne mit Wüstenpflanzen drin.

Die Jungs umarmen sich, lachen und erzählen dem Mädchen, das wohl kein Hebräisch kann, auf englisch von einer Kostümpanne. Der eine Junge tätschelt zwischendurch dem andern den Bauch, Johanna hat ein Déjà-vu und fragt sich: Woher kenne ich das?

Dann fällt es ihr ein, als sie zurückgeht nach drinnen und David ihr zuprostet, »He! Alkohol umsonst! Morgen fliegen wir wieder, greif zu!« – richtig, genauso intim wie die zwei Tänzer, auch mit körperlichen Zuneigungsbeweisen, die unter Männern sonst nicht üblich sind, haben einander früher Paul und David behandelt. Johanna hat sich mehr als einmal gefragt, vor allem, nachdem das mit Paul und ihr zu Ende war, ob die zwei nicht vielleicht schwul sind oder so etwas Ähnliches – was immer »so etwas Ähnliches« in dem Zusammenhang bedeutet. Sie stellt sich genau zwischen die Künstler und die Journalisten, weil sie glaubt, daß sie exakt da hingehört, in diese alte Mitte, und betrinkt sich mit tätiger Hilfe des Tail-gunners noch einmal richtig, um zu vergessen, wohin es bald zurückgeht, zu was, zu wem, wozu.

Desertion

Als Anita Buck am Montagmorgen die Praxis aufschließt, ist der Chef noch nicht da.

Das passiert in letzter Zeit öfter, deshalb findet sie es nicht besonders schlimm, wenn sie auch eher angewidert die Un-ordnung in seinem Sprechzimmer zur Kenntnis nimmt, die Spuren des jüngsten Besäufnisses, den umgeworfenen Stuhl. Sie räumt alles auf; dann wartet sie.

Er kommt erst sehr spät, und sie meint in seinem Gesicht lesen zu können, daß er am liebsten nicht hier wäre. Aber sie hat aus ihrem letzten Debakel gelernt, daß es nichts hilft, wenn sie ihre Meinung sagt. Er schmeißt die Tür hinter sich zu; das gibt ihr einen Stich im Herzen, denn sie will immer noch von ihrem Chef gemocht werden, weil sie ihn immer noch mag.

Sie ahnt, auch wenn sie es nicht in Worte fassen kann, weil der Adressat dafür fehlt, daß er bald desertieren könnte, seinen so lange tapfer gehaltenen Posten räumen. Dagegen kann sie nichts tun, also wartet sie und fühlt sich so mies dabei wie nicht mehr seit Kindertagen, wenn sie was ausgefressen hatte, obwohl sie diesmal wirklich völlig unschuldig ist.

ZWÖLF

Nicht auf See

Die Luft steht um ihn als ein gläsernes Fieber.
Dirac hofft, sie wird so stehen bleiben, nur keine Regung,
keine Störung. Er leckt mit der Zunge über seine Backenzäh-
ne: ein Geschmack zwischen Wodka, Milch und Sand. Er
fürchtet sich vor dem nächsten schwülen Hauch, lieber wäre
ihm, wenn sich gar nichts mehr bewegte; schlimm genug, daß
die Wände atmen und ihr Dampf sich auf seiner Haut nieder-
schlägt. Dirac zweifelt nicht daran, daß diese Luft, wenn man
sie trinken könnte, süßlich schmecken und berauschend wirken müßte. Er blinzelt, schaut hoch, nach rechts, dann nach
links. Die Wand ums Fenster glänzt kochwäscheweiß. Draußen grinst eine verrückt gewordene Sonne. Knochenbleiche
Kreidezeichen schwimmen ihm vor Augen, schwer zu lesen.
Er spürt die Erschöpfung als Kriechstrom in Armen und Beinen rieseln: so viele Meilen Fußmarsch, so viele Dinge, die er
zum ersten Mal gesehen hat. Was haben diese Mädchen für
Spiele gespielt, dort im Sand? Wo waren sie hergekommen –
wirklich aus der Luft, wie's schien?
Wo sind sie hingegangen?
Ungeordnet liegen Blätter mit Notizen zur russischen Reise
auf Diracs Seele, abgebrochene Sätze, viel Durchgestrichenes:
»Die Notwendigkeit, von den klassischen Vorstellungen ab-
zugehen, wenn man die grundlegende Struktur der Materie –
untersuchen will? Beschreiben möchte? Erklären soll?«

Gern läge er wieder im kurzen Gras am Ufer der Wolga und
lieferte sich Kapitzas Humor aus: »Das ist der gute Sowjet-
staat, unser Fortschritt: Wir wissen, daß dieses Gras gemäht
worden ist und nicht von hungernden Bauern gefressen, wie

damals unterm Zaren.« Ein Witzereißer, aber subtiler, schwermütiger als Heisenberg – man spürt, daß es in der Gemütswelt dieses Menschen etwas gibt, wogegen der Humor einen Damm bildet, über viele Jahre aufgeschichtet. Dirac mag den Russen seit langem sehr und hat ihn auf der Fahrt noch lieber gewonnen.

»Sehen Sie, da? Die Mädchen?«
Dirac hat sie gesehen.
Les filles. Regardez! Jolie, jolie!
Zauber und Überraschung, neue Zustände an Körper und Seele.
Eine Reise: Er ist nicht zur Ruhe gekommen, tage- und nächtelang, nach diesem Zufall am großen See.
Und jetzt? Frieden? Nein: ein Bett, über dessen unteren Rand die nackten Füße hinausragen und das zu schwanken scheint. Nußschale, denkt Dirac. Von draußen hört er Straßenlärm, Streit, Lachen, Handel und Wandel. Dieser ominöse Kommunismus ist recht laut in Tiflis, muß man sagen. Wie die Leute bei diesem Wetter noch die Kraft aufbringen, solch einen Lärm zu machen! Hitze schließt sich um Diracs Herz als vibrierende Faust. Fliegen an der Decke und im Fensterkreuz folgen Pfaden durch unsichtbare Kammern mehrdimensionaler Gebäude. Topkapi, denkt Dirac, Konstantinopel, Schweiß.
Regardez les filles.
Auf der Zunge, die er im Mund bewegt, nur um überhaupt etwas zu bewegen (Lebe ich eigentlich noch? Bin ich geschmolzen?), glaubt er jetzt den Geschmack der Wassermelonen zu finden, den sie an jenem Nachmittag zusammen probiert haben. Paul Dirac ist sechsundzwanzig Jahre alt und soll von nun an lange »Rußland« denken, wenn jemand »Sommer« sagt.

Seine Sommer in Cambridge hat er allein durchwandert, und in Bristol, als Kind, waren nicht viele Bilder aus den heißen

Monaten zusammengekommen, die sich ihm eingeprägt hätten – kalte Limonade, die erste Fahrradfahrt, auf und ab Gehen in der welligen Stadt, Wettläufe mit Bruder und Schwester am Flußufer, die Bäume in Mrs. Swintons Garten und darunter safranfarbene Rosen an langen Stielen. *Beau.* Lange her.

Er halluziniert den Eispalast, von dem Kapitza gesprochen hat, dann regt sich neue Vorfreude auf Istanbul und Topkapi, aber diese Festung wird nicht durchsichtig sein, nicht so erhaben wie Eropkins Bau aus Eis und die Stadt, die sich immer noch an ihn erinnert.

Transparenz: darauf käme es an. Wenn man das alles festhalten könnte, die Bilder, die Gedanken. Leise spricht er noch einmal die Sätze, mit denen er sein Buch beginnen muß: »Die klassische Mechanik hat sich seit Newtons Zeiten kontinuierlich entwickelt und wurde auf ein immer breiteres Spektrum dynamischer Systeme angewandt, zu denen schließlich sogar die Interaktion des elektromagnetischen Feldes mit der Materie zählte. Die zugrundeliegenden … Bilder und … nein: die zugrundeliegenden Ideen und die Gesetze, die deren Geltung … falsch: Anwendung beherrschen, bilden ein einfaches und prak… und elegantes Muster, von dem man annehmen möchte, daß es nicht ernstlich verändert werden könnte, ohne daß all seine attraktiven Eigenschaften dadurch verdorben … würden … ver… verloren gingen. Verloren. Ja.«

Es müßte alles mit Notwendigkeit daraus hervorgehen, daß man die Überlagerung der Zustände …

»Ach, wen will ich eigentlich damit … zum Narren …«, ächzt der Mann auf dem Bett und schließt die Augen. Schläft er, hat er geschlafen? Ist er schwerkrank, todkrank vielleicht? Wenigstens erkennt er eine dumme Fantasie, wenn sie ihn überfällt. Diese hat er lange nicht mehr gehabt. Aber damals, als Kind in den ewig langen Sommern, vor Mrs. Swintons gelben Rosen, ist er oft am Boden gelegen und hat sich vorgestellt, er müßte sterben, am Fieber: Sommerfieber, geheimnisvolle Krankheit, von Matrosen in Bristol eingeschleppt, die in den fernen Ländern gewesen waren – Indien, Japan und Rußland.

Sie wären dann alle um sein Bett gestanden: Die Schwester Beatrice mit bebender Unterlippe, der Vater, die Mutter. Und Reggie hätte es leid getan, daß er ihn nach dem Essen immer knufft, im Badezimmer. Die Mutter mit ihrem gütigen, aber auch zerflossenen, undeutlichen Gesicht; der Vater, der darum hätte bitten müssen, Paul möge ihn noch einmal anhören und ihm verzeihen, der sich entschuldigt hätte für sein Eisgesicht, für seine Ohrfeigenworte, für die Drohung und die Angst. Vater: wird sich erklären, wird endlich wirklich etwas sagen, nicht nur Kommandos von sich geben, und das alles endlich auf englisch, wie andere Väter mit ihren Kindern reden, normal, alltäglich, nicht hinter Spiegeln und Paravents, nicht auf französisch.

Aus dem Sommerfieber wurde nie etwas.
Und dieses mal?
Hier, in Tblissi?
Wieder nichts als Hitzewallungen, vermischt mit jener Angstwut oder Wutangst, die Dirac noch immer nicht als Schuldgefühl erkennen will. Und wenn es doch was Ernstes ist?
Er hätte nicht alleine weiterreisen dürfen.
Warum ist es hier noch so heiß, im September?

Anlaß zu großer Besorgnis

Extrem verhaßt bei Davids und Pauls Klasse ist Herr Kasch, ein Biologielehrer, bekennender Anthroposoph und Grünen-Kasper, der am liebsten auf Candela herumhackt, weil sie, wie er sagt, »so modisch daherkommt«.
Die meisten seiner Angriffe kriegt sie allerdings nicht mit, weil sie tagsüber vom vielen Feiern immer so müde ist und lieber mit glasigem Blick aus dem Fenster guckt, als sich mit diesem Troglodyten und seinen Kapriolen zu befassen.

Im Juni Neunzehnhundertfünfundachtzig ruft Kasch sie auf: »Candela, erklär' uns mal den Unterschied zwischen Bedecktsamerblüten und Nacktsamerblüten.«

Die meisten im Raum dösen. Paul schreibt Logos von Heavy-Metal-Bands auf die Bank, David zeichnet die still dasitzende Sonja in seinen sozialistischen Taschenkalender vom Ostberliner Dietz Verlag.

»Keine Ahnung«, sagt Candela und kaut Kaugummi.

»Ja, wenn man sich damit nicht schminken kann, interessiert es dich nicht, was?« versucht Herr Kasch einen seiner drögen Witze zu landen.

»Aua«, sagt Johanna und verdreht die Augen.

»Wie bitte?« fährt Kasch sie scharf an.

»Nix. Soll ich's erklären?« fragt Johanna nölig.

Kasch hat vergessen, worum es geht: »Was erklären?«

»Den Unterschied. Zwischen Nackt- und Bedecktsamern«, gähnt Johanna.

»Ja, damit kennst du dich aus, mit nackt und bedeckt, damit kennt ihr euch alle aus, nur nicht im Pflanzenreich!« sagt Kasch und hält sich immer noch für lustig.

Paul steht auf und geht zur Tür.

»Und wohin willst du jetzt?« Kasch wird laut, er merkt, daß ihm da gerade etwas entgleitet.

»Raus hier. Diese frauenfeindliche, verblödete Scheiße von dir muß ich mir nicht anhören. Das ist kein Unterricht, dafür komm' ich nicht her.«

Damit geht er, obwohl Kasch sofort anfängt rumzuschreien.

David erkennt ein Stichwort, wenn er eins hört, klappt seinen Taschenkalender zu und geht auch. Wenige andere folgen, trotz Kaschs entfesseltem, aber eben auch erkennbar hilflosem Getobe.

Candela bleibt sitzen und kaut Kaugummi.

Später schreibt Kasch an die Eltern derjenigen, die den Raum verlassen haben, einen Brief.

Er will sie zu Gesprächen vorladen. Pauls Vater, ein herzensguter Christ und Rundfunkredakteur von kränklicher Konstitution, läßt sich von seinem Sohn überzeugen, es wäre besser, nicht hinzugehen. Pauls Mutter telefoniert mit Kasch und geigt ihm auf der Grundlage von Pauls Erzählung betreffs nackt und bedeckt die mütterliche Meinung. Davids Mutter dagegen liest ihrem Sohn laut und weinerlich den Wisch vor, der mit den Worten beginnt: »Sehr geehrte Frau Dalek! Da das Verhalten Ihres Sohnes David Anlaß zu großer Besorgnis gibt…« Die große Besorgnis betont sie besonders wehkrank. »Der kann mich am Arsch lecken. Und wenn du hingehst, kannst du mich auch am Arsch lecken«, sagt David. Ob sie tatsächlich hingeht, erfährt er nie.

Ich weiß nicht recht

Ganz überraschend kommt die Hitzefolter nicht. Den Augustwahnsinn hat Dirac erwartet, als er, ausländischer Gastteilnehmer der sechsten Allunions-Konferenz der Physiker, ins große unbekannte Sowjetland fuhr, um dort einen großen Teil der zweiten Hälfte des Jahres Neunzehnhundertachtundzwanzig zu verbringen.

Abraham Joffe, Präsident der Russischen Physikalischen Gesellschaft, stand für die Organisation ein, zahlreiche bedeutende Westgäste waren vertreten: Brillouin aus Frankreich, G.N. Lewis aus den USA, Dirac selbst sowie der Kollege Darwin aus Großbritannien und natürlich die Deutschen: Born, Pringsheim, Scheel, Pohl, Ladenburg, Debye. In deren Reisegruppe traf Dirac ein, mit Born und Pohl war er von Göttingen nach Leningrad aufgebrochen.

Das ehemalige St. Petersburg erschien Dirac schon nach wenigen Stunden Erkundung zu Fuß als die schönste Stadt, die er je gesehen hatte. Die Dächer hatten Architekten wie Zierspiegel in einander kreuzende Sonnenreflexe gestellt, die Häuserfronten und Plätze schienen entworfen als Theaterkulissen für ein Leben, das die größten Vorzüge mediterraner Anmut mit exotischer geschichtlicher Reife verband. Für den Eindruck, den das alles auf ihn machte, fehlte Dirac der richtige Name. Er kannte so etwas, fand er, nur aus Träumen.

Die Menschen in den Straßen schienen seine Begeisterung für die Stadt, die sie bewohnten, sogar zu teilen: Er meinte, sie gingen und redeten feierlich.

Nachts brannten mannshoch aufgeschichtete Feuer am Fluß, es wurde getanzt. Dazu spielte man eine Musik, die Dirac orientalisch fremd war, aber dank farbigster Melodien leicht zu merken.

Die Gesichter waren mal dunkel, dann wieder hell wie bei Iren oder Leuten aus den schottischen Highlands, trotzdem war das alles derselbe Menschenschlag: die festlichen Fremden. Dirac hatte sich verliebt in den Ort.

Zwei Tage nach seiner Ankunft traf Pjotr Kapitza ein und erzählte ihm vor einem kleinen Café die Geschichte von Eropkins Eispalast.

»Es muß in der ersten Hälfte des achtzehnten Jahrhunderts gewesen sein, unter Zarin Anna. Eropkin war ein Architekt, ein Günstling der Zarin. Er baute den größten Eispalast – die überhaupt größte Eisskulptur, die es je gegeben hat. Zwischen Admiralität und Winterpalais ließ er ihn errichten, aus Eisblöcken, die man aus dem Fluß geschnitten hatte. Ein Jahrtausendwinter, sagt man, die Eisdecke auf dem Fluß reichte bis in die Tiefe. Eropkin umstellte den Palast mit Pflanzen und Tieren aus Eis, es gab alles, Wölfe, Vögel.«

»Konnte man denn auch hineingehen?«

»Hineingehen? Natürlich. Sonst wäre es doch kein Palast gewesen, oder? Der Ballsaal hatte Lüster, der Empfangssaal einen Kamin mit Flammen aus Eis.«

Eine Woche nach dem Auftakt wurde der Kongreß plangemäß nach Nischni Nowgorod verlegt. Mit einem Dampfschiff befuhren die Physiker die Wolga und besuchten Gorki, Kazan, Saratow und Tblissi.

Dirac badete im Fluß, lag mit Kollegen an Deck, blinzelte in die Sonne und hörte zu, wie die andern einander Wolkenformen am Himmel deuteten. Einen größeren Himmel hatte er noch nie gesehen. Die Sonne schnitt Streifen aus dem Wasser. Dirac dachte kindlich staunend, gegen seinen Willen: *le soleil.*

Sein wissenschaftlicher Beitrag zum Kongreß bestand darin, daß er, wann immer man ihn dazu einlud – formell als Vortrag wie informell im Gespräch – seine Elektronengleichung, oder wie Born das nannte: die »Diracsche Elektronentheorie« vorstellte.

Anfangs leistete er, wenn er Born diese Formulierung gebrauchen hörte, noch Widerstand: »Es ist keine voll ausgebildete Theorie. Wir können die vier Komponenten noch nicht deuten. Ich habe kein physikalisches Bild dafür, ich weiß, um es kurz zu sagen, nicht genau, was diese Gleichung eigentlich bedeutet, und warum sie richtig ist. Daß sie richtig ist, zeigt uns die Vorhersagegenauigkeit. Aber was dahintersteckt...« Born lachte. »Wenn Bohr und Heisenberg das hören! Was dahintersteckt! Wir haben uns davon verabschiedet, erinnern Sie sich? Nicht, daß Schrödinger und Einstein klein beigegeben hätten, aber der Konsensus...«

»Über die Bedeutung dieser Gleichung«, widersprach Dirac, »gibt es keinen Konsensus. Es kann noch keinen geben. Wir haben erst eine ganz kurze Wegstrecke zurückgelegt.«

Allmählich bekam er einige Ideen darüber zu hören, wie man die beiden zusätzlichen Komponenten seiner Gleichung erklären konnte. Sehr häufig vertraten Leute die Vorstellung, nur die eine Hälfte der Lösungen seiner Gleichung beziehe sich auf das Elektron, die andere aber auf das Proton.

Er nahm's zur Kenntnis: »Ich weiß nicht recht.«

Am Saum des Kaukasus entlang reiste Dirac mit Kapitza nach Batum und an die Küste des Schwarzen Meers. Man unternahm Exkursionen bis auf dreitausend Meter Höhe. Manchmal, umgeben von den hohen Luftschichten, beschenkt mit Weitsicht, regte sich in Dirac der Verdacht, daß die Erde selbst in diesen Gegenden so etwas wie eine Eisskulptur war, die mit ihren Lichtbrechungseffekten virtuelle Bilder in die Seele prägte: Steppe, Fluß und Felsen.

Der Lenin und der Mao und der Stalin

Als in der neunten Klasse Davids Mathematiknoten stark nachlassen, verlangt der Mathematiklehrer Bruckner, ein netter, massig braunbärenhafter Mann, Davids Heft zu sehen, um einen Anhaltspunkt zu haben, »wo wir dich abgehängt haben, David.«

»Das hab' ich in meiner Wohnung, aber wir haben gerade renoviert und ich find's im Moment nicht«, lügt David. Er hat keins, nur Schmierzettel.

»Dann komme ich heut' Mittag und helf' dir suchen«, kontert Bruckner.

Tatsächlich klingelt es um vierzehn Uhr, und Bruckner steht vor dem Haus in der Bühlmattt 18. David läßt ihn ein. Sie wühlen zusammen eine Weile in Davids Chaos und unterhalten sich nett miteinander: »Du bist doch ein smarter Junge ... so, wie ihr euch aufführt, der Paul und der Reza und der Christof und du, da sieht's ja nicht so gut aus mit dem Abitur. Willst du denn gar nicht studieren?«

»Weiß nicht«, sagt David.

Als er sich nach ergebnisloser Suche gegen fünf wieder verabschiedet – David hat ihm ein Bier spendiert, es war eigentlich sehr lustig –, sagt Bruckner mit Blick auf Davids Bücherstapel überall im Zimmer: »Ich hatte wirklich keine Ahnung, daß diese Leute so viele Bücher geschrieben haben, der Lenin und der Mao und der Stalin.«

Dann leiht er sich sogar was aus, einen der späteren Bände der alten Ost-Stalinwerkausgabe, denn Bruckner interessiert sich für den Zweiten Weltkrieg.

Zwei Tage später gibt er das Buch mit Dank und ohne Wertung zurück und bleibt wegen derartiger Akte der Freundlichkeit und des reservierten Anstands Paul, David und ihren Freunden als eines der ganz wenigen menschlich soliden Mitglieder von Adolfs Bataillonen in respektvoller Erinnerung, obwohl er mit schlechten Noten nicht geizt.

Frauen und Mädchen

Dann kamen sie an einen tiefblauen, in der Mitte schwarzen See, die Böschung war hier ungeheuer steil. Da hielten sich viele Menschen aus dem ganzen Umland auf: kräftige Männer – richtig: ein Arbeiterstaat, hieß es ja –, alte Frauen, spielende Knaben.
Und: *les filles.*

Es war ihm nicht peinlich, hinzusehen; es war ihm nicht einmal recht bewußt, daß er zum ersten Mal nackte weibliche Menschen sah. Sie gehörten in diese Reise wie der Sommer, wie Leningrad und die Idee des Eispalastes, wie Himmel, Wolga und Melone.
Zwei junge Frauen um die zwanzig Jahre, in blauen, groben Latzhosen, mit Frisuren wie Männer, vorn vom Wind durcheinandergebracht, saßen beisammen in Liegestühlen und spielten Karten. Ein nacktes Mädchen mit derselben Frisur, vielleicht vierzehn, saß auf dem Schoß der einen und hatte die langen Beine ausgestreckt, daß die Füße auf dem rechten Fuß der andern ruhten. Eine der Frauen am Wasser sang ein Lied, Dirac sah ihre Brüste unter den Trägern der Latzhosen, fest und hell. Ein Greis auf einem Hocker, der Pfeife rauchte und dem sein langes, gestreiftes Leinenhemd und seine ausgebeulte braune Hose mindestens vier Nummern zu groß waren, baute einen Stuhl aus Holz und Seilen.
Zwei Mädchen, eines nackt, das andere mit einem gewellten Hut, dessen riesige Krempe voll Blumen war, fütterten einen Hund, womit, konnte Dirac nicht erkennen. Der Hund

sprang in die Höhe, freute sich, bellte und wälzte sich am Boden.

Dirac erinnerte sich an eine deutsche Floskel Heisenbergs: Hier weht ein anderer Wind.

Er hob einen Kiesel auf und drehte ihn zwischen Daumen und Zeigefinger der Rechten: weiß und glatt, sehr klein. Sollte er ihn einstecken und mitnehmen? Konnte er dann nicht genausogut gleich eine Münze in den See werfen?

Er ließ den Kiesel fallen, als er ein Lachen hörte, das ihn wieder zurückholte in die Fülle der neuen Bilder: ein Mädchen in einem grünen Kleid, das mit einem Stock einen Reifen den Kiesweg hinunterführte, der sich schneller und schneller drehte, Rad ohne Achse, ohne Speichen, ohne Last. Das Mädchen lachte, es war vielleicht zehn Jahre alt. Dann kamen zwei Jungs und versuchten sich dem Reifen in den Weg zu stellen. Aber das Mädchen manövrierte das Holz zwischen ihnen hindurch, duckte sich, als sie die Arme hochwarfen. Alle drei fingen an zu schreien, aber es klang nicht wie Gewalt und Angst.

Noch ein Mädchen rannte dazu, eben aus dem Wasser gestiegen, mit langem, honigblondem Haar, leicht gelockt, es reichte ihr bis zu den Ellenbogen, sie war in ein Handtuch gewickelt, das hatte sie sich um die zarten Schultern geschlungen. Plötzlich blieb es stehen, drehte sich um, sah auf den See hinaus, wo Menschen schwammen, auch mit Bällen spielten. Der Blick des Mädchens, entrückt und ein bißchen müde, ging gar nicht wirklich nach dem See hin, merkte Dirac, nicht nach den Leuten und den Spielen. Sie schaut zurück auf diesen Tag, weil der dort im See stattgefunden hat, für sie.

Ein anderer Wind.

Ein Mädchen im Rollstuhl, es trug eine grünweiße Unterhose, sonst nichts. Lila Haare. Gibt es das, diese Haarfarbe?

Frauen und Mädchen, allein und in Gruppen, mit freien Schultern und Oberkörpern. Manchmal nackt: einige hatten da unten Haare, selbst die sehr jungen, andere nicht. Es war nicht eigentlich Neugier, daß er hinsah, mehr die Bestätigung des schwer zu begreifenden Umstands, daß er eben einfach hinsehen konnte, daß sich niemand daran störte, daß es so war, wie es war: So sehen Mädchen und Frauen aus, falls es dich interessiert.

Wo, überlegte er, hätte er so etwas je sehen können, wenn nicht hier?

Wo in England, wann?

Das war nichts Politisches, das hatte nichts mit dem »Zukunftsstaat Sowjetunion« zu tun, von dem ein ermüdender Vortrag am Rande der Konferenz gehandelt hatte; eher mit einem anderen Land, das sie außerdem auch noch bewohnten, einem neuen Land, das keine Bürgerkriege mehr dulden wollte, keine Marschbefehle, keine Sitz- und keine Tagesordnungen.

Die sowjetischen Wissenschaftler, war ihm aufgefallen, redeten nicht häufiger über Politik als Wissenschaftler zu Hause. In jeder Gegend der Welt, glaubte Dirac, mußte es Leute geben, die ihre Arbeit auf eine Weise verrichteten, daß man sich als Beobachter gar nicht vorstellen konnte, daß diese Arbeit jemals so etwas wie eine »politische Dimension« haben konnte. Das mußten keineswegs weltfremde Leute sein; im Gegenteil war es wohl so, daß gerade diejenigen, die auch außerhalb ihrer Arbeit genußfreudig und weltzugewandt lebten, selten ein gutes Wort für Politisches übrig hatten.

Eine weitere Parallele zwischen Heisenberg und Kapitza: Sie, die sich lieber in der Natur aufhielten, als an der Tafel zu stehen, redeten von Politischem im allgemeinen eher geringschätzig.

Was die sowjetischen Kollegen inklusive Kapitza dagegen häufig besprachen, privat wie bei gesellschaftlichen Anlässen, waren eben nicht politische, sondern wirtschaftliche Informationen, Daten, Überlegungen – es kam Dirac so vor, als wären sie über die ökonomischen Probleme und Engpässe, die Lösungsideen und Erfordernisse ihrer Volkswirtschaft erheblich besser informiert als naturwissenschaftlich orientierte Intellektuelle seiner Heimat, von Schöngeistern ganz zu schweigen.

Da wurde von Gleichstromübertragungsleitungen für Rußland geredet, von Verteilern und Erdölanlagenbau, von der Chemisierung der Industrie, und einmal, bei einem Abendessen in Moskau, hatte er Joffe zu Darwin den in seinen Ohren putzig klingenden Satz in fehlerfreiem Englisch sagen hören: »Die Produktion von komplexen Erdöl- und Erdgasverarbeitungs- sowie von industriellen Anlagen für die Erschließung von Vorkommen mit hohem Gehalt an aggressiven Komponenten muß gewährleistet werden, das liegt auf der Hand.«

Bestand nicht doch ein Zusammenhang, rätselte Dirac am See, zwischen diesem skurrilen Interesse von im Grunde sehr theoretisch ausgerichteten Köpfen an der Sphäre von Stahlproduktion und Werkzeugbau einerseits und der Freiheit andererseits, in der die Mädchen, *les filles*, hier herumliefen, der ganz und gar nicht klebrigen Geselligkeit, die er hier überall sah?
Vielleicht ist doch was dran an der Idee vom Zukunftsstaat.
Vielleicht auch nicht.

Im Hotelzimmer in Tblissi, wo die Welt sich langsam dreht und die Hitze ihm seltsame Gedanken und morbide Stimmungen einflößt, spielt er die Erinnerung an den erst kurz zurückliegenden Tag am See ab wie eine Platte, zweimal, dreimal und zehnmal, bis sich ins Lachen von der Straße Echos des Lachens der Mädchen vom See mischen und er mit geschlossenen Augen safrangelbe Rosen sehen kann, die langsam zu Rosen aus Eis werden, im Garten von Eropkins Palast.

Drei ganze Tage liegt er so auf diesem Bett, unterbrochen nur von mageren Mahlzeiten – er hat Angst, ein ordentliches Essen nicht bei sich behalten zu können – und Versuchen, an seinem Lehrbuch zu arbeiten. An richtige Wissenschaften, etwa Skizzen zu einer physikalischen Interpretation seiner Elektronengleichung, ist nicht zu denken. Immerhin, sagt er sich, vielleicht ist es gesund, wenn ich ein paar Tage auf diese Weise verdämmere, verludere und verträume, bevor es weitergeht.

Schließlich hat er sich genug erholt, die Träume hören auf, nicht einmal mehr Geräusche von Menschen, die nicht da sind, vernimmt er noch.

So bricht er endlich auf nach Konstantinopel.

Gegen das Böse

Ein Lehrer namens Hartmann, der Paul und David nur ein einziges Mal während einer Aushilfsstunde in Chemie unterrichtet hat, ist schwerer Alkoholiker und schließlich so kaputt, daß der Rektor ihn zur Kur schickt, mit dem Versprechen, seine Stelle werde nicht besetzt, sein Arbeitsplatz bleibe erhalten.

Hartmann bleibt lange weg, länger als Davids Vater. Als er wiederkommt, ist seine Stelle vergeben. Er verschafft sich weinend und kreischend Zugang zu Adolfs Büro, wird dort aber seinerseits zusammengeschrien und verläßt fünf Minuten vor dem Ende des Vormittagsunterrichts das Gebäude über die breite Treppe im Westflügel. Das heißt: er versucht es.

Auf der Mitte der Treppe hat er eine Art Anfall, als die Schulglocke läutet.

David, Paul und Christof stehen oben an der Treppe, rauchen und rufen lachend zu ihm runter, während Hunderte von Schülern achtlos an dem Zusammengebrochenen vorbeirennen, der mit Schaum im Bart und verdrehten Augen um sein Leben kämpft.

Eine Kollegin schafft es schließlich, sich von unten zu ihm durchzudrängeln; der Hausmeister hat schon einen Krankenwagen gerufen. Als der kommt, sind Paul, David und Christof still geworden, lachen und witzeln nicht mehr und gehen erst selber die Treppe runter, als man Hartmann abgeholt hat, der noch am selben Tag im städtischen Krankenhaus stirbt.

Manchmal waren wir so stier blöd, daß ich dafür schon gar keinen Grund mehr erfinden mag.

Irreführung

In seiner kleinen Junggesellenwohnung, von der Besucher ihm seit Jahren versichern, sie sei für Gelehrtenarbeit zu dunkel, findet Dirac bei der Rückkehr von der Sommerreise einen Brief der Universität von Wisconsin vor, die ihm für eine Vorlesungsreihe im Frühjahr des kommenden Jahres die beachtliche Summe von eintausendachthundert amerikanischen Dollars zusichert.

Er will das Angebot schon deshalb nicht ausschlagen, weil es die Gelegenheit verspricht, das erste Mal seit Solvay wieder längere Zeit mit Heisenberg zu verbringen, der zur selben Zeit eine kleine Tournee durch die USA unternehmen will.

Noch so ein Aufbruch, an einen anderen Ort, in dessen Sonne man sich vielleicht genauso verlieben kann wie in die russische. Bis zur Abreise arbeitet Dirac an seinem Buch für die Monographienreihe der Oxford University Press. Die Gesamtherausgeber der Reihe sind sein alter Lehrer Fowler und sein russischer Freund Kapitza. James Crowther, ein Wissenschaftsjournalist, lektoriert Diracs Buch. Dirac ist ein sehr disziplinierter Autor: die Seitenentwürfe liegen auf dem Holzpult, daneben die Literatur, bei der er sich in bescheidenem Ausmaß bedient, beides täglich umgeschichtet, aufgeräumt.

Immer wieder experimentiert er damit, das Arrangement der Textblöcke umzustellen – könnten seine Freunde und Kollegen, denen es so vorkommt, als entsprängen Diracs Ideen seinem Kopf grundsätzlich in fertigem Zustand, diese Probiervorgänge beobachten, würden sie sich drüber wundern, wie tastend, wie ungesichert sie sind.

Zuerst die dynamischen Variablen oder doch zunächst das Überlagerungsprinzip? Quantenzustände: Da fängt man wohl am besten mit den Poisson-Klammern an, dann kann man zur Schrödinger-Gleichung übergehen, erst danach läßt sich Heisenbergs Unschärfe anschließen, es sei denn, man bringt sie überhaupt schon früher zur Sprache, aber dann als eine Art heuristisches Postulat, bei dem …

Im Frühjahr Neunzehnhundertneunundzwanzig reisen Heisenberg und Dirac gemeinsam ab.

Dirac liest wie vereinbart ab dem zwanzigsten März in Madison an der University of Wisconsin über das von ihm gewählte Thema der Transformationstheorie. Ereignisarme Wochen folgen, keine Sonne scheint über Amerika, die Diracs Leben verändern könnte, nur die aus England bekannte, hier oft in Wolkenlauge aufgelöst.

Ein Weilchen reist Dirac im Land herum und trifft ein paar interessante Leute; in Princeton etwa den jungen, sehr an der Quantenmechanik interessierten Exileuropäer Eugene Wigner und den Mathematiker Oswald Veblen. Im August trifft er erneut mit Heisenberg zusammen, der einen Gastaufenthalt an der University of Chicago hinter sich gebracht hat. Zusammen fahren sie von San Francisco aus an Bord des Dampfschiffs »Shinyo Maru« über Hawaii nach Japan. Dirac erhält ausführlich Gelegenheit, die beträchtlichen Temperamentsunterschiede zwischen ihm und dem Deutschen zu studieren: »Tanzen Sie, Dirac! Nehmen Sie sich ein nettes Mädchen und tanzen Sie mal!«

»Woher wissen Sie, ob die Mädchen nett sind?«

Heisenberg lacht.

Am Morgen danach, während die Leute vom Service noch den Ballsaal schrubben und die Tischdecken in die bordeigene

Wäscherei tragen, stehen Dirac und Heisenberg gemeinsam an der Reling und sehen schweigend hinaus ins Blaue. Er kann also auch mal den Mund halten, denkt Dirac.

»Entschuldigen Sie?« – ein kleiner dicker Mann mit zu großem Hut, wahrscheinlich Amerikaner, wendet sich an Heisenberg, redet ihn von hinten an.

Schade, denkt Dirac, denn sofort schaut Heisenberg wieder leutselig und gesprächsbereit drein, dreht sich halb um, nickt dem Mann einladend zu: »Ja, bitte?«

»Sie sind Professor Heisenberg, nicht wahr?«

»Ja, mein Name ...« – weiter kommt er nicht, der Amerikaner hat es eilig: »Na sehen Sie, sehr gut, Sie brauch' ich doch. Darf ich mich vorstellen, William S. Abernathy von der ›New York Times‹. Ich suche eins von Euch Wunderkindern, einen Engländer, Diri... Dirac soll er heißen. Läuft der hier irgendwo rum? Wie sieht er aus?«

Anstatt dem Herrn mit dem Hinweis behilflich zu sein, daß der Gesuchte direkt neben ihnen steht, faßt Heisenberg sich nachdenklich ans Kinn und sagt, plötzlich in tiefe Grübelei versunken: »Hmmm, also ... wie er aussieht ... er ist schlank, groß ...«

Abernathy zieht einen Notizblock aus der Manteltasche und beginnt nickend und murmelnd, alles mitzuschreiben, was Heisenberg sagt.

»Er ist ... wohl ... ein bißchen größer als ich, würde ich sagen.«

»Größer«, brummt Abernathy und kritzelt.

»Hat deutliche Geheimratsecken, einen kleinen Schnurrbart ... kantiges Gesicht, nein ... eher asketisch.«

»Asketisch, yep.«

»Ein bißchen blaß um die Nase, ansonsten gesund.«

»Gesund.«

»Er sitzt den ganzen Tag an der Bar, soweit ich weiß.«

»Ein Säufer, eh! Na sowas!« schnaubt Abernathy vertraulich. Heisenberg zuckt mit den Schultern: »Wer ohne Sünde ist ...«

»Schon klar«, zwinkert Abernathy und macht grußlos auf dem Absatz kehrt, um den betrunkenen Mann mit dem kleinen Schnurrbart zu finden.

Heisenberg dreht sich wieder um, schaut aufs Meer und spricht kein weiteres Wort.

Dirac ist einverstanden.

Nicht überraschend

In Tokio und Kyoto hat Heisenberg bei Vorlesungen und gesellschaftlichen Ereignissen immer deutlicher den Eindruck, dies hier sei ein anderer Dirac als der, den er in Göttingen kennengelernt hat: heiterer, manchmal fast verschmitzt. Man diskutiert nicht allzu viel Fachliches, die Diracsche Gleichung kommt sehr selten zur Sprache. Heisenberg hört schließlich auf, sich darüber zu wundern, daß dieser neue Dirac einfach nur Urlaub machen und der Physik eine Weile entkommen will.

Natürlich läßt die Welt das nicht auf Dauer zu.

Es gibt unerledigte Arbeit.

Ein neuer Aufsatz von Hermann Weyl, den Dirac und Heisenberg während der Reise erstmals zu Gesicht bekommen, entwickelt eine Theorie oder zumindest einen Erklärungsansatz für die beiden zusätzlichen Komponenten der Dirac-Gleichung – nicht ganz neu, aber hier sehr deutlich ausgeführt: Weyl findet, es sei plausibel anzunehmen, daß von den zwei Komponentenpaaren der Dirac-Qualität eines dem Elektron, ein anderes dem Proton angehöre.

»Was hältst du davon? Er will deine Gleichung retten.«

»Ich werde ihm widersprechen müssen, fürchte ich.«

Im Dezember Neunzehnhundertneunundzwanzig, zurück in Cambridge, schreibt Dirac: »Man kann nicht einfach behaupten, daß ein Elektron mit negativer Energie ein Proton ist, denn das würde die Ladungserhaltung verletzen, wenn ein Elektron von einem positiven zu einem negativen Energiezustand springt.« An diese Widerrede schließt Dirac seine eigene neue Idee an, von der er bis Japan nicht sicher gewesen ist, ob er sie bereits mit den Kollegen teilen will. Jetzt, von Weyl in Zugzwang gebracht, muß es sein: »Wir wollen annehmen, daß *alle Energiezustände besetzt sind.*«

Diese Besetzung, meint Dirac, bedeute ein Elektron pro Zustand, ganz wie das Paulische Ausschlußprinzip besagt. Wenn also ein negativ energetisches Elektron entfernt würde, entstünde ein Loch in der ursprünglichen Verteilung. Ein geisterhaftes Meer erfüllt die Welt, negativ energetische Partikel sind überall.

Heisenberg, als er es liest, schließt die Augen und versucht sich vorzustellen, wie Dirac das empfunden haben muß, als ihm dieser Einfall gekommen ist: »Sie umgeben uns, durchdringen uns. Im Vakuum des Weltraums und im Erdkern, an jedem möglichen Ort, den ein Teilchen einnehmen kann.«

Heisenberg öffnet die Augen. »Löcher«, sagt er.
Wo aber findet man diese Löcher in der wirklichen Welt? Sind sie beobachtbar?

Nicht nur in Heisenbergs Sessel, auch an anderen Orten auf der neuen Weltkarte der Quantenmechanik sorgt die Veröffentlichung der Diracschen Löchertheorie für Verwunderung.

Die römische Gruppe um Enrico Fermi erklärt Diracs Vorschläge für »Käse« und läßt scherzhaft verlauten, man plane, Dirac dafür den Hintern zu versohlen. Wolfgang Pauli, in gewohnter Spötterlaune, formuliert das »zweite Pauli-Prinzip«: »Wenn ein Physiker eine Theorie formuliert, muß er sie sofort auf sich selbst anwenden, Dirac sollte sich also annihilieren.«

Unbeeindruckt von solchen Nachrichten versucht Dirac die Unstimmigkeiten selber aufzulösen. Eine Weile betrachtet er die Masse m in seiner Gleichung als den Durchschnitt aus der Protonen- und Elektronenmasse. Dann erreicht ihn ein Brief Oppenheimers, in dem dieser mit der ganzen Vorstellung, die Löcher wären Protonen, scharf ins Gericht geht: »Alle Atome wären instabil. Elektronen und Protonen würden kollidieren, Photonen würden frei.«

Im naßkalten November Neunzehnhundertdreißig, als Diracs Spaziergänge der Witterung wegen auf ein Minimum reduziert sind und er immer mehr Zeit brütend in seinem Keller verbringt, sind es erneut Gedanken Weyls, die Dirac nötigen, aus der Verknotung herauszutreten und Neues zu riskieren: Weyl läßt verlauten, man komme so auf keinen Fall weiter, müsse alles verändern, das Ganze nehme sich mehr und mehr aus als »ein Geheimnis der Natur, das noch tiefer gedacht ist als die Verschiedenheit zwischen Vergangenheit und Zukunft«.

»Ach was«, brummt Dirac, »wir haben einfach einen zu engen Horizont. Zuviel Dunkelheit.«

Im März Neunzehnhunderteinunddreißig fährt er nach Kopenhagen. Bohr und die Seinen fragen ihm Löcher in den Bauch darüber, wie er die Löchertheorie zu retten gedenkt. Dirac schüttelt unwillig den Kopf: »Es muß noch eine Alternative geben zum Weyl-Modell, eine Alternative zum Proton, die wir nicht sehen.«

»Eine Alternative?«, Bohr lacht.

Dirac schweigt.

Im Mai Neunzehnhunderteinunddreißig, zurück in Cambridge, schreibt er auf, wie das Problem zu lösen ist: »Ein Loch in jenem hypothetischen Meer, wenn es denn tatsächlich eines gäbe, wäre eine neue Art Teilchen, das der experimentellen Physik bislang unbekannt ist und dieselbe Masse, aber gegenteilige Ladung wie das Elektron hätte.« Er nennt das Teilchen »Anti-Elektron«. Der erste Baustein dessen, was später »Anti-

materie« heißen soll, ist damit benannt, gefunden als rein spe-
kulative, freischwebende mathematische Konstruktion. Monate vergehen über den Debatten, die das auslöst.

Knapp vor Jahresende trifft aus Amerika, von einem Experi-
mentalphysiker namens Carl Anderson, die Nachricht vom
experimentellen Beweis für Diracs kühn postuliertes Teilchen
ein. Fowler gratuliert persönlich, im Torbogen zur Bibliothek:
»Na, was sagen Sie jetzt!«
Dirac lächelt und schüttelt den Kopf: »Ich weiß nicht recht. Es
freut mich zwar, aber...« Er macht eine kleine Pause und sagt
dann: »Überrascht bin ich eigentlich nicht.«

DREIZEHN

Rechenzeit

In der Frühe ist alles gut sichtbar: Die Spiegelscheiben zeigen exakt, was vor ihnen steht, die Baumkronen leuchten diaphan, noch nicht so schwammig wie später, der Lack auf den Autos schimmert.

Hier regiert Klarheit, deshalb geht Paul in der Frühe langsamer, macht aus Besorgungen oder Abstechern an die Fakultät manchmal richtige Spaziergänge, weil es ihn beruhigt, sich die Spiegelscheiben anzuschauen, die Bäume und Autos, Wolken, das Gras, am Springbrunnen ein bißchen sitzen zu bleiben. Ich kann also doch noch sehen, denkt er dann. Denn die Augen wollen in letzter Zeit nach sechs bis sieben Stunden am Schirm oft nicht mehr so richtig, am deutlichsten erkennt er's beim Fernsehen mit Nicole: Filmabspänne kann er abends meistens nicht entziffern, obwohl der Schirm wirklich groß ist, den er gekauft hat, damit sie noch mehr Spaß an »Roswell« hat. Es ist sieben Uhr. Pauls Knochen fühlen sich zu hart an, er denkt: Vergiß nicht, wo du herkommst, vergiß nicht, was du bist. Er geht im kühlen Glastreppenhaus hoch zum Büro, das er mit zwei weiteren Computerauxiliären der Fakultät teilt, die beide erheblich häufiger da sind als er.

Paul zeigt sich selten an der Uni, das hat man so vereinbart: Er puzzelt sich sein Gehalt über diverse parallel laufende Zeitverträge zusammen, wie schon in Basel, beteiligt sich dafür aber, indem er beim Abfassen von Anträgen hilft, auch an der Drittmittelbeschaffung der andern. Ansonsten arbeitet er daheim.

Das ist leichter geworden, seit seine schwangere Freundin tagsüber nicht mehr zu Hause rumhängt, weil ihr Matthias, einer von Pauls zwei Bürocopiloten, einen Job besorgt hat, erst als Inventur-, inzwischen Verkaufshilfe in der größten medizinisch-naturwissenschaftlichen Buchhandlung der Stadt. Die Stelle ist freigeworden, weil Matthias selbst sie aufgegeben hat, da er jetzt ein Jahr lang voll von der Fakultät bezahlt wird, dafür aber auch ein bißchen lehren muß, was Paul, wie er auf Nachfrage jedem erklärt, »im Kopf nicht aushalten« würde.

Es war nicht immer lustig mit Nicole im Haus. Das muß nicht ihre Schuld gewesen sein, er ließ sich gern von ihr ablenken, war dann aber abends sauer, daß er nichts geregelt gekriegt hat.

Heute ist er vor ihr aufgestanden, weil er mal wieder ans Institut will, um Post abzuholen, und danach heimkommen möchte, wenn sie schon weg ist.

Er hofft, im Laden niemanden anzutreffen. Daraus wird nichts: er hört schon auf dem Flur jemanden mit Geschirr klappern, an der Jalousie ziehen, sich setzen. Es ist nicht Matthias – als Paul zur stets geöffneten Tür reinkommt, sitzt da Klaus, den er in acht Monaten hier überhaupt erst zweimal angetroffen und von dem er dabei keinen günstigen Eindruck gewonnen hat – der Mensch sieht teigig aus, ist fett, hat jede Menge Talg im schulterlangen, glatten braunen Haar, Schuppen auf den Sweatshirtschultern und glaubt wahrscheinlich, das alles wäre verzeihlich, weil er brillant ist.

So brillant wie Paul ist er aber nicht.

Immerhin weiß er das und zeigt es durch ein einigermaßen respektvolles Verhalten.

»He, Paul.«
»Hallo.«

Paul wendet sich seinem vollen Postfach zu. Klaus fährt gerade sein Gerät hoch. Als Paul den offensichtlichen Abfall in die schwarze Tonne hat fallen lassen und mit dem Rest abhauen will, dreht sich Klaus auf seinem Drehstuhl zu ihm um und spricht ihn an, als wären sie befreundet: »Hat er dich auch schon mit dem Puzzle genervt?«

»Wer?« Paul bereut die Frage, noch während er sie stellt.
Klaus schüttelt den Kopf und lächelt. Dann sagt er, ein bißchen zu laut: »Matze. Der Spinner! Ich meine, wer braucht
das, egal, was sie zahlen? Ich will doch wenigstens wissen, was
die mit meiner Arbeit machen, stimmt's? Ist doch wahr, bin
doch keine Versuchsratte, die für irgendwelche Laborniks
durch'n Irrgarten zischt, damit die, na was weiß ich ...«
»Wovon, Entschuldigung, redest du?«, denn natürlich will
Paul das jetzt doch wissen und spürt im voraus, wie die besten,
unschuldigsten Minuten des jungfräulichen Morgens ohne
Not draufgehen für diesen Unsinn, als was genau auch immer
der sich gleich entpuppen mag.
Klaus knautscht sein karpfenhaftes Gesicht zusammen und
grunzt: »So'n Automat. Halt 'ne Regel, wie ...«
»Ein zellulärer Automat.«
»So was Ähnliches, ja. Typen von dieser amerikanisch-deut-
schen Superfirma klappern die Institute ab, es geht um eine
Prämie. Dieses Ding generiert ein Farbmuster, das man in
Zahlen übersetzen kann, sehr große Zahlen, die dann ... na,
ist ja auch egal.«
Klaus will sich nicht den Mund verbrennen, deshalb bricht er
ab: Matthias betritt in diesem Augenblick das Zimmer.

»Hi, Paul.«
»Matthias.«
»Das wird mir jetzt aber zu eng hier, Leute«, quengelt Klaus.
»Ich geh' eh«, sagt Paul, aber Matthias schaut ihn fragend an,
als wäre etwas vereinbart zwischen ihnen, und Klaus stößt sich
samt Drehstuhl mit den Füßen von seinem Tisch weg. Dann
steht er auf, schlüpft für einen so mehligen Menschen erstaunlich quecksilbrig zwischen den beiden andern hindurch und
wirft ihnen, schon auf dem Weg zur Treppe, einen verstimm-
ten Abschied hin: »Ich brauch'n Frühstück, knutscht ohne
mich weiter. Und wenn ich wiederkomm', ist höchstens einer
noch da, daß das klar is', das Paper muß heut' abend fertig
sein.«

»Reizender Mensch«, Matthias, hochaufgeschossen, rothaarig, blaß, linkisch, lächelt entschuldigend. Paul macht eine Kopfbewegung, die sagen soll: vergiß es, ich gehe. So schnell aber will Matthias ihn nicht fortlassen: »Er hat dir von dem Angebot erzählt? Die Amis mit ihrem CA?« Das dauert alles wirklich schon viel zu lange hier, denkt Paul gereizt und hört sich trotzdem sagen: »Was ist das denn? Life-Science-Anwendung, was Chemisches, Bioinformatik, Wetter?«

»Keine Ahnung. Könnte auch Kryptographie sein – jedenfalls wollen sie, daß man ihren Automaten einholt. Oder zeigt, daß das nicht geht.«

»Einholt?«

»Na ja, es ist eine Art Wette. Daß es keiner schafft, einen Algorithmus oder eine Gleichung zu schreiben, die weniger kompliziert, konziser, eleganter wären als diese Farbkombinationsregel, und trotzdem in derselben Zeit dasselbe Ergebnis liefern wie die Regel – der CA – nach, ich weiß nicht, irgendeiner fixen Anzahl von Anwendungen auf ein sich entwickelndes Grundmuster.«

»Rechenzeit.«

»Hm?«

»Es geht also um Rechenzeit – ob man eine Abkürzung findet, ein Verfahren, das in weniger Zeit zu demselben Ziel führt.«

»Genau.«

»Und dafür zahlen sie ...«

»Fünfzigtausend Euro, wenn du es nicht schaffst, aber glaubwürdig dokumentierst, daß du es ein halbes Jahr lang versucht hast. Hunderttausend, wenn du es hinkriegst.«

Paul ist beeindruckt, sagt nichts, sondern schaut zum Fenster raus und denkt.

Matthias gibt, fein lächelnd, den Mephisto: »Für mich ist das ... ich kann so was nicht. Klaus schon eher, aber mir wär's aus ... verschiedenen Gründen lieber, wenn du ...«

»Wie kommst du überhaupt an so was? Ist das eine Ausschreibung, mußte man denen einen *pitch* ...«

»Freund eines Freundes. Die sind ein bißchen paranoid, geht alles sehr klandestin zu.«

»Was für deine Kryptographie-Theorie spräche. Also, wenn ich mir das so anhöre: lieber nicht. Wer weiß, was das für ein militärisch-industrieller ...«

»Es ist ein Puzzle, Paul. Große Zahlen. Ein Spiel. Hase und Igel. Fünfzigtausend Garantiehonorar, mein Junge. Fünfundzwanzig gleich, wenn sie denken, du könntest es packen, fünfundzwanzig weitere in 'nem halben Jahr. Hunderttausend, wenn es klappt. Nicole kriegt ein Kind, oder? Ich meine, deine junge Familie kann das gebrauchen.«

»Du, Matze, alles schön und recht, aber ich hab' schon Arbeit. Ich geh' mal wieder.«

»Willstes dir nicht wenigstens mal anschauen?« Es fehlt nicht viel, dann zwinkert er, denkt Paul irritiert. Er möchte wirklich weg jetzt: »Trägst du das mit dir rum oder was? Das Programm? Extrem klandestin, ich muß schon sagen.«

As Antwort hält Matthias ihm wortlos eine CD hin, in einer flachen, trüben Plastikhülle, geformt wie der Umriß eines dikken Fisches: »Office Depot« steht drauf, »80 min, 700 MB«, und von Hand, in die drei Zeilen »Title«, »Date« und »Archive No.« eingetragen: »LNH / Jun 2005 / CC«.

»Da ist das drauf, der CA?«

»Und die Bedingungen. Und der Kontakt.«

»Also muß man sich bewerben?«

»Sie lassen mehrere Leute parallel dran arbeiten, nehme ich an. Aber du mußt ihnen natürlich schon mitteilen, wer du bist. Was du gemacht hast.«

»Schön. Ich schau' mal rein«, sagt Paul, nimmt Matthias die CD aus der Hand, verabschiedet sich mit einem unverbindlichen Geräusch und läuft die Treppe eilig hinunter.

Traviata

Im Dunkeln, in der Oper, neben Christof, mit dem sie in letzter Zeit häufiger ausgeht, hat Johanna endlich die Idee, nach der sie seit Monaten zu greifen versucht: Musik.

Genau, ich muß was mit Musik machen – mit Nicoles liebster Musik, Supertramp – ich muß Nicole zeichnen, während das läuft, und es ins Kunstwerk integrieren, als Audiofile vielleicht, überhaupt Tonaufnahmen, vielleicht auch Paul was erzählen lassen, oder David über Paul und Nicole über Paul, sein Porträt akustisch, ihres visuell, irgend so ein Auseinanderfalten von dem, was man hören kann.
Christof sitzt zusammengesackt neben ihr, ein Berg Drohung. Er tut ihr leid, regt sie aber auch auf: Wie er sich gehenläßt in letzter Zeit, fürchterlich, sogar seine Sprechstundenhilfe hat er entlassen, der Bart ist ein einziges Gewucher geworden, scheußliches Gestrüpp, und manchmal kommt er schon angesoffen zur Verabredung. Heute wohl auch, wenn sie die fahrige, distanzlose Rumrederei beim Einlaß richtig deutet, obwohl sie nichts riecht als Pfefferminz; das hat er hoch dosiert – klar, um die Fahne zu überdecken. Es ist traurig, peinlich und zum Ärgern. Das Fest endet, der zweite Akt ist vorbei, es wird geklatscht, auch Johanna macht mit, sehr halbherzig.

In der Pause sagt Christof, der nach dem Sektkauf gleich »dringend raus« will, ins Foyer, oder sogar auf die Straße, »weil ich sonst ersticke«, mit seinem langen Glas in der zitternden Rechten unzufrieden eher zu sich selbst als zu Johanna: »... sjaganz ... ganz gut die Maus da ... diese Doneva, bloß weißte ich hab' ... da Platten mit Angela Gheorghiu, Vieruneunsch in London unterm Solli ...«
»Was? Wer?« Johanna tadelt ihn gespielt streng, meint es aber sogar auch ernst.
»Vier... und... neunzig ... unter ... Solti ...«
»Ich hab' nur 'ne alte Mono mit der Callas. Die gehört eigent-

lich meinem Vater, der hat alle seine Platten bei mir abgeladen, vor Jahren.«

Er hört ihr gar nicht zu: »Dsss ... dss hängtalles d... davon ab, weißu wie man ... die Rolle ... diese Weiber interprenn... interprentieren das entweder so, daß sie halt so'n Partygirl ist, dann betonen sie dss Gelache und die Träller am Anfang ... oder 'sswird von Anfangan g'storm ...«

Johanna blickt an ihm vorbei auf das Gebäude der Europäischen Zentralbank, den schäbigen Reklame-Euro davor, läßt Christof brabbeln. Bald darauf muß er aufs Klo und schaut sich, als er das ankündigt, nicht mal nach ihr um, sondern stapft bloß schwer und einsam zurück in die Oper.

Johanna blättert im Programmheft, findet keinen Fokus, sich dran festzulesen oder davon ausgehend wenigstens anderes zu denken. Er kommt fast zu spät zurück, die halbe Sitzreihe muß noch mal aufstehen, bis Johanna und Christof auf ihren Plätzen sind.

Sie verübelt ihm das, wie neuerdings vieles. Sein Benehmen terrorisiert sie, erpreßt sie. Er hält sie auf Armeslänge von sich fern und verbringt doch andererseits viel Zeit mit ihr – es ist zwar nichts mehr, wie man so sagt, passiert zwischen ihnen, aber er behandelt sie, wie ihr erst jetzt klar wird, auch deshalb so schlecht, weil sich damit irgendwie suggerieren läßt, sie dränge sich ihm auf.

Er ist natürlich ein armes Schwein, aber darum darf es nicht gehen, das darf sie nicht zeigen noch sagen. Auf was für Voraussetzungen aber ist dann diese Freundschaft, diese Beziehung noch gegründet, warum tut Johanna sich das an? Der Schlußakt spielt auf einem Bahnhof unter Luftangriffen und sinnlosen Festen, die Musik schwingt sich zu Gottverlassenheit und bitter ausgewalzter Süße auf.

Johanna vergißt langsam ihren Ärger, wird in die Handlung gesogen: Flüchtlinge sitzen herum, die Deutschen patrouillieren, Pässe werden kontrolliert. Es ist das eigentlich ja Quatsch, warum macht man's nicht werkgetreu, was bringt die neue Sinnschicht außer der fragwürdigen Zierde kritischer Pingeligkeit, aber es funktioniert dennoch, weil Verdi eben jede Deutung aushält, die seine Musik nicht direkt angreift und schädigt, mit Sirengeheul und Böllern etwa.

Der Arztbesuch ist keiner am Krankenbett, sondern an einer Bank, auf der, in Mäntel und Decken gehüllt, Violetta ihrem Ende entgegenleidet, bis man sie schließlich einen Moment allein läßt und sie ihren Abschied vom Leben singen kann:

> *Oh, come son mutata!*
> *Ma il dottore a sperar pure m'esorta!*
> *Ah, con tal morbo ogni speranza è morta*

Neben Johanna zittert, bebt was, und ihr wird klar, *tal morbo*, alle Hoffnung stirbt, diese Krankheit, ach du Scheiße, ist das peinlich, entsetzlich und lächerlich zugleich – Violetta muß sterben, und woran soll der Riese neben ihr, der jetzt weint, aber ganz anders als die alten Damen hier, die diese Geschichte immer so hübsch mitnimmt, dabei denn sonst denken, wenn nicht an sich selbst?

Jetzt wird der Operntitel Stoßgebet im fast schon allerletzten Gesang der Heldin:

> *Non croce col nome che copra quest'ossa!*
> *Ah, della traviata sorridi al desio;*
> *A lei, deh, perdona; tu accoglila, o Dio.*
> *Or tutto finì!*

Sie fällt zu Boden, auf ihre Kleider, und Johanna beißt sich auf die Unterlippe, so groß ist der Schrecken neben ihr, in ihr, die Unmöglichkeit der Situation, daß dieses Kunstwerk da oben kommentiert, worüber Christof mit ihr nicht sprechen will, verdammte Hacke, elender Verdi-Schinken, völlig verkehrtes Leben.

Als die Aufführung vorbei ist, gehen sie schweigend und fast versöhnt, aber nicht Arm in Arm, sondern beziehungslos nebeneinander her zum Steigenberger Hotel und setzen sich dort an die Bar, um zusammen zu trinken. Er fängt mit Whisky an und macht so weiter, Johanna hält mit, so lang sie mag und kann: Cocktails, noch mal Sekt, dann steigt sie aus und auf Orangensaft und Wasser um.

Er wirkt nüchterner als vorhin in der Pause, vielleicht war das ja was Kathartisches, diese Oper, mutmaßt Johanna und merkt dabei zugleich, daß diese Hoffnung unaufrichtig ist. Sie erzählt ihm von ihren Geldproblemen und daß sie ihren Vater nicht schon wieder anbetteln will, der eben erst endgültig mit seiner Kur fertig geworden und in sein ziemlich leeres Haus im Kaff zurückgekehrt ist.

»Dann laß dir doch von David bezahlen, daß du sein Zeug liest und verbesserst.«

»Wieso, was ...«

»Hab' ich gesehen, vorhin, du hast das in der Tasche, oder? Das ist die Sorte Ausdruck, ich kenn' das. Mir schickt er nix mehr, aber du ... du hast den Rand vollgekritzelt, mit Rot, wie früher. Ich hab' ...«

»Guckst du immer, was deine Begleiterin in der Tasche hat, wenn du ...«, sie meint es gar nicht patzig, aber er rückt mit dem Stuhl von ihr ab, schaut sie plötzlich wütend an und sagt: »Ja, 'tschuldigung, geht mich nix an euer Club da, eure ganze bescheuerte ...«

Johanna hat es satt, sie kann und mag nicht mehr verhindern, daß ihr entschlüpft, was sie denkt: »Manchmal bist du so langweilig, Christof, mit deiner Elendsnummer, daß ich schreien könnte.«

Er lächelt, er freut sich; so was hat er hören wollen, verteidigt sich also nicht, sondern schaut in sein Glas, schiebt sein Gesicht drüber, brütet. Johanna erträgt ihn noch eine Stunde, dann ruft sie ihm ein Taxi, stopft ihn rein und geht ganz langsam, dicht am Bordstein, zur nächsten U-Bahn-Station, mehr so ein Trippeln, vorsichtiges Tänzeln, ein verspieltes Sichentfernen.

»Es macht nicht immer Spaß sondern es ist manchmal das letzte«, sagt Nicole über ihre Schwangerschaft.

»Daß man so oft aufs Klo muß zum Beispiel ist bescheuert, und die Zähne wackeln auch.«

»Wie, die Zähne?« fragt Paul und nimmt sie in den Arm, auf dem Bett, vor dem Fernseher. Gerade hat er ihr Erdbeeren gebracht. »Die kann ich nämlich lutschen, die sind gut, die drücke ich im Mund dann so zusammen ohne Beißen«, sagt Nicole, und dann erklärt sie ihm, daß ihr Zahnfleisch angeschwollen ist und die Zähne nicht richtig fest sitzen.

Es geht jetzt nicht mehr lang. Sie fahren demnächst noch mal in den Urlaub – das kann er sich leisten, seit er »puzzelt«, wie er das nennt, das heißt, seit er den über Matze vermittelten Hase-und-Igel-Job an Land gezogen hat –, und bald sind die Monate vorbei, in denen sie zusammen zur Schwangerschaftsgymnastik gegangen sind, zum Stehen und Beugen in der Dreiecksposition, zum Atmen, und dann kann Nicole die Stützstrumpfhose gegen Krampfadern wegschmeißen, die blöden lauwarmen Wickel gegen dicke Beine, und die verstopften Atemwege und das Nasenbluten hören auch endlich auf.

»He, Vorsicht!« ruft Paul erschrocken, weil sie mit ihren Füßen zwischen seinen Füßen spielt und gleichzeitig die Schale voller Erdbeeren auf ihrem Bauch balanciert; das sieht gefährlich aus. Nicole läßt es bleiben, jetzt reden sie, während im Fernsehen Harald Schmidt anfängt, eine Weile darüber, wohin sie verreisen sollen.

»Afrika will ich nicht, da sind die Leute immer alle nur müde«, sagt Nicole voller Überzeugung.

»Wo hast du denn das her?«

»Neger sehen immer müde aus. Auch André zum Beispiel.«

André arbeitet in der Buchhandlung, in der Nicole jetzt Geld verdient.

»Na gut, kein Afrika«, sagt Paul, »und dann aber auch kein Rußland – da gibt es nur Verräter und Reiter. Die haben den Kommunismus um Jahrhunderte zurückgeworfen, das dauert jetzt ewig, bis David und ich und Leute wie wir das Sagen haben. Nach Japan fahren wir auch nicht – da war ich mal, in Kyoto, hab' auf 'ner Matte geschlafen, das bringt es alles nicht, Kirschbäume ...«

»Zypern!« sagt Nicole.

»Als ob du wüßtest, wo das ist«, er knufft sie, »das hast du bloß wieder irgendwo gelesen oder gehört, und dir gefällt, wie das klingt.«

»Zypern ist meine Insel, wenn es hier so kalt wird wieder. Da ist es gut.«

»Die Königin beharrt auf ihrem Standpunkt.«

»Willst du dich jetzt schon wieder rausreden?«

»Nee, wir hängen da ja wohl zusammen drin, bis zum bitteren Ende. Egal, was sonst passiert, ob du alle sogenannten Neger schläfrig findest oder wir nach Zypern fahren, du bist die Königin und ich bin der König, weißt du, alles andere ist eh wurst.«

»Eben.«

Sie schauen eine Weile Harald Schmidt und Manuel Andrack zu, wie die in ihrer kleinen Wortwechselstube ihren Geschäften nachgehen. Dann fragt Nicole nachdenklich: »Zur Gymnastik und zur Kontrolle und dem allen muß ich noch weiter gehen, oder?«

»Klar. Wieso?«, Paul ist nicht ganz aufmerksam, der jüngste Witz von Schmidt geht etwas länger, Paul will ihn komplett mitkriegen.

»Weil ich nicht mehr zu Christof soll.«

Paul verliert sofort das Interesse am Fernsehen. Nicole spricht weiter, als ob sie nicht bemerkt hat, daß er erschrocken ist: »Obwohl du erst gesagt hast, das brauche ich und das ist meine mentale Schwangerschaftsbegleitung für die geistige Hygiene.«

Etwas sehr Häßliches über Hygiene, Schmutz und Anstekkung liegt Paul einen Augenblick lang auf der Zunge, aber er hat sich im Griff und sagt statt dessen: »Christof geht es nicht gut. Der muß erstmal selber ... dem müssen andere helfen, da kann er dir also nicht helfen.«

»Ich weiß, erst kann er die Arme und Beine nicht mehr bewegen wie er will, dann wird das immer schlimmer und passiert mit allen Muskeln, zum Schluß erstickt er, wenn sie nicht was finden bei der Gentechnik um die Krankheit zu behandeln, im Moment kann man die aber noch nicht behandeln, und vielleicht kommt es dann zum Schluß zu spät, aber warum schickst du mich dann nicht zu einem anderen Psychiater, daß das Mädchen nicht bekloppt wird wie ich?«

Sie sagt nicht mehr »Kind« oder »Baby« wie am Anfang der Schwangerschaft, seit sie dank einem Test, den sie gegen Paul durchgesetzt hat, sicher weiß, daß es ein Mädchen wird.

Paul räuspert sich und sagt: »Es wäre mir manchmal echt lieber, wenn du nicht alles aussprechen würdest, was du denkst.«

»Daß Christof krank ist denke ich nicht bloß so. Das weiß ich genau von Johanna und du weichst mir aus, du sagst mir nicht, warum du mich nicht zu einem anderen Psychiater schickst, daß das Mädchen nicht bekloppt wird wie ich.« Pauls Stoßseufzer ist ehrlich, soll ihm aber auch Zeit verschaffen, seine Antwort zu überlegen. Nicole nimmt ihm die Fernbedienung weg, stellt den Ton leiser. Er steht auf, macht Anstalten, ins Bad zu gehen, als könnte er fliehen, dann dreht er sich im Türrahmen um und sagt: »Ich glaube das halt nicht. Ich glaube nicht mehr, daß du bekloppt bist. Hab’ ich eigentlich nie. Und jetzt geh’ ich pissen. Weißt du, wie in der Bildzeitungswerbung im Kino, wo sie kacken geht.«

Klar glaubst du das nicht, denkt Nicole, weil ich dir nicht mehr von der Frau von der Küste erzähle, und daß sie mich schon zweimal im Laden besucht hat und daß ich mich jetzt entschieden habe, wer sterben soll, und ihr das auch gesagt habe. Daß sie zufrieden war damit. Und daß sie nach deiner Arbeit gefragt hat, das kann ich dir auch nicht erzählen, sonst wäre es dir egal, wie krank Christof ist – da müßte ich dann wieder hin, zu diesem Typen, der immer schlechter gerochen hat.

Sie schaltet um, denn Harald Schmidt ist zu Ende.

Auf MTV kommen Destiny's Child. Die mag sie, dabei bleibt sie.

Zug

Christof rutscht im Schlamm auf den Knien, tastet sich die Böschung entlang, die erste Schicht Modder an Knien und auf den Handflächen wird schon hart, als er, der Spur des elektrischen Lichtes folgend, die Lärmschutzwand erreicht. Es ist nicht ganz leicht, auch nicht auf dem Umweg übern Baum, den dicken Ast, sie zu überwinden. Außer den hohen elektrischen Lampen gibt es auch Mondlicht an diesem Ort. Das Leben ist wenigstens nicht restlos ein Drehbuch, weiß Christof, auch wenn so etwas über einen verhängt ist wie das jetzt über ihn. Sollen sie zusehen, alle.

In menschlicher Gestalt, die er schon fast vergessen hat, bewegt er sich den Schotter entlang, der statt braun richtig rot aussieht, wo Christof jetzt angekommen ist und an den Händen blutet, die er sich bei all dem verletzt hat. Er hört den Zug kommen; er weiß ja schon seit Wochen, wann der jeden Abend kommt.

Er denkt nicht einmal an Johanna mehr, sondern bizarrerweise an den Tailgunner, an David, an Geschichten, zwischen denen dieser sich wird entscheiden müssen, Lesarten.

»Das kann er sich ja nicht entgehen lassen. Das nicht«, sagt Christof heiser. Sie werden es, wie man sagt, nicht fassen können, aber soll man deshalb Antidepressiva fressen, damit man lange genug in Form bleibt, um noch weitere Medikamente zu sich nehmen zu dürfen und mehr und immer mehr?

Andere hat er einknicken sehen, ihm, hätte er gedacht, passiert das nicht. Wenn es aber stimmt, daß die Probleme, die ihm bevorstehen, einfach ein anderes Leben sein werden und nicht das Ende von allem, was er als Leben kennt, wenn das so ist, wie er gelesen hat und bei einer Beratung, zu der er sich gezwungen hat, hören durfte, warum kann er das nicht sehen, sich nicht einmal vorstellen?

Einen Zustand »kein Leben« nennen, hat ihn Paul erst neulich, bei ihrem letzten, allerletzten Telefongespräch, scharf angegriffen, das gehe zu weit, das bedeute, allen Leuten ihr Lebensrecht abzusprechen, die diesen Zustand leben und vielleicht lieber aushalten wollen als nicht weiterzuexistieren. Kann ja alles sein, aber das ist das Politisieren von jemand nicht Verurteiltem, und überhaupt, Wissenschaftler und Rechenkünstler aller Länder, vereinigt euch und laßt diesen Mann hier in Ruhe.

Leben an sich ist eine chronisch defizitäre Homöostase, also zunächst mal auch nur so eine ungesunde Sucht wie andere auch. Zum Mondlicht und den hohen elektrischen Lampen kommen jetzt noch zwei schmerzhaft weiße Scheinwerfer dazu, von wegen Augen, nein, davon kann keine Rede mehr sein. Das Ereignis war geplant, man braucht weder Briefe noch Anrufe mehr, vorher, weil alles klappen muß, wie bedacht. Es ist laut, es ist endgültig.

VIERZEHN

Navigationshilfe

Metallischgelbes Licht, kaum gefiltert von stumpfen Waggonscheiben; unzählbare Schwebeteilchen, in sachtem Tanz bewegt, feiner Ruß entlang den Gleisen, im Morgennebel aufgehoben, die Reise geht nicht mehr lang. Die meisten Passagiere sind seit gut zwei Stunden auf den Beinen.
Sie schwatzen, rauchen oder frühstücken auf den Gängen, verhandeln mit dem Zugbegleitpersonal oder verrichten ihre mehr oder weniger aufwendige Morgentoilette.
Florence Dirac ist erst spät eingeschlafen; dafür schläft sie jetzt um so besser. Nicht die Signalpfeife, weder das Klicken der Schranken, die heruntergelassen wurden, noch das Rütteln am Leib des Zuges stören die Frau, die bis in die Morgenstunden einen seltsamen Kampf mit sich ausgetragen hat, ums Ganze der Erinnerung: Da stritten Menschen, die leben, und Menschen, die nicht mehr leben, miteinander um Florences Aufmerksamkeit – wen würde sie zu sich rufen, wem Gehör schenken? Forderungen, Urteile, warum quält sie sich? Schon seit der Überfahrt lautet die Frage: Wo bleibt der berechtigte Stolz auf den Sohn?

Paul steht in der Zeitung, wird gefeiert, soll einen Preis bekommen, die höchste Auszeichnung, die man in seinem Beruf erhalten kann. Gut, er muß ihn sich mit dem Österreicher teilen – unaussprechlicher Name, lächerlich –, und außerdem kommt noch ein Deutscher zur Verleihung, weil man dem nachträglich für Neunzehnhundertzweiunddreißig dieselbe Ehre antun will. Aber alle Mütter, die Florence Dirac kennt – Nachbarinnen in Bristol, die Gemüsefrau, die Haushälterin des Schuldirektors – wären stolz, wenn eine solche Auszeichnung einem Mitglied ihrer Familie zuteil würde.

Florence denkt nur immer an den toten Reggie, den Verstoßenen, an ihren Vater, den Schiffskapitän, an ihre Ehe und das,
was da abgestorben und sprachlos ist. Niemand aber dürfte ihr
sagen, daß sie sich nicht freut.

Sie liebt den Sohn – die moralische Seite der Sache – und begleitet ihn auf der Reise nach Stockholm – die praktische –, das
muß genügen.

Paul verhält sich allerdings auch die ganze Zeit so, als läge es in
seiner Absicht, ihr das Erlebnis zu verleiden; als ob er den
»verdammten Preis« (so wegwerfend hat er sich tatsächlich
geäußert, beim Abendessen, zwei Tage nachdem das Tele-
gramm abgegeben wurde) nicht wollte, schlimmer: als fühle
er sich von der Auszeichnung und den Pflichten, die sie ihm
auferlegt, in seiner Arbeit, seinem gesamten Dasein gestört,
behindert, belästigt. Sie versteht eingestandenermaßen nichts
davon, findet aber, daß es ihm wenigstens ein bißchen schmei-
cheln müßte, daß er »für seine Entdeckung neuer fruchtbarer
Formen der Atomtheorie und deren Anwendung« von einem
echten Königshaus gelobt wird.

Paul hat sogar erwogen, den Preis nicht anzunehmen, um, wie
er sagt, sich »keine Scherereien einzuhandeln«, soll heißen: um
nicht zu oft und vor allem »verkehrt« in der Zeitung zu stehen.

In der Zeitung steht er trotzdem.

Journalisten, hat er lernen müssen, sind Jäger: Das scheue
Wild reizt sie mehr als das leicht zu erlegende, das ihnen zu-
traulich entgegenläuft. So hat Florence über ihren Sohn lesen
müssen, er sei »scheu wie eine Gazelle und bescheiden wie
eine viktorianische Jungfer« – Vergleiche, die ihr Herz nicht
eben höher schlagen lassen.

Pauls altem Lehrer, selbst ein hochberühmter Mann, Professor
Rutherford, ist es schließlich gelungen, den Widerspenstigen
zu bewegen, den Preis anzunehmen, mit dem schlagenden Argument, daß eine Nichtannahme die Publicity (die »Hatz«, wie
Paul es nennt) ins Unerträgliche anwachsen lassen würde.

Ob dieser Unsinn wohl an ihr und ihrem Mann liegt? Ob sie bei Paul nur auf kompliziertere Weise versagt haben als bei seinem unglücklichen Bruder?

Reggie ist tot. Das bleibt unfaßbar, auch nach Jahren, aber Pauls seltsames Betragen, seine Unfähigkeit, ein Kompliment anzunehmen, bewirkt, daß Florence ihn fast auch als eine Art Leiche wahrnimmt, einen lebenden Toten, der sich zwar wie ein Soldat durchs Leben kämpft, aber nicht angeben könnte, wozu. Selbst seine Leidenschaften helfen nicht, denn die spielen sich allesamt in normalen Menschen unerreichbaren Regionen ab, unter unsinnlichen Ideen.

Moschmantersch

Nicht nur an der Schule genießt Paul, der schon mit Sechzehn aussieht wie Anfang Zwanzig, den mitunter ängstlichen Respekt seiner Umgebung.

Er kann sich auch da hintrauen, wo sonst nur Erwachsene verkehren. Manchmal sieht man abends sein Mofa sogar vor dem »Kelch« geparkt, der verrufensten Kneipe der Gegend, voller Zuhälter, Drogenhändler, gefährlicher Afrikaner. Einmal nimmt er den jungen Tailgunner dahin mit, um ihn abzufüllen, damit der seinen albernen Sonja-Liebeskummer mal für ein paar Stunden vergißt.

David kann sich nicht richtig entspannen, denn am Tisch gegenüber der Theke, an der er mit Paul Platz genommen hat, sitzt ein stadtbekannter Irrer, etwa Anfang Dreißig, mit pokkennarbig zerfressenem Gesicht, scheußlicher Fledermausnase und einem irritierend gehetzten Nystagmus im Blick.

Weil David immer wieder zu ihm rüberschaut, steht der Unhold schließlich auf, schlurft an die Bar und lehnt sich zwischen Paul und David nach vorn, um die Aufmerksamkeit des Barkeepers zu erregen.

David denkt, jetzt ist es soweit, jetzt werden wir aufgeschlitzt.

Paul sagt leise: »He, Typ.«

Das Monster schaut ihn an und fragt nuschelnd: »Wasch?«

»Du siehst zum Kotzen aus. Halt dir ein Tuch vor's Gesicht oder geh woanders hin. Mein Kumpel und ich, wir wollen uns unterhalten.«

Der Wahnsinnige schaut Paul lange an. Dann glotzt er David ins Gesicht, der sich fast in die Hose macht. Dann wieder Paul. Dann grinst er, als der Barkeeper kommt, gibt dem einen Fünfzigmarkschein, sagt irgendwas Undeutliches wie »Moschmantersch« und geht.

Der lauert uns auf, denkt David noch vier Biere lang, der wartet draußen und legt uns um. Dann vergißt er diesen Blödsinn und läßt sich später lammfromm rausbringen, wo natürlich niemand lauert. Paul setzt ihn hinter sich aufs Mofa, legt sich Davids Arme um den Bauch und fährt ihn nach Hause, während der Arme hinten säuseldumm das Lied von Sonja, dem sanften Rehlein singt.

Großer Bahnhof

Dirac ist schon dabei, seine Sachen aus dem Zug zu schaffen, als er bemerkt, daß der Schaffner wiederholt, unter gereiztem Räuspern, mit der Faust an die Tür zum Abteil seiner Mutter schlägt. Warum antwortet sie nicht?, fragt er sich und betritt zugleich die Gleise, um Ordnung in die Gemengelage der Koffer zu bringen.

Obwohl er nach Ablauf des inneren Uhrwerks wunschgemäß erwacht ist, fühlt Dirac sich noch ein wenig trübe im Kopf und begreift deshalb zuerst nicht, was er sieht, als er bemerkt, daß am Abteilfenster seiner Mutter die Jalousie gewaltsam hochgerissen wird und man kurz darauf im Waggoninnern zwei Gestalten erkennen kann, die ihre Arme erregt rudernd bewegen und miteinander heftig zu streiten scheinen. Dann versteht er, daß eine der beiden Gestalten seine Mutter ist, die andere der Schaffner. Dessen Kelle bewegt sich wie eine Handpuppe tanzend auf und ab. Mutters Haar ist nicht in Ordnung. Angezogen ist sie wenigstens. Warum glüht ihr Gesicht, weshalb schwellen die Stirnadern des Bahnangestellten an, bis sie aussehen wie Nacktschnecken im Regen, was soll das Theater? Der Mann drückt mit herrischer Gebärde das Fenster abwärts. Man hört Fluchen auf schwedisch, Einwände der Mutter auf englisch, die für Dirac wie: »verschlafen ... nicht mehr zusammengepackt ... Weile noch« klingen. Leute am Bahndamm bleiben stehen, zeigen mit dem Finger auf die Szene. Bald ist eine kleine Menschenmenge zusammengelaufen.

Dirac weiß, daß er eingreifen muß, etwas unternehmen, schleunigst zurück in den Zug steigen (wie denn? Jetzt erst kommen die meisten drängelnd und rangelnd heraus, der Zugang ist hoffnungslos verstopft, und eben ausgestiegene Menschen begegnen ihren Lieben auf der Plattform, umarmen sich, lachen und weinen).
Der Schaffner drückt das Fenster noch weiter hinunter, greift nach irgendwelchen Dingen – Taschen? Mutters Sachen? – und fängt dann mit grimmer Miene an, die Sachen aus dem Fenster zu werfen, ohne aufs Dreinreden von Florence Dirac zu reagieren.
Menschen lachen, applaudieren.
Dirac überwindet die Erstarrung, läuft los, kämpft sich zwischen den Leuten durch. Er sieht, wie Kleider auf den Bahnsteig fliegen, eine Bürste folgt, dann ein Kamm, der den Bahnsteig verfehlt und auf dem Gleis gegenüber landet, zwischen den Schienen.
Florence Dirac schimpft: »Sind Sie wahnsinnig geworden? Sie Rohling!«
Der Schaffner grunzt. Dirac bückt sich, wird am Kopf gestoßen, geschubst, gibt sich die größte Mühe, das Zeug aufzuklauben und ruft dem Mann im Zug zu: »Bitte, um Himmelswillen! Nun hören Sie ... seien Sie doch vernünftig, Mann! Warten Sie doch noch einen Moment, das kann doch ... das darf doch ...«

Scham und Angst, auch formlose Wut zwitschern und krähen ihm im Kopf. Ein junger Mann in pistaziengrüner Jacke ist schweigend neben ihn getreten und hilft ihm stumm, ganz offensichtlich ebenso peinlich berührt wie er selbst, bei der unangenehmen Arbeit.

Dirac gibt seiner Mutter keine Schuld an der Szene, weil er weiß, daß er die Fassung verlieren müßte, wenn er das täte. Vielleicht, notiert er sich im Kopf für später – viel später – ist die Sache ja sogar lustig. Heisenberg wird sie jedenfalls gefallen.

Der lebt für solche Geschichten.

An Weihnachten nach Hondo

Das Weihnachtsfest feiern die Freunde bei Paul und Nicole. Christof ist seit drei Tagen tot, noch nicht beerdigt. Man redet nicht über ihn, man hat jetzt drei Tage über ihn geredet, man hat es satt.

Paul kocht mit seinem treuen Tailgunner einen erlesenen Fischzauber, die Hochschwangere läßt sich bedienen, und außer Johanna sorgen auch noch der seltene Gast Reza, alter Banknachbar des seligen Christof Kiehn, und seine Frau Nathalie für gute Laune – Reza lebt jetzt als Architekt in Frankreich, seine Frau stammt aus Nancy. Früher hat er als begabter Zeichner für die Schülerzeitung, die David mit Christof gemacht hat, kleine kommunistische Cartoons angefertigt, oft auf dem Titel. Vor dem Essen schauen Johanna, Reza, Nathalie und Nicole eine »Roswell«-Folge auf DVD an, passenderweise die weihnachtliche aus der zweiten Staffel, in der Isabel von allen als »der Weihnachtsnazi« verspottet wird, weil sie es mit dem Christbaum, den Geschenken und so fort allzu genau nimmt, während Michael als Weihnachtsgeschenk für seine Freundin ausgerechnet eine Autostoßstange zurechthämmert, weil an ihrem Wagen eine kaputte hängt und er das Geschenk deshalb für besonders persönlich und lieb hält.

Als die Folge fertig ist – Nicole glüht wie immer, wenn sie die Show gucken darf, und Johanna ist beeindruckt, wie schnell und kompliziert so eine Teeniesendung heutzutage erzählt werden kann – wird aufgetragen. Das Gericht ist geglückt. Nach dem Essen erklärt Nicole Johanna, daß sie, wenn sie wissen will, wie ihre Karriere als Künstlerin weitergeht,»nach Hondo fahren« soll.

»Wieso?«

»Hondo, das ist in New Mexico in der Nähe von Roswell. Da wohnt eine Wahrsagerin, da gehen Liz und ihre Freunde immer hin, wenn sie was wissen wollen, und natürlich an Weihnachten ist die Wahrsagereikraft besonders groß wahrscheinlich, denn da glauben die Leute an Jesus, und je mehr geglaubt wird, desto mehr kann die Wahrsagerin gut arbeiten!«

Als das geklärt ist und das Stichwort »Roswell« somit im Raum steht, geraten Paul und David freundschaftlich wegen der Untertassensache aneinander:»FOI sagt dir was, ja?«

»Sicher, Freedom of Information Act«, nickt Paul,»jeder amerikanische Bürger kann Einsicht in Akten der Behörden verlangen, sofern sie nicht der Geheimhaltung im Interesse der nationalen Sicherheit unterliegen und der Bürger einen Grund dafür angeben kann, weshalb er . . .«

David wedelt ungeduldig mit der Hand, kaut noch ein bißchen, schluckt und sagt hastig, Paul ins Wort fallend:»Eben, und ähm Stanton Friedman hat also beantragt, die Sachen zu Roswell ansehen zu dürfen – und was schicken sie ihm?«

»Einen Auftragskiller mit schwarzer Sonnenbrille?« witzelt Reza, aber David hört ihn gar nicht, fixiert vielmehr mit Detektivblick seinen besten Freund und sagt:»Einen Stoß Dokumente, offizieller Berichte und so fort, bei dem über achtzig Prozent der relevanten Textstellen geschwärzt sind. Rund fünfzig Jahre nach dem Vorfall! Im Ernst, Paul, wenn du recht hättest und da irgendein geheimes Versuchsflugzeug oder so was runtergefallen wäre, welchen Grund gäbe es denn dann fünfzig Jahre später, immer noch nur geschwärzte . . .«

»Nicht alles Geschwärzte ist interessant. Ich meine, das könnten doch ganz langweilige Namenslisten sein von Leuten, die ...«

»Was macht eigentlich Gerhard?« erkundigt sich Reza bei Johanna nach deren längst abgehaktem letzten Freund, die Sache ist schon Ende der Neunziger ausgelaufen. Eine zögerliche Konversation entsteht, während Nicole in Begleitung von Nathalie zum Glastisch geht, um dort mit ihr Mühle zu spielen. Paul und der Tailgunner räumen das Geschirr in die Küche und setzen dabei ihr Untertassen-Symposium fort. Als sie mit Abwaschen, Abtrocknen und Einräumen fertig sind, geht David ins Badezimmer und findet dort zu seiner Bestürzung Johanna mit krebsrotem Kopf und verheulten Augen auf dem Badewannenrand sitzen.

An ihrem Handgelenk sind Bißspuren, er rät richtig, daß die von ihr selber stammen: Sie hat sich da reingebissen, aus Wut und Schmerz. Aus dem Wohnzimmer hört er Reza, Nathalie, Nicole und jetzt auch Paul lachen und schwatzen. Vorsichtig geht er vor Johanna in die Hocke, will sie ansehen, aber sie dreht den Kopf weg. Zweimal schnieft sie, dann sagt sie mit noch leicht nachblubbernder Stimme: »Das ist so albern, ich bin ... so lächerlich.«

Vorsichtig und leise fragt er: »Was ist denn? Was hast du?«

»Ach wegen dem Scheißgerhard, nach dem Reza gefragt hat«, mumpft sie trotzig, rümpft die Nase, lacht versuchsweise, um rauszukriegen, ob sie das noch kann – sehr stockend, fast tonlos.

»Dein Ex?«

»Ja. Das war so ... Erinnerst du dich an den?«

»War doch ein Lehrer, oder?«

»Ja. Der wollte mich immer heiraten«, jetzt lächelt sie wirklich, denn das findet sie auf bittere Art putzig, in der Rückschau, »und fand dauernd ... na, der hat durch mich diese ganzen Kunstleute kennengelernt, mit denen ich zu tun habe, und die fand er aufregend und geistreich, da hat er sich selber so eine affektierte Art zugelegt und ach ... na ja, dann hatte ich

Zoff mit denen, vor allem so ehemaligen Mitstudenten von mir, als wir... ist ja auch egal. Es ging um eine Gruppenausstellung in Hamburg, da haben zwei von uns einfach ein paar alberne Juso-Parolen drüberhängen wollen, extrem unpolitisches, regierungstreues Zeug, Schröderfeierstunde, und ich habe mich verweigert, ich bin ja nicht verrückt... da war Schröder gerade erst gewählt worden. Man muß ja nicht als Künstler... da den Jubeldeppen... na ja, und dann habe ich mich mit denen angelegt, und kam ganz fix und fertig zum Date vom vielen Streiten und Quasseln, und will mit ihm ausgehen, erzähle ihm das in der Kneipe alles, wie mich das fertigmacht, und will natürlich ein bißchen Unterstützung, Freundlichkeit, Nähe... aber dieser Typ, ich, also... der sagt: Was soll das, jetzt machst du doch, was du den anderen Linken immer vorwirfst, so eine Spalterei, dabei sind doch die Differenzen gar nicht so groß. Vertrag dich halt wieder, sei nicht so ungesellig. Als ob er das beurteilen kann, das Lehrerlein, das ›taz‹-lesende, was ich für linke Differenzen... und da brach dann so was auf, plötzlich wurde klar, wie der mich sieht – du kennst meine Tante und meinen Onkel, Hagen und...«

»Ja. Grusel.«

»Richtig. Er hat sie auch mal kennengelernt, beim fünfundsechzigsten Geburtstag von meinem Vater, und sie haben mich da runtergeputzt wie immer, auf diese übliche Art: Kann man mit diesem Kunstkram überhaupt Geld verdienen, wann wirst du seßhaft, willst du mit Gerhard mal eine Familie gründen... und auf der Rückfahrt sagt er: Ich weiß gar nicht, was du hast, die sind doch total nett. Ein bißchen steif halt, aber nett.«

»Was für ein Arsch«, flüstert David fast ehrfürchtig.

»Ja, so ist das aber immer, mit den Männern und mir. Immer wollen sie das kleine Trotzmädchen erziehen, nach dem Motto: Du bist ja so talentiert, aber dieses Bockige, das mußt du ablegen, werd endlich auch so eine Mitläufersau, sonst... ich meine, kannst du dir das vorstellen, der ist mein Boyfriend und beschwert sich, daß er Kunstzeitschriften mit Artikeln von mir selber kaufen muß, daß da so schwer ranzukommen

ist, ob ich ihm nicht ein Abo schenken kann, ob ich keine Frei-
exemplare kriege. Und ich frage mich, ob das ewig so sein muß,
mit mir, ob ich verrückt bin oder asozial und die Männer … ob
die Männer … ob nicht auch Christof … weil ich …«

»Ich glaube«, sagt David sanft, »das hat nichts mit den Männern zu tun. Es ist einfach so, daß diese normalen angepaßten
lebenden Leichen …«

»Und fand sich mordsmäßig rebellisch dabei! Hat mir mal
erzählt, seine Traumfrau wäre PJ Harvey, die wäre so gefährlich – als ob die so einen braucht, der sie zur Hausfrau um-
krempeln will.«

»Ja, eben – schau, solche Typen bewundern Leute wie
dich …«

»Na vielen Dank …«

»Ich bin nicht fertig. Sie bewundern dich, aber sie hassen dich
auch, weil du ihnen zeigst, was möglich ist: Man kann auch
sein Ding durchziehen, anstatt bloß immer den neuesten
Scheißhausparolen hinterherzuhumpeln und Heil zu schreien,
wenn es die ›BILD‹-Zeitung oder der ›SPIEGEL‹ oder ARTE
anordnen. Das ist Haßliebe, was so jemand …«

»Ich will aber keine Haßliebe«, sagt Johanna traurig und sieht
dabei geschunden, aber auch schön und stolz aus, »ich will
Liebeliebe. Ich will jemanden lieblieben dürfen, nicht jemanden haßlieben müssen. Auch Haßhaß ist ja okay, wo er hingehört, aber …«

»Was macht ihr denn hier, Krippenspiel auf dem Klo?« fragt
Reza, eine dicke Zigarre im Mund. David und Johanna gucken
ihn an wie aus dem Weihnachtsbaum geschüttelt, er lacht,
zuckt die Schultern und sagt: »Seid ihr dann fertig, darf ich
mal pissen, oder ist das was Ernstes hier?«
David will antworten, aber Johanna kommt ihm zuvor: »Nee,
nix Ernstes. Bloß die heutige Predigt zum Thema Einsam-
keit.«
»Fröhliche Weihnachten!« sagt Reza, und David und Johanna
gehen raus, damit Reza in Ruhe pissen kann.

»Wenn der Saukerl da auftaucht«, macht sich Davids Mutter wie schon seit drei Wochen, so auch ein paar Tage vor der Aufführung des UFO-Stücks an der Schule noch einmal wichtig, bei pampigem Abendessen, das sie aufgetaut und mehr oder weniger zubereitet hat, »dann kannst du das vergessen, dann setze ich keinen Fuß da rein, keine zehn Pferde ...«

»Ja, schön, OK, IST RECHT! GUT!« schreit David und wirft den Löffel in die Plörre, daß es quer übern Eßtisch spritzt. Sie starrt ihn fassungslos an, er freut sich, daß er offenbar endlich mal ihre ungeteilte Aufmerksamkeit genießt. »Paß auf«, sagt er leise. Sie findet das extrem bedrohlich. Er fährt fort: »Der Alte nervt mich mit derselben Scheiße« – er meint seinen Vater, der inzwischen im rund achtzig Kilometer entfernten Freiburg dem nachgeht, was er »sich eine neue Existenz aufbauen« nennt.

»Aber, weißt du«, David bedient sich dieser Lieblingswendung Pauls ganz unbewußt, er muß die Pose seines Heldenfreundes einnehmen, um das hier durchziehen zu können, »es ist mir schnurz, okay? Ich weiß, daß ihr 'ne lange Vorgeschichte habt, ich erinnere mich dunkel, daß es nachts mal besonders laut war, als ich noch klein war, und da bin ich zu euch ins Zimmer getrappelt und ihr habt euch im Seich rumgehauen, du hast den Nachttisch nach ihm geschmissen, soweit ich mich entsinne, und er hat mit dem Kleiderhaken gefuchtelt. Ich weiß, daß er oft nach Schnaps gestunken hat und manchmal nicht mehr ansprechbar war, und ich hab' letztes Jahr eure dumpfen Scheidungsunterlagen gefunden, mit diesen ganzen Vorwürfen hin und her, von wegen daß du mich nicht wolltest und nach Paris abgehauen bist einmal und er hat dich zurückholen lassen und das ganze Elend. Soweit ich das beurteilen kann, läßt sich nur sagen: Da haben sich zwei gefunden. Es ist mir egal, ob jemand von euch bei der Aufführung anwesend ist, solange ihr nichts Peinliches veranstaltet. Es gibt zwei Aufführungen an diesem Samstag. Eine morgens, eine nachmittags, knobelt es aus. Ich kann nicht mehr so tun, als ob ich mir von euch irgendwas anderes wünsche, als daß ihr jetzt bitte bald mal tot umfallt.«

Als er das gesagt hat, geht er auf den Flur, nimmt sich seine Rockerjeansjacke und verschwindet zu Paul, letzte Privatproben abhalten.

Am Tag der Aufführung läßt sich vormittags sein Vater, nachmittags seine Mutter im Musiksaal blicken, wo Christof am Klavier und Johanna mit ihrer Geige als fest eingeplante Musikbegleitung dem Ensemble und dem Dramatiker mehrfach fast komplett die Show stehlen. Das Ding ist ein Erfolg, es gibt keine Reibereien, und abends findet David im Briefkasten sogar einen freundlichen Brief der linksradikalen Zeitschrift, der er den großen Schlußmonolog der leitenden kommunistischen Außerirdischen in seinem Stück gekürzt als Artikel angeboten hat. Sie wollen es nicht drucken, finden aber, daß er gut schreibt, und fordern ihn auf, es noch mal zu versuchen.

Feuer

Im Taxi zum Hotel lacht Diracs Mutter mehrmals laut und ohne rechten Grund. Es werden belanglose Worte gewechselt, die keineswegs besonders witzig sind. Dirac sieht aus dem Fenster und sehnt sich nach Wiesen, wenigstens der erhabenen amerikanischen Ödnis.

Er erinnert sich an die Reise im Herbst Neunzehnhunderteinunddreißig, als man ihn eingeladen hatte, in Princeton eine Weile über ein selbstgewähltes Thema zu lehren – Veblens Idee. John von Neumann und Eugene Wigner sind dagewesen, auch Condon und Robertson. Nette Atmosphäre. Lehren fühlt sich sowieso immer erfreulich ruhig an, eine Arbeit von hohem Gleichmaß.

Sicher, es gibt Leute, die verlegen, wenn sie merken, daß ihnen vorerst nichts Bahnbrechendes mehr einfällt, eine Menge Energie auf die Arbeit mit den Studenten, wollen kreativ unterrichten, dem Fach auf diese Weise neue Impulse geben und was nicht alles.

Dirac trägt vor Studenten dagegen einfach vor, was er weiß.

Mitte August war er von Princeton nach Montreal aufgebrochen, hatte bald darauf die Niagarafälle besucht und den Glacier-Nationalpark. Kein Vergleich zu Rußland und den Offenbarungen, die ihm dort zuteil geworden waren, aber schön, weil historisch jung: ein Land, mit dem man noch nicht viel angestellt hat. In Princeton lädt der Freund van Vleck Dirac ein, in van Vlecks neuem Haus ein paar Tage zu verbringen. Der eben erst aufgestellte Ölofen ist defekt, undicht, ein wenig Öl läuft aus einer Zuführleitung.

Van Vleck und Dirac sowie zwei andere Gäste bemerken den Brand erst, als bereits ein Türrahmen in Flammen steht. Die beiden ortsansässigen Universitätsmenschen laufen kopflos herum, suchen Decken, wollen die Feuerwehr anrufen. »Ich habe noch keinen Telefonanschluß!« entsetzt sich van Vleck, und dann erlebt er, was er später so erzählt: »Dirac stand einfach nur da, sah sich die Wände an, die Fenster. Er schien etwas zu zählen, oder zu berechnen. Ich dachte seltsamerweise zuerst: Er hat einen Schlaganfall, oder ist einfach weggetreten, vielleicht ja auch gelähmt vor Angst. Also, er hat nicht gezittert oder irgend so etwas, er war völlig ruhig, aber gerade das war ja das Unheimliche. Jack und Kate haben es schließlich auch bemerkt. Wir standen alle drei mitten im beißenden Rauch, er hat uns aber nicht beachtet und sagte dann, blinzelnd, als wäre er gerade erwacht: ›Wir sollten alle Türen und Fenster zumachen‹ – nur das, nichts weiter –, tat einen Schritt zum ersten Fenster und fing an, selbst zu tun, was er uns empfohlen hatte. Ich glaube, wir haben nicht eine Sekunde überlegt, was er wollte, wir haben es ihm einfach nachgemacht. Als ob seine Ruhe eine wahnsinnige Autorität ausstrahlen würde, die uns einfach ... die uns gebannt hat. Wir haben die Fenster geschlossen, obwohl es immer stickiger wurde in der Bude. Dann ging er raus, zwischen einer angekokelten und einer unversehrten Wand hindurch, wir folgten ihm. Er lief über die Straße, sah auf seine Uhr, als würde er jemandem den Puls messen, hat uns gar nicht angeschaut. Wir immer hinterher, hustend und krächzend, Jack hat unsicher gelacht. Sehr wahnsinnig, das Ganze. Dirac stand da, sah auf die Uhr. Ich meine, verstehen Sie: er hat den Rauminhalt berechnet, er hat überschlagen, wie lange das Feuer von der Luft im Haus würde leben können, bevor es ersticken mußte. Auf der Uhr die Zeit gemessen. Als es soweit war, sagte er bloß: ›Wir können zurück.‹ Wie die Gänse hinter der Mutter sind wir... na ja: Tür auf – es qualmte. Ein paar Sachen waren angesengt, aber ich hatte das Haus eh noch nicht richtig eingerichtet. Das Feuer war tot. Völlig ruhig hat er sich verhalten, während der ganzen Geschichte. Ein unglaublicher Mensch.«

Freitag

Die Kocherei von Davids Mutter wird Mitte Neunzehnhundertfünfundachtzig dermaßen unerträglich, daß er anfängt, sein Taschengeld und die baren Geschenke seines Vaters gelegentlich für Restaurantbesuche auszugeben. Am schönsten ist Freitag, da geht er in die Pizzeria und ißt Spaghetti. Am allerbesten ist der letzte Freitag im Monat, da gibt es zu den Nudeln noch die neue »Titanic« und die neue »Konkret«, die er sich in Gärtners Lottoladen besorgt.

Kommunistisches

Am Abend nach der Verleihung findet für die Preisträger ein Bankett im Wintergarten des Grand Hotels statt. Prinz und Prinzessin sowie etwas Hofstaat sind zugegen, dafür wenigstens weder der König noch die Königin. Nach formellem

Getoaste auf den Landesvater und das Gedächtnis des verewigten Nobel sowie ein paar wirren Hymnen auf die drei Preisträger werden diese gebeten, ein paar Worte zu sagen. Dirac steht zur Überraschung seiner Mutter als erster auf, tritt einen Schritt vom gemeinsamen Tisch weg und räuspert sich. Zuerst spricht er in Zimmerlautstärke ein paar knappe Dankesworte – Hälse werden gereckt, ein alter Mann macht sich ostentativ an seinem Hörrohr zu schaffen. Dann geht Dirac zu allgemeinen Sätzen über die gegenwärtige Situation der Wissenschaft über.

Florence ist abgelenkt vom Tellerklappern und dem Tuscheln der andern Gäste, sieht sich auch etwas nervös um: Er redet so leise, verstehen die vielen Prominenten an den äußeren Tischen ihn denn überhaupt? Den Übergang von seinen Ausführungen über die Wissenschaft zu solchen über die gegenwärtige Weltlage bekommt Diracs Mutter nicht mit, und da er sonst beinah nie über solche Dinge redet – was die gebildeten Leute unter Politik verstehen, findet er im allgemeinen albern, oft ärgerlich –, ist sie befremdet, ihn plötzlich sagen zu hören: »Und wir wissen, daß die Welt sich in den tiefsten Tiefen ökonomischen Elends befindet. Ich meine nicht irgendwelche afrikanischen Länder, sondern unsere europäische Zivilisation. Sehen Sie sich die Arbeitslosen an, auf den Straßen. Lesen Sie die Zeitungen. Als mathematischer Physiker muß ich Ihnen ... will ich Ihnen sagen, daß ich glaube, daß ich ... gar nicht anders kann, als fest davon überzeugt zu sein, daß alles, was mit Zahlen zu tun hat, theoretisch lösbar sein sollte. Die Dinge scheinen undurchsichtig, aber ich glaube, der Grund für die Große Depression ist, daß manche Leute es vorziehen, Geld, das nur symbolischen Wert hat, endlos auf der Bank liegen zu lassen und in alle Ewigkeit Zinsen zu kassieren, anstatt mit einer einmaligen Bezahlung von Gütern und Dienstleistungen zufrieden zu sein. Deshalb gibt es eine große Verknappung von Käufern für die Güter der Welt. Und ich glaube ... ich meine ...«

Man hört ihm höflich zu. Applaus darf er für diese Sätze nicht erwarten.

Das Schlimmste ist, denkt Florence, daß er auf Applaus wahrscheinlich nicht den geringsten Wert legt; daß er vermutlich gar nicht weiß, daß man eine Rede zu solchem Anlaß überhaupt nur anfängt, um sich ein bißchen Applaus abzuholen. Sie schämt sich dafür, daß sie nicht nur selber plötzlich einen Argwohn empfindet – wo hat er denn diese Ideen her, von seinem russischen Freund Kapitza? –, sondern überdies Frau Schrödinger leise zu ihrem Mann sagen hören muß: »Was gibt er denn da für eine kommunistische Tirade von sich?«

Florence Dirac versteht kein Deutsch; das Adjektiv »kommunistisch« aber ist nicht zu mißdeuten.

Herzlichen Dank, lieber Sohn, für diesen schönen Abend. Wir haben mehr als genug gehört von deinen neuen weltpolitischen Gedanken.

Florence preßt die Lippen zusammen und starrt auf Pauls halbleeres Weinglas, als wollte sie sagen: Du hättest deinen sonstigen Lebensstil ruhig beibehalten können und auch hier die Finger vom Alkohol lassen.

Der Nobelpreisträger beendet seine Rede: »Das ist jedenfalls meine Ansicht zu dieser Sache. Andere sehen das bestimmt anders. Ich danke Ihnen.«

Der vereinzelte, freundliche und gleichgültige Beifall, der einsetzt, während Dirac zu seinem Stuhl zurückkehrt, ist demütigender, als selbst Buhrufe und durch den Saal fliegendes Obst wären. Der Prinz – wenn Florence sich nicht völlig irrt – gähnt sogar kurz, ohne sich auch nur die Hand vorzuhalten. Ein Desaster.

Nun erhebt sich Heisenberg.

Er lächelt, redet sehr knapp und sachlich und dankt zum Schluß für die Gastfreundschaft.

Schrödinger, fest entschlossen, seiner Frau etwas anderes zu bieten als Kommunismus, äußert enthusiastisch Erhebendes über Völkerversöhnung und die Universalität von Wahrheit und Wissenschaft.

Als er fertig ist, hat Florence Diracs Empfinden endlich zur schon seit Wochen anhaltenden Grundstimmung ihres Sohnes aufgeschlossen: Sie will, bei Gott, so schnell wie möglich nach Hause und den ganzen Zinnober vergessen.

FÜNFZEHN

Pulli

Alle stehen in Johannas Apartment herum; niemand will sich setzen. David versucht, mit mäßigenden Zwischenbemerkungen auf Johanna einzuwirken, die ständig ihre Pullis und Jakken wechselt, weil sie sich nicht entscheiden kann, was zum Anlaß paßt.

Sonst redet niemand, bis Nicole sagt: »Sind wir dann lange in demselben Zimmer wie die Leiche?«

Johanna schlingt ihre Arme um sich selbst: »Ich weiß nicht. Nein.«

»Wir sollten«, wirft David ein, »uns um seine sonstigen Sachen noch kümmern. Um die Praxis. Die Geldgeschichten. Wir sollten das durchgehen, nicht seine armen Eltern. Die blicken das nicht.«

»Ja«, sagt Paul.

»Ja, genau«, sagt Johanna.

»Das muß gemacht werden, wir können das, wenn wir wollen«, findet David.

»So ist es«, meint Paul.

Johanna schaut unglücklich an sich hinunter, dann sieht sie David an: »Also das kann ich nicht tragen.« Sie dreht sich weg, zum Kleiderschrank, um sich noch einmal umzuziehen, und sagt dabei: »Ich ich ich sollte echt dieses andere ... Christof hat das immer so gefallen.«

»Hast du's vielleicht im Bad, in deinem Wäschekorb?« rät der Tailgunner.

»Ja. Ja, vielleicht.«

»Ich guck mal nach, Moment«, David gibt sich hilfreich, er will aber vor allem hier raus.

»Alles klar«, sagt Paul sinnlos. David verläßt den Raum. Nicole geht ein paar Schritte zum Fenster, dann kommt sie wieder zurück und sagt: »Schneiden sie den Körper auf, um rauszufinden, wieso er krank war?«

Johanna ist entsetzt: »Oh Gott! Würdest du bitte einfach ... aufhören mit Reden? Einfach ... mal den Mund halten. Bitte.«

»Was mach' ich denn?«

»Wie kannst du dich so aufführen?«

»Soll ich mich dauernd umziehen?« Nicole schaut von Johanna zu Paul und zurück. »Ist das das Richtige, was man machen soll?«

»Mädels, bitte ...«, sagt Paul schwach.

»Wie du dich benimmst ...«, stöhnt Johanna.

»Es sagt mir ja keiner.«

»Weil es nicht okay ist, wenn du so Zeug fragst!«

»Aber ich VERSTEHE es nicht!« Nicole wird plötzlich sehr laut. Paul und Johanna sind überrascht; Nicole sagt leise: »Ich verstehe nicht, wie das jetzt auf einmal alles passiert. Wie wir das jetzt machen sollen. Ich meine, ich hab' den gut gekannt, und dann ist er«, sie schüttelt wütend den Kopf, »dann ist das jetzt eine Leiche, und ich verstehe nicht wieso er da nicht wieder reinkann in den Körper und nicht mehr tot sein. Das ist doch blöd. Und, und Paul weint und redet nicht mit mir, und ich, ich habe heute morgen Fruchtsaft getrunken und dann denke ich, Christof trinkt jetzt nie mehr Fruchtsaft und ißt keine Eier mehr oder gähnt oder macht das mit der Hand immer in seinem Bart, überhaupt nicht mehr und keiner erklärt mir wieso, als ob ich zu blöd wäre, daß man mir das mal erklärt.«

Sie hört auf zu sprechen und verdeckt ihr Gesicht mit der Hand. Sie weint.

Johanna weint auch.

Paul geht zu Nicole, aber sie schubst ihn weg und setzt sich auf Johannas Bett. Paul schleicht zurück zur Tür.

Johanna sagt: »Wir wissen nicht ... wie es funktioniert ... oder wieso.«

Sie setzt sich zu Nicole, die das ohne Einspruch geschehen

läßt. Nebenan scheint etwas zu scharren, worauf aber niemand im Raum achtet; es hört auch schnell wieder auf.

David kommt aus dem Bad zurück.

Er hat den Pulli nicht gefunden, nach dem Johanna verlangt hat.

Grün

Von seinem Platz im Blattgewirre, wo die alten Zeitungen berichten, was die Nachbesserungen der Gesetze kosten, wie schnell die Autos fahren und welche Musik Abbado dirigiert, hört das Reptil, das wie ein Vogel schwärmt, die Gespräche der Überlebenden, die Klage der gefährlichen Frau, die jetzt kein gefährliches Mädchen mehr ist. Die gefährliche Frau bekommt ein Kind, bei ihr hat geklappt, was das Reptil nicht hingekriegt hat. Die Versuche mit dem Krokodil in der Badewanne mußten eingestellt werden.

Das Kind der gefährlichen Frau wird noch gefährlicher sein als seine Mutter, deshalb muß bald etwas passieren. Das Reptil wünscht sich, diese Mutter, ihr schon völlig unterlegen, im Nußbraun des dichten Haars zu packen, ja dieser rätselhafte Nacken, ganz erfüllt von heimlichstem Bewegen.

Das Krokodil ist schlecht dran, es muß auch gefüttert werden, aber alles der Reihe nach und jeweils zu seiner Zeit. Wird das Amt was mitbekommen? Es gilt, dies zu verhindern.

Die Bilder schwanken, die Informationen sind dennoch eindeutig.

Schmerzen

Sein Leben lang hat Paul im Umgang mit anderen Menschen ganz selbstverständlich und fast unbewußt die natürliche Autorität desjenigen genossen, der seine sieben Zwetschgen jederzeit beisammen hat.

Man beobachtet, was er tut, um es ihm gleichzutun, man will seine Meinung abwarten, man fragt ihn um Rat. Daß das nicht so selbstverständlich ist, wie er es immer erlebt hat, wird ihm erst klar, als an einem relativ entspannten Samstagvormittag um halb zehn im noch nicht besonders überfüllten, aber auch nicht menschenleeren SATURN-Elektroladen Nicoles Wehen einsetzen und er das erste Mal seit sehr, sehr langer Zeit völlig aus dem Leim geht – was das ist, was er da empfindet, als er sie, die ächzt und schwitzt und leidet, zur Rolltreppe führt und dabei sinnlos »Weg! Laßt uns vorbei!« und Ähnliches ruft, wird ihm mit Grausen klar: Er ist völlig überfordert, weiß nicht, was jetzt kommt, wie das geht, wohin es führt.

Die Muskelkontraktionen tun, wie er abstrakt weiß, furchtbar weh, der Schweiß auf Nicoles Stirn ist kalt, die Augen sind geweitet, sie sagt leise und gepreßt: »Achgott ... das ... wird so eine ... Wahnsinns... arbeit ... jetzt ...«, und ihm fällt, während er ihr im dichtesten Schneetreiben ins Taxi hilft, übereinanderpurzelnd, blinkend und zersplittert alles wieder ein, was er in den letzten fünf Monaten über diese Sache gelernt hat, über Gebärmuttermuskeln, über den Geburtskanal, den Druck, das Atmen. Aber die Erinnerung hat keinen Sinn, er kann damit nichts anfangen, außer neben Nicole sitzen und ab und zu den Taxifahrer anschreien, weil der sich überhaupt keine Mühe gibt, einfach nur so rumfährt wie immer, anstatt, wie es angebracht wäre, schneller und waghalsiger denn je – sogar an einer roten Ampel hält er an, so daß Paul nicht anders kann, als aus der Haut zu fahren: »Wenn Sie einen Schwerverletzten im Wagen haben, fahren Sie dann auch so, daß der maximale Zählerstand ...«

»Jetzt laß halt«, zischt Nicole und verdreht die Augen. Aber Paul ist zu hilflos wütend, als daß er sich wenigstens schämen würde dafür, wie er den Mann rumkommandiert.

Noch auf dem Korridor der Klinik fällt Paul dem Personal unangenehm dadurch auf, daß er plötzlich lauter unerbetene

Vorschläge zur »Erleichterung« anzubringen versucht: »Was ist mit dieser Peridu... mit dieser Anästhesie, Dr. Brock hat gesagt ... ist der da? Der meint, wenn die Schmerzen ...« Nicole legt sich, assistiert von einer Schwester, vorsichtig hin, kurz glaubt Paul, ihre Lider flattern zu sehen, aber dann grinst sie angriffslustig und sagt: »Reg' dich ... doch mal bitte ab jetzt... Paulchen«, und endlich kapiert er, daß es nicht um ihn geht, sondern um Nicole und die gemeinsame Tochter, die jetzt auf die Welt kommen muß.

»Müssen ... wollen Sie dabei sein?« fragt ein Herr im weißen Kittel, dessen Namen und Status Paul akustisch nicht richtig verstanden hat. Paul kann nichts antworten außer einem bejahenden Krächzen, so trocken ist sein Mund. »Dann stehen Sie uns nicht im Weg rum. Vielleicht sollten Sie sich noch was zu trinken holen, bevor es losgeht.«

»Ist schon ... losgegangen ...«, grunzt Nicole, und Paul denkt: Neun Monate machen wir uns alle einen wahnsinnigen Kopf – ich, Johanna, der arme Christof, ihre blöden Eltern und sogar der Tailgunner –, und dabei ist diese Frau der disziplinierteste Mensch, den ich je gesehen habe, wenn's drauf ankommt.

Seine Beine drohen unter ihm wegzuknicken, alles schwankt, er ist sehr zornig auf seine Nerven, brabbelt irgendwas Unzuträgliches und macht sich den langen Gang runter auf die Suche nach was zum Trinken, während Nicole in den Kreißsaal gefahren wird.

Es kommt ihm vor, als sähe er sich von außen, auf eine Leinwand projiziert, und zwar so, daß er dank einem Kameralinsentrick kleiner wird und der helle Gang um ihn größer.

Er findet einen Automaten und denkt: Ich bin betäubt, ich schlafwandle, ich kriege gar nichts mit, weil er sich nicht darauf konzentrieren kann, ein Getränk auszuwählen, sondern minutenlang die neue Ritter Sport Crème Caramel anschaut, »nach französischer Art«, wie die Verpackung sagt, »NEU – Nur für kurze Zeit«, und komplett zusammenhanglos fällt ihm die kleine Karte ein, die man bei Swissair auf den Überseeflügen kriegt, damit man dem Bordpersonal anzeigen kann, daß man für die Mahlzeiten geweckt werden möchte.

»Elisabethenquelle«, sagt Paul zu niemandem, um sich zu einer Entscheidung zu nötigen und zu bekennen, dann greift er in seine Hosentasche, um den Geldbeutel rauszuziehen und erschrickt, als gleichzeitig sein Handy anfängt zu dudeln.

Der Versuch, das halb rausgezogene Ledermäppchen wieder in die Hose zu zwingen, artet in eine ziemliche Fummelei aus, während es an Pauls Brust weitersummt, -vibriert und -dudelt. Eine alte Frau, die vor einem Sprech- oder Krankenzimmer auf einem Stuhl sitzt, schaut ihn halb mißbilligend, halb leidend an.

Er humpelt, die Hand noch am Geldbeutel, zu einem der Ausgänge und stapft stolpernd auf die schneebedeckte Rasenfreifläche vor dem Krankenhaus, wo er endlich sein Mobiltelefon aus dem Sakko befreit.

Das Display sagt »Jo«, er nimmt das Gespräch an: »Hey, Johanna! Paß auf, du, ich . . .« Weiter kommt er nicht, Johanna ist agitiert wie seit Jahren nicht mehr, wie vielleicht noch nie, jedenfalls kann sich Paul an nichts ihrem euphorisch über ihn herfallenden Redeschwall Vergleichbares erinnern: »Hey, Paul, entschuldige, aber deine Arbeit kann jetzt warten, echt, ich muß das wem erzählen, David geht nicht ran und mein Vater auch nicht, aber es sieht so aus, als ob das doch stimmt, daß man nur lange genug nichts für die Karriere tun muß, einfach gar nicht, als Künstlerin, einfach weiterwursteln, weitermachen, sich für nix interessieren außer die Sachen, denn rate mal, wer jetzt plötzlich aus dem Nichts in Berlin eine Einzelausstellung machen soll, weil das dieser Regina Stroh aus Jerusalem so in den Kopf kommt, genau, ich nämlich, weil ich nämlich mit der Frau seit Israel in mehr oder weniger regelmäßigem Mail-Verkehr stehe oder wie man das nennt, und ihr die Sachen fotografiert oder gescannt habe und geschickt, einfach so, regelmäßig, dieses Projekt über Nicole und dich – das Video, auf dem du nicht auftauchen wolltest, das ganze Diorama, die Supertramp-Musik, die Texte, das magnetische Feld ums Glück, das die Zerstörung anzieht, dieser Komplex, weißt du, mein Konkurrenzding zu Davids Buch ist es ja auch, natürlich, ich meine, ihr kommt da ja vor, und ich selber, aber daß sie, also, ich dachte, vielleicht nimmt sie mir mal eine Einzelarbeit ab, eine Zeichnung, ein Gemälde, oder die Tafeln oder das Video, aber daß sie dem ganzen Ding ihre Räume, Paul, Mann, die will wirklich das Projekt als ein Werk, ein zusammenhängendes Ding behandeln und sagt, das hört sich natürlich jetzt extrem übermütig an und man muß, ich weiß das ja, bei diesen Leuten immer ziemlich vorsichtig sein, die schmieren sich da an und singen einem in den höchsten Tönen so eine Oper vor von wegen man wäre weißgott was für, für ein, es ist ja, nee, die laufen ja schon an der Hochschule rum und suchen natürlich wirklich immer so unbedarfte, vor lauter Kunstwollen zu allem bereite, ich weiß nicht, halt Kids wie ich war, nur das Lustige ist, ich habe echt nicht mehr, ich rechne zur Zeit echt nimmer damit, daß ich jemals selber, mit meinen eigenen Sachen irgendwie, das ist jetzt kein Defätismus, aber man steuert auf ein gebrochenes Herz zu im Grunde, wenn man alles da reinlegt, daß man mal irgendwie entdeckt wird oder wie soll ich … was kann man da … wieso sollte ich das jetzt nicht packen und darauf rumreiten, mit der Stroh Bedingungen aushandeln und einen Termin, es ist ja … es ist ja jetzt auch nicht die bedeutendste Galerie der Welt, wobei sie andererseits schon meint, wenn es gut läuft, muß es ja nicht bei Berlin bleiben, man könnte ja auch …«

Paul guckt auf einen großen runden Brunnen.
Am Rand des Beckens hängt einiges Eis herunter, das sieht beschaulich aus. Johannas Stimme ramentert weiter, holt ab und zu Luft, der Monolog wird immer zerfahrener. Irgendwie ist Paul jetzt fast zum Lachen zumute, wie er hier steht und einfach die Kraft nicht aufbringt, Johanna zu unterbrechen, als wäre bei ihm die Batterie leer oder die Steuerung blockiert,

weil so viel gleichzeitig passiert und sich über das Wichtigste legen will, das ihm wahrscheinlich je widerfahren ist. Jedenfalls spürt er das so, auch wenn er es nicht denken kann, geschweige etwas tun, das dem entspräche, gerecht würde oder wie genau oder was überhaupt?

Er spürt die Kälte, seine Hand wird starr, krallt sich ins Handy, seine Nase kommt ihm hart vor, da sticht auch was wie Nadeln an den Ohren, sein Kopf scheint zu Metall zu werden, da sagt er leise in eine der Luftholpausen: »Oh, toll.«

»Was, toll?« Johanna klingt erschöpft jetzt, seltsam gereizt auch.

»Na, deine ... diese Chance. Diese Ausstellung?« Es ist eine Frage, keine Feststellung. Er hat nicht ganz verstanden, wovon überhaupt die Rede war.

Johanna ist nicht böse, sie lacht sogar: »Aha. Ja, die Ausstellung. Toll, ganz richtig. Sag mal, Paul, was ist denn da los bei dir? Was machst du denn am Samstagmittag für Zeug, was dich so völlig absorbiert, oder hast du wieder die Nacht durchgeackert an deinem Zahlenrätsel?«

»Nö, ich äh«, er spürt, wie die Lachlust schlimmer wird, es könnte ein Kichern draus werden, so ein leicht manisches, verrücktes, was auch die Leute zu merken scheinen, die gerade auf dem Gehweg an ihm vorbeilaufen, denn sie sehen ihn mißtrauisch an und machen einen Bogen um ihn, »ich hab' bloß hier was am Laufen, wir sind hier im Krankenhaus mit Nicole, ich und Nicole hier.«

»Krankenhaus?«, sie ändert sofort den Tonfall, jetzt sehr alarmiert, und wie aus sehr weiter Distanz bewundert er sie vage dafür, daß sie so schnell reagieren kann, auf diese ganze Situation, das Große, die Überforderung des menschlichen Geistes, die ihn immer noch durchschauert.

»Ist Nicole was passiert? Paul?«

»Nö, die ... sie kriegt halt so'n Kind hier. Das ist jetzt ernst«, hängt er schwächlich dran und lacht dann wirklich los, während Johanna, die er nur noch schlecht versteht, irgendwas fragt von wegen, ob er sie jetzt »verscheißern« wolle.

Die Tür zum Glaskasten vor der Klinik geht auf, eine Schwester steht da und sucht was oder wen.

Paul schaut sie staunend an, weil sie so professionell aussieht, und merkt im selben Moment wie diese Frau selbst, daß er es ist, den sie sucht.

»Ich muß dann mal auflegen, ich … ruf' dich nachher noch mal an«, sagt Paul und drückt das rote Knöpfchen. Mit dem Handy in der Hand – er hat vergessen, wo es hingehört und was er jetzt, da er nicht mehr reinspricht, damit machen soll – geht er zur Schwester, die ihn darüber aufklärt, daß Cathrin jetzt atmet, ein von Nicole komplett verschiedenes Wesen geworden ist und ab sofort als Mensch unter all den andern Menschen auf der Erde lebt.

Dimensionslose Quantität

Gott der Herr hat sie gezählet, daß ihm auch nicht eines fehlet.

Schon in Göttingen hat sich Dirac für die großen kosmologischen Fragen interessiert, aber erst Neunzehnhundertsiebenunddreißig, als er mit dem Stand der Quantenmechanik unzufrieden ist und sich für eine Weile anderen Fragen zuwenden möchte, wagt er eine erste Veröffentlichung dazu, in der er sich fragt, ob die Naturkonstanten, das heißt die Glieder der Ziffernkette, welche das Rückgrat des Universums ausmacht, vielleicht veränderlich sind. Entsprechen sie einer Folge von kosmologischen Epochen, sind sie der Locus einer Evolution der Naturgesetze selbst, unter- und gegeneinander?

Er entwickelt die »Hypothese der großen Zahl«: Es gibt Beziehungen der Verhältnisse zwischen kosmologischen Intervallen, Atomzeit, elektrischen zu Gravitationskräften, zwischen Elektron und Proton, die sich in großen, dimensionslosen Zahlen ausdrücken lassen – das meint Zahlen, deren Einheiten gegeneinander weggekürzt werden können, bis nur noch nackte Ziffern übrigbleiben: Wenn von zehn psychiatrisch untersuchten Supertrampfans eine oder einer verrückt ist, dann bleibt von der Ratio verrückt-zu-psychiatrisch-untersucht (1 Supertrampfan)/(10 Supertrampfans) die dimensionslose Quantität 0,1.

Immer ein wenig in Sorge, ob sich hier nicht ein Beziehungswahn entwickelt, etwas Numerologisches, Kabbalistisches, jedenfalls Albernes, macht sich Dirac dennoch daran, auf der Grundlage der Vermutung, daß die jene Relationen zwischen dem Alter des Universums und dem Takt der Vorgänge im Atom ausdrückenden dimensionslosen Zahlen uns etwas vielleicht Wichtiges mitteilen, eine Kosmologie auszuarbeiten, die dem Wunsch seines Lehrers Edward Milne gerecht werden soll, eine beim inzwischen erreichten Spezialisierungs- und Differenzierungsgrad der exakten Wissenschaften schmerzlich vermißte theoretische Vermittlung zwischen dem Mikro- und dem Makrokosmos zu leisten.

Er steht nicht allein damit: Auch der Astronom Eddington versucht, mittels der Dirac-Gleichung als dem sicheren Treffpunkt von Quanten- und Relativitätstheorie Beziehungen der geforderten Art zu bestimmen: Wie sieht es mit der mittleren Materiedichte im Universum aus, wie mit der Hubblekonstante, ist Einsteins Gravitationskonstante G veränderlich, deuten die feststellbaren Relationen vielleicht doch auf kontinuierliche Neuschöpfung von Materie, wie sie die Vertreter einer Theorie des statischen Zustands eines sich gleichwohl ausdehnenden Kosmos behaupten?

Dirac glaubt bis an sein Lebensende, die Hypothese der Bedeutsamkeit jener großen dimensionslosen Zahlen müsse ein »fundamentales Prinzip« der Kosmologie sein.
Einen greifbaren Erkenntnisfortschritt macht er damit nie.

Müde

Gegen Abend nehmen sie ihr das Mädchen weg, weil Nicole völlig erschöpft ist und Cathrin noch nicht.

Auch Paul muß schließlich gehen, nachdem er sich zwanzig-tausendmal entschuldigt hat dafür, daß er nicht da war, was Nicole ziemlich lustig findet, denn vermißt hat sie ihn nicht besonders, dazu war das alles zu anstrengend und schrecklich, er hätte ja auch nichts helfen können. Sie liegt im weitgehend Dunkeln, nur das Honiglicht der kleinsten Lampe an ihrem Tisch ist noch an.

Eigentlich tut fast alles noch ein wenig weh, aber das stört sie nicht, weil sie gleichzeitig das Gefühl hat, sie bestünde eigent-lich nur noch aus ihrem Kopf, der als einziger Körperteil nicht besonders weh tut. Sie möchte sich nämlich nicht bewegen, sondern nur denken, auch horchen, ob sie vielleicht Cathrin hören kann. Ihr Zimmer hat sie für sich allein. Paul sagt, daß das ein Zufall und ein Glück ist, aber das glaubt Nicole nicht ganz – wahrscheinlich soll mich das beruhigen, weil ich doch verrückt bin.

Bald schläft sie ein, wacht aber nach zwanzig Minuten wieder auf, dämmert, schläft wieder ein, wacht wieder auf. Manchmal summt sie Musik. Mitten in der Nacht, als in der Klinik außer ihr kaum noch wer wach ist, hört sie nah bei ihrem Gesicht eine flüsternde Stimme: »Wie geht es dir? Nicole? Alles in Ordnung?«

Sie dreht den Kopf etwas zur Seite und sieht die Frau von der Küste, den Engel.

Sie hat eine neue Haarfarbe: nicht blond, sondern was Dunk-les, vielleicht braun, vielleicht schwarz, es ist zu wenig Licht da, um das zu entscheiden.

Nicole sagt: »Ich hab' es gemacht, wie du gesagt hast, und Paul weiß es auch, sie heißt Cathrin, genau wie du wolltest.«

»Sch… nicht aufregen«, sagt die Frau und lächelt, »es ist alles gut.«

Nicole findet die Frau sehr schön, aber den Mund etwas zu

grausam, die Lippen zu schmal, obwohl der Gesichtsausdruck freundlich ist. Sie spürt, wie sie wieder wegrutscht, fortdämmert, gleich einschlafen wird, und protestiert deshalb nur noch sehr schwach: »Jetzt mußt ... du uns aber ... in Ruhe lassen, Cathrin und mich und Paul ... alles ist ... wie du wolltest ... das Mädchen ... du darfst mir das Mädchen nicht ... wegnehmen ...«

Die Frau von der Küste nickt, Nicole schließt die Augen.

Als sie einschläft, spürt sie, daß sie sacht auf die Stirn geküßt wird, aber was die Frau danach sagt, hört Nicole nicht mehr: »Ich will das Kind nicht. Er kann es haben. Ich will nur dich.«

SECHZEHN

Lange reden

Er sitzt am Küchentisch und redet; der Hahn überm Waschbecken tropft dazu, ein Hydrometronom: Pluck. Pluck.
Pluck. Und was er spricht, sind gewöhnliche Worte.
Eben noch hat sie erzählt, von zu Hause, von ihrer Kindheit,
ihrem Bruder, den Bädern in Buda und wie sie die vermißt,
hier in Princeton: »Es ist ja nicht so sehr der Schweiß, der an
einem klebt, und der Staub, den dieser Schweiß bindet. Es ist
die dumme Alternative: entweder man riecht nach Schweiß,
oder, wenn man eine dieser amerikanischen Duschen benutzt,
man riecht nach nichts, schlimmer, vielleicht sogar nach
Chlor.«

Warum erzählt sie ihm so intime Dinge, warum will er sie
hören? Er sieht sich ihre Schultern an, während sie das sagt.
Die sind frei, die Haut ist glatt, matt glänzen die Wangen,
schön, nicht speckig, und wenn sie lacht, findet er ihre Zähne
makellos. Was für Gedanken sind das, was beobachtet er da?
Sie hat gelacht, vielleicht hat sie ja bemerkt, daß und wie er sie
anstarrt.
Es ist nicht peinlich. Jetzt meint sie kopfschüttelnd, es wundere sie sehr, daß es in Princeton so gar keine Buchläden gebe,
jedenfalls viel weniger als in vergleichbaren europäischen
Zentren der Gelehrsamkeit – »In Budapest gibt es in jeder
zweiten Straße eine Buchhandlung oder ein, na, wie sagen
Sie hier dazu? Bei uns heißt es: Antikvárium. Man kauft ge-
brauchte Bücher da.«
»Ein Used Book Shop?« rät Dirac, und sie nickt: »Ja, Bücher
aus zweiter Hand, genau. Wir sind eine Literaturhauptstadt,
müssen Sie wissen. Österreicher, Deutsche, meist Juden, viele

Gelehrte, viele Schriftsteller, und unsere Nationalbibliothek, die Szechenyibibliothek, ist eine der größten der Welt. Interessieren Sie sich für Bücher?«

»Nicht so ... pauschal. Es kommt darauf an, äh, es ... es kommt darauf an, was es für Bücher sind.«

Sie wirft den Kopf zurück und lacht; erst schämt er sich, dann versteht er: sie lacht mich nicht aus.

So ist das also gekommen mit ihnen beiden, und zuerst war es vor allem unerwartet normal, das heißt: so wie meistens in Diracs Leben, wenn er ein Gespräch mit einem einzelnen Gegenüber führt – das Gegenüber redet, er hört zu und bleibt bis auf gelegentliche vage Höflichkeits-Einschübe still: »Ah ja. Verstehe. So. Ja, sicher.«

Dann aber wurde es anders. Was ist passiert?

Hat sich, wie das Klischee sagt, seine Zunge gelöst? Sie hat ihm Fragen gestellt und zweimal – wie er fand, ein wenig kokett – darauf hingewiesen, er müsse nun aber wirklich auch mal etwas sagen, »Ich kann schließlich nicht sehr gut Englisch. Und von einem Engländer lerne ich wenigstens RICHTIGES Englisch, nicht diesen verkrüppelten amerikanischen Dialekt mit seinen verschluckten Endungen und seiner leiernden Betonung.«

Er ist drauf eingegangen, zögerlich erst, dann gern.

Er redet länger und mehr, als er je in seinem Leben am Stück geredet hat, und wenn er nicht auf den Tisch sieht – was er manchmal tut, um sich zu sammeln – und sie nicht anblickt – was er manchmal tut, um sich zu versichern, daß sie wirklich da ist –, dann schauen sie kurz zusammen aus dem Fenster, in den Garten, wo der Wind die Sträucher bewegt und die Sonne scheint, und hängen ihren je eigenen Gedanken nach, für ein paar Sekunden – ihre handeln von Budapest, von ihrem Gärtner, seine von Mrs. Swinton und ihren safrangelben Rosen.

Er spricht von lustigen Sachen: »Und der Reporter schrieb sich das alles auf, jedes Wort, den ganzen Steckbrief, den Heisenberg da von mir gegeben hat, und ich stand daneben, und irgendwie haben wir es vermieden, zu lachen, vielleicht war uns auch beiden gar nicht klar, wie lustig das eigentlich war.« Sie lacht wieder, und das kommt ihm vor wie ein großer Erfolg, als hätte er bei einem Spiel einen Punkt gemacht.

Er spricht von peinlichen Sachen: »Als ich diesen Brief bekam, von Fermi, war ich wirklich überrascht, und das ist das Beschämende daran, daß ich es nämlich nicht mehr wußte – ich hatte das Ding tatsächlich gelesen, diesen Aufsatz von ihm, aber ich fand ihn einfach nicht wichtig, und später, als ich die Idee dann brauchen konnte, dieses Konzept vom idealen Gas, da habe ich es mir... es kam praktisch aus der Luft zu mir, ich war mir nicht bewußt, daß ich mich da an etwas erinnerte. Ich hätte in der Erde versinken mögen vor Scham.«

Er spricht von erhabenen Sachen: »Das war im April Dreiunddreißig, dem Jahr, als ich den verflixten Preis bekommen hatte... der Abbé war zu Gast in Cambridge, und ich hatte mir nicht mehr davon versprochen als eine Art milder Ablenkung, ich war noch sehr verbissen in die Löchertheorie. Da stand er also, dieser Geistliche, der bei Eddington studiert hatte, unserem größten Astronomen, und erzählte uns von seiner neuen Hypothese: Das ganze All, das Universum, in dem wir leben, sei aus einem einzigen, unendlich dichten Punkt entstanden, einem ›kosmischen Ei‹, wie er das nannte... und er meinte, es dehne sich aus, immer weiter, werde größer... er hatte schon Siebenundzwanzig gezeigt, daß die allgemeine Relativitätstheorie Lösungen für die Feldgleichungen erlaubt, in denen das Universum als etwas Expandierendes beschrieben wird. Mir hat das damals so... die Brust geweitet, den Atem... ich dachte, und ich komme bis heute nicht weg davon: Vielleicht gibt es irgendwo eine Verbindung, zwischen den ganz kleinen Dingen, die wir untersuchen, und diesen riesigen Vorgängen und Objekten, von denen der Abbé sprach. Ich weiß nicht, ob und wann ich diese Idee jemals untersuchen kann, aber das wäre ... das könnte eine wichtige Aufgabe sein.«

Schließlich spricht er sogar von seinem toten Bruder: »Ich weiß nicht, ob das nicht völlig paradox ist, was ich dir jetzt sagen werde. Einer von diesen ›Fällen‹ und ›Komplexen‹ für Psychiater und Psychoanalytiker – ein Widerspruch im Denken und Empfinden, den man zwar ganz deutlich erkennt, von dem man aber trotzdem nicht loskommt. Es ist nämlich so: Ich empfinde keine Reue oder Schuld ihm gegenüber, denn dazu waren wir einander viel zu fremd. Wir haben einander nicht mal gegrüßt, damals in Rugby, als wir als Aushilfskräfte in dieser Fabrik gearbeitet haben. Aber da genau liegt das Paradox: Ich habe keine Schuldgefühle, und eben das macht mir dann auf irgendeine Weise eben doch Schuldgefühle. Ich bereue, daß es nichts gibt, was ich bereuen kann. Verstehst du? Es ist, als würde ich sagen: Ich möchte eine Pilgerfahrt machen und büßen, und wenn man mich dann fragt: Wofür?, dann würde ich sagen: Ich weiß es nicht, ich dachte nur, das macht man so. Ich habe überhaupt keine Erinnerung aus meiner Jugend, an irgendwelche wichtigen Familienereignisse. Verstehst du, wenn andere ... du meintest vorhin, du würdest dich erinnern an ...«

Sie nickt: »Ausritte im Sommer, ja. Streit mit meinem Bruder – die Puppe, die er mit seinem Streichholz anzuzünden versucht hat, und wie er mich in eine Pfütze gestoßen hat, und daß ich seine Kreide vergraben habe. Und wie wir gelacht haben, und die Hügel runtergerollt sind, und daß ich mich gewundert habe, wie wir das überleben konnten. Wie stabil Kinder sind, oder wie elastisch. Es hätte uns alle Knochen brechen müssen, aber wir hatten nur ein paar blaue Flecken. Wir waren sechzehn. Sechzehn Jahre alt.«

Er seufzt. »Sechzehn. Ja. Siehst du, ich erinnere mich nicht an solche Geschichten. Leeres Blatt. Gar nichts in dieser Art. Nur Dinge, die mit dem zu tun hatten, damals schon, was dann später aus mir wurde. Ein paar helle Bilder aus dem Krieg, ein paar Zeitungsüberschriften und besorgte Blicke meiner Mutter, das ist schon alles. Und dann war der Krieg vorbei, und ich hatte ... ich habe das Gefühl, danach gab es nur noch die Wissenschaft. Ich war sechzehn, genau wie du, als ihr den Hügel runtergerollt seid, sechzehn, als der Weltkrieg zu Ende war. Na ja, diese Amnesie ist vielleicht gar nichts Besonderes. Jedermann wollte den Krieg vergessen. Aber die eigenen Familienerlebnisse? Die sind schließlich kein Krieg.«

Sie lächelt, er kratzt sich am Kopf und sagt drollig verwundert: »Hm, vielleicht doch. Vielleicht sind sie das. Ein Krieg. Jedenfalls wollten wir wohl alle fliehen, vor diesem Krieg, vor diesen Erinnerungen. Ich hatte mich schon als Schuljunge immer stark für ... Beziehungen und Maßverhältnisse von Raum und Zeit interessiert. Ich hatte immer viel drüber nachgedacht, es war mir, glaube ich, auch schon klargeworden, daß Zeit tatsächlich so etwas wie eine weitere Dimension sein muß. Es gab eine Verbindung zwischen den beiden. Ich kannte natürlich nur die euklidische Geometrie, ich war ja noch Schüler. Aber dann, Neunzehnhundertneunzehn, bestätigten Frank Dyson und Arthur Eddington die allgemeine Relativitätstheorie mit ihren Sonnenfinsternisbeobachtungen, und plötzlich waren die Zeitungen voll davon, alle redeten darüber, kaum jemand verstand es, aber es war ... als hätte ich ... ich weiß nicht, als könnte ich etwas riechen, Ozon in der Luft oder Kupfer oder ... ich dachte: Das ist es. So etwas will ich ... machen oder wissen oder ... Neunzehnhundertneunzehn. Ich werd's nie vergessen. In dem Jahr habe ich die britische Staatsbürgerschaft erhalten, habe ich das erwähnt? Komisch, welche Daten zusammenfallen. Es gibt keine Ordnung darin, nehme ich an, aber man sucht doch immer danach.«

So redet er zu ihr, und sie hört ihm zu.

Nach einer Stunde Reden legt er die Hände zusammen, auf den Tisch, als hätte er eine schwere Arbeit beendet. Es fühlt sich nicht so an, wie Oppenheimer es ihm damals in Göttingen im Gespräch über Dantes Beatrice ausgemalt hat: keine religiöse Erweckung, kein plötzliches, unbezwingbares Gefühl, das ihn verleitet hätte, mit dem Dichten oder Malen anzufangen.

Statt dessen regiert den Augenblick ein ziemlich einfacher Gedanke: Ich hoffe, sie geht nicht weg.

Paßt doch

Manchmal haben auch die Lehrer an Rektor Adolf Schmieds als Kleinstadtoberschule verkleidetem darwinistischem Psychozirkus für junge Menschen einen lichten Moment.

Ein kluger Deutschlehrer, gestandener Christdemokrat, fragt den jungen Tailgunner einmal während einer erhitzten Diskussion über die Dämonie des Ostblocks: »Wie paßt das überhaupt zusammen, eure Bastelideologie? Ich hab' mir dein Heft«, er meint die leitend von David verantwortete fotokopierte Winzigzeitung mit Rezas tollen Zeichnungen, Davids endlosen hébertistischen politischen Predigten und Christofs geistreichen Lehrerverunglimpfungen drin, »jetzt mal angeschaut – ihr seid für die RAF, ihr seid für die sozialistischen Klassiker, womit alles zwischen Stalin, Fanon, Peter Weiss und Ernest Mandel gemeint ist, und dann seid ihr noch für die realexistierende Sowjetunion. Und diese drei Sachen«, schließt der Mann siegesgewiß, »passen überhaupt nicht zusammen. Also?«

David lächelt, weil das eine leichte Übung ist.

Er lehnt sich ein bißchen mit seinem Stuhl zurück, fast kippelnd, und sagt: »Doch, das paßt zusammen. Sie glauben, es geht bloß darum, wofür man ist. Das stimmt aber nicht. Es geht darum, wogegen man kämpft und wie die einzelnen Waffen wirken.«

»Welche Waffen?«, das ist höhnisch und also weit danebengeschossen.

Denn David kann antworten: »Die RAF, das meint, daß wir euch drohen. Die Klassiker, das meint, daß wir wissenschaftlich und vernünftig untersuchen wollen, was falsch läuft bei euch und wie man es ändern muß. Dabei bekommt jeder Vorschlag Gehör, wenn er nur ernst gemeint ist, Stalin wie Trotzki. Und die Sowjetunion, tja, die bedeutet, daß wir mit der Drohung nicht Romantik und mit der Wissenschaft nicht Gegrübel meinen, sondern wirkliche Politik, ein Reich von dieser Welt. Paßt.«

Blöd ist nur, daß wenige Jahre später das dritte Bein dieses Arguments durchgehauen wird.

Ab da wackelt die Welt, daß einem schlecht werden kann.

Kennenlernen

Dirac hat ursprünglich Lust gehabt, mit Igor Tamm und eventuell auch Kapitza im Kaukasus herumzureisen und dann Leningrad, Moskau, Charkov zu besuchen. Bohr hatte zugesagt, irgendwann zu ihnen zu stoßen. Kapitza aber steht aufgrund neuartiger, beunruhigender Probleme mit der sowjetischen Bürokratie nicht für Reisen zur Verfügung, und dieser Umstand sowie das neuerliche Angebot aus Princeton bewegt Dirac dazu, die Rußlandreise abzusagen und Anfang August mit dem Dampfschiff »Britannica« nach den USA zu fahren.

Kaum in den Staaten angekommen, beginnt er eine kleine Rundreise mit seinem alten Feuerwehrkameraden van Vleck: In Kansas City treffen sie zusammen, dann geht es weiter zu einer Kleinstadt in Colorado namens Lake City und von dort aus in die Berge mit ihren herrlichen dunklen Wäldern. Man läßt sich von Bergbauern in kleinen Lastwagen mitnehmen, wandert, klettert und schreit vom Gipfel des 4360 Meter hohen Uncompagrhe Peak sinnlose Jubelschreie in die Gegend. Den Nachmittag nach dem Abstieg verbringen die beiden auf einer staubigen Landstraße zwischen Postsäcken in einem klapprigen Vehikel der US Mail.

»Die Kids bei Mark Twain«, findet van Vleck, »waren auch keine größeren Wanderratten als wir zwei, soviel steht fest.« In Silverton trennen sich die Freunde; Dirac fährt nach Princeton.

Die Atmosphäre ist entspannter als beim letzten Mal. Ob das mit Einsteins Ankunft im Oktober Neunzehnhundertdreiunddreißig zu tun hat, läßt sich nicht sagen, aber die Bemerkung eines Kollegen am Institute for Advanced Study, »jetzt ist Prospero da, unsere Insel ist komplett«, hat viel für sich. Daheim in Europa tobt der Wahnsinn; die jüngste schlechte Nachricht ist der Selbstmord Paul Ehrenfests im Herbst. Im September hat Dirac den bescheidenen, großherzigen Mann noch bei Bohr getroffen, wo Fermi, Heisenberg und dessen Kopenhagener Mentor konferierten. Dirac war Ehrenfests Bedrücktheit und Verhuschtheit aufgefallen; er hatte sogar seine eigene Zurückhaltung überwunden und seine Sorge Frau Bohr mitgeteilt. Aber was hätte man tun sollen? Fünf Tage nach dem Ende der Konferenz war Ehrenfest tot.

Daß sich im malerischen Princeton mit seinen ordentlich kurzgemähten Rasenflächen, den putzigen Häuschen und den sommersprossigen Zeitungsjungen auf ihren zu großen Fahrrädern in der absehbaren Zukunft jemand umbringen könnte, ist unvorstellbar. Paul Dirac hat Freunde am Ort. Einer von ihnen ist der Physiker und Exilungar Eugene Wigner, der im selben Jahr geboren wurde wie Dirac. Sie sind einander vor Jahren in Göttingen das erste Mal begegnet und haben sich im Laufe der Jahre immer besser verstanden.

Diesmal aber ist Dirac nicht der einzige Besuch bei Wigner. Margit Wigner Balasz ist aus Budapest angereist, um ihren Bruder Eugene und den gemeinsamen Freund John von Neumann zu besuchen. Die von Neumanns und Wigner sind in den letzten Jahren während der Sommermonate oft zu Gast bei Wigners Eltern in Budapest gewesen. Marietta, von Neumanns Frau, hat bei einem dieser Besuche Margit auf einen Gegenbesuch eingeladen. Margit, die von ihrem Bruder »Manci« genannt wird, übernachtet bei den von Neumanns und besucht täglich ihren Bruder, dessen Raumverhältnisse nicht zulassen, daß jemand bei ihm logiert.

Kopfschüttelnd nimmt sie zur Kenntnis, in was für einer schäbigen Bude ihr Bruder haust, und will ihn gerade wegen seiner unangebrachten Knauserigkeit tadeln, als ein großer, schlanker junger Mann in den Türrahmen tritt und sich räuspert, während er an die Tür klopft. Manci schaut Eugene fragend an, der zuckt mit den Schultern und sagt: »Das ist Dirac. Er ißt nicht gern allein.«
Drei Tage später sitzen Dirac und Manci in der Küche der von Neumanns, und er redet mehr und länger am Stück als je vorher.

Weißer Terror

Im Sommer Neunzehnhundertsechsundachtzig verliert Pauls Vater seinen Arbeitsplatz, die Hypothek auf dem Haus gerät in Gefahr, Pauls Mutter entdeckt, wie schlecht Pauls Vater gespart hat. Die Beschwerden der Lehrer über Paul nehmen einen Tonfall an, der, wie Pauls Vater bangt, »die Zukunft des Jungen« in Frage stellt.
Infolge all dieser Schicksalsschläge erlebt Pauls Vater zunächst eine schwer neurotische Episode von Herzhypochondrie und kurz darauf das, was man zu der Zeit einen »Nervenzusammenbruch« nennt.
Pauls Mutter legt dem Sohn daher dringend nahe, wenigstens

in der Schule fürs erste keinen Ärger mehr zu machen, bis sich der Arme wieder gefangen hat. Weil Paul ein ehrenhafter Mensch ist, verspricht er das und hält sich in der Folge mit Erschießungsplatzprojekten für den Kunstunterricht, aggressiven Zwischenrufen und sonstiger Disruptivgaudi zurück. David füllt die Lücke nach Kräften. Aber wie in solchen Fällen immer wittert die Reaktion unfehlbar ihre Chance. Zur Eskalation fehlt nur noch ein Vorwand.

Den fabriziert Paul im Dezember, als drei parallele Klassen, darunter seine, eine Woche auf einem zugeschneiten Berg im Winterschullandheim verbringen.

Als es losgeht, streitet sich David gerade am Flipperautomaten vor dem Speisesaal des Schullandheims mit Roland Pohl über Queen, nämlich darüber, ob die scheiße sind und unerträglich, was David mit Vehemenz vertritt, obwohl Roland ihn mit dem Argument »sie machen auch Musik mit Bowie« ganz schön in die Ecke treibt, denn Bowie gehört neben diversen Metal-Bands unbedingt zum Kanon der Paulschen Partei. Es war sogar David, der ihn dort etabliert hat, vor allem mit »Diamond Dogs« und dem Stück »When You Rock'N'Roll With Me«, dessen Pathos er mit Candela verbindet.

Davids Tage im Winterheim, wenn er nicht gerade ein paar hundert Meter in den Schnee rausstapft und zwischen irgendwelchen dunklen Bäumen mit Paul, Christof und ein paar Mädchen raucht, sind fast nur von solchen ästhetischen Grundsatzdebatten ausgefüllt.

Denn Sonja hält die Nichtbeachtung seiner Aufmerksamkeiten eisern durch und Candela ist wegen Langeweile am zweiten Nachmittag verduftet, mit der üblichen, schon kaum mehr um Glaubwürdigkeit bemühten Ausrede »Menstruationsbeschwerden«.

Während David also gerade eine elaborierte Abwehr konstruiert, die zum Inhalt hat, daß die Zusammenarbeit von Bowie mit Queen nichts für Queen Vorteilhaftes, sondern höchstens

Bowies Intelligenz beweist, weil der durch Indienstnahme dieser Idioten für seine Kunst zeigen kann, daß auch das Unerträgliche einen Nutzen hat, kommt plötzlich Jutta angerannt, mit fliegenden blonden Haaren, und boxt ihn mehr in die Ecke, als daß sie ihn beiseite nimmt. Dann zischt sie ihm zu: »Gleich kracht's!«

Schon trampeln Kasch und die junge Deutschlehrerin Maurer die Treppe runter und verkünden: »Es wird jetzt ein Film gezeigt. Das ist Pflicht. In fünfzehn Minuten sind alle drüben im Essenssaal, es werden Listen ausgelegt, in die ihr euch eintragt.«
»Was denn jetzt, Nürnberger Parteitag?« schnört David den Abziehenden hinterher, aber Jutta kneift ihn in den Oberarm und flüstert erregt: »Du, das ist voll ernst, David.«
»Nämlich?«

Folgendes, erklärt Jutta, so daß auch Roland und Bernd Loos aus der b sowie zwei Mädchen, die ihre Köpfe dazustecken, alles erfahren: Irgend jemandem, vielleicht der desertierten Candela, ist es trotz schärfster Kontrollen sämtlicher Gepäckstücke durch den Lehrkörper gelungen, mehrere kleine Flaschen Kirschwasser in die Strafkolonie zu schmuggeln. Die wurden soeben von Paul, Jutta, Johanna, Christof, Torsten Schau, Peter Schlosser und Michele Carulo »hingerichtet«.
Im Laufe erotischer Rangeleien zwischen, schluck, ausgerechnet der von David schon vor Jahren abgetanen Jutta und Paul kam es zwischen Paul und, schluck zwei, Johanna zu irgendeinem größeren Streit, bei dem, alle Vorsätze übers Stillhalten zugunsten des Vaters mit zusammengebrochenen Nerven zum Trotz, Paul offenbar eine Tür zu einem der Mädchenzimmer, nämlich demjenigen, in dem Johanna, Sonja und Kirstin Kreuch schlafen, ziemlich gründlich kaputtgemacht hat: »Die Klinke ist hin, und aus den Angeln hat er die Tür auch gehoben. Wir haben sie dann ganz schnell alle zusammen irgendwie wieder reingehängt, notdürftig, und dann kam Kasch auch

schon an, hat beim Versuch, die Tür aufzukriegen, auf einmal die Klinke in der Hand gehabt und – ja die Tür, na ja, man kann sie eh nicht mehr richtig schließen, sie ist dann praktisch umgefallen. Das war schon derb.«
Natürlich gibt es kein Geständnis. Niemand ist's gewesen, keiner hat's gesehen.
»Daher der Film«, rät David richtig, das soll irgendeine raffinierte Ermittlungsidee sein.

Der Film, den sie zeigen, heißt »Die Farm der Tiere« und ist ein plump antikommunistischer Zeichentrickschinken für Demokratenspinner. Aber der Inhalt, wie bald alle im abgedunkelten Raum merken, spielt gar keine Rolle. Vier Lehrerinnen und Lehrer sitzen im Raum und bewachen jede Tür. Zwei weitere, einer davon Kasch, sitzen draußen und verhören einzeln rausgerufene Schülerinnen und Schüler.
Als David dran ist, lacht er Kasch aus.
»Ich weiß schon«, sagt Kasch, » du warst beim Flippern. Roland sagt das auch. Diesmal nicht – aber du kommst auch noch dran.« David lacht weiter, schüttelt den Kopf, geht wieder rein.
Paul hält dicht, Jutta ebenso. Aber bei Johanna, die nicht nur immer noch angetrunken, sondern vor allem gekränkt ist, weil Paul mit Jutta rumgemacht hat, versuchen die Lehrer den ältesten Trick der Welt: »Paul hat alles zugegeben. Wenn du uns weiter anlügst, sieht es sehr schlecht für dich aus.«
»Was hat er denn zugegeben?« – immerhin, ein bißchen Geistesgegenwart verbleibt auch der brodelnd Eifersüchtigen.
»Daß er die Tür demoliert hat.«
»Kann er gar nicht zugegeben haben. Er war es nämlich nicht alleine. Ich war es auch, und dem seine Frauenbeschützerei brauch' ich schon mal gar nicht.«

Kasch geht wieder rein, unterbricht den Film, läßt das Licht anmachen und Paul rausrufen, zu Johanna. Das heißt: er hat die beiden, die er haben wollte, vor allem ihn, den Rädelsführer.

David überlegt eine Weile, wie er aus dieser Filmfolter rauskommt, um irgendwie einzugreifen und den Faschisten das
Spiel zu verderben. Aber die Ausrede »ich muß aufs Klo«
kommt ihm denn doch zu mager vor, also bleibt er sitzen,
bis der Film weitergeht und man auf der Projektionswand
die Menschen nicht mehr von den Schweinen unterscheiden
kann, wie im Leben.

Danach gibt es Abendessen, und Paul wie Johanna zeigen
Rückgrat, indem sie auftauchen und mitspeisen.

Es muß übel gewesen sein: Paul will nicht reden, sagt nur »Laß
halt«, als David ihn anzusprechen versucht, alles unter den
wachsamen und triumphierenden Blicken der Faschisten. Danach gibt es noch mehr verordneten Gruppenkäse, einen
»Lernabend« nämlich mit – bis auf die groteske Überklassen-
größe von vierundfünfzig Schülern – ganz normalem Unterricht. Dann sollen alle ins Bett. Das Licht wird bald gelöscht.
Paul und David liegen Kopf an Kopf in den beiden unteren
Betten zweier Doppelstöcker.

Reza und Christof, die oben liegen, schlafen schnell ein, sie
sind betrunken und stehen außerdem unter dem Einfluß bun-
ter Drogen. David hört, daß Paul nicht schläft – erst setzt er
den Walkman auf und hört Iron Maiden, vor allem »Piece of
Mind«, davon dreimal das Stück mit den Stiefeln. Dann wälzt
er sich, und David meint zu hören, daß er weint, was ihn anfaßt wie Eis: Wenn sie den brechen können, was bleibt dann
für uns gewöhnliche Nieten?

»Alles okay?« flüstert er.
»Die haben meine Eltern angerufen. Morgen früh holt mich
meine Mutter ab. Aber mein Vater war dran. Die haben den
fertig gemacht, die haben ...«
»Die benutzen das, Paul. Du darfst nicht ...«
»Was?« zischt der Starke verheult. »Mich nicht unterkriegen
lassen? Wieso nicht, schulde ich dir das irgendwie oder ...«

Die Tür fliegt auf. Das Deckenlicht geht an, und dann leuchtet Kasch dem erschrockenen Paul mit einer Taschenlampe ins Gesicht: »Wo sind sie? Wo?«

Zwei weitere Gestapolehrer stehen drohend im Raum. Reza blubbert »Wasnetz?«, und Christof kichert. Paul wird aus dem Bett gerissen. Einer von Kaschs Henkern fängt an, in Pauls Sachen zu wühlen.

David ruft: »Was soll das? Was wollt ihr Arschlöcher denn jetzt noch?«

»Tabletten«, bellt Kasch, »deine Mutter sagt, du hast deinem Vater Tabletten gestohlen. Schlaftabletten, Beruhigungstabletten . . .«

Paul sagt gar nichts, fällt zurück aufs Bett und macht wimmernde Geräusche. David weiß, worum es geht: Paul hat das Zeug tatsächlich, jedenfalls hat er's gehabt – man hat es sich am ersten Abend zu Kaffee und etwas Bier geteilt, eine etwas andere, sehr wattierte Drogenerfahrung.

»Haut ab!« schreit David, der seiner Mutter auch schon Medikamente geklaut hat, und wundert sich selber, woher er, der im Gegensatz zum völlig apathisch daliegenden Paul wirklich panische Angst hat und gar nicht recht weiß, wovor, die enorme Lautstärke nimmt, vor der sogar Kasch zusammenzuckt.

Die dumme Maurer drängt sich in den Raum und sagt: »Jetzt beruhigt euch doch mal alle und . . .«

David tritt sie gegen's Schienbein, nicht zu fest, aber fest genug: »Haut ab, ihr Nazis! Laßt uns in Ruhe! Ruft von mir aus meine Alte auch noch, und die Wehrmacht, aber diese Überfallscheiße hier, das HÖRT JETZT AUF!«

»Genau«, kichert Christof und wirft Kasch, der die Hand zum Schlag gegen David erhoben hat, nicht besonders fest eine leere Cola-Dose an den Kopf. Dann fangen er und Reza, während David immer unartikulierter weiterschreit, wie auf ein geheimes Kommando an, mit glockenhellen Knabenstimmen zu singen: »Na-zis raus! Na-zis raus! Na-zis raus!«

Kasch wird wutbleich, Maurer fällt rückwärts aus dem Zim-

mer, ihr Sekundant duckt sich weg, als noch mehr Zeug fliegt:
»Metal Hammer«-Heftchen, Kopfkissen, Schokoriegel.
»Schweine!« schreit David.
»Das wird ein Nachspiel haben!« donnert Kasch sehr brüchig,
weil jetzt auch noch in anderen Zimmern rhythmisch an die
Wände geklopft wird. Das Rollkommando zieht sich zurück,
schnell kehrt Ruhe ein.

Am nächsten Morgen begleiten David, Johanna, Jutta, Reza,
Christof und ein paar andere trotz giftigster Lehrerblicke Paul
nach dem Frühstück zum Parkplatz.
Johanna umarmt ihn, als das Auto mit Pauls Mutter drin ein-
trifft.
Paul nickt David zu, lächelt müde und bleich. Dann geht er
zum Wagen, steigt ein und fährt weg.
Das Nachspiel für David und seine tapferen Antifaschisten
besteht in ein paar lächerlichen Strafarbeiten, und später, zu
Hause in Sonnenthal, erfährt er, daß Pauls Vater die Sache
ganz gut weggesteckt und über die Geschichte von der nächt-
lichen Razzia sogar gelacht hat. Nichts ist schlimm, wenn man
sich keine Angst machen läßt.

Mantel

Sie spricht vom Haus ihrer Eltern: »Es ist gar kein so altes
Haus«, sagt Manci, »aber für Amerikaner – mein Bruder und
die von Neumanns sind inzwischen echtere Amerikaner geworden als der Präsident, nehme ich an – muß es eine Art
verwunschenes Karpatenschloß sein. Sie gehen eilig an den
großen alten Spiegeln vorbei, man möchte glauben, sie hätten
Angst davor, hineingesaugt zu werden.«
Dirac lacht.

Sie spricht von ihrer unglücklichen Ehe: »Wir wußten gar
nicht, worauf wir uns da eingelassen haben, fürchte ich. Wir

haben das alles sehr schnell gemacht, kannten uns nicht lange genug, und ich ... ich glaube, ich hätte erstmal selber ein eigenes Leben haben sollen, bevor ich mir seins anvertrauen ließ. Ich weiß es nicht, ich bin bloß froh, daß ich die Kinder habe. Denn damit steht irgendwie fest, daß aus dieser Ehe doch noch etwas Gutes hervorgegangen ist, und darauf lege ich großen Wert. Ich weiß gar nicht, warum mir das so wichtig ist. Vielleicht sind es die stillen Vorwürfe meiner Eltern. Sie halten zwar zu mir, so ganz allgemein, aber man merkt doch, daß sie enttäuscht sind, daß das mit dem Schwiegersohn und der Vergrößerung ihrer eigenen Familie nicht richtig funktioniert hat. Und gegen diese nie ausgesprochenen Vorwürfe, diese Blicke, verteidige ich mich vielleicht, indem ich mich so an den beiden Kleinen festhalte. Eugene sagt ja, ich sollte das einfach hinter mir lassen, er meint, es wären noch Brötchen im Ofen, von denen ich gar nichts weiß.«
Dirac stellt fest, bevor er merkt, daß er etwas sagt: »Da hat er zweifellos recht.«

Sie gehen ein paar Schritte weiter, es schwebt jetzt eine Stille zwischen ihnen, die nicht peinlich, aber auch nicht ganz natürlich ist.
Ist das Erwartung?, fragt er sich. Und wenn ja, Erwartung von was?

Am Ende, als es langsam dunkel wird, verabreden sie miteinander, sich am nächsten Tag wieder zu treffen, um Dirac einen Mantel zu kaufen, weil er seinen alten vor einiger Zeit in Rußland bei Tamm gelassen hatte: »Er hat sich sogar drüber gefreut, über meinen alten Lumpen!«
»Gut, dann fahren wir mit dem Zug in die große Stadt und kaufen dem armen Wissenschaftler einen Mantel!«
»Das machen wir.«

Am nächsten Tag bringt Manci ihm zur Bahnstation, dem vereinbarten Treffpunkt, einen Brief von jenseits des Atlantiks mit, den sie morgens am Institut in seinem Fach gefunden hat. »Schlechte Nachrichten?« fragt sie, im vollen Abteil an ihn gelehnt, als er mit Stirnerunzeln liest, was man ihm da geschrieben hat.

Er nickt geistesabwesend, räuspert sich, sieht dann vom Brief auf und sagt: »Der Brief ist von Anna Kapitza, Pjotrs Frau. Er hat Schwierigkeiten mit den Behörden, mit der Partei. Sie verdächtigen ihn irgendwelcher Geschichten.«

»Was für Geschichten?«

»Politische, nehme ich an. Sie schreibt es nicht so genau, was entweder daran liegt, daß sie so etwas nicht schreiben darf, oder aber daran, daß sie selbst nicht genau Bescheid weiß, und Pjotr womöglich auch nicht. Eine schöne Schweinerei. Kommunisten sind humorlose Leute.«

»Und was passiert jetzt mit ihm?«

»Ich kann's mir nicht vorstellen. Fürs erste darf er wohl nicht ausreisen. Das schreibt sie jedenfalls, wenn auch ein bißchen verklausuliert. Das dürfte schlimm für ihn sein, er reist genauso gern und oft wie ich. Aber ansonsten ... Man kann nur hoffen, daß es übers Reiseverbot nicht hinausgeht.«

Mehr gibt es nicht dazu zu sagen. Der Zug hat sein Ziel erreicht.

Sie gehen zu Lord and Taylor; er probiert einige Mäntel an.

Er mag das Procedere nicht: steif dastehen, Fuß vorstellen, sich umdrehen. Trotzdem bringt er die notwendigen Schritte der vollständigen Anprobe einigermaßen gefaßt und nicht völlig würdelos hinter sich. Währenddessen nimmt der Verkäufer Manci vertraulich beiseite und sagt: »Wollen Sie ihm nicht auch noch einen Anzug kaufen? Der, den er anhat, ist ein bißchen abgetragen.«

Nach dem Einkauf gehen sie zusammen essen und Manci erzählt ihm von der Episode: »Der dachte wohl, wir wären verheiratet.«

Er weiß nicht, was er darauf erwidern soll, lächelt unsicher, sie wechselt das Thema.

Eine Woche später bricht er erneut auf eine seiner Reisen auf, diesmal nach Japan und Rußland, er will auch nach Kapitza sehen. Paul und Margit haben vereinbart, daß sie einander bald und wenn möglich auch häufig schreiben wollen. Er fängt bereits auf dem japanischen Dampfer »Asama Maru« nach Tokio damit an und berichtet ihr dann in den zwei Monaten, die er mit Nishina und anderen japanischen Kollegen dort verbringt, vom japanischen Wetter, den Shintotempeln und verzierten Toren, seinen Exkursionen nach Kyoto und Kobe. Von Tientsin reist er nach Irkutsk und mit der Transsib weiter nach Moskau, wo er zunächst Tamm trifft und dann Kapitza in Bolshevo vor Moskau besucht.

Sie treiben ein wenig Physik, darunter sogar ein, zwei Ausflüge ins Dirac fremde Gebiet des Experimentellen – Versuchsanordnungen, Protokollsätze –, aber Kapitza scheint mit seinen Gedanken woanders. Auf der Veranda, pfeiferauchend, den blutorangenrot zerfetzten Himmel im Blick, kippt der Russe eines Abends seinen Stuhl ein wenig nach hinten, atmet tief durch und sagt: »Albern, anders kann man das nicht nennen. Es ist ja gar nicht so, daß ich unbedingt aus Rußland raus möchte. Es gefällt mir hier, das Land ist nicht klein, wir reden nicht über Hausarrest oder ein Gefängnis. Aber es fühlt sich doch nicht nett an, wenn einem jemand sagen kann: Du darfst nicht fahren, wohin du willst. Das machen sie jetzt häufig, mit unsereinem. Der Genosse Stalin, fürchte ich, ist schlecht beraten und will sich die Wissenschaftler und Gelehrten mutwillig zu Feinden machen.«

»Auch das wird vorbeigehen«, sagt Dirac.

»Ich hoffe, daß ich das noch erlebe. Nun ja, was soll's? Es geht mir gut. Ich habe Freunde«, er macht eine ausgreifende Armbewegung in Richtung Dirac, »ich habe Arbeit«, er deutet mit dem Zeigefinger der Linken auf seine linke Schläfe, »und ich habe ein feines Weib. Wer kann mehr wollen?«

Ein feines Weib, denkt Dirac. Keine schlechte Idee.

Strategische Probleme

David sitzt möglichst schlampig alleine auf der Treppe unterm Feuer-Rollgitter und liest Mao Tse-Tungs »Strategische Probleme des revolutionären Krieges«, als der Mathelehrer Bruckner an der Glastür zum Aufenthaltsraum erscheint.

»Wieder rausgeflogen?« fragt Bruckner aufgeräumt.

Der Tailgunner nickt gönnerhaft.

»Was liest du denn?«

David hält den Mao-Band kurz hoch, »Ausgewählte Werke«, Band 1.

»Und wo bist du rausgeflogen?«

»Geschichte. Göring«, sagt David und grinst.

Der gemütliche Bruckner schüttelt den Kopf.

»Warum sind Sie eigentlich so cool, Bruckner?« ruft David ihm hinterher, als Bruckner das Gebäude verläßt, aber die Antwort versteht er nicht mehr, weil es draußen stark windet: »Ich versuche halt nicht, in Ordnung zu bringen, was eure Eltern verbockt haben.«

Ich bring's dir bei

Im Sommer Neunzehnhundertfünfunddreißig besucht Paul Margit in Budapest.

Obwohl sie einander die versprochenen Briefe nicht schuldig geblieben sind, gibt es viel nachzuholen.

Was die Sprache, die sie miteinander längst schon reden, bereits weiß und sagt, finden jetzt auch die beiden Erwachsenen selber heraus: Mal halten sie einander die Hände etwas länger als damals auf dem Küchentisch, mal umarmen sie einander zur Nacht, auf einer Brücke über die Donau finden sie es schließlich richtig, sich zu küssen. Sie reden wieder viel; diesmal weniger über die Vergangenheit, mehr über die Gegenwart und einiges über die Zukunft. Als er nach Cambridge zurückfährt, weiß er, wann er sie wiedersehen wird.

Ein paar fleißige Monate vergehen, dann fährt Dirac im tiefsten Winter nach Mariazell bei Wien, wo Manci mit ihren zwei Kindern aus erster Ehe und Hilda, ihrem österreichischen Kindermädchen, das Weihnachtsfest verbringen will.

Die kleine Judith und der zehnjährige Gabriel sind noch nicht ganz von dem Mann überzeugt, den sie aus Budapest schon kennen. Daß ihre Mutter so häufig mit ihm spazierengeht – er stapft durch den Schnee, »als gälte es, einen Bären zu jagen«, findet Manci – und die beiden Kinder während dieser Spaziergänge keine mütterlichen Ermahnungen fürchten müssen, gefällt ihnen, und bald nimmt er zumindest Gabriel mit Erzählungen von seinen Reisen für sich ein.

»Die Kinder mögen dich auch«, sagt Manci schließlich. »Weniger als ich, aber immerhin.«

Im Frühjahr Neunzehnhundertsechsunddreißig schreibt Eugene an seine Schwester: »Du könntest auf dem Weg ja Paul Dirac besuchen.«

Anlaß für den Vorschlag ist Wigners Wunsch, Margit möge zu ihm fahren, weil er ihr eine junge Physikerin vorstellen will, die er in Madison/Wisconsin getroffen hat und die er, wie er schreibt, »möglicherweise demnächst heiraten« wird. Margit reserviert sich einen Platz auf der zur Jungfernfahrt aufbrechenden »Queen Mary« und läßt sich in London von Paul abholen, der sie, die bis zur Abfahrt zwei Tage im Londoner Grosvenor House Hotel logiert, zum Essen nach Cambridge bringt.

Die Mahlzeit nehmen sie beim mit Dirac befreundeten Bischof Whitehead mit dessen Frau und ihrer beider Sohn, dem Mathematiker Henry Whitehead, in angenehmer, wenn auch für Manci etwas zu förmlicher Atmosphäre ein.

»Diese Leute sind schon sehr britisch, nicht?« fragt sie auf der Rückfahrt nach London.

Dirac ist alarmiert, sein Gesichtsausdruck rührt sie, als er fragt: »Das macht dir was aus? Das Britische?«

»Nicht bei allen. Bei einigen gar nicht.«

Sie schweigen eine Weile, sehen aus dem Fenster.

Dann sagt Margit: »Vielleicht sollten wir uns mal über uns unterhalten.«

»Ja, unbedingt, wir sollten … sollten vielleicht ähm nachher, heute, heute abend …«

»Nein, ich meine … wenn ich zurückkomme, aus Amerika.«

»Ja. Gut. Nicht jetzt, aber dann.«

Zwei Tage später steht er lange am Hafen, schaut dem Schiff hinterher und weiß, daß die Wartezeit bis zu ihrer Rückkehr sich vermutlich nicht gut zum Arbeiten eignen wird.

Während Manci in den USA Amelia Franck trifft, Eugenes zukünftige Frau, die auf sie einen »sehr netten« Eindruck macht, wie sie Paul schreibt, geht er noch länger und ausdauernder spazieren als zuvor und treibt nur wenig sinnvolle Physik. Schließlich kehrt sie per Schiff nach Southampton zurück.

Paul wartet auf sie, fährt mit ihr dann wieder nach London, wo er zum Abendessen einen Tisch in einem guten Restaurant reserviert hat.

Als man mit der Nachspeise fertig ist, sagt er langsam: »Ich … ich weiß nicht, ob … ich denke, du bist wohl ein bißchen älter als ich … nein, entschuldige, so war das nicht gemeint … ich will nur sagen …«

Sie lächelt, schweigt.

Er fährt fort, konzentriert, mutig und voller Furcht: »Ich meine nur, du weißt … über einige Dinge einfach mehr als ich, und äh … na ja, du hast ja schon einmal geheiratet.«

Sie sagt, nicht spöttisch: »Es ist nicht schwierig. Ich bring's dir bei.«

»Das wäre mir lieb.«

Gesetz

Wenn das kosmologische Standardmodell des Universums richtig ist, verdankt sich die Existenz der Welt einer spontanen Symmetriebrechung am Anfang von allem. Aber das All, das wir bewohnen, ist in vielem immer noch symmetrisch genug, und deshalb bekommt Paul anderthalb Jahre nach der Geschichte im Winterheim Gelegenheit, sich bei David zu revanchieren, der ihn damals möglicherweise ja wirklich davor bewahrt hat, zu viele und vor allem die falschen Tabletten zu nehmen.

Schauplatz der Gegenleistung ist ein anderes Landschulheim, auf einem Felsen überm Rhein, wo David nach Jahren der törichten Jagd die scheue Sonja endlich mal einen Augenblick allein erwischt und ihr endlich auch formell eröffnen will, was er sich von ihr eigentlich wünscht, worum es geht – da steht er also und sagt auf dem engen Gang eines alten, wendeltreppenverseuchten Gemäuers beklommen zu ihr: »Du weißt es ja vielleicht schon ...« Was soll sie da sagen, die Vorlage ist kinderleicht zu verwandeln: »Nein, und ich will es auch gar nicht wissen.«
Das war das.
Und auch wenn er später in seinem Buch an und über Sonja daraus eher das abgebrochene Ende einer scharfen Klinge macht, schneidet es an diesem Abend tief genug ins Fleisch, daß er sich allein in seinem Sechserzimmer verbarrikadiert, ordentlich was zusammenheult, sehr viel Wein trinkt – später wird er Wein nie wieder anrühren –, zweimal kotzt und sterben will, was er durch einen Sprung von der Mauer des Schullandheims zu vollbringen hofft. Als er rauskommt, um die Sache zu erledigen, sitzt Paul rauchend auf der Treppe.
»Ich geh' runterspringen, mir das Genick brechen«, erklärt David.
»Okay, ich komm' mit«, sagt Paul und kommt mit.
David hockt sich auf die Mauer, läßt die Beine runterhängen

wie tot, schaut hoch zu den vielen Sternen und sagt: »Ich liebe sie.«

»Von mir aus. Aber was ist der Unterschied zu der Geschichte mit Candela? Die hast du auch geliebt, auch nicht gekriegt, und das hast du auch überlebt.«

Weil es sich inmitten der Schmerzen hier plötzlich um ein echtes intellektuelles Problem, einen richtigen Widerspruch handelt, überlegt der Tailgunner lange an einer Antwort herum.

Dann sagt er: »Nein, weil ... weil Candela ist für mich wie du: ich wäre gerne ihr. Du. Sie. Ich finde das toll, wie ihr seid, ich will so sein. Aber Sonja ... ich will nicht sie sein, ich will äh ... ich will bei ihr sein, mit ihr.«

»Okay. Gut. Aber weißt du, wer was davon hat, wenn du jetzt mit ausgebreiteten Armen da schön runterfällst?«

»Hör schon auf, Paul. Sonja nicht, ich nicht, das ist doch klar. Aber ich will«, er weint wieder ein bißchen, »daß das aufhört«, er fuchtelt mit den Armen, da ist nämlich das Leid drin, in den Gliedern überall, nicht in der Brust, wie die schlechten Gedichte behaupten.

Man fühlt so einen Kummer als Muskelschwäche, als vegetativen Superkater, nicht als Herzweh.

Paul sagt: »Aber Kasch. Aber die Arschlöcher haben was davon, und deine Eltern werden machen, was sie immer gemacht haben: sich bemitleiden und die Schuld auf andere schieben. Wenn Spinner wie du aufgeben, sind Typen wie Candela und ich geliefert. Du erklärst uns, daß wir toll sind, da können wir dann weitermachen.«

Die Worte sind schön, aber sie erreichen David nicht.

Was ihn erreicht, ist der Arm, den Paul um ihn legt, und die Zigarette, die er ihm anbietet, und nirgends findest du größere Liebe als bei denen, die das Gesetz übertreten.

SIEBZEHN

Vermutung der großen Zahl

Paul Dirac, im Februar Neunzehnhundertneununddreißig, aus Anlaß der Verleihung des James Scott Prize, unter der Überschrift »Die Beziehung zwischen Mathematik und Physik«:

Die Beziehung (zwischen Mathematik und Physik, Anm. DD) hat zu allen Zeiten einen unbefriedigenden Aspekt aufgewiesen, nämlich die Beschränkung des Ausmaßes, in dem die mathematische Theorie einer Beschreibung des physikalischen Universums entspricht. Der Teil, auf welchen sie sich nicht beziehen läßt, wurde größer mit der Einführung der Quantenmechanik und kleiner mit der Einführung der neuen Kosmologie, aber es hat ihn immer gegeben.

Dieser Aspekt ist so unbefriedigend, daß man wohl nicht fehlgeht, wenn man voraussagt, daß er in Zukunft ganz verschwinden wird, sosehr dies auch bedeuten mag, daß wir unsere gewöhnlichen Vorstellungen von der Welt werden überwinden müssen. Das würde die Existenz eines Schemas bedeuten, in dem die Gesamtbeschreibung des Universums ein mathematisches Gegenstück besitzt, und wir müssen annehmen, daß unter derartigen Gegebenheiten eine Person, die jene Mathematik vollständig beherrscht, nicht nur astronomische Daten, sondern auch die historischen Ereignisse auf der Welt würde berechnen können, selbst die allergewöhnlichsten. (...) Ich möchte einen Vorschlag dazu machen, wie ein solcher Plan realisiert werden könnte. Wenn wir die gegenwärtige Epoche – zwei mal zehn hoch neun Jahre seit Entstehung des Alls – im Maß einer Zeiteinteilung ausdrücken, welche den atomaren Konstanten folgt, ergibt sich eine Zahl der Größenordnung zehn hoch neununddreißig, die dann das absolute

Maß der Gegenwart darstellt. Könnte es nicht so sein, daß alle gegenwärtigen Ereignisse mathematischen Eigenschaften dieser großen Zahl entsprechen, und, allgemeiner gesprochen, daß die gesamte Geschichte des Universums Eigenschaften der gesamten Folge der natürlichen Zahlen entspricht?

Zunächst mag es so aussehen, als ob das Universum viel zu kompliziert ist, als daß so eine Entsprechung möglich wäre. Aber ich glaube, daß dieser Einspruch abzuweisen ist, denn eine Zahl der Größenordnung zehn hoch neununddreißig ist ungeheuer kompliziert, was ihre Eigenschaften angeht, einfach deshalb, weil sie so groß ist. Wir haben ein elegantes Kürzel zur Hand, um sie aufzuschreiben, aber das darf uns nicht für den Umstand blind machen, daß sie ungeheuer komplizierte Eigenschaften besitzen muß.

Erbteil

Zwei Tage vor der Berliner Ausstellungseröffnung klingelt bei Johanna abends das Telefon.

Weil sie sich so darauf freut, daß das, worauf sie erst zu Hause und dann vor Ort seit fünf Wochen mit größter Konzentration, allen Kräften und nie gekanntem Eifer hingearbeitet hat, jetzt bald vor Publikum zu sich selbst kommen kann, ist sie unvorsichtig und wartet in ihrem Überschwang und der großen Bereitschaft, sich ab sofort aller Welt jederzeit mitzuteilen, nicht wie üblich ab, bis sich der Anrufbeantworter einschaltet und sie mithören kann, wer sie da anruft, ohne ihre Anwesenheit zu verraten.

Statt dessen nimmt sie den Hörer ab und bereut das augenblicklich, als sie die Stimme ihres Onkels Hagen erkennt: »Johanna? Guten Abend. Ich habe deine E-Mail bekommen.«

Scheiße, denkt Johanna, daran hätte ich denken sollen, daß ich die Ausstellungsankündigung natürlich nicht »an alle« schicken darf, weil sonst dieses Schwein auch davon Wind kriegt.

»Und ich nehme an, man muß dir gratulieren. Werden bei

so etwas eigentlich die Bilder ... oder diese anderen Sachen da auch direkt verkauft, dieses Installierte oder wie man sagt?«

»Mal gucken, ja. Aber für mich geht es nicht so sehr um ...«

»Hör mal, ich habe wenig Zeit, Entschuldigung. Ich leite jetzt ja einen Kochkurs, weißt du, ich muß ja sehen, wie ich über die Runden komme – in diesem Staat wird der Leistungswille ja nicht mehr prämiert, so ist das heute eben, wenn es nach der Linkspartei geht, dürfte unsereins ja nicht mal mehr Auto fahren – aber wenn man gute Ideen hat, das wirst du als Künstlerin nicht anders sehen, dann macht man seinen Weg schon, man muß den Kopf oben behalten, dann ist alles klärchen, sage ich immer.«

Johanna hat wirklich keine Lust auf eine der gefürchteten Motivationsreden dieses elenden Esels, also fragt sie grob: »Was willst du?«

»Ja«, er räuspert sich tatsächlich, kein Theatertrick ist ihm zu abgeschmackt, »ich wollte dir also erstens Glück wünschen für dieses ... diese Ausstellung in Berlin da, aber zweitens wollte ich doch auch die Gelegenheit wahrnehmen, dir noch einmal mitzuteilen, daß du dir das jetzt nicht zu Kopf steigen lassen solltest. Du weißt ja, wie Hiltrud und ich darüber denken. Du sollst deinen Weg machen, du sollst deinen Dickkopf haben, aber du solltest auch, und gerade jetzt, nicht vergessen, daß du deinem Vater etwas dafür schuldest, daß er dir das alles ermöglicht hat. Ich habe nämlich mit ihm telefoniert und erfahren, daß du ihn seit seiner Rückkehr aus der Kur erst einmal besucht hast. Ein einziges Mal. Du könntest, finde ich, und findet auch Hiltrud ...«

»Hör mal, findest du nicht, daß das meine Sache ist? Meine und seine?«

»Johanna, Johanna, ich will mich wirklich nicht beklagen, aber dein Sinn für Familie, das kann ich dir nicht ersparen, das muß ich doch sagen, also der war schon immer schlecht entwickelt, das muß wohl so sein, das ist vielleicht ein Erbteil deiner Mutter. Denn wir Rauchs sind da anders, wir halten zusammen, bei uns bleibt keiner im Regen stehen. Ich will dir nicht den Teufel an die Wand malen, versteht mich richtig, ich bin ja nicht der Maler von uns beiden, ha ha, aber vielleicht, das gebe ich dir zu bedenken, wird der Tag einmal kommen, an dem du uns brauchst, deine Familie, und als dein Patenonkel sehe ich es daher als meine Pflicht an ...«

»Ja, super, danke für den Tip, Gruß an Tante Hilde oder wie sie heißt, wir sprechen uns«, sagt Johanna und legt auf. So war das immer, denkt sie und schaut die lange Wand über ihrem Bett an, wo letzte Woche noch Nicole-Zeichnungen hingen, die jetzt in Berlin sind.

Schon immer: mit diesen Wichsern. Diesem Haufen, der zusammenhält wie Dreck.

Ich könnte das Bergman-Poster wieder aufhängen, fällt ihr ein, und sie steht schon auf, um es zu holen, als sie begreift, daß dieser Impuls, ihre Wohnung umzudekorieren, sie bloß ablenken will von dem Gewitter, das sich in ihrem Magen und hinter ihrer Stirn zusammenbraut.

So sind die, so waren die immer, na und, versucht sie sich zu beruhigen – als Hiltrud das erste und einzige Mal diese Wohnung betreten hat, fand sie es nötig, die Arbeiten auf dem Fußboden mit strengem Blick zu mustern und dann in pikiertem Tonfall zu erklären: »Ich weiß nicht, für wen so etwas gut ist. So eine Kunst. Wer so etwas anschaut – ich mag ja nun auch moderne Sachen, Chagall oder Magritte, abstrakte Malerei, aber meine Freundin Martina, die ein Geschäft hat, in dem auch Kunst verkauft wird, Postkarten, Drucke, sagt immer: Ein Künstler muß uns Freude machen, sonst ist er kein Künstler.«

»So sind die, so waren die immer«, sagt Johanna jetzt laut und merkt, daß sie inzwischen sinnlos in die Küche und wieder rausgelaufen ist, daß sie kein Ziel hat, daß sie nicht weiß, wo sie hin will, was sie tun kann. In der Falle, denkt sie, das ganze Leben lang immer in derselben Falle.

Sechsstündige Operation

Doktor Keane vertreibt Mister Halpern ungern aus dem Krankenzimmer; aber Dirac ist so erschöpft, daß weitere Arbeitsversuche weder dem wissenschaftlichen Assistenten etwas bringen, noch vom medizinischen Standpunkt aus zu verantworten sind.

»Dann machen wir eben eine Pause«, sagt Halpern und schaut am kreidebleichen Gesicht des Alten gezielt vorbei, schiebt seine Papiere zusammen, steht auf.

Keane beugt sich über ihn und flüstert Halpern ins Ohr: »Die Pause sollte etwas länger sein. Vielleicht kommen Sie besser erst morgen wieder.«

Halpern macht ein unverbindliches Geräusch zwischen Brummen und Winseln. Keane begleitet ihn nach draußen und sagt, als die Tür geschlossen ist: »Ich weiß ja, daß diese Arbeit wichtig ...«

»Es wird sein Vermächtnis, nichts Geringeres«, sagt Halpern traurig, aber kühl. Keane räuspert sich: »Eine Polemik, ja?«

»Ich versuche die Sache so nah wie möglich an den wenigen Äußerungen entlang zu formulieren, die ich ihm noch entlokken kann. Er haßt das, was aus der Quantenmechanik geworden ist – daß man heute einfach Unendlichkeiten wegkürzt, damit die Gleichungen einen Sinn ergeben, diese ganze häßliche Mathematik ... kleine Dinge, die soll man ja vernachlässigen können, aber das Unendliche ...«, er schüttelt den Kopf; für Keane ist nicht ersichtlich, ob das die heutige Quantenmechanik oder den Gesundheitszustand des Alten meint, der den halben Tag im Sessel verdämmert, kaum noch Appetit hat, vermutlich nicht mehr sehr lange leben wird.

»Es ist eine Schande«, sagt Halpern, und Keane fühlt sich genötigt, seinen Berufsstand zu verteidigen, während sie auf der Veranda stehen und Keane sich eine Zigarette anzündet: »Man hat jahrzehntelang nicht ... niemand wußte überhaupt, daß Dirac nur eine funktionierende Niere hat. Seine Eltern hielten nicht viel von Arztbesuchen, sie pflegten auf Hausmittel zu vertrauen, aus heutiger Sicht eine ...«

»Ich glaube trotzdem, daß man einem Einundachtzigjährigen keine sechsstündige Operation zur Entfernung eines nicht funktionierenden Organs mehr zumuten sollte. Wenn das alles ein Leben lang in Gottes Hand gelegen hat, dann soll es doch auch am Ende dieses Lebens dort verbleiben, meinen Sie nicht?«

Jetzt ist es an Keane, ein unverbindliches Geräusch von sich zu geben.

Halpern verabschiedet sich knapp und eisig, Keane kehrt zurück zu seinem Patienten.

Der Alte ist nicht allein: Die Frau von der Küste ist bei ihm, die Keane nie wieder zu sehen erwartet hatte und über die er seit ihrer Warnung vor der Toilette im Diner nicht mehr gesprochen hat.

»Guten Tag, Doktor Keane«, sagt die Frau und drückt die schlaffe Hand des kranken Genies, »ich denke, wir werden Sie hier nicht mehr brauchen.«

»Was ... sind ... was haben ... Sie mit ihm vor?« fragt der Arzt konsterniert.

»Wir werden eine kleine Reise machen«, erklärt die Frau.

Keane will protestieren, auf den Zustand Diracs verweisen, dessen Evidenz dergleichen unmittelbar verbietet, aber es ist der Kranke, der mit brüchiger, erstaunlich klar vernehmlicher Stimme die Angelegenheit entscheidet: »Ja. Eine Reise, noch einmal. An mein Meer.«

Was soll ich machen

Leise streiten hat Nicole vorher noch nie versucht, aber da ihre Tochter jetzt endlich schläft, probiert sie es mit Zischen statt Bellen: »Und du mußt uns jetzt beschützen wenn sie noch mal auftaucht, sonst bist du nämlich ein Scheißvater und dann kann ich gleich wieder zu meinen Eltern gehen.« Das mit den Eltern bringt sie jetzt öfter, wenn es Probleme gibt, weil Paul da einen Knopf zu haben scheint, an dieser Stelle, auf den man nur zu drücken braucht, wenn man ihn in Schwierigkeiten bringen will – seit Nicoles Eltern und sogar ihr Bruder bei der Taufe aufgetaucht sind und sich zwar zähneknirschend, aber eben doch mit Paul versöhnen wollten, was der mit schneidender Höflichkeit ins Leere laufen ließ, will er einfach nicht dran erinnert werden, daß die Familie, zu der Cathrin gehört, nicht nur aus Nicole und ihm besteht.

Er dreht sich zu Nicole, schnauft schwer dabei, damit sie merkt, daß es mitten in der Nacht ist und er seine Ruhe braucht. Dann stößt er den Ellenbogen ostentativ ruppig in die Matratze, stützt seinen Kopf auf einen Arm und flüstert: »Dir ist auch schnell langweilig, wenn sie mal nicht mehr schreit, ja?«
»Ich sage dir, daß die Frau von der Küste im Krankenhaus...«
»Herrgott!« platzt es aus Paul heraus, jetzt doch nicht mehr im Wisperton, sondern beinah laut genug, um das Baby zu wecken. Dann hat er sich sofort wieder im Griff und sagt so milde er kann: »Das hast du geträumt, okay? Du warst völlig ausgepowert und und und ... was weiß ich, sediert halt. Ich meine, ist doch nicht so wild, daß man da Traum und Wirklichkeit vielleicht nicht ganz sauber ...«
»Ja toll ich bin ja nicht ganz sauber, danke, das ist sehr erwachsen, Herr ...«
»Mensch, bitte! Nicole, hör auf. Warum machst du das? Warum tust du dir und mir das an? Du hattest doch schon aufgehört, dir diese Stories mit dieser dieser ... dieser Frau da auszudenken, wieso kommt das jetzt wieder? Hast du Angst«, er greift nach einer Haarsträhne, die ihr vor dem Gesicht hängt, und will sie ihr hinters Ohr stecken, wie sie das selber sonst macht, aber sie entzieht sich ruckartig, und er beendet seinen Satz unsicher, in fast bettelndem Ton, »daß ich dich

vielleicht nicht mehr beachte oder ernst nehme, jetzt, wo das Kind da ist? Ich hab' dich lieb, das weißt du doch, oder?«

»Das hat damit nichts zu tun«, sagt Nicole und guckt sehr wütend, »und du brauchst jetzt auch nicht raten, was ich im Kopf hab', daß du mich nicht beachtest oder so ein blöder Quatsch, das kannst du nämlich viel schlechter als Christof, raten, was ich im Kopf hab'. Ich hab' von der Frau nix mehr erzählt weil sie wollte, daß ich das mit dem Sterben entscheide und daß ich dem Baby einen Namen mit C gebe und das hab' ich alles gemacht. Damit sie abhaut, ich hab' nämlich gedacht, daß sie dann abhaut und jetzt ist sie wiedergekommen ins Krankenhaus. Und seitdem hab' ich sie nicht mehr gesehen aber ich spür' das, daß die nicht weg ist sondern daß die noch was will und du mußt da deshalb was machen dagegen. Anstatt daß du mir nicht glaubst. Weil du bist mein Mann und du mußt mir helfen.«

Paul läßt sich nach hinten fallen, klatscht mit beiden Händen aufs Laken und schaut einen Moment stier nach oben an die Decke, um damit zu sagen: Sag mir um Himmelswillen, was ich mit dir bloß machen soll, du bringst mich um den letzten Nerv.
Damit er versteht, daß sie ihn nicht ärgern will, sondern wirklich seine Hilfe braucht, beugt sich Nicole wieder etwas näher und sagt leise: »Das geht doch nicht, daß du mir einfach nicht glaubst. Das kannst du nicht machen, du mußt dich immer dafür interessieren, was ich dir erzähle und darfst nicht dauernd denken, daß ich lüge.«
»Ich denke ja nicht, daß du lügst«, antwortet Paul vorsichtig und sieht sie an, im blauen Licht von draußen, in dem alles fragwürdig und unsicher aussieht, »aber du mußt verstehen, daß es … für mich schwierig ist zu glauben, daß jemand so einen Einfluß auf dein Leben hat, eine Person, die ich nie … na gut, einmal gesehen habe, und das hat damals für mich eher wie eine Zufallsbegegnung ausgesehen. Verstehst du?

Ich weiß einfach nicht, ob das ausgedacht ist, und so was ...
na ja, das macht mir dann auch angst, weißt du. Nicht nur du
hast Angst. Ich auch, denn wenn es so aussieht, als ob du dir
solche Sachen einbildest, dann ... Christof kann uns jedenfalls nicht mehr helfen. Wir müssen das schon zu zweit hinkriegen.«

Er ist ein bißchen beklommen, weil er so offen verraten hat,
was er befürchtet, aber gleichzeitig weiß er, daß das richtig
war, denn es geht um Vertrauen, sie beide können sich Geheimnisse nicht leisten.

Beleidigt ist Nicole nicht. Aber sie wehrt sich: »Toll, du weißt
nicht, ob es ausgedacht ist. Als ob ich nicht auch Sachen einfach glaube, wenn du sie mir erzählst, als ob es bei dir nur
Fakten gibt und bei mir nur so Sachen, die du nicht überprüfen
kannst. Gibt es bei dir doch auch.«

»Zum Beispiel?«

»Woher weiß ich denn, daß dein Beruf nicht ausgedacht ist?«

»Wie meinst ...«

»Na du sagst mir du mußt da beweisen, daß es kein kürzeres
Programm ...«

»Nee, Moment, das kann ich gar nicht. Ich kann das nicht
beweisen, so was kann man prinzipiell nie beweisen, ich kann
nur umgekehrt ein kürzeres finden als ...«

»Ja ist ja wohl auch egal, oder? Aber hab' ich je deinen Arbeit-
geber gesehen oder was, wo kommt das Geld überhaupt her,
du sitzt dauernd am Computer und wenn ich reinkomme,
machst du immer im Internet rum oder ...«

»Moment mal, halt mal, also das ...«

»Ist doch wahr, was weiß ich denn über diese Leute, diese
Firma oder was das ist, das müßte doch jetzt auch bald mal
fertig sein, das sollte doch nur ein paar Monate ...«

»Ein halbes Jahr. Genau ein halbes Jahr. Und in drei Wochen
ist es tatsächlich fertig, dann kriege ich entweder noch mal
fünfundzwanzigtausend Euro, wenn ich es nicht schaffe –
und im Moment sieht es nicht danach aus, als könnte ich es
schaffen – oder fünfundsiebzigtausend, wenn ...«

»Das ist wahnsinnig viel Geld, Paul. Wahnsinnig viel, und ich weiß gar nichts über diese Leute. Was sind die? Was wollen die?«

»Ist es das? Hast du davor Angst und erzählst mir deshalb von dieser ...«

Jetzt ist Nicole sehr erregt und wird deutlich lauter: »Du weichst aus, und du hörst mir nicht zu, und du ...«

»Na schön«, sagt Paul, schlägt mit einer schroffen Bewegung das Laken zurück, springt aus dem Bett und macht Nicole mit der rechten Hand ein Winkzeichen, daß sie mitkommen soll, »also bittesehr, gut, damit die liebe Seele ihre Ruh hat, das ist sicher bitter nötig, daß wir das nachts um«, er schaut auf die Weckeranzeige, blinzelt, »um Scheißhalbvier diskutieren und du Einblick in mein Beschäftigungsverhältnis nehmen kannst, au ja, das machen wir, also los.«

Sie würde ihm jetzt gern mitteilen, daß sie überhaupt nicht damit einverstanden ist, wie er die ganze Sache zerredet, das Thema wechselt und ihr Anliegen mit seinem eckigen Gehabe einfach wegschiebt.

Aber erstens fällt ihr nicht ein, wie sie das machen soll, und zweitens ist sie tatsächlich neugierig auf das, was er ihr zeigen will. So kommt sie denn mit, beide huschen auf nackten Füßen wie die Kühlschrankdiebe übern Flur, in sein Arbeitszimmer, wo er den Rechner nicht erst einzuschalten braucht, weil der nämlich rechnet, ganz leise vor sich hin, ohne Schirm, den Paul jetzt aktiviert.

Dann unterbricht er, was die Maschine gerade macht, öffnet den Browser, wählt sich ins Netz ein und sagt: »So, siehst du, hier, das sind sie.«

Eine lindgrün unterlegte Website mit roten und weißen Schriften wird sichtbar, ein Logo: AIA, eine Menüleiste: »Asyndeton-Industrial-Algebra, bitteschön, und hier«, er klickt etwas an, das sich »Board and Staff« nennt, es erscheinen Fotos von Köpfen, »das sind die Leute, siehst du? CEO, R & D, Public Relations, was du willst.«

Das sagt er in seinem schönsten Rechthaberton, nicht übertrieben laut, aber möglichst markig.

Nicole antwortet ihm anders, als er erwartet hätte – sie zeigt mit dem Finger auf eins der Bilder, die Fingerkuppe berührt fast den Schirm.

Eine Frau ist da zu sehen, Mitte bis Ende Dreißig, braunes Haar, freundlicher Blick, ein bißchen blaß vielleicht, aber sonst normal – sie heißt, sagt die Aufschrift, Caitlin Cornelius und ist eine der Chefinnen der Forschungs- und Entwicklungsabteilung des Unternehmens.

»Was ist, was hast du? Kennst du die?«

»Das ist sie«, sagt Nicole ganz ruhig. »Sie hat dieselbe Haarfarbe wie im Krankenhaus. Das ist sie.«

»Wer?«

»Die Frau von der Küste.«

Gib ein bißchen was

Die Eröffnung von Johanna Rauchs »give a little bit« bei Stroh in Berlin ist gut besucht.

Sogar ein berühmter, nicht sehr alter Maler, den Johanna bewundert und über den sie schon geschrieben hat, ist gekommen und setzt sich gleich nach dem offiziösen Gewäsch der persönlich anwesenden Galeristin sowie des Johanna von dieser verordneten Katalogschwätzers die Kopfhörer zum ersten der drei Videos bei der Heizung auf – es ist dasjenige, bei dem Nicole Johanna Modell sitzt und dazu der Song von Supertramp läuft, der dieser Ausstellung den Titel leiht.

»Das Lied solltest du nehmen«, hat Nicole, die kein Englisch kann, aber sich von Paul alle wichtigen Texte aus dem Internet hat ausdrucken und übersetzen lassen, »weil das zwar nicht mein Lieblingslied ist, aber es geht um Liebe und wie man miteinander umgeht. Das ist ja auch das Thema von deiner Ausstellung.«

Johanna findet es sehr schade, daß weder Nicole noch Paul hergekommen sind, freut sich aber über den Maler, der irgendwie zustimmend aussieht, während er das Video anschaut, und über den Tailgunner, der im übrigen, wie sich schnell herausstellt, mit der ebenfalls anwesenden Birgit Harmann näher bekannt ist, die ja auch von Frau Stroh vertreten und gefördert wird und mal zwei Jahre lang mit Johanna in Hamburg studiert hat.

»Ist doch super, knallvoll hier«, raunt David Johanna nach zwei Stunden ins Ohr, im immer noch zunehmenden Gedränge, das sich allerdings vorhersehbarerweise vor allem um die zwei großen Ölbilder massiert, »kannst dich ja nicht beschweren.«

Sie sagt dazu gar nichts und bleibt auch ruhig, als Birgit ihr später, leicht beschwipst und so vorlaut wie immer, ohne Anlaß gesteht, daß sie mit dem Ganzen nicht allzuviel anfangen kann, »das heißt, mit den Sachen selber schon, das ist natürlich alles handwerklich auf höchstem Niveau, aber ... du hast das alles ziemlich schnell fertig gemacht jetzt, nicht, die Show ist noch nicht lange angesetzt, oder? Also ich könnte das nicht, in diesem Tempo.«
»Ist okay. Du hast schon in Hamburg nicht viel von mir gehalten – von mir persönlich vielleicht schon, aber nicht von meinen Arbeiten damals«, erwidert Johanna gelassen, etwas unterkühlt, aber leidlich freundlich. Birgit schüttelt den Kopf, die winzigkleinen, viel zu vielen Locken fliegen: »Nein, nein, das meine ich nicht, daß ich deine ... es ist bloß – ich geb' dir einen guten Rat, Johanna: Leuten wie mir, die für ihre Sachen länger brauchen, die mehr damit kämpfen und bei denen es erst losgeht, wenn das Material von sich aus anfängt zu arbeiten – denen bist du unheimlich, mit dieser großen Produktivität. Das hat so was Gewolltes – und da die meisten Menschen, die Kunst machen oder sich damit beschäftigen, eher so sind wie ich, also ruhiger, der musische Typ eben, introvertiert,

vielleicht auch bißchen spinnert – da mußt du dann eben aufpassen, daß du die nicht verprellst. Diese Frau da«, sie nickt in Richtung eines der großen Nicoleporträts, »so zu feiern, das hat … das Ding ist irgendwie distanzlos, überhitzt, zu … zu doll alles, verstehst du? Ein bißchen mehr Abstand vielleicht, mehr Reflexion, ich glaube, das wäre es. Da könntest du dann wirklich Sachen machen, die uns alle überraschen.«

»Ja, nicht, überraschen, ich glaube, sie wird ganz groß«, sagt Frau Stroh, die sich eben dazustellt und nur den letzten Teil des letzten Satzes von Birgit mitgekriegt hat, »unsere Frau Rauch.«

»Wenn man sich vorstellt«, wirft David ein, der immer noch an seiner Butterbrezel von vor einer Stunde rumzukauen scheint – oder ist das eine neue? – und für Johannas Geschmack viel zu gut drauf ist heute abend, »daß sie mal nicht wußte, ob sie das überhaupt durchziehen soll mit der Kunst und nicht lieber Psychologie studieren oder nach Amerika auswandern – ja, das weiß ich noch, da staunst du, gell, aber daß du mal ganz wegwolltest aus Deutschland …«

»Dann wäre ich jetzt vielleicht Jugendpsychologin oder Betreuerin von Massenmörderinnen in Amerika, so eine ganz Einfühlsame, die mit diesen armen Frauen redet, bevor sie ihre Giftspritze kriegen, und müßte mir nicht deinen Scheiß hier anhören«, scherzt Johanna gutmütig, obwohl ihr gar nicht nach Lachen ist.

»Wieso sind eigentlich Nicole und Paul …«

»Na ja, das Kind«, winkt Johanna ab.

Sie will nicht drüber reden und ringt auf einmal mit einem tückischen Gefühl: Gehören diese Dinge hier, in dieser Galerie, überhaupt noch zusammen und zu mir, oder löst sich das hier gerade alles auf, zerren diese Leute das auseinander, machen sie es kaputt?

Zum anschließenden Gelage in der Wohnung irgendeines wichtigen und betuchten Herrn fährt sie noch mit und hält auch aus, daß der Gastgeber beim Essen mehrfach das Glas erhebt und abwechselnd immer wieder erstens Johanna dafür lobt, daß sie »ein so einfaches Thema mal wagt, anstatt den ganzen verkopften Mist immer, einfach zwei Liebende, ganz einfaches Thema«, und dann wieder von sich selbst röhrend erklärt, er habe »die Seiten gewechselt, ich war früher ja auch ein so ein Rebell! Ein Linker! Aber man wird einfach vernünftiger mit den Jahren, man sieht die einfachen, nicht ausgedachten Dinge. Die Liebe! Ganz einfaches Thema, spitze«.

Als die allgemeine Sauferei und Rokserei schließlich jedes vernünftige Gespräch zerstört, nimmt sich Johanna ein Taxi und ruft noch vom Hotel aus ihren Vater an, damit sie jemandem gestehen kann, wie übel, ausgesogen und verkommen sie sich gerade fühlt.

Der Vater sagt vieles, was gar nicht paßt, aber am Ende auch einen sehr bemerkenswerten Satz: »Deine Depressionen, Johanna, sind wie meine, aber umgekehrt.«

Sie will, daß er das erklärt. Er sagt: »Na weil meine daher kommen, daß ich nicht mehr weiß, was ich mit meinem Leben machen soll, daß ich keine Ideen mehr habe, während deine daher kommen, daß du zu viele Ideen hast.« Obwohl das Gespräch Johannas unangenehmen Verdacht auf eine ganz schön grundlegende Sinnlosigkeit von eigentlich allem eher bestätigt als zerstreut, sagt sie am Ende: »Danke, Papa«, hauptsächlich, damit sie auflegen kann, aus dem Fenster schauen, wo es schon wieder hell wird über den Dächern, und sich sagen, daß sie immerhin einen Vater hat, der so selten und wenig schläft, daß man ihn wirklich jederzeit anrufen kann.

Root like a rose

Wie Napoleon und Hitler bei ihren Versuchen, Rußland zu erobern, bleibt der Tailgunner auf dem Weg zur Vollendung des Dirac-Buchs schließlich im Schnee stecken.

Den ganzen Winter über ärgert er sich, daß Paul ein Kind hat

und Johanna eine Ausstellung und sogar Christof einen Grab-
stein, er selber aber kein Buch.

Als er das zwangsneurotische Ritual nicht mehr aushält, jeden
Tag, direkt nach dem Aufstehen, noch bevor er richtig wach
und bei sich ist, den Rechner einzuschalten, Johannas Mails
noch mal durchzulesen und dann den Dirac-Ordner zu öffnen, nur um an diesem Punkt festzustellen, daß er zwar etwas
zu sagen, aber dem bis jetzt Gesagten noch nichts hinzuzu-
fügen hat, weil das Eigentliche erst noch passieren muß, im
Leben, im Kopf, wird ihm klar: Ich könnte jetzt ein neues
Buch anfangen oder drei, aber keins zu Ende schreiben. Das
ist die gefährlichste Phase. Er fährt an einem Wochenende im
Februar alleine nach Sonnenthal, ohne das irgend jemandem
vorher zu verraten, auch seiner Mutter nicht.

Er mietet sich in einem Hotel auf dem südöstlichen Berg ein
und geht erst abends, gegen sechs, im Stockdunkeln, in die
Stadt runter. Dort steht er lange am eisernen Tor vor dem
Grundstück, das einmal Christofs Eltern gehört hat, zwei reichen Ärzten, Anthroposophen, bevor es nach diversen Erb-
fällen und deren juristischen Folgen in den mittleren Neun-
zigern parzelliert und an Fremde verkauft werden mußte.

Hier bin ich Neunzehnhundertvierundachtzig mit Christof
gestanden, im Sommer, er auf der einen Seite des Gitters, ich
auf der andern, und dann habe ich gesagt: »Es ist ja ganz einfach – entweder die Revolution kommt wirklich, dann haben
wir einen Anteil dran und werden das Grundstück als Partei-
festgelände requirieren. Oder der Kapitalismus bleibt, dann
wird die eine oder der andere von uns mit irgendeiner Kunst
oder Wissenschaft so was von dermaßen erfolgreich, daß sie
oder er's kaufen kann – unser Alterssitz wird's also auf jeden
Fall.« Christof hat damals zugestimmt; wir wußten ja alle, wie
brillant wir waren.

Erst als er völlig durchgefroren ist, geht David weg von der
proppen Ruine eines vernünftigen und richtigen Plans, zu-

nächst ins Bistro, das es immer noch gibt und das seinem Namen immer noch spottet: es ist eine verrauchte Bierbeize, sonst nichts –, danach zurück ins Hotel, zum Lesen und Wachen und Sichwälzen.

Am nächsten Morgen scheint die Sonne, und alles ist anders: Ach kleines Rotkehlchen, komm ruhig an mein Fensterbrett, ich war so allein, weil ich erst mal lernen mußte, mit diesem Morgenfrösteln klarzukommen. Na, kleines Rotkehlchen, mach deinen Schnabel doch mal auf und sing, ich war so einsam, ich wäre schon fast weggeflogen. Es ist halb neun.

Davids Handy spielt »Root Like a Rose« von Emmylou Harris an, er nimmt ab:

»Ja?«

»He, Tailgunner. Ich bin's, Paul.«

»Was gibt's denn, am heiligen Sonntagmorgen?«

»Ärger. Richtig großen. Bist du ...«

»Nicht zu Hause.«

»Ich weiß, da hab' ich schon ...«

»Soll ich vorbeikommen? Dauert allerdings drei bis vier Stunden.«

»Ja, das ist vielleicht am besten. Ich kann dir nämlich nicht alles erzählen; es gehört auch was dazu, was du sehen mußt.«

»Okay, dann bis später, ja?«

»Bis gleich.«

ACHTZEHN

Gott

Norman Mailer in »The Nation« vom sechsten Juni Zweitausendundfünf:
We, like God, are imperfect artists doing the best we can. We may succeed or fail – God as well as us. That is the implicit if undeveloped air of existentialism. We would do well to live again with the Greeks, live again with the expectation that the end remains open but human tragedy may well be our end. Great hope has no real footing unless one is willing to face into the doom that may also be on the way. Those are the poles of our existence – as they have been from the first instant of the Big Bang. Something immense may now be stirring, but to meet it we will do better to expect that life will not provide the answers we need so much as it will offer the privilege of improving our questions.

Irreduzibel

»Und zur Polizei willst du nicht gehen«, sagt David zweifelnd und spielt mit dem kleinen Glas in seiner Hand, in das er eben noch mal zwei Schluck Laphroaig geschüttet hat. Sie reden, denken und trinken jetzt schon den ganzen Abend miteinander, Paul und er. Der Freund schüttelt den Kopf und schaut auf den Fußboden: »Kann ich gar nicht. Bringt nix. Sie ist anderthalb Tage weg, die würden mich nur fragen, was ich mich auch selber frage: Was, wenn sie bloß zu ihren Alten ist?«
»Hast du da angerufen?«
»Spinnst du? Wenn sie nicht dort ist, wie sieht denn das aus?

Dann kann ich gleich einen Antrag auf Einweisung für sie stellen ... oder was man da macht.«

David nippt am torfigen Lavaschnaps und sagt langsam: »Also ... du bist dir sicher, daß das ... ein Ausbruch ist, ein Trotzakt, und nicht ...«

»Was Schlimmeres? Du hast das Kinderzimmer gesehen.«

»Verwüstet.«

»Leergeräumt, ja. Das mußte ich dir zeigen, oder? Hätte es nicht gebracht, sich das nur am Telefon erzählen zu lassen. Ich war bloß zehn Minuten weg, na ja, oder zwanzig, aber das ...«

»Es sieht aus, als hätte jemand mit 'ner tonnenschweren Windmaschine ... Und der Anlaß war ein Streit über deine Arbeit? Vorgestern abend?«

Paul sieht verletzt aus, angeschossen, es ist David peinlich, als der Freund sagt: »Sonst hatten wir doch keinen Krach. Nie. Ich versteh's ja sogar, irgendwie, weißt du. Nicole kapiert meine Arbeit nicht, wieso sollte sie? Sie ist nicht dazu verpflichtet. Ich dagegen: Was bin ich eigentlich für ein Vater, oder Freund? Dauernd mit dem Kopf woanders, und wieso soll sie mir glauben, daß es vorbei ist, wenn die Frist ... ich weiß ja selber nicht, ob ich es stecken will, danach, und wirklich einfach das Geld kassieren, oder um eine Verlängerung bitten ... ich denke immer, ich steh' kurz davor. Es muß gehen, das Ding doch noch kompakter ...«

»Frisch mich bitte noch mal auf: Worum geht es genau?«

»Das ist so ein Programm. Ein Automat, und der baut so große Zahlen, große ganze Zahlen ...«

»Dimensionslose Quantitäten. Zehn hoch ichweißnichtwas.«

»Ja, so was. In einer bestimmten Notation, die wiederum binär codiert ist. Und weil die so riesig sind ...«

»Haben sie eine Menge Eigenschaften. Sind sehr komplex.«

»Nehmt ihr das grad in der Schule durch, oder wieso beendest du jeden Satz von mir?«

Wenigstens grinst er wieder, denkt David erleichtert und sagt: »Sorry. Ich hab' das nur wegen Dirac ... der hatte eine Hypothese. Large Number Hypothesis – daß das irgendwie kosmologisch von Belang wäre, solche Zahlen, wie man sie rauskriegt, wenn man das Alter des Universums, in Atomzeit ausgedrückt, zu irgendwelchen Atomdurchmessern oder ähnlichem in Beziehung setzt ...«

»Verstehe. Ja, das ist wirklich ganz ähnlich. Siehst du, diese Komplexität ... also, im allgemeinen isses in der Wissenschaft ja so, daß man reduzieren will. Eine Gleichung für eine Vielzahl von Prozessen, dann mußt du nur noch einsetzen. Erklären heißt Reduktion auf Vorhersagbares, Gesetzesförmiges: Davon sind wir seit Galilei und Newton ausgegangen. Ich weiß immer, wo der Planet auf seiner Umlaufbahn sein wird, in vier Monaten, sechshundert Jahren, wenn nichts das System stört, was von außen kommt. Ich muß also nicht mehr abwarten, bis es soweit ist. Ich weiß es vorher. Computermäßig gesprochen geht es dann in Richtung Fortschritt eigentlich immer darum, den Rechenzeitaufwand zu verringern, den ich für solche Voraussagen brauche.«
»Aber?«
»Aber in den letzten Jahren ist man auf Phänomene aufmerksam geworden, deren Beschreibungen sich nur sehr schwer in diesem Sinne optimieren lassen. Den Grenzfall nennt man dann ›computational irreduzibel‹. Das bezeichnet ein System, das so beschaffen ist, daß man effektiv nur noch vorhersagen kann, wie sich das System verhalten wird, indem man fast oder tatsächlich genauso viele Rechenschritte macht, wie das System ... wie die Entwicklung des Systems selber Entwicklungsstufen hat. Die Schritte folgen also nicht einem Algorithmus, der kürzer ist als die Folge der Schritte selber, sondern diese Folge ist bei diesen Phänomenen ...«
»Praktisch zufällig. Nicht gesetzesförmig.«
»Sozusagen. Man könnte dann meinen, daß es das vielleicht nur bei wahnsinnig komplizierten physikalischen Systemen gibt, und dementsprechend bei den mathematischen Strukturen, die sie beschreiben. Aber zu der empirischen Tatsache,

daß es solche irreduziblen Systeme gibt, kommt jetzt noch ein rein theoretischer Befund dazu, aus der algorithmischen Informationstheorie, aus der Komplexitätsforschung: Diese Art von ›Zufälligkeit‹ gibt es auf allen Ebenen der Mathematik. Sogar an manchen … fiesen, aber nicht völlig abseitigen Stellen der ganz normalen Arithmetik. Die braucht man zwar für die Schulmathematik nicht, aber sie haben nichts Geheimnisvolleres an sich, als daß sie eben … es geht um Systeme, die halt sehr lang sind – aber sogar ein Abakus kann das rechnen, wenn er groß genug ist und wenn man lange genug dran rummacht.«

»Gregory Chaitin, richtig?«

»Du bist ein Streber, Tailgunner. Aber, ja, genau: Das ist der, der gezeigt hat, daß es wahre Aussagesätze in der Arithmetik gibt, deren Beweise solche Zufallskonstrukte sind – irreduzibel wahr, sozusagen beliebig trotz Exaktheit. Nimm das zusammen mit seinem anderen, eng verwandten Gedanken, wonach man bei denjenigen Systemen, die sich reduzieren lassen, nie beweisen kann, daß die einmal gefundene Reduktion schon die kürzeste ist und es nicht noch eine kürzere gibt, und du hast eine ziemlich …«

»Bodenlose …«

»Bodenlose Welt, ja. Daß einem«, er grinst wieder, aber unkomfortabel, wie gequält, »fast schwindlig werden kann, bei diesem Zahlenkram.«

Dann hellt sich seine Miene auf, es ist ihm was eingefallen:»Es ist wie bei dir, eigentlich, weißt du? Damals, als du dich so aufgeregt hast, als die Freiburger Genossin dein Manuskript …«

»Oh Scheiße …«, David lacht.

»Ja, dein Theaterstück. Weil wir das alle so gut fanden, und weil das so ein Erfolg gewesen war … du hast es dann jemandem vom kommunistischen Verlägchen geschickt, in Freiburg …«

»Ja, und die hat mich dann angerufen und gesagt: Außerirdische, was soll das, das ist Esoterik, New Age, kleinbürgerlicher Mytho-Scheißdreck. Und ich hab' das abgewehrt, hab' versucht, ihr zu erklären: Im Gegenteil, die Tendenz ist ja gerade ...«

»Und dann hat sie dich angeraunzt: Dann erklär das doch mal, diese Tendenz, in zwei Sätzen, wenn ich zu blöd bin, sie zu merken.«

»Hmm, jau.«

»Und da hast du dich dann geweigert und gesagt ...«

»Ja, wenn ich das in zwei Sätzen sagen könnte, dann hätte ich ja wohl keine sechzig Seiten Theaterstück geschrieben, oder?«

»Siehst du? Reduktionsbegehren versus Irreduzibilität. Damals auch schon.«

Sie schweigen, sinnen, brüten.

Dann sagt David: »Nee, noch anders, Paul. Die ... der Zusammenhang ist ein anderer.«

»Nämlich?«

»Hat mit Sieg und Niederlage zu tun.«

»Hä?«

»Daß die das damals nicht kapieren wollte, diese brave Genossin.«

»Was?«

»Die wollte sich nicht vorstellen, wie das ist, aus einer Verlustposition heraus politische Kunst zu machen. Dieser alte Ostler-Optimismus, dieses verordnete ...«

»Ich weiß noch, wie die drauf waren. Wir waren ja auch so drauf. Aber ich verstehe den Zusammenhang trotzdem nicht, den du meinst. Hilf mir mal.«

»Na ja, es ... Für Leute wie uns, die sich aus dem aktiven Leben schon mit Ende Zwanzig zurückgezogen haben, um der Kontemplation zu leben und ...«

»Wie bitte? Was redest du denn da, du Narr? Zurückgezogen ... kennst du irgend jemanden aus unserer wie heißt das so doof Generation, die härter arbeiten als ...«

»Nee, paß auf, Paul, echt, hör mir zu: Was machen wir? Du, ich, Johanna? Es ist nix draus geworden, soviel steht fest: Die Sowjetunion ist weg, Punk ist Retrochic, die Besiedlung des Alls eine Computeranimation, die RAF Kunstgeschichte, die Vernunft ist das, was ein Anlageberater benutzt, um die aussichtsreichsten Fondspakete zu schnüren, die Liebe hat Aids – was wir machen wollten, hat niemand gemacht, ist alles abgesagt worden. Die Linke, mein Lieber ...«

»Die Linke, die Linke ... mir ist die Frau weggelaufen, mit meiner Tochter, und du sülzt ...«

»Laß mich ausreden, Paul. Ich hab's gleich, versprochen.«

»Du bist betrunken.«

»Ja. Du auch. Na und? Paß auf, gleich kapierst du's.«

»Na, da bin ich gespannt.«

»Folgendes: Man kann nicht leben wie ein Tier, wenn man ein Mensch ist. Das haben wir mal gewußt, das haben wir einander auch dauernd neu beigebracht, jeden Tag. Daß es um was gehen muß, um mehr als das stille Glück im Winkel und bestenfalls etwas philosophische Inneneinrichtung. Daß man die Welt planvoll umbauen muß, wenn man sich nicht gefallen lassen will, daß sie über einen verhängt wird wie so ein Unglück. Das Dumme war, daß unser biologisches Erwachsenwerden mit der größten Niederlage der Linken seit ihrem größten historischen Sieg, der französischen Revolution, zusammengefallen ist. Die meisten von uns sind dann Fatalisten geworden oder andere Arten Spießer. Aber einige machen, was die Vernunft in solchen Fällen empfiehlt: Sie zeichnen auf, was wir gewußt haben, als wir noch dachten, mit diesem Wissen könnte man erfolgreich handeln. Das Problem ist, daß man, wenn man mit so konservativer Archivarbeit zu tun hat, bald völlig absorbiert wird von den Aufgaben der Bewahrung, der Darstellung, der Betrachtung – der Theorie eben. Die Welt, früher für uns ein Schlachtfeld des gerechten Krieges, wird zur Gelegenheit für Abstraktionstheater – dir wird sie zur Rechnung, mir zur Erzählung, Johanna zum Arrangement von Bildern. Aber das ist sie alles nicht: Die Welt ist die Welt des Menschen, in der man handelt, nicht die Welt, über die man was denkt oder die man berechnet oder von der man sich ein Bild macht. Darauf stoßen wir jetzt, weil es uns eben doch nicht reicht, die Archive zu ... Johanna, ich, du: wir sind alle an dem Punkt, an dem wir nicht mehr weiterrechnen, weitererzählen oder weitermalen wollen, weil wir wieder zurückgeworfen werden auf unsere Motive und deren Unerfüllbarkeit, auf das Handelnmüssen, und das ist, das Handeln ist ...«

»Irreduzibel. Nicht auf Theorie zu bringen.«

»Yeah«, sagt David, der dabei genau weiß, daß er das von solchen Äußerungen verlangte selbstironische Grinsen nie so überzeugend hinkriegen wird wie Paul.

Um keine falsche Weihe aufkommen zu lassen, sagt er dann: »Und das, ich meine ... was du da machst, wenn es doch so offensichtlich mit deinem Leben zu tun hat, he, das soll man Nicole alles nicht erklären können? Hast du es versucht?«

»Ich hab' was anderes versucht, ich Depp«, seufzt Paul und schenkt sich noch mal Whisky ein. »Ich wollte ihr den Unterschied klarmachen zwischen den Räuberpistolen, mit denen sie bei mir Aufmerksamkeit für sich erzwingen will, und der echten Arbeit, die mich zwar von ihr und Cathrin trennt, aber wenigstens handgreifliches Geld ähm ... Na ja, ich wollte ihr mal zeigen, daß es meine spendablen Figuren wirklich gibt, im Gegensatz zu ihrem äh ... Engel von der Küste.«

»Hast sie auf ein Meeting mitgenommen oder was?«

»Voll lustig, David. Nein, ich hab' ihr die Website gezeigt von meinen Industrial-Algebra-Amis... Asyndeton ...«

»Wer?«

»Meine Auftraggeber.«

»Ah ja, einloggen ... Soylent Green is people.«

»Ha ha ha. Depp.«

»Sorry. Und wie hat sie reagiert?«

»Verstockt, leider. Den Spieß umgedreht: Sie hat behauptet, eine von den Figuren auf der Site wäre ihre böse Frau.«

»Immerhin originell.«

»Ja, toll, 'ne Rezension brauch' ich jetzt aber eher nicht, Herr Presse.«

»Zeig' sie mir doch auch mal.«

»Wen.«

»Deine Typen.«

»Wieso?«

»Bin halt neugierig. Wer soviel Geld hat. Für so was.«

»Toller Grund«, mault Paul und wirft tatsächlich den Computer an. »Noch mehr Schnaps? Die Flasche is' fast leer.«

»Nee, laß mal«, sagt David, »ich muß noch ... äh.«

»Mußt noch äh?«

»Welche ist es? Ich mein, welche von den Fratzen da ... he ... aber ... du liebe Zeit ...«

»Was ist denn? Was hast du? Hier, diese Caitlin Dingenskirchen, da bei der hat sie ...«

»Sag mal, verarschst du mich jetzt, Paul? Ist das so ein verfrühter Aprilquatsch oder ... hast du das selber gebaut, diese Site?«

»Wieso, was? Quatsch.«

»Erkennst du die wirklich nicht? Caitlin Cornelius, am Arsch ...«

Paul rümpft die Nase, zieht die Brauen zusammen: »Laß den Scheiß, David. Wen soll ich erkennen?«

»Ich hab' sie seit Jahren nicht gesehen. Auf dem Klassentreffen war sie auch nicht, aber «

»Jetzt hör mal ...«

»Aber wenn das nicht Candela Lauder ist, oder Candela Sowieso, neuer Nachname, die hat ja geheiratet – also, wenn sie das nicht ist, auf dem Thumbnail da – dann bin ich Paul Dirac, mein Lieber.«

Wo ist alles hin

Das letzte Mal vor ihrer Hochzeit mit einem Amerikaner namens Marc Christensen trifft David Candela Lauder im Spätherbst Neunzehnhundertachtundneunzig in Freiburg, wo sie gemeinsame Bekannte besucht.

Sie ist sehr schön, ein bißchen dünn vielleicht, und teurer gekleidet als damals, elegant statt provozierend, trotzdem in einem Stil, der nur ihrer sein kann: Rot, Tiefblau, Silberschmuck.

Er geht mit ihr in ein Café nahe der Buchhandlung Rombach. Sie spricht von ihrer Zukunft, von den Kindern, die sie möchte, es ist alles geplant, der starke Wille ist der alte. David erzählt, daß er vielleicht ein Buch schreiben will, über seine Sonnenthaler Jugend. »Über Sonja Wilhelm?« fragt Candela.

»Hm, oder über dich.«

»Schreib' lieber über Paul, das ist eine richtige Romanfigur. Ein Held. Was macht der eigentlich?«

»Studiert, bricht ab, ist supergescheit, wohnt mal hier, mal da, mal bei den Eltern.«

David berichtet ihr davon, daß aus seinem Schreiben jetzt ein richtiger Beruf werden soll: Eine linke Popzeitschrift will ihn als verantwortlichen Redakteur, er soll nächsten Monat anfangen und ist nervös.

Später bringt er sie zu ihrem Fahrrad, sie küssen einander auf die Wangen, er fragt sich auf dem Heimweg, ob er sie noch liebt oder nicht.

Dann wird sie Candela Christensen und zieht mit ihrem Mann ein paarmal um, bekommt die geplanten Kinder, bedankt sich per Mail für seine ebenfalls gemailten Geburtstagsglückwünsche, schickt ab und zu Fotos.

Immer wieder nimmt er sich vor, sie zu besuchen, und ist erstaunt, wenn sie schon wieder umgezogen ist, denn das heißt jedes Mal: Da, wo sie jetzt weggeht, habe ich sie wieder nicht besucht.

Aus seiner Sicht nämlich ist sie es, die sich bewegt, während er sich für einen Fixpunkt hält. Dabei wohnt er erst in Köln, dann, nachdem die Zeitschrift verkauft wird und er dort aufhört, wieder eine Weile in Freiburg als freier Autor, ab dem Jahr Zweitausendundeins schließlich in Frankfurt und Berlin als Zeitungsredakteur, aber er bleibt ja bei sich durch all das hindurch, bewegt sich nicht, wo ist alles hin, wer bin ich?

Verkehrsgefährdung

Zuerst reagiert Johanna auf den immensen Lärm von der Straße mit Trotz und dreht einfach ihre Anlage lauter, bis die reproduzierte Stimme von Frau Gheorghiu an Lärm alles übertrifft, was die Dame als empirische Person je zusammenkreischen könnte.

Johanna hat sich die zwei CDs im Gedenken an Christof gekauft, eine absurde Art Buße, weil sie an sich sehr ungern Oper aus der Dose hört und nur wenige derartige Platten besitzt. Dieser Musik auf diese Weise zu lauschen fordert anders als bei Pop, Rock, Kammer- oder symphonischer Musik immer eine wahnsinnige Konzentration von ihr, da sie jedes Mal in den vorschriftsmäßig hervorgebrachten Noten den Freiheitsgraden der musikalischen Schauspielerei nachhorchen will, das Rollenporträt verstehen, nicht bloß die Musik erleben.

Es wird aber immer nur schlimmer mit dem Gehupe unten, auch als sie zusätzlich die Fenster schließt.

Jetzt knallt es sogar, als ob Autoblech gegen Autoblech kracht – nicht nur einmal, sondern mehrmals, wie wenn jemand immer wieder mit der eigenen Karre gegen eine fremde rummst.

»Geisteskranke. Nur noch Geisteskranke«, brüllt Johanna, sogar einigermaßen fröhlich, den Gespenstern unter der Decke ihrer Wohnung zu. Es wird nicht ruhiger davon.

An der Wand macht sich schließlich auch noch die irre Alte von nebenan mit beiden Fäusten Luft.

Johanna dreht also die »Traviata« wieder leiser und will schon zu Fenster und Balkon, um wenigstens nachzusehen, was da für Reifen quietschen und für Stoßstangen strapaziert werden, als auch noch ihre Türklingel losrasselt wie Tamerlans Tschingderassa bei seiner Höllenfahrt.

»Ja Scheiße! Party-Time!« ruft Johanna und rennt auf den Flur, um der beknackten Alten die Meinung zu geigen, als ihr auffällt, daß das Fäustegekloppe an der Wand nicht aufhört und also offenbar jemand anders den Daumen mit aller Kraft in die Klingel bohrt sowie, tatsächlich, jetzt auch noch mit einer dem Vernehmen nach offenbar flachen Hand von außen gegen Johannas Wohnungstür haut.

Dazu weint heimatlos ein kleines Kind, und als Johanna die Tür aufreißt, stehen da, wie jetzt schon halb erwartet, Nicole und Cathrin und sehen aus wie Maria mit Jesus ohne Bleibe oder die Verstoßenen der sieben Weltmeere: Es schneit nicht mehr, aber jetzt regnet es draußen, das sieht man, denn Pauls Freundin samt Tochter haben offenbar das meiste von dem, was in den Wolken steckte, persönlich abgekriegt.

»Jessas«, sagt Johanna angemessen biblisch, »Mensch, jetzt kommt halt rein, du liebe Fresse, wie siehst du denn aus, und die Kleine, die holt sich ja sonstwas, Moment, so, warte mal, ich nehm' sie, geh mal da rechts rein, ja, geh ins Bad und hol Handtücher.«

Die Demente hört zu klopfen auf.

Der Irrsinn von unten jedoch wird nur noch crescendohafter.

»Ich weiß ja nicht, wo ich hin soll, wenn Paul mir nicht hilft und nicht glaubt. Der wird mich am Schluß einsperren und ...«

»Beruhig dich erst mal«, sagt Johanna zu der sich wie verrückt den Kopf abrubbelnden Nicole und trocknet selber mit einem Handtuch, das die ihr gereicht hat, das Baby ein bißchen ab – zum Glück sind die Babysachen nicht naß, Nicole ist also offenbar nur einen kurzen Weg mit dem Kind durch den Regen gerannt, also wahrscheinlich mit dem Taxi hergefahren.

»Siehst du, Cathrin wird auch ruhiger.« Das stimmt: Die ganz kleine und eben noch ziemlich dunkelrote, fast blaue Person schnappt, gluckst und schluckt noch ein wenig, hat aber aufgehört zu plärren und legt den Kopf fast artig versuchsweise an Johannas Schulter. Johanna trägt den winzigen Menschen jetzt zum Fenster, wo sie auf die Straße hinuntersehen kann. Dann haucht sie tonlos: »Oh nein. Oh bitte, bitte nicht.«

Sie kennt nämlich den Wagen, der dort sozusagen einparkt, unter rücksichtslosem Rammen der beiden fremden Fahrzeuge, die den nicht so ganz freien Parkplatz säumen: Dieser metallicrote dicke Daimler gehört ihrem Vater, dessen charakteristisch besoffen-wütende Hupsignale ihr schon vorhin, wenn sie nur ehrlich zu sich ist, bekannt vorgekommen sind.

»Es passiert halt wirklich immer alles gleichzeitig«, sagt Johanna, obwohl sie an so etwas überhaupt nicht glaubt, und dann sagt sie zu Nicole: »Kannst du sie noch mal ... ja, vorsichtig ... ich bin gleich wieder oben. Sieht so aus, als hätte ich noch anderen Besuch. Setz dich ... setzt euch aufs Bett oder äh geht in die Küche und, also du kannst was von dem Tee ... Momentchen, ja?«

»Ja. In Ordnung. Danke!« ruft Nicole ihr nach.

Johanna nimmt sich ihren Schlüssel vom Bord, läßt die Wohnungstür aber auf und flucht mit angehaltenem Atem, als sie, schon auf dem Treppenabsatz, neues Rumoren in der Wohnung ihrer Nachbarin bemerkt – hoffentlich kommt die jetzt nicht auch noch aus ihrem Bau, die dumme Kröte, sonst endet das Grauen heute gar nicht mehr. Draußen auf der Straße hat immerhin der eben noch massenapplausartig rauschende Regen nachgelassen, ja fast völlig aufgehört.

Erste Zeugen der schweren Verletzung der Straßenverkehrsordnung, die sich hier ereignet, laufen zusammen, erste Fenster werden aufgerissen, jemand ruft was Heiteres. Johannas Vater, der zwar nicht mehr hupt, aber immer noch mit furchtbarem Ernst seinen Boxauto-Crashexperimenten nachgeht, erkennt sie, als sie auf ihn zuläuft, und stößt ihr ganz selbstverständlich die Tür zum Beifahrersitz auf. Sie läßt sich auf den bequemen Sitz fallen und greift ihrem Vater ohne Skrupel ins Lenkrad: »Papa, hör auf mit dem Scheiß!«

»Helau. Hurra. Votzenpißnelken«, brummt der Alte. Er ist sternhagelvoll.
»Du fährst jetzt entweder hier wieder raus und da drüben auf die Freifläche vor dem Edeka oder ich steige aus und ... und ruf die Bullen.«
»Kommen eh gleich, Votzenvotzen«, grinst der Vater, reißt aber, als sie es losläßt, tatsächlich das Lenkrad so herum, daß der Wagen nach rückwärts mit einem Riesensatz aus der deformierten Parklücke springt, wobei er einen Radfahrer, der trotz allem Lärm und diverser Zurufe Warnender dort unbedingt vorbeiwollte, in seiner Fahrt erwischt und vom Rad auf die Straße wirft.
Johannas Vater kriegt eine schiefe Vollbremsung zustande, Johanna fällt nach vorn und schlägt sich den Kopf an. Der Alte steigt aus, sie folgt ihm benommen. Der Radler puzzelt sich gerade wieder zusammen; er sieht nicht verletzt aus, sondern bloß wie ein ganz besonders verschlampter Student. Sogar die John-Lennon-Brille sitzt noch.

»Sind Sie bekloppt?« schreit er den Alten an, der mit orkanartigem Brausen antwortet: »Was willst du denn, du kleiner Spinner? So'n großen Kopp und nix drin! Was wartest du denn, bis ich komm', fahr doch gleich untern LKW, wenn du lebensmüde bist!«
Johanna packt den Alten am Arm: »Schluß jetzt! Hör AUF!«
Ihr Vater zuckt zusammen und schaut sie ertappt, fast niedlich an. Sie muß sich das Lachen verbeißen, da sagt der Student, der sein Rad wieder aufliest: »Ist das deiner, dieser Arsch da?«
»Mach, daß du wegkommst«, droht Johanna, während sie ihren Vater hinters Auto auf den Gehsteig führt, »sonst geb' ich dir den Rest.«
Sie weiß, daß die Polizei in wenigen Minuten da sein wird, irgendwer hat sie bestimmt schon gerufen, und alles, was man hoffen kann, ist, daß wenigstens dieser Typ bis dahin weitergefahren ist. Er scheint es tatsächlich eilig zu haben: »Du hast mich angefahren, du Drecksack, sei froh, daß ich mich mit dir

nicht beschäftigen kann!« sagt er, als er sich vom unbeschädigten Zustand seines Fahrrads überzeugt hat, steigt wieder drauf und fährt weg.

Johanna weist ihren Vater, der plötzlich dasteht, als wäre alle Raserei aus ihm gewichen wie Heißluft aus einem Ballon, milde an, er solle ihr die Schlüssel geben und schon mal über die Straße gehen.
Das tut er, und sie fährt den Wagen auf den Parkplatz vor dem geschlossenen Supermarkt. Dann steigt sie aus. Es regnet wieder stärker. Noch ist keine Polizei da.
Ist das möglich? Auch die Glotzer sind verschwunden, die Fenster geschlossen. Sie sagt: »Wir gehen hoch zu mir, komm. Ich schreib' den beiden«, sie nickt in Richtung der beschädigten Autos, » zwei Zettel und steck sie hinter die Scheiben, in Klarsichthüllen oder so, damit es nicht nach Fahrerflucht aussieht.«
»Ja«, antwortet er matt.
Sie nimmt ihn bei der Hand wie ein Kind und führt ihn ab.
Im Treppenhaus hört sie etwas von oben, einen neuen Krach, und weiß sofort: Es ist etwas passiert, mit Nicole, Cathrin, der Nachbarin. Sie läßt die Hand ihres Vaters los und ihn stehen, rennt so schnell hoch wie überhaupt menschenmöglich, aber es ist zu spät, es ist alles schon geschehen; sie kann nur noch bezeugen, daß es geschehen ist.

Badewanne

Nicole hört Johanna die Treppe runterklackern und steht unschlüssig herum.
Soll sie sich mit der Kleinen hinsetzen, Cathrin vielleicht auf die Decke oder das Kissen betten, weich und tröstlich? Das Mädchen schnurchelt, scheint jetzt einzuschlafen, hat sich ja auf der Herfahrt auch ordentlich beim Schreien verausgabt.

Nicole betrachtet die Wände, an denen bei ihrem vorletzten Besuch noch Bilder von ihr hingen – die Wand, an der vor allem die vorsichtigen ersten Zeichnungen waren, ist jetzt voll mit angepinnten Fotokopien: Männer, die einen Vogelkopf aus Stein rumschieben, Bundesadler auf Tassen, ein Hemd mit Apollo-11-Aufnäher.

Nicole weiß nicht, wer Marcel Broodthaers ist, und erkennt deshalb die Kostproben aus dem »Musée d'Art Moderne, Département des Aigles« nicht. Weiter links, wo ihr Lieblingsfoto war, das, auf dem sie so zaghaft lächelt, in der schwarzen Lederjacke, die sie auch jetzt wieder trägt, hängt ein Poster von einem Gemälde, das sie sehr häßlich und bedrohlich findet.

Beim letzten Mal hat sie das Johanna gesagt: »Der Kopf ist gruslig und der Körper sieht aus wie von einem bösen Vogel, und wie er guckt, dieser Mann, das sieht gemein aus, als ob er was Böses vorhat.«

Johanna hat versucht, ihr zu erklären, daß dieses Bild ihr selber auch nicht unbedingt gefällt, aber einen Haufen Bedeutung transportiert, »von wo nach wo auch immer«, daß David und sie sich beide dieses Poster gekauft haben, in Jerusalem, wo das Bild im Israel Museum hängt, ein Geschenk von Fania und Gershom Scholem, ursprünglich aus dem Besitz von Walter Benjamin.

»Es steht für so eine Idee von Geschichte, dafür, daß unsere Mannschaft – die von David und mir und auch Paul – verloren hat, ihren großen Krieg, und daß man trotzdem weitermachen muß, und daß man nicht vergessen darf, was gewesen ist, auch nicht das Bild von der Zukunft, die man sich gewünscht hat, denn die ist nicht vorbei, die ist nie verloren, die kann immer noch kommen. Na, und von der Zukunft handelt halt das Bild, der Engel der Geschichte.«

Weil sie ein sehr gutes Gedächtnis hat, erinnert sich Nicole an jedes Wort dieser Erläuterung, aber leider nicht mehr daran, ob sie den Sinn dieser Worte verstanden hat – so geht es ihr mit vielem, was die Leute sagen: Je mehr Distanz sie zu den Leuten und deren Äußerungen hat, zeitlich oder räumlich, desto weniger kann sie sich vorstellen, was mit diesen Äußerungen gemeint ist, was die Leute denken, ob die Leute überhaupt in dem Sinne denken, wie sie selber denkt. Manchmal zweifelt sie daran.

Sie geht ein bißchen näher an den angeblichen Engel ran und flüstert ihrer schlafenden Tochter zu: »Also ich weiß das nicht, ob das ein Engel ist, das sieht für mich eher wie ein Nachtkrapp aus oder sonst was Böses.«

Dann steht auf einmal eine verrückte Frau im Zimmer, hebt die Arme genau wie der Engel auf dem Bild und schreit: »Ich weiß, wer du bist! Ich weiß, was du machst! Ich hab' dich! Ich hab' dich!«

Nicole schlingt beide Arme um Cathrin, als ob ein Erdbeben angefangen hätte, das Kind japst, schmatzt. Die Verrückte kreischt: »Hab' dich!«

Nicole schreit die Verrückte an: »Laß mich in Ruhe! Geh WEG!«, aber der dürre rechte Arm der Frau schießt nach vorn und die Hand grapscht nach Nicoles Hals, drückt ihre Kehle, daß sie taumelt, nach hinten fällt, gegen die Wand mit den Broodthaers-Fotokopien.

Die Alte kippt mit, wirft sich auf Nicole. Aber Nicole dreht sich zur Seite und läßt ihr Baby los, das auf die Decke rollt, nach rechts, und unkoordiniert mit den Armen und Beinen zuckt; zu wenig für ein Strampeln, zu viel zum Abrollen.

Das Kind schreit jetzt, liegt mit dem Gesicht nach oben auf dem Kissen. Nicole tritt die Alte gegen das Becken. Krallenfinger fahren ihr übers Gesicht, sie tritt noch mal. Da läßt die Alte los, knickt ein, kracht mit dem Kopf gegen Johannas von der Decke hängende Topfpflanze und jault wie ein getretener Hund. Dann stampft sie zweimal auf den Boden, rumpelstilzchenhaft, es sieht fast komisch aus. Nicole ist auf den Beinen und schlägt ihr mit voller Kraft in die Seite. Als die Verrückte Nicole dafür einen Hieb am Halsansatz versetzt, elegant wie ein Karateka, schreit Nicole vor Schmerz auf und tritt noch einmal nach der Frau, will ihren Hintern treffen und erwischt das Steißbein; das knacksende Geräusch ist schlimm, Nicole wird schwindlig.

Die Alte fuchtelt mit den Armen, Nicole wankt, patscht mit der Hand auf den Schreibtisch, um sich abzustützen, wischt Sachen runter: ein Glas Saft, Schreibstifte, CDs.
Eine Ohrfeige trifft Nicole auf der rechten Wange, in ihrem Mund passiert was Feuchtes, sie fällt nach vorn, geht in die Knie. Ein Geschmack von Sand und Kupfer liegt auf ihrer Zunge. Als sie sieht, daß die Alte sich zum Bett dreht und die Hände nach Cathrin ausstreckt, schnellt sie wie abgeschossen in die Höhe und greift der Frau mit beiden Händen ins Haar, reißt daran mit aller Kraft, schleudert sie am wakkelnden Regal vorbei gegen die Tür zum Flur und tritt ihr in die Hacken, in die Kniekehlen, noch mal in den Hintern.

Geräusche, Rufe aus dem Treppenhaus überlagern das Geheul der Angreiferin, die sich jetzt wegdreht, mit einem Ruck befreit. Nicole behält etwas Haarfadengewirr in der Hand, ihre Finger sind blutig.
Die Alte krabbelt wie ein Insekt davon, um die Ecke, zurück in ihre eigene Wohnung. Nicole setzt ihr nach, ohne zu überlegen, schäumend wütend, elektrisch mordlüstern, sie muß dieses Geschöpf, diese scheußliche Spinne jetzt vertreiben, besiegen, kaputtmachen, damit sie Cathrin nicht mehr bedrohen kann.
»Ham wir's dann mal da oben?« schreit jemand von unten, den gleichzeitig jemand anderer mit: »Komm, laß, Armin, das sind Beknackte« beruhigen will.

In der Wohnung der alten Frau ist es dunkel und riecht schlecht, wie früher zu Hause in der nicht benutzten Scheune, findet Nicole: nach Muff und Moder, Urin, auch nach schlecht gewordenen Lebensmitteln – süßlich von verfaultem Obst, auch ein öliger, brenzlig fettiger Geruch sticht durch.

Nicole hört auf, sich heftig und hastig zu bewegen, hält inne, wartet, bis sich die Pupillen ans Zwielicht gewöhnen. Die Alte ist verschwunden, macht keinen Mucks. Nicole legt die Hand an die Wand, die sehr kühl ist, und horcht. Es tropft was, ganz nah, rechts, und fällt in viel Wasser: Pluck. Pluck. Pluck.

Nicole hält ihre Hand in die Höhe, die mit dem Haar drin: Sie ist blutfeucht und glänzt vom Schweiß, etwas durchsichtig Fetziges klebt auch dran, Kopfhaut oder Fleisch. Nicole ist übel; sie überlegt, ob sie nicht lieber wieder raus soll, zurück in Johannas Wohnung, macht auch wirklich einen Schritt rückwärts, aber da streift sie von rechts ein Luftzug, ein fledrig-flattriges Wischen, und dann kracht etwas auf ihren Schädel, genau wo der Scheitel sich teilt.

Das tut zuerst gar nicht weh, sondern haut sie einfach nur zusammen, läßt den Kopf nach unten fallen und dann den ganzen Körper. Die Beine treten noch im Fallen aus, da ist Dreck am Boden, was Matschiges, eine Soße und zerknülltes Zeitungspapier. Dann schlägt Nicole mit dem Kiefer auf den Teppich und die Welt kippt einen Augenblick lang aus ihrer Seele wie ein Foto, das aus dem Rahmen fällt.

Etwas meckert, etwas blitzt.

Klatschen und Klappern wie von Flamencomusikern, sehr schnell und rhythmisch versetzt, ruft sie in die Welt zurück – ist das ein Boiler, ein Notstrommotor, was da angeworfen wird?

Nicole ringt um Atem, würgt, Fäulnis weht ihr entgegen, Exkrementgestank.

Ein unklares Phänomen leckt an ihrem Bein wie eine kalte Flamme, etwas Hartes schlägt gegen ihr Handgelenk – Metall, Kacheln? Sie öffnet die Augen.

Das Gesicht der Alten hängt über ihrem: urzeitlich fratzenhaft, papieren gelblich.

Ein Stich in Nicoles Brust, da bohrt die Verrückte die Spitze des Regenschirms rein, mit dem sie Nicole gerade eins über den Kopf gezogen hat.

»Was? Was?« keucht Nicole, sie will wissen, warum die das tut. Dann sieht sie das Wasser und den Dreck darin, die grüne rutschige Suppe am Rand, die schwarzen Sachen, die da schwimmen, und wird runtergedrückt, und schlägt aus, tritt, packt den Schirm und stößt ihn von sich weg, der Angreiferin unters Kinn, zu spät: Nicole taucht ins stinkende Wasser, Bewegung rechts von ihr, Knallen wie von einer Peitsche. »Schnapp! Schmmaarrh! Schnapp!« malmt, schnalzt und singt die Verrückte.

Nicole schluckt etwas von der Brühe, sprudelt prustend, unter Wasser, aus der Nase, und schafft es, die auf ihr hockende Frau gegen die Kachelwand zu werfen. Nicoles Hand tastet nach dem Wannenrand, kriegt auch Griffartiges zu fassen, einen Bügel oder Henkel. Nicole reißt sich in die Höhe, spuckt und japst, stößt mit dem Knie nach, daß die Alte getroffen nach links wegrutscht, fuchtelt, tastet.
Nicole sitzt in der Wanne und benutzt den Schirm als Hebel. Der Knauf schlägt der Alten gegen den Kiefer, sie spuckt Nicole was Dunkles ins Gesicht und auf den Hals. Nicoles Lederjackenärmel ist zu lang für ihre zurückgerutschte Hand, sie klatscht ihn der Frau aufs Knie, die faucht und schlägt nach ihr, trifft sie mit dem Handrücken am linken Auge, spotzt und gurgelt.
Nicole stützt sich unter großem Kraftaufwand mit der linken Schulter gegen die Kacheln, drückt die Knie durch, hebt sich so, nur noch halbherzig von der Frau festgehalten, in die Höhe und stemmt sich dann nach rechts. Sie fällt übern Wannenrand auf den schmutzigen, schmierigen Boden, wo sie nicht zur Ruhe kommt, sondern ergebnislos versucht, irgendwie Tritt zu fassen, wie ein im Schlamm durchdrehendes Autorad. Die Alte wirft sich wieder auf sie. Aber Nicole hat den Schirm, dreht ihn um und sticht zu. Sie trifft die Wange der Zappelnden, die mit weit ausgebreiteten Armen ins Wasser fällt.

Nicole packt das Abdeckbord über der Heizung, zieht sich dran hoch und kriegt etwas aus Plastik oder Stoff am Kopf ab, das die Alte im Wasser ergriffen und ihr entgegengeschleudert hat. Nicoles rechtes Auge ist zugeschwollen, ihre Unterlippe geplatzt, und was sie tut, weiß sie nicht mehr genau, als sie die tretende und hechelnde Frau in der Badewanne mit dem Schirm schlägt, immer wieder, auf die Arme und Beine, und dann, als die Frau nicht mehr zappelt, den Schirm umdreht wie ein Schwert und nach unten stößt in den Pfuhl, sticht, spießt wie ein Steinzeitfischer, bis sie trifft und verletzt, wieder rauszieht, wieder spießt.

Sie hört erst auf, als Johanna, die schon seit zwei Minuten auf sie einschreit, sie von hinten um den Körper faßt und ihr die Luft abdrückt. Da läßt sie den Schirm fallen.

Johanna gibt sie frei und Nicole sinkt zur Seite, an die Wand, gegen den Handtuchhalter, und zieht ein fast sauberes, seit Wochen nicht benutztes Handtuch mit sich auf den Boden.

NEUNZEHN

Schöne Gesellschaft

Die letzten dreihundert Meter zum Tor geht Paul langsam, wie von einer Eisenkugel an der Kette beschwert.

Es ist sagenhaft heiß, sein Hemd klebt am Rücken, als wäre der mit Leim bestrichen. Am Parkplatz sieht er Jogger: Sie laufen, wie immer, bis kurz vor den Komplex aus schönen Gründerzeitgebäuden und hohen Hecken, machen dann scharf kehrt, bleiben höchstens mal kurz stehen, um sich aus ihren Wellness-Flaschen was Klares in den Hals zu gießen. Kraft durch Freude, denkt Paul, wenn er ihre Blicke sieht, die ihn für einen der Patienten halten und etwas mitteilen wie: Wir, die Gesunden, sollten dich, den Kranken, eigentlich aussondern, aber wir wollen mal nicht so sein, es ist ja noch kein Krieg.

Ob sie wüßten, was für Nazis sie sind, wenn auf ihren Flaschen »Volksgesundheit« oder »Wohlsein« statt »Wellness« stünde?

Paul haßt diesen Ort und, wenn er ehrlich ist, was er sich meistens erst beim Weggehen gestattet, auch fast alle, die hier eingesperrt sind. Am Tor kommt ihm eine Frau in Jeans, Pulli und lila Schürze entgegen, für diese Hitze lächerlich overdressed. Sie lacht, als sie Paul sieht, als wäre Paul ein Clown und sie ein Kind, dann verschwindet sie im Pförtnergebäude. Eine aus dem Café also, aber ob Irre oder Festangestellter, kann man hier nie sagen – sogar das besoffene Eichhörnchen, das beim Überqueren des Wegs vor der Festhalle und Kegelbahn mehrfach in die heiße Luft springt, scheint unfähig, zu verheimlichen, daß es anders als normale Eichhörnchen ist, nämlich einen Knall hat.

Schaut nur her, ich springe, ich spinne, ich brauche Medikamente, ich bin ein Knallhörnchen.

Ob sich für dieses Tier wohl auch wer zuständig fühlt und ihm »durch Verbesserung und Wiederherstellung des oft besonders schwach vorhandenen Körpergefühls« den »Zugang zur Krankheit« erleichtern will? Massagen, Fango, Wasseranwendungen sowie Einzel- oder Gruppentherapie im Bewegungs- und Schwimmbecken?

»Sie verweigert vieles, wir kommen nicht richtig an sie ran«, hat der Wastl von der befohlenen Bewegerei Paul beim letzten Mal erzählt. Darüber war der Kerl besonders deshalb enttäuscht, weil bei Gruppensport zudem »Kommunikationsfähigkeit, Zusammenhalt und Fairness« gefördert werden, was Nicole zweifellos schwer nötig hat, seit sie mit einem spitzen Regenschirm eine andere Wahnsinnige fast ermordet hätte – anstatt daß die beiden zusammenhalten, wie Verrückte sollen.

Im Ernst, denkt Paul und sieht das hopsende Hörnchen im schwarzgrünen Gebüsch verschwinden, wenn man mir andauernd, wie diesen Leuten hier, die elektrischen Gehirn- und Muskelaktivitäten aufzeichnen, mich ärztlich und konsiliarärztlich beobachten, mich mit anderen straffällig gewordenen Beknackten zusammensperren und nach dem Motto »Hilfe, wo Strafe ihren Sinn verfehlt«, entmündigen würde, wenn man mir beim »Wiederaufbau verlorener Fähigkeiten« fachgerecht helfen und mich regelmäßig in ein »Gemeinschaftszentrum« schicken würde, wenn mich die Klinikseelsorge mit Christlichem und die Maltherapie mit Künstlerischem ungestraft belästigen könnte, wenn ich den Unterschied zwischen Männerzentralbau und Frauenzentralbau berücksichtigen müßte und mich nicht verlaufen dürfte, wenn mich Arbeit auf dem Gutshof, in der Wäscherei, bei der Kleiderzentrale und am Weiherschloß erwarten würde, sobald ich morgens meine Station verlasse, dann wäre ich gewiß ganz bald so balla wie dieses Hörnchen, wie alle hier.

Bei seinem ersten Besuch hat ihn auf der Straße vor dem Frauenzentralbau der forensischen Abteilung ein Typ um eine Zigarette angeschnorrt. Paul, der nicht raucht und vor Wahnsinnigen einen geradezu physischen Horror hat, war gereizt, scheuchte den Kerl weg und mußte später mäßig amüsiert erfahren, daß das ein Pfleger war, der sogar auf der Station arbeitet, wo man Nicole untergebracht hat.

Inzwischen kennt Paul den Weg und nimmt, im richtigen Gebäude angekommen, auch nicht mehr den Aufzug, sondern steigt die Treppe hoch.

Auf der Station scheint niemand da zu sein, obwohl heute weder Therapien angeboten noch Arbeiten verlangt werden; es ist Samstag. Die Kühle gefällt ihm, das von Gott und allen Menschen Verlassene des langen weißen Wandelgangs weniger. Er hört ein Knirschen, Quietschen, leise und metallisch. Am andern Ende des Gangs, wo die Schlafräume sind, fährt langsam ein Rollstuhl um die Ecke, in dem ein dünnes Mädchen mit langen, schönen, dunklen Haaren sitzt, das nichts am Leib trägt außer einem winzigen grünweißen Slip. Paul sieht die kleinen Brüste, sieht die weiße Haut, erschrickt und rüttelt mit der Rechten am Türknauf zum Besucherzimmer, in dem er sich jetzt gern verstecken würde. Die blutjunge Irre im Rollstuhl hat ihn gesehen, ihre Blicke treffen seine, er denkt: Sie schaut so uralt und dabei ist sie sicher allerhöchstens siebzehn. Sie lächelt schlau, der lila Lippenstift ist zu dick aufgetragen.

Soll er sie nach Nicole fragen? Er kann das nicht; er hat Angst vor solchen Leuten und ein sehr schlechtes Gewissen, weil er der Hauptschuldige ist an dem unfaßbaren Skandal, daß Nicole jetzt mit solchen Leuten zusammenwohnen muß, bis es ihr besser geht, falls das je wieder passiert.

Die Halbnackte deutet mit dem Kopf eine winzige Verbeugung von minimalem Neigungswinkel an, dann setzt sie einen ihrer nackten Füße auf den Boden und schiebt damit den Rollstuhl und sich selbst zurück um die Ecke. Na toll, denkt

Paul, gelähmt ist sie auch nicht, kann man denn gar niemandem mehr glauben, heul, beschwer.

Wo ist Nicole? Wo ist überhaupt irgendwer in diesem Laden, abgesehen von den Teenie-Rollstuhlbräuten des Teufels?

»Hallo? Jemand da?« ruft Paul in Richtung Schwesternzimmer. Keine Antwort.

»Klar«, sagt er zu sich selbst, weil Selbstgespräche an diesem Ort das Normalste vom Selbstverständlichen sind, »alle ausgeflogen. Schönes Wetter, schöner Hitzschlag, zwei Wochen Gruppentherapie mit Spritzschlauch extra.«

»Suchst du wen?« fragt Nicole, die in kurzen roten Hosen, himmelblauen Sandalen und schwarzem Ozzy-Osbourne-T-Shirt, mit Pagenschnitt, leuchtenden Wangen und leuchtenden Augen um die Ecke getanzt kommt, hinter der das Rollstuhlmädchen gerade verschwunden ist. Er schüttelt den Kopf, sie kommt auf ihn zugeschliddert wie auf Eis, fällt ihm in die Arme. Sie küssen sich länger, dann nimmt sie ihn mit nach draußen, auf die Wiese, unter ein lindes Dach aus Tannen und Vogelgesang.

»Violetta hat mir gesagt, daß du da bist.«

»Das Mädchen im Rollstuhl?«

»Ja. Die hält hier die Augen offen für mich, wenn ich mal ein Nickerchen mache. Die ist meine Freundin.«

»Schöne Gesellschaft. Was hat sie angestellt, daß sie hier ist?«

»Mit Messern gespielt. Ihre Eltern angegriffen.«

»Süß.«

»Sie ist schon zweiundzwanzig, obwohl man das gar nicht sieht. Violetta war schon öfter hier, die haben sie diesmal gefangen, wo sie mit so'ner Gang rumgezogen ist, Klauen, Drogen, Betteln.«

»Prima.«

»Weil nämlich viele hier betteln, oder sie drehen Dinger. Die wollen nämlich alle nicht zum Sozialamt gehen und müssen leben. Das gibt's hier total oft, daß die nicht Hartz Vier haben wollen oder in so Listen stehen irgendwo, die wollen alle

lieber ihre Ruhe, aber der Staat läßt sie nicht in Ruhe. Scheiß-
staat.«

»Edle Wilde«, schnaubt Paul. Sie haut ihn sanft mit Fäusten.

»Violetta braucht keinen Rollstuhl«, erklärt Nicole, »das
macht ihr nur Spaß.«

»In der Unterhose im Rollstuhl rumfahren macht ihr Spaß«,
sagt Paul und denkt eine Weile drüber nach. Dann nickt er,
weil er sich tatsächlich vorstellen kann, daß das Spaß macht.
Sie sagen beide minutenlang nichts und hören den Vögeln zu.

»Bist du mit dem Auto da?« fragt Nicole, den Kopf an seiner
Schulter.

»Wieso?«

»Ich darf theoretisch jetzt in Begleitung raus. Wir könnten
nach Freiburg fahren oder zu einem anständigen Gasthof oder
so, daß ich mal was Vernünftiges esse.«

»Sorry, ich ... bin mit dem Zug da. Wenn ich gewußt hätte ...«

»Mußt halt öfter anrufen in der Woche, dann hätt' ich dir das
erzählt. Nicht immer bloß besuchen kommen ohne Voran-
kündigung.«

Er sagt ihr nicht, daß er aus einem ganz lächerlichen Grund
mit dem Zug kommt: Weil er will, daß die Fahrt länger dauert,
umständlicher ist, eine größere Strafe für ihn, der nicht verhindern konnte, daß es so gekommen ist. Was? Alles.

»Das nächste Mal bringe ich Cathrin mit. Johanna ist bei ihr,
jetzt.«

»Okay«, sagt Nicole, und erst denkt er, das ist alles, was sie
dazu sagt – manchmal steigt er nicht durch, welche Dinge sie
genau wie wichtig oder unwichtig findet und warum sie nicht
auf Sachen reagiert, die emotional hochaufgeladen sind –, aber
dann stellt sich raus, daß das diesmal nur eine kleine Denk-
pause war, um die richtigen Worte zu finden: »Ich hab' immer
Angst, daß sie mich nicht erkennt, wenn ich wieder rauskom-
me. Ein halbes Jahr bin ich jetzt schon hier, bald hat sie Geburtstag, weißt du das?«

Er macht »Hmm«, begütigend, verständnisvoll, und fühlt sich hundeelend.

»Wie sie da war, wie sie geboren wurde und ich sie das erste Mal angeguckt hab'... da hab' ich gedacht, sie sieht aus, als ob sie von wo ganz weit her kommt. Als ob sie ganz lang unterwegs war. Aus dem Weltraum oder so. Und die Hände... wie von einem total alten Menschen.«

»Ich weiß, was du meinst«, sagt Paul.

Aber das stimmt keineswegs; er weiß es nicht.

Kriegswichtig

Es macht ihm sogar Freude; er staunt selbst am meisten drüber.

»Hier das Ergebnis – das absolute Maximum, mehr ist aus so einer Zentrifuge nicht herauszuholen«, sagt Dirac, als er dem jungen Mann das Ergebnis überreicht, sein einziges technikrelevantes im ganzen Forscherleben. »Die Amerikaner sind sehr weit«, raunt der Junge geheimnisvoll, als Dirac sich schon abwenden will.

»In welcher Richtung?« fragt er, weil man das so macht, er will es eigentlich nicht wissen.

»Nun ja«, sagt der Junge, fährt sich mit der Rechten durchs glatte, schwarzglänzende Haar und sagt: »Sie wissen schon... Hahn und Bohr, hier im Club...«

Dirac erinnert sich: Am vierundzwanzigsten Juni Neunzehnhundertneununddreißig war das gewesen, die letzte Tagung des Kapitza-Clubs vor Kriegsausbruch, Sitzungsthema: Uranspaltung mit Neutronen.

»Würde es Ihnen etwas ausmachen«, ermahnt er den enthusiastischen Herrn, »mir nicht Dinge anzudeuten, die Sie nicht andeuten sollten.«

»Wenn Sie ein deutscher Spion wären«, flapst der Bub, »dann würde man Sie ja wohl kaum mit kriegswichtiger Forschung«, er tappt mit drei Fingern auf die Zentrifugenergebnisse, »betrauen. Es kommt ja doch bei allem, was wir machen, eine Bombe raus.«

Niedlich, denkt Dirac, der kann sich nichts Schlimmeres vorstellen als eine Bombe. Dabei fahren wir noch gut, wenn's nichts Schlimmeres wird als das.

Dirac schnalzt mit der Zunge, schüttelt andeutungsweise den Kopf und verläßt den Raum in Trauer darüber, daß es eigentlich gar keine Wissenschaft mehr gibt, seit Szilárd alle wichtigen Franzosen, Briten und Dänen überzeugt hat, Hitlers wegen Funkstille zu halten.

Eine Bombe – ja, das kann man schon machen.

Es sind schlimmere Waffen vorstellbar geworden: Panzer aus subatomarer Angst, Antimateriekanonen, Flugzeuge mit Lichtmotoren, ein Schiff zum Befahren des Dirac-Meers ...

Dirac tritt auf die Straße und spannt den Regenschirm auf, obwohl es noch nicht gießt, kaum sprüht.

Aber es windet sehr.

Zielperson

Zwanzig Minuten nachdem der Tailgunner die renommierte Detektei betreten hat, in der das Licht die Farbe von Kamillentee und die Teppiche die von Ahornrinde haben, erklärt er sich mit teilweisen Unwahrheiten: »Es hängt mit einer Geschichte zusammen, die ich recherchiere. Ich bin ja Redakteur«, und so weiter, Name der Zeitung, Ressort – er hofft, die junge Dame an dem großen Schreibtisch hier wird das gleich googeln und bestätigt finden.

Auch von seinem Buch über Sonja erzählt er ihr, weil das in einem Verlag erschienen ist, den sie sicher kennt. Dann kommt er zur Sache: »Ich weiß, wo Frau Christensen wohnt. Aber ich möchte nicht selber hinfahren, weil ich ... na ja, es geht mir darum, daß jemand professionell ermittelt, ob sie wirklich so lebt. Es könnte nämlich eine Täuschung sein.«

»Eine Täuschung für wen? In welchem Interesse?«

»Na ja, ein Doppelleben, ich … man würde es jedenfalls merken, wenn man sie eine Weile beobachtet. Ob sie tatsächlich mit Mann und Kindern da auf diesem Gutshof … wissen Sie, suchen Sie einfach einen Termin raus, an einem beliebigen normalen Wochentag, als eine Art Stichprobe, das kann sie ja nicht wissen und äh …«

Er denkt sich das so wie im Fernsehen: Ermittler Matula fährt im Auto runter und knipst mit dem Tele-Objektiv ein paar fesche Bildchen.

Die Dame klärt ihn auf, daß das so nicht geht, erstens weil in einem kleinen exklusiven Nest wie dem, das die Christensens bewohnen, ein fremdes Auto sofort auffällt, und zweitens, weil man für eine ordentliche Überwachung, selbst wenn sie oberflächlich ist und nicht mit Röntgenaugen durch die Zielperson durchguckt, mehrere Fachkräfte braucht, die einander ablösen.

Jeder dieser bestens ausgebildeten und hochmotivierten Ermittler kriegt einen Stundenlohn von neunzig Euro, plus Fahrtkosten, plus Material … Davids lächerliche Vorstellung von zweitausend Euro Honorar löst sich in mildes Kopfweh auf. Die Detektivin fragt, nachdem sie ihm einen Kostenvoranschlag vorgerechnet hat, ob er das wirklich machen will, ob er sich das gut überlegt hat.

David weiß, daß er wissen muß, ob Candela sich wirklich Nicole genähert hat und ob sie etwas mit diesem »Asyndeton«-Kram zu tun hat. Sie ist mäßig vermögend, weil ihr Mann aus einer guten deutschamerikanischen Familie stammt und einen prima Job hat. Aber sie ist nicht so reich, Paul das Geld, das er für seine Rechnerei bekommen hat, bloß wegen eines derart monströsen Aprilscherzes rüberzuschieben. Zumal ja irgendwer den CA programmiert haben muß, das kann man nicht leicht fälschen. David sagt zu der Detektivin, daß er bereit ist, die von ihr genannte Summe aufzubringen. Er hat gespart in den Jahren bei der Zeitung; sein Leben ist nicht kostspielig.

Zwei Wochen nach der schriftlichen Auftragserteilung übergibt die Detektivin dem Tailgunner einen Haufen Fotos auf CD-ROM und einen umfangreichen Beobachtungsbericht, der von der »Abfahrt der Sachbearbeiter« bis zum Schlußsatz »Die Kinder spielen im Vorgarten vor dem Haus, Candela Christensen und der Mann halten sich in dem Gebäude auf«, nichts als unscheinbarste Normalität enthält – »Die Wohnung der Zielperson befindet sich in einem Nebengelaß des Anwesens«, »Verlassen der Ortschaft«, »Ankunft am Kindergarten«, »Einkauf im PLUS-Markt«, »Rückkehr der ältesten Tochter aus der Schule«.

Die Detektivin sagt: »Wir haben kein Doppelleben gefunden, keinerlei Anzeichen dafür.«
David hält die blaue Mappe in der Hand, starrt auf das Teppichmuster am Boden. Es zeigt prunkvolle Vögel, rostrote Wirbel und schwarze Dornen.
»Ich weiß nicht, ob Sie zufrieden sind, aber ...«
»Das ist es nicht«, sagt David wie entschuldigend, »aber ... ich muß das mitnehmen.«
»Natürlich, es gehört Ihnen«, sagt die Detektivin.
»Nein, nein«, er schüttelt den Kopf und lacht zerstreut, »ich meine ... ich muß das eine Weile bei mir haben, durchblättern, äh meditieren sozusagen ... ob das stimmt. Ich muß das spüren können, daß das stimmt. Und wenn nicht ...«
»Ja?«
»Wenn das nicht stimmt, wenn das ... wenn ich das nicht glauben kann, dann werde ich Sie bitten weiterzusuchen.«
»Wonach?«
»Ich weiß nicht. Noch nicht«, sagt der Tailgunner und steht auf, um sich höflich zu verabschieden.

»Du sollst doch ein bißchen schlafen. Aber du schläfst nicht, was? Nein, du flunkerst mich an!« sagt Johanna zu Cathrin. Die nuckelt und guckt, obwohl sie jetzt, nachdem Johanna sie gefüttert hat, eigentlich wirklich schlafen sollte. Johanna sitzt neben dem Bettchen und wartet, bis Paul zurückkommt. Samstag ist für sie beide Kliniktag: Er geht zu Nicole, sie später zu ihrem Vater.

Cathrin staunt und zappelt, Johanna zieht Gesichter.

Endlich macht das Mädchen doch die Augen zu. Um die Zeit totzuschlagen, liest Johanna noch mal die geistig komplett verknirpste Besprechung ihrer Ausstellung bei Stroh, die ein Kakerlak namens ausgerechnet »Benno Sünder« – wahrscheinlich hoffentlich doch bitte ein Pseudonym, das kann Gott nicht ernst meinen – in die tolle Zeitschrift »Künstliche Texte« hat drucken lassen.

Dort steht, das, was Johanna in »give a little bit« bietet, sei alles »zuviel, wenn auch in bester Absicht«, das sei »weniger Mixed-Media als vielmehr Hardcore-Barock« und »bei aller Begeisterung ihrer Konstruktionen dieser beiden Liebenden ›Paul‹ und ›Nicole‹ geht Johanna Rauch nie in die Tiefe ihrer Figuren«.

Sehr gutes Deutsch, muß man sagen: Begeisterung ihrer Konstruktionen. Überhaupt, wenn man sich unbedingt vor was ekeln will, warum dann nicht vor dem Anspruch, in die Tiefe von Figuren zu gehen? Johanna hat das Ding inzwischen zwanzigmal gelesen und wundert sich immer noch drüber, daß es ihr nicht halb soviel ausmacht wie der Anblick, den sie nachher wird aushalten müssen: ihr Vater, im Bett, mal mit Gurten fixiert, mal nicht, brabbelnd, sabbernd, Säuferwahn im Endstadium, da helfen die besten Tropfen, Spritzen und guten Worte nichts mehr.

Ich bringe eben alle ins Krankenhaus oder ins Grab, früher oder später. *Don't that make you wanna smile a while?* Wer sich mit mir einläßt, ist verflucht: Das probiert sie mal eben zu denken, aber es klappt nicht. Johanna ist zu vernünftig, es ist ihr zu klar, wie jammerselig das ist – Sünderin, Sünder, na ja, na und, selbst wenn, ach was.

Die Tür zur Wohnung geht auf.

Paul kommt nicht zu Cathrin und Johanna, sagt auch kein Wort, sondern geht direkt nach rechts in die Küche und macht die Kühlschranktür auf, wühlt rum, schnauft. Johanna hört alles, bleibt unschlüssig stehen, bis sie sieht, daß das Baby den Kopf nach rechts dreht und die Hand kurz öffnet und schließt: Das nehme ich zum Zeichen, denkt Johanna, daß ich mich bewegen soll, was tun, leben.

Sie geht zu Paul, der am Küchentisch sitzt, vor sich hin starrt und eine Flasche Bier in der Hand hält.

»Nette Genreszene«, sagt sie beim Eintreten, und er antwortet verdrießlich: »Kannst es ja malen.«

Johanna könnte jetzt einfach die Wohnung verlassen, aber sie hat es nicht eilig, sondern geht zur Kaffeemaschine und schenkt sich was ein. Dann fragt sie: »Wie geht's der . . .«

»Sie hat 'ne neue Freundin gefunden, die kaum volljährig sein dürfte, lila Lippenstift benutzt und gern in der Unterhose im Rollstuhl übern Korridor fährt.«

»Paul . . .«

»Nee, schon recht«, er winkt ab und schließt die Augen, »was hätten wir sonst machen sollen? Was in der Bude von der Alten wirklich passiert ist, werden wir nie wissen – daß die genauso verrückt ist wie Nicole, wenn nicht schlimmer, bestreitet zwar auch niemand, von wegen geklaute Krokodillerdertaschen und Gummitiere in der Badewanne und Scheiße an der Wand. Aber sie kann uns ebendeshalb auch nicht erklären, was genau vorgefallen . . .«

»Sie ist aus dem Krankenhaus zurück. Wohnt aber nicht mehr bei mir. Die haben alles abgeholt – sie hat wohl Verwandte oder sonst jemand Zuständigen. Nächste Station: betreutes Wohnen.«

Paul gibt ein müdes Ächzen von sich, trinkt einen Schluck aus der Flasche und murmelt: »Hätt' ich auch gern, betreutes Wohnen.«

Dann räuspert er sich und setzt sich gerade hin, dreht den Kopf ein bißchen, damit er Johanna besser anschauen kann, und erkundigt sich ruhig: »Gibt's sonst was Neues?«

»David gibt seine Dirac-Schwarte auf. Hab' vorhin mit ihm telefoniert – er klingt nicht mal zermürbt oder so, eher optimistisch, als ob er froh ist über die Entscheidung. Er hat irgendwelche Recherchen angestellt, für die Gegenwarts-Ebene, das Autobiographische, die ihn massiv entmutigen. Das Literarische ist insgesamt ein Irrweg, sagt er – jedenfalls dann, wenn man, ich zitiere, nur aus dem schlechten Allgemeinen und dem geklauten Leben anderer Leute die Stoffe holt. Er plant jetzt, sich endlich dreinzufinden in die Rolle als äh Journalist – will weiter Bücher schreiben, aber halt journalistische statt dichterische. So ganz konkrete Untertitel wie: ›Eine Recherche‹, ›Eine Liebesgeschichte‹. Was rausfinden über fliegende Untertassen, mit Leuten reden, Interviews führen, Detektive engagieren ... Weg vom Monitor.«

»Wenn's hilft. Wahrscheinlich recherchiert er bloß Candela hinterher, auf die er jetzt zur Abwechslung mal wieder fixiert ist.«

»Wieso?«Paul winkt ab, wird unwirsch: »Nicoles Beziehungswahn ist ansteckend, nehm' ich an. Ich hab' ihm die Website von Asyndeton gezeigt und er meint ... ach, ist doch auch wirklich wurscht jetzt, oder?«

»Wahrscheinlich schon«, sagt Johanna sehr sanft, aber Paul hat sich in Rage geredet: »Toller Plan, Candela ausforschen, die er gar nicht mehr kennt, zu der er noch weniger Kontakt hat als ... na ja, wird dann wohl 'ne Regel werden bei ihm, eine Frau aus der Jugend pro Buch, das letzte Mal Sonja und jetzt ... das ist alles ziemlich elend. Aber wer soll ihm so was sagen? Und am Ende lesen wir's wieder brav weg, damit die liebe Seele ...«

Johanna stellt die leere Kaffeetasse ins Waschbecken und fragt im Hinausgehen: »Bleibt's bei heute abend?«

»Ich hab' nichts anderes vor«, sagt Paul und schämt sich ein bißchen dafür, wie teilnahmslos das klingt.

Johanna greift sich auf dem Flur ihre Jeansjacke und sagt: »Du hörst dich immer mehr an wie Christof zum Schluß.«

Das sitzt. Paul springt auf und eilt ihr nach, fängt sie an der Tür ab, berührt ihren Arm: »Hey, Johanna ... tut mir leid, ja? Ich bin ... ich weiß nicht, das Projekt ist zu Ende, die Überweisung ist passiert, ich hab' einen Haufen Geld am Bein und meine Freundin ... es kommt mir vor, als hätte ich sie denunziert, und jetzt sitzt sie im Knast. Ich bin einfach ... leer, wie so ein Akku, der ...«

Johanna umarmt ihn, er sie.

Dann lösen sie sich schnell voneinander und wechseln auch keinen Blick mehr. Johanna geht, schaut nicht zurück, es bleibt ja bei heute abend.

Davids Tochter

Kurz vor New York, nach dem Überfliegen des Golfs von Maine, gibt es eine heiße, dick aufgebackene, leckere Pizza im Flugzeug – warum kommt das David wie der Gipfel der Dekadenz vor?

So was kann Nicole erklären, er kann das nicht.

Im Sitz nebenan schläft ein wunderschönes Mädchen im mit Tieren vollgedruckten Pyjama seit drei Stunden den Schlaf der Goldigen, nachdem sie vorher ohne Ton dem Spielfilm zugeguckt und sichtlich zu erraten versucht hat, worum es da wohl geht. Die Geschichte, die ihr dazu eingefallen ist, läßt die tatsächlich gefilmte wahrscheinlich weit hinter sich. So, denkt David, müßte seine Tochter sein, wenn er eine hätte. Aber er ist nicht Paul, er kann diesen Weg nicht gehen, die Welt ist eh »overpopulated with the wrong kind of people« (Ellen DeGeneres).

David liest Heiner Müllers »Philoktet« und Rezensionen von Hegel; mit jedem Kilometer, mit jeder Meile versteht er das Deutsche schlechter, denn es ist eine ortsabhängige Sprache und kann nirgendwohin wirklich ungebunden, erdbefreit mitfliegen – das gilt für sämtliche Sprachen, die man im Weltraum noch nicht oft gesprochen hat.

Salt Lake City hat die bergigsten Berge aller Sonnenuntergangswelten; die großzügig religiös beleuchtete Landschaft von Utah ist so schön wie jedes Land, dessen Staatsform auf einer Idee fußt – Die DDR war schön, Israel ist schön, die Sowjetunion war es auch, die USA sind es insgesamt ebenfalls, auch der Iran seit der Revolution Khomeinis. Die amerikanische und die iranische Idee sind zwar falsch, letztere ärger als erstere, aber auch falsche Ideen sind Ideen und leuchten deshalb.

Deutschland? »Hier wohnen vor allem Deutsche«: das ist keine Idee, auch nicht, wenn man es verschärft, bis es Hitler heißt.

Blinde Passagiere

»Es ist natürlich lächerlich«, empört sich Manci ganz zu Recht; Dirac lächelt.

»Sie können ihn doch da nicht einsperren.«

Dirac nickt, sagt aber leise und tonlos: »Wobei es genau das ist, was sie versuchen. Aber hier«, er schiebt ihr eine Zeitung hin, die »New York Times«, da hat er rot angestrichen, was ein Kollege sagt: »Wenn es das ist, was der McCarran Act in der Praxis bedeutet, dann läuft er auf kulturellen Selbstmord hinaus.«

»Das erinnert an die Deutschen«, sagt Manci, und da räuspert sich Dirac denn doch: »Nein, du gehst zu weit.«

»Was ist das überhaupt für ein lächerliches Gesetz, das dich nicht ins Land läßt, um Oppenheimer zu besuchen?«

»Eine Einwanderungs- und Einbürgerungsvorschrift. Gehört

wohl«, er räuspert sich erneut, »zum sogenannten Kalten Krieg dazu. Zehn Jahre nach dem heißen.«

»Wozu soll das gut sein?«

»Nominell erfaßt das Gesetz alle möglichen Arten unerwünschter Ausländer, Landstreicher, blinde Passagiere und so etwas, die sich unbefugt nach Amerika ...«

»Berber wie dich«, lacht Manci.

Dirac verdreht die Augen: »Aber in Wirklichkeit soll es jedenfalls kommunistische Umtriebe unterbinden. Ich nehme an, irgendeine Überprüfung meiner Vergangenheit hat ergeben, daß ich mehrmals in der Sowjetunion ...«

»Nicht zu vergessen deine kommunistische Rede bei den Nobelpreisfeierlichkeiten«, setzt sie stichelnd hinzu, weil sie seinen leicht beschämten Blick mag, der sich zuverlässig zeigt, wann immer diese Geschichte erzählt wird.

»Wie auch immer«, lenkt er hastig ab, »all diese Schikanen werden jedenfalls dazu führen, daß Oppenheimer unser Angebot, in Cambridge Professor zu werden, höchstwahrscheinlich annimmt.«

»Schon verrückt – Leute wie du und er, die im Krieg wichtigste ...«

»Ach, ich habe nur Zentrifugentechnik untersucht ...«

»Mehr, als diese Bürokraten je getan haben, nehme ich doch an.«

»Wer weiß«, beschwichtigt Dirac und denkt an die Verse aus dem deutschen Dante, die Oppenheimer ihm im Brief hat zukommen lassen, als kleine Erinnerung an die alten Göttinger Zeiten – er hat das Buch also immer noch – und Vorausblick:

Doch als ich fühlte mich die Zeit beschleichen,
Wo uns das Alter mahnt: jetzt heißt es schwenken,
Die Taue einziehn und die Segel streichen,
Da schuf, was einst mich freute, mir Bedenken,
Und Reu und Buße brachten schon mich näher
Dem Himmel, um Vergebung mir zu schenken.

ZWANZIG

Roswell, NM

Verfluchtes Hookline-Hirn: Als die Winzmaschine aufsetzt und David den legohaften Airport in den Blick kriegt, fängt sofort dieses Sherri-Youngward-Stück in seinem Kopf zu säuseln an, zu dem Liz Parker in der zweiten »Roswell«-Staffel auf eben diesem Flughafen ihre Maschine nach Schweden besteigen will, um den Mord an Alex aufzuklären. Das Lied ist nicht auf dem offiziellen Soundtrack, den Paul seiner Nicole geschenkt und den sie David für diese Reise geliehen hat, aber er hat die Folge inzwischen so oft auf DVD gesehen, daß diese Musik mit dem Anblick des Roswell-Rollfelds untrennbar verpappt ist – perlendes Kinderzimmerplastikklavier, quellwasserreine Jungfrauenstimme: »Where this love goes ... I will follow ... I have to follow ...«

David folgt lieber seinem Gepäck.
Der AVIS-Leihwagenschalter ist trotz der frühen Stunde schon mit einem freundlich und vertrottelt wirkenden Muttchen besetzt, David holt sein bestelltes Auto ab. Die Dame schusselt ein bißchen am Computer rum, dann hat sie's: alles registriert, in Ordnung, hier sind die Schlüssel.
»An ähm meinem letzten Tag ... ich fliege schon um sechs Uhr morgens, ich nehme nicht an, daß hier morgens ...«
»Oh nein, um die Zeit sind wir noch nicht besetzt. Werfen Sie einfach ... parken Sie den Wagen da drüben, bei den Leihauto-Markierungen, und schmeißen Sie den Schlüssel draußen durch die Klappe, auf der AVIS steht. Wo sind Sie untergebracht?«
Mom versteht sich außer als Autoverleiherin nämlich auch

noch als Fremdenverkehrsbüroassistentin und überreicht David, als er ihr mitteilt, daß er im Best Western Sally Port Inn schlafen wird, einen aufs Wichtige reduzierten Stadtplan, auf dem sie vorher liebevoll mit orangem Markerstift seine Route vom Industrial Air Center aufgemalt hat. Es geht immer geradeaus, denn es gibt hier sowieso nur zwei ernstzunehmende Straßen – die Main Street, deren südliche Verlängerung zum Flughafen führt und an deren nördlicher Hälfte alle einigermaßen menschenwürdigen Hotels liegen, und die 2nd Street, die identisch mit der US 380 ist und westlich nach Ruidoso, Hondo und so fort, östlich dagegen nach Lubbock, Texas führt.

Das Sally Port steht auf der linken Seite, wenige Autos parken davor, kaum Leute treiben sich in der Lobby rum. Die junge, 80s-revivalhaft aufgedresste Tante am Desk kann David noch nicht einchecken: »Too early, the rooms ain't ready yet.« David geht zurück zur Karre. Neben dem Hotel steht ein Applebee's-Grillrestaurant – lustig, hallo Doktor Freud, die Hauptdarstellerin, d.h. die Schauspielerin der Liz in Nicoles ›Roswell‹-Show heißt sehr ähnlich: Shiri Appleby. David fährt nach Norden, Richtung Absturzstelle. Schnell wird das Gelände dem aus tausend Filmen und Fotostrecken in Büchern vertrauten immer ähnlicher, abgesehen von den rechtsradikalen christlichen Anti-Abtreibungs-Billboards: »I could feel pain before I was born«, sagt ein niedliches Baby. David wendet nach fünfzehn Meilen, fährt vorbei am mit silbernem Untertassenanbau und Weltraumszenenbemalung dekorierten McDonald's, fast bis zurück zum Flughafen, schaltet das Radio ein.

Er ruft Kelsey von MUFON auf ihrem Cellular an, die ihn vorgestern so überrascht hat mit ihrer Mail-Auskunft, es gebe in Roswell keineswegs eine stärkere Präsenz von ihresgleichen als anderswo, im Gegenteil: als Einheimische werde sie von denen, die's wissen, sogar geschnitten für das, womit sie sich obsessiv beschäftigt, während es bei Touristen natürlich gern gesehen werde.

Sie ist da, hat aber jetzt noch keine Zeit: »Tonight, maybe? Wanna drive to the Crash Site?« Sie sagt das fröhlich, einladend, tut nicht obskur, das gefällt David sehr.

»Listen«, sagt sie, das kennt er schon: hör zu, die Wendung hat bei ihr eine ähnliche Streichel- und Kalmierfunktion wie bei Paul das ewige »weißt du«, also: »Listen, warum triffst du nicht Jesús Beltran in Hondo, der kann dir erzählen ... obwohl, nein«, pfeift sie sich zurück, »du solltest dir heute erst mal die Stadt selber angucken, noch keine großen Auswärtstouren, was? Aber Gossweiler könntest du besuchen. Der arbeitet. Ja, du mußt mit Gossweiler reden – der spricht nicht mit jedem, mind you, diese ganzen UFO-Nüsse, die hier durch die Stadt geschleust werden, at festival time, die lernen ihn nicht kennen, dieses New-Age-Zeug verabscheut er. Aber wenn er merkt, daß du keinen fertigen Glauben mitbringst, daß du nicht vorgibst zu wissen, was hier gecrasht ist oder worum es sich bei den Untertassen überhaupt handelt, daß deine Einstellung einfach ist: Space Brothers mit Geschenken für die Erdlinge im Sinne der Spinner waren es wohl nicht, aber die offiziellen Erklärungen der Autoritäten stinken und decken das Datenmaterial ebensowenig – dann wird er dir sagen, was er denkt und was er gesehen hat. Arbeitet in 'nem Buchladen, der Mann ...«

»Ich weiß nicht, ob ich gleich Leute treffen kann. Ich meine, du, das ist was anderes, wir mailen seit ...«

Sie lacht, er fährt fort: »Vielleicht erst mal alles angucken, oder?«

»Get a feel fort the place, verstehe. Aber da gibt's nicht viel ›alles‹ anzugucken, das wirst du schnell merken.«

David versichert ihr, daß er die Zeit bis heute abend – sie kommt um sieben ins Applebee's, denn das liegt wie ein Hotel unweit von da, wo sie arbeitet – schon irgendwie rumkriegen wird. Sie ist einverstanden.

David schlappt zu einer Tankstelle und paradiert einmal links,

einmal rechts die Regale lang, auf der Suche nach diesem
»Snapple«, das Mickey G. in Nicoles Lieblingsserie immer
säuft. Gibt es nicht, also ein Evian.
Im Toyota die Main rauf, die Main runter, ein paar nicht besonders vielversprechende Seitenstraßen lang, die ehrbar halten, was sie versprechen; die Hälfte der Stadt besteht aus Park-
plätzen mit öden Lampenschirm-, Kinderbekleidungs- oder
Matratzenriesenläden dahinter.

Zurück im Hotel, man sieht das Applebee's von Davids Fenster
aus nicht, davor steht nämlich breit WHATABURGER, ein
Drive-in für Entseelte. Es ist siebzehn Uhr abends, überm Bur-
gerladen fahren betongraue Krieg-der-Welten-Wolken aufeinander auf, die wollen heute noch nach Hondo, Wahrsager und
UFO-Zeugen mit ihrem Regenguß ersäufen. David schaltet das
Fernsehen ein und schaut sich Werbung und Kriminalfallhetze
an, zwei tote Stunden lang, dann geht er rüber ins Applebee's,
ißt einen Hamburger und trinkt zwei Glas Orangensaft und
zwei Jack Daniels, weil seine MUFON-Lady sich nicht zeigt.
Um zwanzig nach sieben taucht sie dann doch auf, mindestens
im sechsten Monat schwanger – kriegen denn, fragt sich David, alle Menschen Kinder außer mir und Johanna, ist das jetzt
Pflicht? –, mit glänzenden Rauschgoldengellocken in Silber-
blond, strahlendem, leicht rötlichem Gesicht. Kelsey ist eine
schöne Frau, das wußte David schon von den Bildern im Netz
her.

»So?«
»So?«
Sie fragt, ob er Gossweiler getroffen hat oder in Hondo bei
Beltran war. Er verneint und gibt zu, daß ich er sich noch nicht
zur Absturzstelle getraut hat, zwar schon auf dem Weg dahin
war, aber ohne genaue Ortskenntnis verfehlt man's ja womöglich ...
»Schon in Ordnung, ist doch gut, dann fahren wir da jetzt hin,
das bringt's doch.«

Sie will nichts bestellen, also bezahlt David, und sie steigen ins Auto, wobei er bemerkt, daß das Redaktionsgebäude des »Roswell Daily Record« direkt gegenübersteht, also auch bloß den sprichwörtlichen Steinwurf weit vom Sally Port entfernt. Die Krieg-der-Welten-Wolken sind gewandert, aber nicht nach Hondo, sondern in die andere Richtung: rechts im Osten knistern Blitze, links ist alles frei, *big sky*.

Bald wird die Landschaft dezidiert unwüstig, zwischen Farmen, die verkauft werden sollen, und Haltestellen für den Schulbus wächst mehr und mehr Gras. Kelsey klärt David auf, daß die Fahrt zur Crash Site bei gewissenhafter Beachtung des vorgegebenen Speed Limits rund eine Stunde dauern wird.

Sie fragt ein paar Sachen zu Deutschland, weil sie vielleicht mal mit ihrem Boyfriend da hinfahren will. Soweit David die Antworten weiß, kriegt sie Auskunft: Wo kann man eine Weile billig wohnen, was muß man gesehen haben, ist bei euch wirklich alles so liberal, gibt es viele Atheisten?

David erkundigt sich im Gegenzug nach besagtem Boyfriend. Er ist Gärtner am NMMI, war früher Soldat, hat aber irgendein Beinleiden, das zu beschreiben und zu verstehen ihr medizinisches Vokabular und Davids Kenntnisse auf diesem Gebiet nicht ausreichen, jedenfalls rennt Ken nicht mehr schnell, was er als Gärtner aber auch nicht muß. Die haben es schön, an ihrem Militärinstitut, findet Kelsey, die Schule ist toll, die Kinderbetreuung, die soziale Sicherung – sie legt es nicht drauf an, meint sie, hätte aber auch nichts dagegen, wenn er sie demnächst mal fragen würde, ob sie ihn heiraten will.

Die Menschen bauen sich aus so wenig, wie eben angeboten wird, soviel Leben wie möglich, das ist auch da nicht anders, wo die Menschen nicht glauben, daß sie als Menschen unter sich sind.

Anders gefragt: »What does he think of your … well, hobby? Obsession?«

»My work with MUFON«, korrigiert sie ihn.

»Okay. Your work. With MUFON.«
Er steht nicht drauf, berichtet sie, aber es stört ihn auch nicht.
Ken weiß, daß sie David heute abend betreut, seine Recherche
begleitet, er hat sogar angeregt, den Deutschen mal zum Essen
einzuladen, in die gemeinsame Wohnung. David reagiert darauf ausweichend – viel Zeit habe er nicht, in Roswell, und
eigentlich wolle er möglichst das meiste allein rauskriegen.

Immer wieder hat man kleine Erhebungen vor sich, das Land
ist auf träge Weise wellig, im Durchschnitt dann aber flach,
von Bergen jedenfalls kann keine Rede sein. Rindviecher stehen arbeitslos einander im späten Licht, Büsche warten auf
Präriefeuer, das sie von ihrem Leid erlöst.
David will von Kelsey wissen, wie das hier denn mit wilden
Tieren ist, sie weiß von nichts, was gefährlich wäre, und als er
ihr erzählt, daß man ihm im Reisebüro geraten hat, Stiefel zu
tragen, wegen der Schlangen, weiß sie was von »milk snakes«
und warum man die nicht zu fürchten bräuchte, wie scheu die
wären. Dann sind sie da: »You should park the car over there.
Yeah, up there. And then we can walk, just a little bit, actually,
and that's where it all happened.«

Sie geht voran, führt ohne Worte, sie stapfen eher vorsichtig
als wacker, dann bleibt Kelsey stehen, wo die Büschel am
zähesten aussehen, als hätten sie Jahre ohne Regen überlebt.
Der Boden hier ist gelb und rot und grau, grüne Grillen aus
Blech springen bei jedem Schritt nach allen Seiten weg, die
völlige Stille erinnert an alles, was Neunzehnhundertsiebenundvierzig war, und David denkt an die kluge Idee Foucaults,
es gebe Orte, »die man auf keiner Karte und auch nirgendwo
am Himmel finden könnte, und zwar einfach deshalb, weil sie
keinem Raum angehören«.

Dieses aride Feld hier ist eine Gedenkstätte, die ein Witz der
Zeitgeschichte dem Gedanken errichtet hat, daß wir alle Menschen sind und auf einem Planeten hausen, den wir uns noch

nicht wohnlich eingerichtet haben. Hier waren andere? Vielleicht, aber wo wir waren und sind und hingehören, wissen wir nicht. Wir haben sie jedenfalls nicht empfangen; unser Hausrecht war nämlich noch nicht formuliert.

Landkreise entfernt blitzt und flackert geräuschlos das südöstliche große Lichtbeben weiter. In Davids ganzem Sinnenfeld will sich eine Kraft bemerkbar machen, die damit zu tun hat, daß weder Kelsey noch er seit dem Aussteigen mehr als drei Worte gesprochen haben.

Er denkt an Jerusalem, an die lauten Horden der Wallfahrer mit ihren protzigen Bussen, die das kleine Gärtchen Gethsemane kaputtrampeln, und wie schön es ist, daß hier, auf Mac Brazels altem Grundstück, kein Schild, keine Tafel, kein Klotz, einfach gar nichts darauf verweist, daß die Gedanken von Abertausenden, vielleicht Millionen Menschen um diesen Platz ihre Vorstellungen von etwas anderem als der endlosen Einöde des hinter unseren technischen Möglichkeiten so weit zurückbleibenden zivilisierten Alltags arrangiert haben. Tabernakel des Eskapismus, freie Fläche Hoffnung.

Die Blitze sind jetzt rot: Haare irischer Mädchen, glühende Drähte, Haare Johannas. Sie scheinen immer wieder an derselben Stelle einzuschlagen. Schweigend fängt David an, ein paar Fotos zu machen, die Dämmerung hat was Verwunschenes, von dem er sich sicher ist, daß er es nicht einfangen kann, und sich eben deshalb herausgefordert fühlt, es zu versuchen. Beim Knipsen fällt ihm auf, daß die UFO-Spinner recht haben, die gegen Pauls Theorie vom abgestürzten Geheimflieger einwenden, daß so etwas nicht erst ein Pferdebauer hätte entdekken müssen – man hätte die Gegend zweifellos vom Air Field aus mit Flugzeugen abgesucht, und wer sich diese Ebene hier anguckt, wer hier jemals gestanden ist, weiß, daß sie diese silbrigen Trümmer und Fetzen auf so einem Areal im hellen Tageslicht auf mehrere Kilometer Entfernung hätten erkennen müssen.

Es kann nicht sein – was hier gefunden wurde, hat nicht der Air Force gehört, es ist einfach unplausibel.

»You want me to take a picture of you?« David zuckt zusammen, Kelseys freundliche Stimme reißt ihn aus Kontemplation, Schauder und Spekulation.

»Wieso, wozu sollte ich mich selbst ... ach so, zum Beweis, daß ich hiergewesen bin.«

»Klar, oder hast du keine Website, auf die du das stellen willst, was bist du denn für ein Autor?«

Er lacht, was sich wahrscheinlich kokett anhört, und stellt sich unbequem hin, weiß nicht, wie den Kopf drehen, wo hinschauen, aber sie geht um ihn herum wie ein Profi und macht ein Dutzend Bilder, bevor sie den Apparat zurückgibt. Sie stehen zusammen im schwindenden Licht.

Kelsey sagt: »Time to go.«

Alles erzählt

Sie würde das zu Paul so niemals sagen, aber daß sie in der Klinik Violetta begegnet ist, kommt Nicole fast noch wunderbarer vor als das Leben mit Paul.

Denn Jungs und Männer haben sich für sie schon früher interessiert, aber eine Freundin hatte sie noch nie: Mädchen und Frauen sind ihr immer aus dem Weg gegangen, von der Grundschule bis zum Job in der Buchhandlung, »als ob ich giftig wäre«, wie sie Violetta sagt, die darauf antwortet: »Ich hab' keine Angst vor dir«, ein ebenso einfaches wie für Nicole ganz sensationelles Wort der Freundschaft.

So oft sie können, setzen sie sich vom reglementierten Klinikleben ab, büchsen aus, trinken in der Stadt zusammen Kakao, hängen lange heiße Nachmittage im Tierpark der Anstalt rum und rauchen Violettas Zigaretten, die sie sich von ihrem Bruder Andy mitbringen läßt.

Die beiden jungen Frauen erzählen sich Geschichten darüber,

wie ihr Leben bis jetzt verlaufen ist, wovor sie Angst haben oder worauf sie hoffen, und vertrauen einander aufgrund einer Vernunft, die von den Therapieangeboten an diesem Ort nicht erreicht wird.

»Andy holt mich irgendwann raus, wenn der Anwaltskram erledigt ist«, sagt Violetta am Fluß, die Füße im klaren Wasser. Sie reicht Nicole die Aschenbechercoladose, damit die Freundin ihre Zigarette nicht wieder überm Gras abklopft. Violetta fürchtet sich im Sommer immer vor Feuer, sie hat mal ein schlimmes erlebt.

»Dann fahren wir mit dem Schiff um die Welt. Andy hat ein Boot.«

Nicole findet es überhaupt nicht komisch oder unanständig, daß Violetta von Andy im selben Ton redet wie Nicole von Paul und daß offenbar auch dieselbe Sorte von Gefühlen dabei im Spiel ist.

Nicole sagt: »Du siehst wieder toll aus heute.« Violetta lacht. Sie trägt ihren roten Wickelrock und ihren kleinen rosa BH, das würde sie auf einem Ausflug in die Stadt nicht tun. Es ist aber ein langsamer Sonntag, in der Klinik beobachtet sie heute niemand, da kann sie rumlaufen, wie sie will, eben toll.

Nicole gefällt das Lachen und ihr kommt der Gedanke, daß diese Freundschaft zwischen Violetta und ihr jetzt sofort irgendwie gefeiert werden müßte, also sagt sie: »Ich hab' eine Idee, aber das müssen wir gleich machen, solange wir alleine sind hier. Du mußt mir jetzt irgendwas erzählen, was du eigentlich für dich behalten willst, und dann erzähle ich dir was, was ich eigentlich für mich behalten will. Dann ist das ein Vertrag, daß wir uns immer helfen.«

»Ich hab' dir schon alles erzählt, du Mohrrübe!« lacht Violetta und strubbelt mit der Hand in Nicoles Haar herum.

»Hast du nicht, Finger weg!« regt sich Nicole auf und droht Violetta mit der Büchse voller Asche.

»Na gut«, Violetta hebt die Hände zum Zeichen, daß sie sich ergibt, »in Ordnung, he. Also.«

»Hm?«, Nicole guckt so streng sie kann.

»Ich heiße überhaupt nicht Violetta«, sagt Violetta.

Weil Nicole zwar verrückt ist, aber nicht albern, zweifelt sie nicht an der Wahrheit dieser Behauptung, sondern will lieber sofort wissen: »Wie heißt du denn dann?«

»Valerie«, sagt Valerie, die eben noch Violetta war, und zieht dazu ein Gesicht, als hätte sie »Brechdurchfall« gesagt.

»Und das magst du nicht?«

»Das mit dem V am Anfang ist schön«, findet Valerie, »aber es kommt nichts mit lila drin vor, und alles, was ich mache, muß was mit lila drin haben. Also violett, also Violetta«, sagt Violetta, die damit wieder sie selber ist.

»Aber dann wissen das die Ärzte ja auch«, sagt Nicole erstaunt, »und die wollen doch immer, daß wir uns nichts ausdenken und nichts selber bestimmen.«

»Die wollten mich ja auch erst immer Valerie nennen«, erklärt Violetta, »weil das im Paß steht und so weiter. Aber jetzt machen sie das nicht mehr, weil ich dann immer absichtlich nicht zugehört und geschrieen und getrampelt habe.«

Nicole nickt. Sie weiß, daß die Ärzte hier so stumpf und lernunwillig sind, daß man sich schon sehr exzentrisch benehmen muß, wenn man ihnen etwas Wichtiges beibringen will.

»Und jetzt bist du dran«, verkündet Violetta feierlich, läßt ihre abgerauchte Kippe in die Dose fallen, legt den Kopf in den Nacken und schaut rauf zwischen die Zweige ins Blaue.

Nicole macht es nicht schwieriger, als es ist: »Ich bin glaubich schuld, daß wer tot ist.«

»Die Alte in der Badewanne?« Violetta ist enttäuscht; das kennt sie schon.

Nicole schüttelt den Kopf: »Nö, die lebt ja noch. Die kommt jetzt auch in 'ne Anstalt, aber nicht hierher. Aber das andere ... ich weiß nicht genau, wie das gekommen ist. Aber ich hab' wohl schuld, daß so ein Psychiater von mir, der mit Paul befreundet war, sich umgebracht hat.«

»Wie hast du das denn gemacht?« Violetta ist für Nicoles Geschmack ein bißchen zu begeistert von der Neuigkeit. Das liegt an der Vorstellung »toter Psychiater«, die sie erfreulich findet.

»Ich hab' das gar nicht gemacht. Ich bin bloß schuld. Das war dieser Engel.«

Auch das hat Violetta so ähnlich schon mal gehört: »Die hinter dir her war, diese Frau? Ich glaub' da nicht dran, daß das ein Engel ist. Die spinnt wahrscheinlich nur, so wie wir.«

»Na ja, aber sie kann schon mehr als wir. Als normale Menschen. Sie taucht plötzlich auf, wo sie will, verschwindet wieder ... und sie hat mich ganz am Anfang ... das hab' ich dir nicht erzählt, aber sie hat mich gefragt, ob ich ... ich sollte jemanden raussuchen, der nicht leben soll. Sonst ... sie hat mir gedroht, daß sie sonst selber jemanden aussucht, und ich hab' gedacht ...«

»Paul.«

Nicole nickt: »Mhm.«

»Und da hast du dann eben den Psychiater ausgesucht.«

Nicole zuckt mit den Schultern: »Tja, also: eben nicht. Ich hab' jemand andern gesagt, den ich auch bei Paul kennengelernt hab', aber kurz danach ist der Psychiater gestorben und der andere Typ nicht. Der lebt immer noch. Ich glaube, entweder hat die mich falsch verstanden, oder ich hab' den falschen Namen gesagt und die zwei selber verwechselt, weil ich verrückt bin. Oder sie hat dann doch einen ausgesucht, weil meine Entscheidung irgendwie verkehrt war. Jedenfalls bin ich schuld.«

»Nee, bist du nicht«, sagt Violetta und steht auf, weil ihr am Wasser langweilig geworden ist, obwohl sie die Geschichte, die Nicole erzählt, interessant findet.

»Wieso nicht?«, Nicole hört es eigentlich gern, versteht es aber nicht.

»Weil du niemand selber umgebracht hast und auch noch nicht mal wolltest, daß der Typ stirbt.«

Nicole widerspricht nicht, weil sie weiß, daß Violetta, wenn sie in diesem apodiktischen Ton redet, keine Widerrede duldet.

»Und jetzt gehen wir auf die Wiese am Stein und erschrecken verblödete Besucher«, befiehlt die Jüngere.

Nicole ist einverstanden: verblödete Besucher haben nichts Besseres verdient.

Johanna schreibt

»es war in gewisser weise ohnehin immer so bei mir, daß sich mein ganzer weltbezug über kunst herstellt und aufrechterhält, nur daß es jetzt auf einmal meine eigene kunst sein soll, das verblüfft mich immer noch, ohne demutskoketterie. die biologische uhr tickte, aber die verdammte kunst wollte kein kind von mir. lange lief meine auseinandersetzung mit den vorbeiziehenden jahren, den jobs, dem familienärger über eine art verbohrter identifikation mit anderen künstlern. in broodthaers wollte ich förmlich hineinkriechen. der hat nur für mich persönlich gelebt und gewirkt – und gewirkt eigentlich doch kaum, wenn man genau hinschaut. ich weiß zum beispiel überhaupt nicht, ob stefan ripplinger recht hat mit seinem natürlich wunderbar zugespitzten bonmot, broodthaers sei der einzige künstler des dialektischen materialismus. sicher war er einer, der die probleme meiner generation vorweg erleiden mußte: er konnte schon kein kommunist mehr sein, weil dieses spiel verloren war, aber auch noch kein medienbohemien, ohne auf wirklich alberne art den pionier zu spielen. er hat die vorläufigkeit ertragen; was david sein dirac, ist er mir. broodthaers war ja sogar in der kommunistischen partei, dann lyriker, dann künstler, und unterdessen vierfacher familienvater. wenn man für ›kommunismus‹ zum beispiel ›feminismus‹ setzt, hat man ziemlich genau meinen weg. nur daß ich nicht so konsequent einen weg draus machen konnte. wobei es vielleicht andererseits noch zu früh ist, das zu sagen – broodthaers war ja vierzig jahre alt, als er sich entschloß. wozu? künstler werden, das sagt sich so einfach, aber es ist in seinem fall wohl wirklich ein wunder, daß er es so eng eingrenzen konnte und genau das richtige getroffen hat, schließlich war es ihm dabei um etwas ungemein allgemeines zu tun, wenn ich das von hier hinten richtig erkennen kann: er wollte einfach noch mal sehen, ob das sein muß, daß man so abgefertigt wird, weggespült, aussortiert, oder ob man wenigstens irgendwo markieren kann, daß man mehr erwartet hat, daß man sein menschliches potential doch gerne irgendwo reingekerbt hätte. in diese unerschaffenheit, die wir leiden. deshalb seine herstellung von spuren die ganze zeit, würde ich sagen, bis hin zum exklusiven herstellen der spuren von dingen, verfahrensweisen und unternehmungen, die jenseits dieser spuren gar keinen ontischen status haben. ich wollte ihn in dieser hinsicht zunächst ganz einfach nachmachen – ich habe mir sogar, maßlos beeindruckt vom ›contrat proposé par le service financier du Département des Aigles concernant la vente d'un kilo d'or fin en lingot‹ aus meinem geburtsjahr, mal eine unze feingold vom honorar für einen artikel in einer amerikanischen kunstzeitschrift gekauft. das gold kam von der firma heraeus edelmetalle in hanau. ich hatte keine ahnung, wie ich die broodthaers-anspielung dieses kaufs zu einem werk machen sollte. und dann ist mir nicole begegnet, dank paul. wenigstens habe ich sofort erkannt: dies ist mein feingold und mein adler und meine eierschale. jetzt konnte ich richtig anfangen, broodthaers zu spielen.«

In Hondo bei Jesús

Beim Frühstück in der Grillbar, die zum Hotel gehört, klingelt Davids Dudelphon, es ist Kelsey, die ihn noch einmal für heute abend zum Essen einlädt, »Will you be able to attend?«, es kommen noch andere Freunde, ist also nicht schlimm, wenn er nicht fest zusagt.
Deshalb sagt er nicht fest zu. Dann wählt er die Nummer von

Herrn Beltran, der ihm immer noch ein bißchen unheimlich ist, nicht nur seines schönen Vornamens »Jesús« wegen: hat in Las Cruces Physik studiert, Sohn vermögender Eltern aus Miami/Florida, dann in der Nähe von White Sands ein (wie soll man sagen?) unerwartetes Erlebnis gehabt, seither besessen von Kontakten mit Außerirdischen, besonders unterm technischen Aspekt. Sitzt im Flohnest Hondo im Hinterzimmer eines ausrangierten Cafés und arbeitet an einem Epochenwerk über »The Physics of UFOs«.

Er nimmt sofort ab, spricht sehr glattes, zungenfertiges Englisch – ja, er hat Zeit, David soll aber bald losfahren und in Hondo an der Tankstelle parken, dann über die Straße gehen, er wird ihn auf der Veranda erwarten.

David fragt ihn, ob die Tankstelle leicht zu finden ist, er lacht: »Obviously you don't know Hondo.«

Nein, David kennt das Kaff nur aus einer Fernsehserie, da wohnt dort eine Wahrsagerin, die den Kids die Wahrheit über Liebe und Verantwortung erzählt.

Schwül ist es heute, das Blau des Himmels lappt ins Angefaulte.

An der ersten Tankstelle nach dem Abbiegen von der Main auf die 2nd kriegt man »USA Today«, die »Dallas Morning News«, den »Houston Chronicle«, das »Lubbock Avalanche Journal«, den »Roswell Daily Record« und das »Albuquerque Journal«.

David will dazu endlich Snapple trinken, aber auch die hier haben's nicht. Tanken ist billig.

Westwärts vorbei an Indianermüll und Blechbaracken, Folkloretotempfählen, einem Staudammschild ins ganz offensichtlich geierfreundliche Hondo Valley, sechs Prozent Steigung, dünner Wiesenpelz, zur Sicherheit muß man hier auch am gleißenden Tag die Autoscheinwerfer anschalten, Teile der Straße sind »adoptiert«, das heißt von Geschäftsleuten gesponsert, deshalb gibt es immer mal wieder sehr neue, schwarz asphaltierte Straßenabschnitte, von der sich die anderthalb

Meter hohen Komischpflanzen mit gelben Wuschelkronen, die hier jeden Weg säumen, respektvoll verneigen: Was sind das, riesige Ährenmutanten?

Ein verlassenes US Post Office neben einer Ranch im Nichts, die Siedlung heißt mit dünnem Namen »Tinnie«, jetzt müßte dann gleich Hondo kommen.

Ein Ortsschild gibt es aber nicht, dafür eine Gutierrez Ranch mit viel Holz vor der Hütte, einen Sportplatz vor der Schule, wenige Kleinstkakteen, Wucherkraut, ein Schild, das frisch entrümpelte »Outlaw Furniture« zum Verkauf anbietet, einen General Store und endlich am Ende der kleinen Häuschengruppe, die man wohl für die Stadt ansehen soll, nach der David sucht; links die von Beltran versprochene Tankstelle der Firma Conoco, bei der es auch frische Hamburger gibt.

David fährt auf den Parkplatz und sieht dabei Beltran schon drüben stehen, auf der Treppe eines Arche-Noah-artig langgezogenen weißen Holzhauses mit vernagelten Fenstern, an dem geschrieben steht, daß es einmal das »Hondo Valley Cafe« gewesen ist, in dem es vor allem »Mexican Food« gab.

Beltran ist groß und stattlich, um nicht zu sagen feist, hat einen Ziegenbart und zurückgegelte schwarze Haare. Er winkt müde, als David aussteigt, und setzt sich dann der übergroßen Anstrengung wegen, die ihn das Winken gekostet hat, auf seine Treppe.

Es ist schon wieder heiß genug, daß man Ofenchips auf der Straße backen könnte. Das Licht, die Glut: Apollo will es wirklich wissen heute.

David nimmt Beltrans Angebot, sich einen Eistee aus dem Kühlschrank holen zu lassen, dankend an. Beltran geleitet David ins Gebäude, seinen Wohnraum, eine Art Studio aus Brettern, an dessen fledermausige Finsternis sich Davids Augen nur langsam gewöhnen. Dann sehen sie Papier, Festplatten, Stapel von unansehnlichen und zerschrabbelten Büchern, Bildschirme, teils völlig verstaubt, an den Wänden Luftaufnahmen von White Sands – »Dune Field«, »Missile Range«, »© Earth Data Analysis Center, University of New Mexico, Albuquerque« –, Radarbildfotokopien, Tabellen, cartesische Koordinatenkreuze, ein Foto von einem mit Stäbchen verschraubten Röhrchen aus Glas in einer menschlichen Hand, Bildunterschrift: »Small Antimatter Trap – CERN«.

Beltran lädt David ein, sich auf einem in dem Durcheinander einigermaßen beruhigenden, stabil und vertrauenerweckend wirkenden Korbsessel niederzulassen.

»Also, Sie interessieren sich für Antimaterietechnologie, ja? Es ist alles Quatsch.«

»Was ist alles Quatsch?«

»Die offizielle Chronologie«, schnauft Beltran, »von wegen, daß man erst im Juli Neunzehnhundertsechsundachtzig auf der Erde Antimaterie hergestellt hat. Daß man das dann nach Los Alamos gebracht hat und ... das einzige, was stimmt, ist, daß Anderson Neunzehnhundertzweiunddreißig Diracs Vermutung bewiesen hat, daß es Antiteilchen überhaupt gibt. Alles andere ... Man beobachtet unsere Forschung sehr genau«, er räuspert sich und setzt sich jetzt auch hin, auf einen Hocker aus Holz, »äußerst genau.«

»Man? Wer?«

»Ich weiß nicht wer. Aber ich weiß, daß es passiert. Warum Roswell? Haben Sie sich das gefragt? Das erste Atomgeschwader. Unweit von White Sands. Und danach immer wieder solche Zwischenfälle – bei uns, hier auf amerikanischem Boden, Neunzehnhundertfünfundsechzig und -siebenundsechzig bei Raketensilos, der Siebenundsechziger Fall ist besonders interessant, Malmstrom Air Force Base in Montana, von der Regierung noch nicht mal abgestritten, weil es zu viele Zeugen gab, zu viele Aufzeichnungen – Technik ist ausgefallen, Flieger hatten Probleme ... aber auch bei den Russen. Es gibt Literatur ...«

Beltran greift auf den Schreibtisch, wühlt in wegrutschgefährdeten Stapeln. David fällt ihm ungern ins Wort, muß auch, der laut röhrenden Klimamaschine wegen, ziemlich energisch sprechen, aber es hilft nichts: »Ich würde gerne … bevor wir zu all diesen Dingen kommen, zu dem, was in der Literatur steht und so fort … ich möchte mit Ihnen über das reden, was Sie selbst erlebt haben.«

»Persönliche Erlebnisse hat jeder. Da könnte jeder Besoffene kommen. Sicher, bei mir war es der Anstoß, die Sache von der objektiven Seite her überhaupt erst zu untersuchen, aber … die ganze UFO-Community ist viel zu begeistert von diesen Augenzeugensachen, diesem Gekröse, das nicht wiederholbar, nicht überprüfbar ist. In der ganzen amerikanischen Untertassen-Fan-Welt finden Sie nicht zwei Personen, die wissen, wie man eine wissenschaftlich wasserdichte Analyse von Daten durchführt, wie man Ockhams Rasierklinge anwendet, was eine Reduktion ist, wie man an amtlichen Dokumenten mit Quellenscheidung vorgeht. Und wenn ich Ihnen jetzt erzähle, was ich erlebt habe, dann wird das so persönlich, daß ich im Fall einer Veröffentlichung mich verhalten müßte wie die Air Force: Ich müßte von Ihnen verlangen, mindestens die Hälfte der Sachen zu schwärzen oder sonstwie unkenntlich zu machen, weil ich den mir nahestehenden Personen, die von meinem Erlebnis direkt oder indirekt betroffen sind, nicht zumuten kann, daß so etwas irgendwo, und sei es in Deutschland und auf deutsch, an die Öffentlichkeit gelangt.«

David ist beeindruckt von der Durchdachtheit seiner Position und der Klarheit, mit der er das Eigene vom Wichtigen unterscheidet. Insistieren muß der Deutsche trotzdem, schon weil Beltran offenbar übersieht, daß man selten Leute trifft, die mit eben diesen Geistesstärken – Klarheit, Objektivität – so einen Bericht formulieren können. Der Zeuge erzählt David also sein Erlebnis, und dem Rechercheur wird schnell klar, daß man das wirklich nicht aufschreiben sollte, aus Gründen, die nicht ganz die von Beltran angegebenen sind, die man aber sogar ihrerseits nicht aufschreiben kann, ohne schon zuviel mitzuteilen.

Danach lädt Beltran David auf eine Pizza ein, drüben bei Conoco, und als David fragt, wovon Beltran lebt, sagt der: »Ich unterrichte Mathematik und ein bißchen Physik, in einer Art Abendschule, drüben hinterm Sportplatz, den Sie gesehen haben. Es kommen Kids, aber auch Erwachsene. Und die Bude gehört mir, die habe ich mir vom letzten Zuschuß gekauft, den meine Familie lockermachen wollte. Heute... nun ja, soweit es meine Leute angeht, bin ich damals gestorben, als ich das Studium geschmissen habe.«

Sie verabschieden sich herzlich; tauschen E-Mail-Adressen, und obwohl David hier auf dem Weg nach White Sands, wo ihn Kelsey morgen hinführen will, noch mal durchkommen wird, weiß er sicher, daß er diesen bemerkenswerten Menschen, der sich so sauber hält wie möglich, wenn man bedenkt, daß er sich weder der Welt der Normalen noch derjenigen der UFO-Leute wie Kelsey zugehörig fühlt, persönlich wohl nicht wiedersehen dürfte.

Wiedersehen

Aus einem Brief, den der Dichter Perceval Lannister seiner in den Wirren des Zweiten Weltkriegs verlorengeglaubten, später durch gemeinsame Bekannte ausfindig gemachten Geliebten Esther mit Datum vom fünften November Neunzehnhundertfünfzig geschrieben hat:

Die merkwürdigste Begegnung fand eines morgens nach einem der heftigsten Überfälle der deutschen Bomber auf London statt, und ich erzähle Dir hier davon, um vielleicht eine andere Erinnerung aufzufrischen an eine Zeit, in der Du und ich sehr glücklich miteinander sein durften.
Wir, das heißt die etwa zehn Mann meiner eigenen kleinen Kolonne, waren einem Räumkommando zugeteilt, das ein zerstörtes altes Schulhaus durchsuchen sollte, sowohl nach Toten wie eventuellen Überlebenden. Dabei halfen uns ein gutes

Dutzend anderer Leute aus einem in jener Nacht weniger betroffenen Stadtgebiet, und einer dieser anderen war jener Wissenschaftler, von dem ich Dir so oft erzählt habe – ganz recht, der Mann, dessen kühle und intelligente Erwiderungen auf meine in einer englischen Kneipe geäußerten hochmütigen lebensphilosophischen Schwafeleien mich jahrelang verfolgten, nachdem Du und ich sein Foto in einer Zeitung abgedruckt fanden, als man ihm den Nobelpreis verliehen hat. Ich weiß wirklich nicht, ob Du Dich auch noch an seinen Namen erinnerst; er hieß und heißt (soweit ich weiß, lehrt er gegenwärtig in Cambridge und erfreut sich bester Gesundheit) Paul Dirac und ist der zurückhaltendste, möglicherweise aber tiefste Mensch, der mir zeitlebens über den Weg gelaufen ist.

Das Wiedersehen mit diesem Mann, der, ohne es zu wissen (bis heute nicht – ich habe es nicht über mich gebracht, ihm davon zu erzählen) auf die Distanz eine so prägende Bedeutung für meine intellektuelle und, ich möchte sagen, auch menschliche Entwicklung gehabt hat, das Wiedersehen in dieser ganzen Verwüstung, zwischen den halb und gezackt stehengebliebenen, rußgeschwärzten Wänden im Innenhof eines Schulhauses, war wie ein kurzer Stillstand auf diesem ganzen Weg – ich erkannte ihn merkwürdigerweise sofort, er mich natürlich nicht, ich hatte von dem einen zufälligen Zusammentreffen her selbstverständlich keinen Eindruck hinterlassen.

EINUNDZWANZIG

Strand

Die Hosenbeine hochgekrempelt, den Hosenbund weit hochgezogen, so daß der gebeugte Oberkörper schwach, weil stark verkürzt aussieht, geht der alte Physiker barfuß durch den Sand, der im objektivstmöglichen Licht der Sonne glitzert. Neben ihm geht die aufgeklärteste Frau aller Zeiten, die sich beim Blick hinaus auf den Atlantik ein bißchen Heimweh einzureden versucht.

Sie hat jetzt keine gefärbten blonden Haare mehr – die Tarnung ist überflüssig geworden, die Staffage verschwindet, die Verbindungen und Verweise lösen sich voneinander, melancholische Teile des Ganzen treiben in verschiedene Richtungen fort.

Der Strand ist frei von Nebenfiguren. Einige besonders markante Gebäude sind stehengeblieben, obwohl die Erzählung sich ihrem ortlosen Ende nähert: das gigantische Thunderbird Hotel, das seinen Widerpart in der Wirklichkeit um mehrere Mahnmalshöhen überragt, und schräg dahinter, an der Schnellstraße, die Fernfahrer-Kneipe, in der Dirac und der Engel von der Küste einmal zusammen ein zweites Frühstück eingenommen haben.

Alle paar hundert Meter liegen Krokodile am Ufer, das ihnen endlich wieder gehört, nach all der Einmischung von Menschen.

Der Himmel hat schon damit angefangen, abzustürzen; erste stadtgroße Scherben sind aus der naiven Bläue gefallen und stecken hier und da im Strand, im Meer.

Oben, wo sie waren, ist es schwarz; man sieht die Sterne.

»Du bist sehr still geworden«, tadelt die Frau den Gebeugten.

»Worüber sollen wir noch reden?« fragt Dirac.

»Den Sozialismus. Die Musik. Die Frage, was damit gemeint ist, wenn es dauernd heißt, ich käme von der Küste – nämlich der des Dirac-Meers, wo alle negativen Zustände besetzt sind. Oder wir reden über die Welt, die ich für dich und mich geschaffen habe: eine Welt der Ideen, ein göttliches Spiel, um Möglichkeiten auszuprobieren: Was wäre, wenn Gedanken, nicht Interessen die Menschen bewegen würden, was wäre, wenn die USA in den gierigen Achtzigern nicht von Ronald Reagan, sondern von Ayn Rand regiert worden wären, was wäre, wenn man das zweite Echsenzeitalter doch noch verhindern könnte?«

»Man wird es nicht verhindern«, sagt der Beobachter, »es hat schon angefangen, auch hier. Nicht nur in der Welt, die wir beide kennen.«

»Ist das Absicht, daß du nicht sagst: in der wirklichen Welt?«

»Keine ist wirklicher als die andere. Sie sind verschieden.«

»Und doch läuft's in beiden auf die zweite Reptilienära hinaus.«

»Ich weiß, das ist das, was du zeigen wolltest. Deshalb hast du dein Gottesspiel mit mir gespielt.« Die Frau lächelt: »Sicher, man muß es ja ausprobieren, oder? Sonst weiß man's nicht sicher. Man kann den engen und niedrigen Rahmen der menschlichen Geschichte, die irgendwann einmal, im Rückblick, entweder die Geschichte der Herstellung der Menschheit gewesen sein wird oder die Geschichte davon, wie dieses Ziel verfehlt wurde, zur Klärung allgemeinerer Prinzipien, nach denen so eine Geschichte sich richten muß, doch mal verlassen und sich die Frage vorlegen, ob Intelligenz, Bewußtsein, Verstand, also das, was man zur Kritik von Atavismen und dem Rückfall in dieselben sowie zur Herstellung der Menschheit braucht, überhaupt Eigenschaften sind, die sich mit Nachhaltigkeit und Arterhaltung vertragen. Vielleicht – das war zu klären – steht uns nicht eine noch komplexere nächste Vergesellschaftungsphase bevor, sie heiße Sozialismus oder United Federation of Planets oder wie immer, sondern ein zweites Echsenzeitalter – die Saurier waren nicht besonders stark in Lyrik und Vasenmalerei, aber sie hatten den Erdball ein paar Millionen Jahre lang fest im Griff.«

»Wir werden also die zweiten Saurier – und das gezeigt zu haben befriedigt dich?«

»Das ist ein Vorwurf, nehme ich an.«

»Ich denke an das Leid, das über die Menschen kommen muß, wenn von den Errungenschaften, die wir der Natur abluchsen konnten, nur das bleibt, was einen Echsenzeitalter-Gleichgewichtszustand tragen kann. Ich denke an die Seuchen, die kommen werden, um die Populationen zu regulieren, ich denke an die Kriege, an die zerstörten Städte, die brennenden Häfen, das Verschwinden des Unterscheidungsvermögens, die schlechte weltweite Gleichheit des Elends. Die auf Jahrmillionen nicht zu brechende Herrschaft der Furcht.«

»Wer sagt dir, daß Häfen brennen werden?«

Der Alte schüttelt den Kopf: »Sicher, das Spiel wird gut ausgehen. Es gibt nicht mehr als zwei Möglichkeiten: Entweder das Bewußtsein setzt sich doch noch durch, baut sich seinen Naturschutzpark namens Freiheit und Selbstbestimmung für alle, also die einzige Umwelt, die es am Leben halten kann, oder aber das Zeitfenster schließt sich und das Bewußtsein vergeht – entweder also, wir oder unsere Nachkommen werden frei und glücklich, oder das Denkvermögen, mit dem wir merken und sagen können, daß wir unfrei und unglücklich sind, verschwindet.«

Die Frau von der Küste lacht: »Presto, es geht gut aus, denn wenn es schlimm ausgeht und keiner merkt's, ist es egal. Also komm, nutzen wir die Zeit bis zur Entscheidung und dozieren miteinander über Quantenmechanik, im schönsten Kirchenlatein: In quantistica electrodynamica, status particulis carens non est stabilis, ideoque ipse non est status vacui. In vacui autem statu multae ...«

»Ich erinnere mich: die physikalische Interpretation der Quantenelektrodynamik, für die päpstliche Akademie der

Wissenschaften, sechsundzwanzigster April Neunzehnhundertachtundsechzig ...«

»Dein geschenktes zweites Leben ist so gut wie vorbei«, sagt die Frau und bleibt stehen, dem flächig harten dunklen Smaragdgrün der See zugewandt.

»Ich weiß. Was ich nicht verstehe, ist, wie das alles ...«

»Ist doch einfach«, fällt sie ihm ins Wort, »ich habe durch meine bloße Existenz, durch mein Auftauchen im Kontinuum, einen Riß verursacht. Die Verhältnisse, die vorher geschützt waren, hat man durch mich aufeinander bezogen. Ich mußte ein paar Arrangements verändern, damit ich leben kann, ein paar Wahrscheinlichkeiten neu einrichten, weil ich so unwahrscheinlich bin. Und weil ich mich in der Welt, die ich da betreten habe, nicht auskannte, habe ich eben eine Einheimische gefragt – Nicole. Der Zustand, in dem sich ihr Kopf befindet und den dieser arme Arzt nicht diagnostizieren konnte, bot die Gewähr, daß sie mir helfen konnte – sie würde niemals über Menschen urteilen, die sie nicht kennt, sie würde niemals mit dem Finger auf Wildfremde zeigen, weil sie unter Denken nur zwei Dinge versteht: erstens das Urteilen über der Erfahrung zugängliche Daten und zweitens das Inbeziehungsetzen solcher Daten vermittels logischer Operationen. Der Arzt nannte das Asperger-Syndrom oder schizophren, ich nenne das den Alltag der Vernunft unterwerfen. Auf Nicole kann man sich verlassen, so einfach ist das. Und die Leute um Nicole, lauter ausgebrannte, aber anständige Menschen, die selber einmal versucht haben, den Alltag der Vernunft zu unterwerfen – der politischen, wissenschaftlichen, ästhetischen –, sind ein interessanter Pool, eine schöne Menge von Versuchspersonen, eben weil sie nicht hingekriegt haben, was Nicole schafft. Also wollte ich von ihr wissen, wo ich ansetzen kann, um die Geschichte zu öffnen, die mich trägt. Ich brauchte einen Erzähler, ich brauchte einen Anlaß, ich brauchte einen Widerpart. Also habe ich sie gefragt: Wessen Leben ist entbehrlich, in dieser Welt? Und sie hat gesagt: David Dalek.«

»Und deshalb hast du mir ein doppeltes Leben gegeben, ein anderes, als Dirac«, sagt der Tailgunner und schaut auf seine zitternden Hände. »Deshalb durfte ich er sein, indem ich mir sein Leben ausgemalt habe, als meines, mich Monate und Jahre lang in eine immer weiter ausgreifende Fantasie über diese Biographie ...«

»Ich hab' euch ausgetauscht, damit das Ding in Schwung kommt. Er, der neue David, wurde Forscher, du, Dirac, wurdest Erzähler: Du hast mir Diracs Leben zu einem Roman gemacht, in den ich passe, und er hat Davids Leben, seine Umstände, seine Gründe und Anlässe wissenschaftlich auseinandergenommen, damit sich das alles vernünftig neu so organisiert, daß David mir als mein Erzähler taugt, für diesen Roman. Involution: die Materie der Erzählung, ihr Stoff, ist Diracs Weg, die dazu komplementäre Antimaterie ist Davids Weg, und wenn ich den Kontakt herstelle ...«

»Heben beide einander auf, in einem Energieblitz.«

»Eben nicht. Nein, nicht ganz. Es bleibt ein Rest. Um den geht es.«

Ich räuspere mich, um mein Mißfallen daran auszudrücken, wie diese Person mit Menschen, lebenden und toten, verfährt, als wären es bloße Variablen in einem aus Neugier angezettelten Kalkül.

Sie streckt den Arm aus, zeigt hinaus aufs Wasser: »Da segeln sie. Das ist der Rest. Sie haben Nicole mitgenommen, auf die Fahrt, der Abschied von meiner Küste ist ihr leichtgefallen. Niemand, das ist festzuhalten, hat mehr unter meinen Änderungen am naturwüchsigen Ablauf leiden müssen als nötig.«

Anderes hat sie nicht zu ihrer Rechtfertigung zu sagen. Aber es genügt mir, weil ich da draußen tatsächlich erkennen kann, wovon sie redet.

Ich darf jetzt den Kopf senken, die Augen schließen und aufhören, Dirac zu sein.

Don't buy what you don't need

Auf dem Weg zu Gossweiler sieht David in Kneipen und Diners immerhin einige Teenager sitzen, die man auch für Nicoles Lieblingsserie hätte casten können.

Von deren Anblick betört und verwirrt, verläuft er sich zweimal, bis er die Cobean Stationery Company auf der North Richardson findet. Das Ding ist ein langer Gang, man kann hier außer Heften, Stiften und ähnlichem für den nahenden Schulanfang auch patriotische, zum Teil deutlich militaristische Fahnen kaufen, zum Beispiel welche mit dem beliebten »M.I.A.«-Motiv zum Gedenken der angeblich immer noch in irgendwelchen Schlammlöchern Vietnams und anderer Einsatzgebiete der amerikanischen Armee vor sich hin stinkenden Kriegsgefangenen, die das liberale Pack in Washington im Stich gelassen hat.

Am Ende des Gangs hat der Architekt einen rechteckigen Raum reingeriegelt, in dem einige Bücherregale stehen und ein weißhaariger, schlanker, ganz leicht angeknitterter Mann von etwa sechzig Jahren mit Brille an einem altmodischen Kasten mit Pappkärtchen drin buchpflegerischen Geschäften nachgeht.

Er ähnelt dem Science-fiction-Autor Michael Bishop und wirkt hochkonzentriert, also beschäftigt David sich mit Stöbern, Blättern, in die Knie gehen, Bändchen rausziehen.

Das wirkt, unfehlbar: Kaum liest er sich fest, steht der Kartenonkel auch schon neben ihm, fragt, wie's geht und ob er helfen könne.

Er hat nur wenig UFO-Krempel da, das hat David schon gesehen, dafür läßt er sich zu den Wildwest-Geschichten, Naturkundlichem, auch ein bißchen Militaria führen – »Wenn Sie Heimatkunde suchen, liegen Sie hier richtig, eine ordentliche Buchhandlung sind wir aber natürlich nicht, da müssen Sie drei Stunden mit dem Auto fahren, nach Las Cruces, das ist eine Universitätsstadt, die hat einen Barnes & Noble. Wenn ich in Rente gehe«, seinem Gesichtsausdruck nach zu urteilen kann das gar nicht schnell genug passieren, »dann werde ich mich dort niederlassen. Roswell ist ein verlorener Posten, wir schrumpfen jeden Tag.«

Und Las Cruces schrumpft nicht? Nein, sagt er, »it's growing like wildfire« und wächst mehr und mehr mit der Nachbar-Municipality von El Paso/Texas zusammen, »größer als Santa Fe« – es ist eben, wie der Name sagt, eine große Kreuzung, wenn auch manche Historiker behaupten, der Name leite sich von einem Friedhof ab, der dort länger existiert als die Stadt selber.

Ob David von weither käme? Aus Deutschland.

Ob er schon Leute in der Stadt kennengelernt hätte? David nennt Kelsey, dämpft aber eventuell aufkommenden Verdacht, der ihn als Sensationstrottel einordnen möchte, mit dem etwas lahmen und mehrdeutigen Hinweis darauf, daß er sich gern selber ein Bild von Dingen mache, die durch viel Massenmedientheater entstellt und verzerrt and the blah blah blah blah blah.

Gossweiler findet Kelsey sehr nett, anders als die übrigen UFO-Spinner und erst recht die Auswärtigen, die sich meistens noch nicht mal die Absturzstelle anschauen, sondern nur im Juli zum Rockfestival herkommen, alles mit Müll vollkotzen, Drogen fressen und dann wieder abziehen, ohne irgendwas gelernt zu haben.

Kelsey und Ken, ein reizendes Paar, das erste Baby ist unterwegs ... David forscht nach, wie Kelseys Freund denn eigentlich mit ihrer Freizeitbeschäftigung zurechtkommt, als Militärangestellter könnte ihm das ja auch unangenehm sein.

Nein: »Ken's a good sport«, und außerdem hat er – wußte David nicht, Kelsey ließ nichts dergleichen durchblicken – sein eigenes schräges Hobby: Seit Jahren schon schreibt er an einem Filmdrehbuch über Billy the Kid, es soll der beste Western aller Zeiten werden, und wenn die Massen von Büchern zum Thema, die er hier schon abgeholt hat, nicht ein

Zeichen dafür sind, daß er diesen Anspruch einlösen kann, ja also dann weiß Gossweiler es ja auch nicht. Wenn Kelsey ihre MUFON-Leute trifft oder diese regelmäßigen Abendessen mit Entführten und ausgewählten Medienleuten abhält – aha, so was wird das dann wohl auch heute abend, gut, daß David das jetzt weiß –, zieht sich Ken meistens in sein Arbeitszimmer zurück und strickt an seiner Pferdeoper.

Mister Paul (auch das noch!) Gossweiler hat seine eigenen Ansichten zu Neunzehnhundertsiebenundvierzig, denen praktischerweise die in einem Buch ziemlich nahe kommen, das er zufällig sogar da hat – Nick Redferns »Body Snatchers in the Desert«, das wie so viele andere »The Horrible Truth at the Heart of the Roswell Story« verspricht, die in diesem Fall in »Testpilotenversuchen mit geistig Behinderten und japanischen Kriegsgefangenen« bestehen soll, welche dann nach dem Absturz von den berühmten Zeugen der Funde außerirdischer Leichen mit ebendiesen verwechselt sein worden sollen.

»I don't know if Redfern got every detail just right«, sagt Gossweiler, aber nach allem, was man über die Gepflogenheiten »der Regierung« in den Jahren des frühen Kalten Krieges inzwischen wisse, auch darüber, wie Pearl Harbor zustande gekommen sei, überhaupt all diese Sauereien, müsse man sich doch eingestehen: die offizielle Version dessen, was in Roswell passiert ist, überzeuge nicht. Der Grund dafür, daß so viele Jahre später immer noch nicht die Wahrheit bekannt gemacht werde, könne nur darin bestehen, daß diese Wahrheit so schändlich, so peinlich für die Army und die Regierung sei, daß man unwillkürlich dabei an etwas denke wie Redferns gruslige Hypothese – »one of our own experiments gone horribly wrong«.

»I understand you had your own experience which might be UFO-related?«

Also schön – es war vor über zehn Jahren, als er noch in Illinois gelebt hat, auf der Landstraße, dem Nachhauseweg. Er hat damals zwei Stunden von seinem Arbeitsplatz entfernt gewohnt, also eine Pendelei war das, ich kann Ihnen sagen. Und da schwebte nun plötzlich dieses weiße Ei über ihm, bißchen vor ihm. Die Flughöhe war schwer abzuschätzen, vielleicht zehn, zwanzig Meter? Dazu hätte er wissen müssen, wie groß das Ding war, und da er nie zuvor Vergleichbares gesehen hatte, war das nicht möglich, wenn auch der Augenschein irgendwie nahelegte, von doppelter Lastwagengröße auszugehen. Kein Geräusch, nur dieses Licht, und das Schlimme: wenn er anhielt, hielt es auch an, wenn er beschleunigte, beschleunigte es auch. Es klebte da vorn im Blickfeld, selbst als er rechts ranfuhr, ausstieg und hochguckte: da vorn, schweigend, schwebend, gedämpft bienengelb. Er ist wieder eingestiegen und dann, als er wieder in besiedeltes Gebiet kam, verschwand es schließlich, vor der Abfahrt zu den Häusern seiner Community.

Was ist das gewesen, was glaubt er?
Militärisch, weit fortgeschritten. Alien? »I don't suppose, no. I don't know anything about aliens, it's Hollywood stuff to me. But that was scary technology, and if it's our own, we should be aware of it – I mean, taxpayers who fund that sort of thing.«
Die Erzählung hat ihn sichtlich erregt, wie heißt es immer bei Gerichtsgutachten? »Ein Erlebniskern ist anzunehmen.« Damit er sich wieder einkriegt, lenkt David auf Militärgeschichte allgemein ab, läßt sich noch ein Buch über Deutsche in Südwest-New-Mexico zeigen, eins über Roswell als Pop-Phänomen, dann geht Gossweiler, weil David bezahlt hat, wieder an seine Kartei. Er hat tatsächlich keinen Computer: »I'm of the school of don't buy what you don't need.«

Inconvenience

»Die sind frisch, ja?«

Die Verkäuferin kneift kurz die Augen zusammen, als wollte sie Paul aufs Korn nehmen, bleibt aber höflich: »Ganz frisch, natürlich.« Sie tütet die Gebäckstückchen ein, während Paul das Kind, das er sich vor die Brust gehängt hat, beruhigend am Rücken berührt, geistesabwesend drüberstreichelt und dann mit der Linken die braune Packpapiertüte entgegennimmt.

Na bitte, denkt er auf dem Weg zur Kasse des Öko-Supermarkts und schiebt dabei den Einkaufswagen äußerst langsam vor sich her, so pingelig war ich früher nicht; es greift eben auf die eigenen Eßgewohnheiten über, wenn man für so ein wehrloses Wesen sorgen soll. Auf einmal interessiere ich mich für Backtreibmittel, Konservierungsstoffe, dafür, wieviel Gift im Fleisch und in den Säften ist . . .

Die Hippies, ach ja, wie hat er sie gehaßt dafür, daß sie von der tatsächlichen Politik abgelenkt haben, wo sie nur konnten, und alles auf ihre ewige quietistische Joghurtbecherscheiße zusammenschrumpfen ließen, diese ganze dumme Ritualmoraljauche, dieses verdorbene, ewige . . .

»Ach, schau an, wer hier einkauft – ich dachte, du bist mehr der Cola-und-Marlboro-Typ?«

Matze sieht ausgetrocknet aus, bleich und blutleer obendrein.

Er hat viel Grünzeug im Wagen liegen. Paul kann ihm nicht entkommen, das hier will ausgehalten werden, bis er bezahlt hat und zum Auto darf. »Tag, na, wie geht es?«

»Die ist ja süß, die Kleine – da guckt sie. Ich bin der Onkel Matthias, ja, mit dem dein Papa arbeitet, das heißt, im Moment ja eher nicht, oder? Ich hab's gesehen, Paul, du hast dir Urlaub genommen . . .«

»Bloß mal 'n Monat, bis alles geklärt ist, meine Verhältnisse, oder na ja die Verhältnisse meiner, wenn man das so sagen kann, Familie, da ist, das hat, im Moment . . . also, da kann ich nicht noch ...« Paul haßt sich dafür, daß er hier so farblos rumstammelt. Wie Feueralarm plärrt ihm der gänzlich unwillkommene, kindlich schamrote Gedanke durchs Hirn, daß Matze längst alles weiß über Nicole und die alte Frau, daß man am Institut drüber redet, vielleicht ja auch längst über Johannas Nächte in Pauls und Nicoles Wohnung, über die ganze fürchterliche Implosion von Leben, steht doch bestimmt schon andauernd in der »BILD«-Zeitung – dieser Wahnanfall läßt ihn keinen vernünftigen Satz formulieren, und natürlich freut das den, der jetzt endlich einmal den Überlegenen spielen kann gegenüber dem ewigen Libero vom Institut, dem brillanten Superstar Paul, der kommen und gehen kann, wie er will und seine labbrige Existenz trotzdem nicht auf die Reihe kriegt.

»Ja, das ist natürlich 'ne böse Geschichte mit Nicole. Wie geht's ihr denn?«

Leck mich am Arsch, dann kannst du's schmecken, denkt Paul und sagt: »Ich weiß auch nicht, mal besser, mal schlechter, ich guck' ja nur noch zu, wie durch 'ne Glasscheibe. Besuchen und Telefonieren, das ist, da kann man nicht, eigentlich nie ...«

Er ist mit Bezahlen dran und froh drüber. Matze wiegt verständnisvoll sein mitfühlendes Haupt und guckt dabei so selbstgefällig gutunterrichtet, daß Paul wirklich nur noch weg will, raus hier, sofort.

Es kommt anders – obwohl man sich mit einem kurzen Blick und Nicken schon voneinander verabschiedet hat, holt Matze Vater und Tochter gleich danach auf dem Parkplatz wieder ein und fragt, etwas außer Atem: »Sag mal, eins noch: das Geld ist gekommen, die zweite Fuhre, von Asyndeton?«

»Ja. Ist da. Die haben mir eine Mail geschickt, nachdem ich ihnen alle meine Files überlassen habe, eine Art Droh-Mail, die mich an den Vertrag erinnert – ich darf das ursprüngliche Programm, den Code für den CA, nirgends speichern, die Rechte an meinen eigenen Codes gehören ihnen, ich darf nicht

dran weiterarbeiten, sie wollen die Disc zurück und so fort . . .
halte ich natürlich alles ein. Wieso sollte ich mich je wieder
damit beschäftigen? War ja letztlich 'ne frustrierende Schnit-
zeljagd ohne Ergebnis. Weshalb fragst du?« Um zu unterstrei-
chen, wie unfreundlich er das meint, schlägt er die Koffer-
raumtür besonders laut zu, so daß Cathrin erschrickt und er
sie sacht wiegen muß, damit sie nicht losschreit.
»Weil die verschwunden sind«, sagt Matze.
»Was, verschwunden?«
»Weg. *Incommunicado*. Ich dachte, wenn die soviel Erfahrung
mit CAs haben, können sie uns vielleicht bei einem evolutio-
nären Algorithmus helfen, den einer von der Simulations-
gruppe bei Corsten schreiben will. Könnten sie doch machen,
hab' ich gedacht, im Austausch dafür, daß ich dich vermittelt
habe . . . meine freundliche Anfrage-Mail kam zurück, es gibt
keinen Empfänger, und die Website . . . na, kannst ja selber mal
gucken.«
Die Lache, die darauf folgt, ist so unangenehm ostentativ, daß
Pauls Gereiztheit in eine eigenartige Form von Mitleid um-
schlägt: Dieser Typ hat wirklich keinen anderen Beruf als das
Veranlassen und Kommunizieren von Unangemessenheiten.
Na dann.

Man verabschiedet sich also noch mal, förmlicher jetzt. Dann
installiert Paul seine Tochter unter großem Aufwand hinten
im Auto, steigt vorn ein und fährt nach Hause.
Beim Kochen für sich und Cathrin hat er genug Zeit, in sein
Zimmer zu gehen, die Maschine einzuschalten und die Asyn-
deton-Site aufzurufen. Sie ist wirklich weg, der Schirm gibt
karge Auskunft:

*The link you clicked on has expired. It pointed to a Web site
that was a member of the Large Number Hypothesis Network
and has since been deactivated or temporarily suspended. We
apologize for any inconvenience.*

To reach the Web site you are looking for try typing their Web site URL directly into your browser address field, using an online search engine to locate their site, or calling them directly. We apologize for any inconvenience.

Ach Gott, denkt Paul, so inconvenient ist das gar nicht: ein passend antiklimaktischer Abschluß eigentlich, für eine letztlich bis auf einen Haufen Geld ergebnislose Angelegenheit, wenn auch das, was er Matze erzählt hat, nicht ganz der Wahrheit entspricht. Paul hat den ursprünglichen CA behalten und dafür sogar ziemlich viel Arbeitsspeicher freigeschaufelt. Der Automat läuft jetzt weiter, intermittierend, mit jeweils zwischengespeichertem Stand, verbunden mit einer Zeile-für-Zeile-Graphikanwendung, die, wenn Paul sie aufruft, was er nach Schließen des Browsers auch jetzt tut, den ganzen Schirm füllt. Es ist ein Muster, an das sich Paul gewöhnt hat und von dem er, weil das menschliche Hirn nun mal so formatiert ist, hartnäckig glaubt, daß es ihm was sagen will, daß darin irgend eine grundlegendere, simplere Geschichte steckt als die sichtbare.

Er sieht einander kreuzende Klingen, Ketten wie Gliederwürmer oder verlängerte Wirbelsäulen, wedelnde Wucherungen, einen langsam in die Höhe wachsenden Berg aus gerechneter Zeit.

Nach dem Essen und dem Zubettbringen der Kleinen tigert Paul eine halbe Stunde lang ausweglos in der Wohnung herum und versucht sich vor allem davon zu überzeugen, daß es außerordentlich gefährlich wäre, Johanna heute schon wieder einzuladen, zum Besuch aufzufordern, herzubitten oder wie auch immer man das nennen soll – nein, das darf er nicht machen, wenn er nicht will, daß sie demnächst wirklich hier einzieht –, eine Überlegung, bei der er stark und akut darunter leidet, daß er nicht weiß, ob es nicht sogar genau das ist, was er gern möchte. Liebt er sie vielleicht?

Kennt Cathrin diese Frau nicht inzwischen besser als ihre Mutter?
Weiß man das: Wen so ein Zwerglein kennt, und wie gut?

Der neue, bekümmerte Zweifel daran, ob es das, was er vorhin Matze gegenüber seine Familie genannt hat, überhaupt noch geben kann, bringt ihn darauf, daß die einzige anständige Alternative dazu, Johanna anzurufen, ein Anruf bei Nicole in der Klapsmühle ist: sich erkundigen, was sie macht, ob das alles irgendwohin führt, wie, wann. Cathrin maunzt. Er meint, daß er sie deutlich versteht.
Paul macht sie sauber und zieht sie neu an, danach sind beide müde.
Er fühlt sich, als hätte ihn jemand ausgetrunken, setzt sich vor den Schirm und guckt den Mustern zu, bis das Gezänk der Stimmen in ihm aufhört.
Dann geht er ins Wohnzimmer und wählt die Nummer der Station, wo sie Nicole festhalten.
Eine andere Verrückte ist dran. Er läßt Nicole von ihr holen.
Nicole redet gleich, als hätte man sie eben nur kurz unterbrochen: »Und es hat echt gestimmt, heute morgen ist Violetta raus, sie muß nicht wieder her, Andy kümmert sich. Der nimmt sie mit aufs Boot, aber das weiß der Staat nicht. Das Eselkind im Tierpark bei uns ist jetzt schon so groß wie die Mutter, obwohl es erst zwei Wochen alt ist, kannst du das glauben? Der Vater ist ja leider tot, das war so hart, irgendein Arschloch von den Patienten hat ihn falsch gefüttert, da haben sie ihn einschläfern müssen und drei Tage später ist das Kind gekommen. Wir haben zwei neue Ärzte, das sind Ausländer, einen dicken Amerikaner, den ich noch nicht gesehen habe, also ich habe schon gesehen, wie er hier rumläuft, sonst wüßte ich ja nicht, daß er dick ist, jedenfalls der sieht ähnlich aus wie Christof, jedenfalls aus der Entfernung wenn man ihn da so laufen sieht, aber ich hab' noch nicht mit ihm geredet, weil er sich nicht um die Kriminellen kümmert sondern nur als normaler Arzt um die normalen Verrückten, und

einen Japaner gibt es auch, der ist bei uns und heißt Doktor Azuma.«

»Ist alles okay, geht's dir gut da?« fragt Paul in quengeligem Ton, als wäre er es, den man festhält, wo er nicht sein will. Die Antwort, die sie ihm darauf gibt, versteht er ganz falsch, verabschiedet sich deshalb sofort, legt auf und beeilt sich, um nach Möglichkeit das Schlimmste zu verhindern.

Gottesspiel

John Clute in der »Encyclopedia of Fantasy« zum Begriff »Godgame«:

(a) Es muß ein Opfer geben, (b) es muß eine Abfolge von Ereignissen geben, durch die sich das Opfer kämpft, ohne zu bemerken, daß jede seiner oder ihrer Handlungen nur eine Reaktion auf die Schachzüge der Gottheit ist, (c) es muß ein Wesen (Magus, Magister Ludi, Göttin, Gott), geben, welches dieses Spiel leitet, während des Spielverlaufs anwesend ist und das Ergebnis beurteilt.

Ich stolpere

David ist zu lang bei Kelsey in der Pennsylvania Street geblieben, gestern abend, es war keine gute Idee, sich all diese Geschichten anzuhören, von Kontaktierten Entführten Versehrten Verstörten und anderen, die älter sind, als sie sein können, und mehr erfahren haben, als sie wissen sollten. All diese Geschichten darf David nicht aufschreiben, also warum hat er sie sich angehört?
Getrunken hat er auch zuviel, das hilft der Schulter nicht gerade, in der es schon gestern gehakt hat, wahrscheinlich vom ungewohnten Auto her. Hier gibt es Aperitif mit Whisky drin, »Lynchburg Lemonade«.

Ken, immerhin, ist ein guter Kerl, geradeaus, wenn auch versponnen, hat jeden klassischen Western in der Wohnzimmerbücherwand stehen, den es gibt, und sich gefreut, daß David wenigstens Zane Grey und Louis L'amour kennt. Rücken an Rücken mit Kelseys UFO-Kram steht das da, neben Hynek und Randall und Smith und Klass und Major Corso. Auf dem Coffee-table liegen die von Gossweiler verkauften Zeitschriften, »Screenwriter« (»Exclusive: Our list of Agencies for 2006«) und »creative screenwriting« (»Bulletproofing Your One-Hour TV Spec«), der Mann hat noch Träume und hinkt, wegen einer Verletzung, die er sich im Irak zugezogen hat, sehr tapfer hinter diesen Träumen her.

Was aber macht eigentlich David hier? Keine Candela weit und breit, ihm das zu sagen, keine Sonja, das Nervenfieber zu kalmieren, keine Johanna, um mit Künstlersolidarität über die ruckligen Stellen zu helfen, und vor allem kein Paul, um ...
Ja? Yeah, thank you.
Ist das überhaupt eine gute Idee, heute nach White Sands rauszufahren? David geht runter in die Grillbar, ißt seine Spiegeleier overeasy, Schinken, alles wie immer. Als er zurück zum Zimmer laufen will, sitzt sie schon in der Lobby mit ihrem reinen Gesicht, strahlenden Lächeln, dem dicken Bauch. Ja, denkt David, wenn ich nicht im Jenseits meines eigenen Lebens gelandet wäre, könnte ich mich in Schwierigkeiten verstricken wollen für diese Augen und diese klare Stirn, so aber fragt er nur: »And how are you today?«, und will wissen, ob der Trip stattfindet.
»It's on. We're cool«, sagt sie, ein Gwen-Stefani-Zitat, das von sich selbst nichts weiß.
Höfliche hispanische Gäste mit Asterixschnauzbärten und mexikanischen Wandgemälden auf den Hemden machen ihr die Tür auf, die beiden gehen zwischen kleinen Flüßchen zu Davids Auto und freuen sich an dem Aufkleber auf dem Heck der Karre daneben: »I started with nothing and I still have most of it left.«

Die Wolken lichten sich, ein paar, dunkel stahlfarben, aus Schafswolle, halten sich über den Bergen, Hondo im Regen ist noch trostloser als so schon. David fragt zum Spaß, ob sie Jesús auflesen sollen. Kelsey schaut auf ihre Armbanduhr und sagt ganz ernst, daß der noch schläft. Es ist zwei Uhr nachmittags.

Hinter Hondo wird es grüner, Kastenhäuser ducken sich, weil Schilder vor Steinschlag warnen, teilweise hat die Gegend etwas schwarzwaldhaftes, nur die Felsen sind brockiger – süß, eine Beerenfarm, und überall Fruchtstände.

Vor Ruidoso auf einem Campingplatz sitzt eine verzweifelt gemütliche Familie besiegter John-Kerry-Wähler seit Zweitausendvier um ihr Grillfeuer herum. Opa hat weiße lange Haare, die Enkel sind fett und lieben »Dragonball Z«, man fährt einen Chevrolet Pick-up in abgeblättert demoliertem Blau. Eine Ranch sagt von sich, sie sei die stolze Heimat des Pferdes »What a runner«, dem füttern sie dann Whataburger – und wo wir dabei sind: Der Denny's in Ruidoso sieht so putzig silbern aus, der erste richtig klassisch verchromte American Diner, daß David einfach rechts ranfahren muß, auch weil Kelsey sich kurz frischmachen will.

Sie trinken Kaffee und Orangensaft, in einer der *booths* fällt David eine junge Frau auf, die genau wie Jutta aussieht, die er damals nicht lieben wollte, oder wie war das? Sie hat einen Freund dabei, der entweder Anzeigenakquisiteur, Steuerhinterziehungsberater oder Serienmörder oder alles zusammen ist, ein richtiger Anzugständer, *business casual*, und David starrt die beiden an, bis ihm bewußt wird, daß Kelsey, die ihn schon wieder so umwerfend schuldlos anlächelt, gerade gefragt hat, ob er Kinder hat.

Sein bester Freund, sagt er, hat eins, das muß für uns beide reichen.

Sie versteht nicht ganz: Ob David schwul ist, eins adoptiert habe?

Brokeback Kindergarten – Nein, seufzt David, leider ist er

nicht schwul, es ist bloß so, daß dieser Paul im Moment der einzige Mensch ist, den man lieben könnte, wenn man David ist.

Das ist ihr zu kompliziert – ob er später Kinder will?

Er weiß es nicht, sagt er, die meinungsführende Gesellschaftsanalyse der »BILD«-Zeitung finde ja, daß Deutschland ein paar demographisch orientierte Reformen brauche, weil die Alten immer älter werden und nichts nachgeworfen wird.

Das ist so ein Zeitklima in Deutschland, eine Zuckung, wir betonen sehr das Familiäre, den Nachwuchs im Moment, als Abwehrreaktion gegen das Bewußtsein davon, daß alle nicht blutsverwandschaftlichen sozialen Sicherungssysteme gerade gezielt zerstampft werden, auf Geheiß des Kapitals.

Ob David Kommunist sei?

Bingo, sagt er.

»Und eben deshalb habe ich keine Kinder, die geläufigen Ausreden von wegen in diese Welt kann man keine Würmchen setzen oder ich bin noch nicht reif will ich gar nicht erst heucheln – es ist vielmehr so, und darüber zu reden, ist bei uns in Deutschland zugleich bei Todesstrafe verboten, jedes Argument für Kinderlosigkeit wird, wenn auch zähneknirschend, gerade noch akzeptiert, nur nicht dieses eine, simpelste, wahre: Wer oppositionell ist, wer etwas machen will, etwas Politisches oder Poetisches, das nicht den Segen von Staat und Markt hat, der oder die sollte sich Kinder aus dem Kopf schlagen wie überhaupt alles, was ihn oder sie erpreßbar macht.

Die Herrschenden werden, was man gegen sie tut, unweigerlich an den Kleinen auslassen, so ist die Lage.«

Sie sieht besorgt aus und fragt, ob er denn glaube, daß Ken kein Glück mit seinem Drehbuch haben wird? Ob sie ihn zwingen werden, es umzuschreiben, es zu verwässern, zu vergiften?

»Er kann nicht nein sagen zu solchem Zwang, wenn er vorhat, seine Familie eines Tages mit seiner Kunst zu ernähren. Wenn nicht – wenn er seine Schriftstellerei nur abends, nach dem

Job, betreiben will und das durchhält, und sich keine höheren Karriereziele steckt – ja, dann, more power to him.«
Kelsey nickt, sie lächelt wieder, das alles hat sie sich eigentlich schon gedacht; es kann einem das Herz brechen, wie fatalistisch im Land der Freiheit die schönsten Menschen sein müssen, um nicht vor Wut verrückt zu werden. Was Poetisches, Politisches, denkt David, oh Gott, ich bin so ein Schwätzer, sogar auf englisch, das glaubst du gar nicht.

Sie fahren ins sprühregengeleckte Apachenreservat, wo ein heideggerianisches Schild warnt: »Gusty Winds May Exist«, meiden Sie die Holzwege.
Vor dem Bureau of Indian Affairs, Forestry-Abteilung, trotteln stolze dumme Pferde rum, dann klafft ein Spalt zwischen den Bergen, öffnet sich weit und weiter, und David staunt, muß Luft holen: Vor den fernen großen Steintischen der Götter glänzt ein Streifen aus Platin, White Sands, blendendes Meer, unterm Knallblauen. Unfaßbar geiles Wetter, Herz der Heimat der Adler.
»Was ist das da rechts?«
»Pistazienbäume«, sagt Kelsey, und als David es nicht glauben will, sagt sie es noch mal. Wir kennen, klärt David sie auf, Felsen wie den zur Linken, dort in der Ferne, in Deutschland nur aus der Marlboro-Werbung, und er müßte fast glauben, daß dies nun wirklich das Land der Freiheit und der unbegrenzten Möglichkeiten ist, wenn nicht ein Schild davor warnen würde, Anhalter mitzunehmen, weil es in der Nähe eine Strafanstalt gibt. Wie weit bis White Sands? »We're getting there, honey, don't worry.«

Honey.
Schon gut, aber: Es macht einen verrückt, wenn man die engen europäischen Verhältnisse gewohnt ist, daß man das, wo man hinwill, schon sehen, aber noch nicht betreten kann, very Moses – das findet sie mit Recht lustig, David kann aber nicht mitlachen, muß sich jetzt konzentrieren, wie war das, südlich,

left lane, El Paso 54, endlich Luftspiegelungen auf dem Asphalt, das gibt's auch daheim auf der Autobahn, das kann er einordnen.

Die Palmen vor dem Möbelhaus sind Anführungszeichen um das Wort »Tourismus«, man fährt an Alamogordo vorbei, höchstsommerliches Luftglühen steht ihnen im Gesicht. Das Rumsitzen im Denny's hat die zwei in den späten Nachmittag geschoben, jetzt wird es sogar Abend, als sie endlich den Rand des weißen Sandmeers erreichen.

»Ein blindes Mädchen«, erzählt Kelsey vom »Trinity«-Experiment, das nicht weit von hier im Norden um fünf Uhr neunundzwanzig am sechzehnten Juli Neunzehnhundertfünfundvierzig stattgefunden hat, »das in der Nähe von Socorro in einem Auto saß, hat ihre Eltern gefragt: Was war das für ein helles Licht?«

Sie fahren an die Absperrung, es kostet drei Dollar Eintritt pro Person, sich zwischen die Dünen zu wagen, man kann auch eine Jahreskarte kaufen, für vierzig Dollar. Was würde es kosten, dort drin zu verschwinden? Sie passieren das Kontrollhäuschen, zunächst ist um sie Steppe, dann nimmt sie das Gipsdünenfeld auf, Wellen um Wellen, wenige Salzgewächse dazwischen, alles Kristall, Asche zu Asche, Ablagerungen aus tausend Jahren – ach was, tausend: Kelsey weiß von dem flachen Binnenmeer, das hier vor 240 Millionen Jahren glitzerte, von der gigantischen Gipskuppel, die sich zur Entstehungszeit der Rocky Mountains vor 70 Millionen Jahren aus der Ebene erhob und dann vor 10 Millionen Jahren kollabierte, um dieses Weiß ohne Grenze, dieses weite Schweigen zurückzulassen. Sie parken neben einer Düne, Kelsey steigt mit David hinauf, er sieht das schönste Nichts, das Vergessen der Geschichte, auf allen Seiten, in Erwartung blauer und violetter Schatten, weil es schon Abend wird. Erst auf dem Wellenkamm merkt er, daß sie seine Hand hält, spürt ihre kleine, zierliche in seiner langen, nervösen. Sie drückt zu, dann lassen beide los.

»Go«, sagt sie, weil sie weiß, was er will, was er muß, »go and take a walk for a while. Look around under the big sky.«
Sie wird noch hier sein, wenn er zurückkehrt, soll das heißen. Ein leiser Wind kommt auf, David weiß schon, was der sagen will.

Ich folge ihm ins Innere des ewigen Lakens, wo Glut und Tau, Feuchtigkeit und Trockenheit unter sich ausmachen, ob es so etwas wie Zeit überhaupt gibt.
Ich stolpere, aber ich halte mich gerade.

ZWEIUNDZWANZIG

Noch nicht

Die Tür geht auf.

Johanna steht im dunkelgrünen Flur, schaut fragend ins Treppenhaus, da ist kein Mensch.

»Hallo?« Sie hat deutlich gehört, wie es erst geklingelt und dann geklopft hat. Sie geht zum Geländer und schaut hinunter ins Dunkel, dann tritt sie einen Schritt zurück, schaltet das Licht ein.

»Hallo?« Niemand gibt Antwort, niemand ist da.

Sie zögert, zurück in ihre Wohnung zu gehen, will aber auch nicht noch einmal rufen.

Johanna denkt an Paul und daran, daß das alles aufhören muß, weil sie sich sonst entweder richtig übel verliebt in ihn oder aber sich vielleicht daran erinnert, daß sie ihn sowieso schon immer geliebt hat, damals, heute und überhaupt, was zweifellos noch schlimmer wäre.

Vielleicht sollte ich das Angebot von Madame Stroh annehmen und in dieses Mehrpersonenstudio ziehen, in New York, ein Jahr lang: Abstand, Arbeit, soll Paul sehen, wie er mit dem Kind zurechtkommt, ich bin doch keine Ersatzmutter. Außerdem hat Nicole das alles nicht verdient, wahrscheinlich hat sie die Alte gar nicht attackiert, sondern umgekehrt, ist ihr vielleicht nur nachgesetzt in diese klamme Höhle, weil sie selber angegriffen wurde, und was hieße das dann, wenn ich mich jetzt auch noch mit ihrem Mann einlasse, denn so gut wie verheiratet waren sie ja, was geht mich dieses Leben an, ist das am Ende längst meins?

Das Licht im Treppenhaus geht energiesparhalber wieder aus.

Johanna tritt zurück in ihre Wohnung, schließt die Tür und

denkt, ohne daß sie genau wüßte, was das bedeutet: Noch nicht, später, es ist zu früh.

Sie geht in ihr Wohn- und Arbeitszimmer, sinkt vor dem Bett in die Hocke, dann auf die Knie. Sie zieht ein paar nicht benutzte Arbeitsunterlagen zu »give a little bit« unterm Bett hervor und findet einen Zettel mit Bleistiftnotizen darüber, was Nicole manchmal mit Sprache macht: »Mary Mono« für Marylin Monroe, und auf Nachfrage: »Weil es alte Filme sind, vor Stereo, und Schwarzweiß«, oder »Pizzasteine« für »Pistazien«, weil »die Buchstaben durcheinander sind bei dem Wort, das ist in der Maschine passiert, in der sie geröstet und gesalzen werden«. Das Verrückte ist, daß das alles keine Witze sein sollen, sondern Beobachtungen. Und treffen sie denn nicht zu? Johanna friert, obwohl es warm ist. Ihr fällt nicht ein, daß das Wort für ihre Empfindung »frösteln« heißt und vom Unheimlichen kommt.
Dann schlägt sie die Mappe mit den Fotos von Nicole auf.
Nicole in der schwarzen Lederjacke.
Nicole schief grinsend, mit Ohrringen wie Regentropfen.
Nicole mit tiefem V-Ausschnitt und zwei Kettchen um den Hals, knochigem Gesicht, hochgestecktem Haar.
Nicole schwarzweiß, überrascht von Pauls Zuruf, an einer Pinnwand im Medizinbuchladen.
Nicole mit Pagenschnitt, im weißen Pulli.
Nicole lachend, unscharf, fröhlich.
Nicole skeptisch, freundlich, schau mal, wie grün die Augen sind.
Nicole mit halboffenem Mund, milde entsetzt über etwas, abwesenden Blicks.
Nicole schüchtern, im gelben Sommerkleidchen.
Nicole frech, den Kopf zur Seite geneigt.
Nicole lieb und harmlos, absolut bereit, fotografiert zu werden.
Nicole mit Löckchen, Perlenkette, weißem Kleid, wie zur Hochzeit, sie winkt.

Worum geht es auf diesen Fotos? Doch nicht um Glück, wie Johanna geglaubt hat? Worum aber dann? Um Erinnerung? Woran?

Weiter dürfen wir nicht

»You want more?«, das Mädchen findet es privat nicht gut, aber beruflich muß sie mir an diesem meinem letzten Abend so oft nachschenken, wie ich mehr haben will.

Draußen gießt es und strömt in schäumenden Seifenlaugeflüssen am Applebee's entlang, mal fährt weiße Polizei vorüber, dann blaue, ich verstehe den Unterschied nicht.

Hier in diesem Restaurant ist es für immer Neunzehnhundertsechsundachtzig, ein Kracher von Bryan Adams läuft recht laut, an den Wänden hängen Fotos vom ganz jungen Bruce Willis, mit Haaren, von Heather Locklear und Jack Nicholson. Die Frauen, die hier hocken und trinken und essen, sind nicht geschminkt, meistens gehören sie zu Familien mit Kindern, um deren Mäuler mehr Ketchup geschmiert ist, als in eine Flasche paßt. Gespenster sind auch da, bestellen was Poetisches, Politisches.

Ich habe von spritzenden, brodelnden Grillfett-Tellern, die vor Action dampfen, viel gegessen, im buntglasdekorierten Neonhimmel, Hühnerteile mit Grillmarkierungen, supergrünen Blumenkohl, Knoblauchbrot und Cheesecake. Dann habe ich immer mehr und mehr getrunken, einen Jack Daniel's, einen Seagram's, einen Crown Royal, dann wieder einen Jack und dann eine Cola, dann einen Orangensaft, und jetzt will ich noch einen Crown Royal, alleine in meiner *booth*.

Nicht alleine: Als das Mädchen den Schnaps gebracht hat, setzt sich ein grauer schmaler Mann mir gegenüber hin, der auch einen Schnaps in der Hand hält, und sagt auf deutsch: »Wenn irgendwas mich vor des Feuers Wallen / Bewahrt, gestürzt hätt' ich mich gleich hernieder, / Denn meinem Lehrer hätt' es nicht mißfallen.«

»Immer noch Dante deutsch, Herr Oppenheimer?« frage ich den Zeitlosen.

»Was werden Sie jetzt tun? Wissen Sie, was Sie hier herausfinden wollten?« fragt er mich ohne Häme.

»Des Feuers Wallen ... Trinity. Juli Fünfundvierzig. Die Atombombe«, sage ich, lache und kippe den Schnaps in den Hals.

»Ja. Dirac ... sie wollten ihn unbedingt haben, zwei Jahre später. Wegen der Antimaterie. Ich habe ohne Überzeugung auf ihn eingeredet. Ich habe ihn bewundert: Die Anwendung, die Technik, das Praktische, das Reverse Engineering. Nichts davon hat ihn interessiert. Er wollte nicht wissen, was wirklich ist. Er wollte wissen, was möglich ist.«

Ich nicke, mache aber wahrscheinlich ein sehr gequältes Gesicht dazu, fummle mein ganzes übriges Geld aus dem Geldbeutel, es fällt, flattert und klimpert auf den Tisch. Leute schauen zu uns her, ich strecke einer ungeschminkten Mehrfachmutter die Zunge raus, poetisch, politisch. Ich habe mich vor zwei Stunden von Kelsey und Ken verabschiedet, beim Tee. Meine Schulter hat mir da noch furchtbar weh getan, jetzt ist sie eingepackt in alkoholgetränkte Watte, der Schmerz gehört jemand anderem, ich spüre nichts. Geld ist auf den Boden gefallen, Oppenheimer hilft mir beim Einsammeln, als ich aufstehe, schlage ich mir die Rübe an der Tischkante an und kichere. Wieder gucken die Leute her; an der Bar dreht sich eine Frau um. Es ist Jutta. Sie kommt her. Ich sinke auf den Sitz, Oppenheimer sagt: »Sie sollten zurück ins Hotel gehen. Das schaffen Sie noch. Ich kann Ihnen helfen.«

»Dirac«, sage ich, »wie hat er es ausgehalten ... wie hat er es geschafft, nie der Versuchung zu erliegen, sich in die ... sich einzumischen in der ...«

»Er war der einzige von uns, der die Vorläufigkeit unseres Wissens ertragen konnte. Selbst die Vermutung der großen

Zahl war eher ein Spiel, eine Veranstaltung mit offenem Ende als ein Programm, das einen Abschluß will. Strenger Formalist, nie auf Abschluß aus, immer nur das nächste Puzzlestück finden, einpassen. Er wollte kein Gott werden, er wußte, anders als Einstein, Bohr, Heisenberg, daß es nicht unsere Aufgabe als Vernunftmenschen ist, die Religion zu ersetzen, sondern die Leute an einen Ort zu führen, wo sie merken, daß sie das nicht mehr brauchen: ein System von Aussagesätzen, das bereits das Ganze enthält. Die vorab gewußte, offenbarte Wahrheit: Darauf müssen wir verzichten.«

Er sagt das, als wollte er mich trösten, für meine unvollkommenen Werke, *and let the works of my own hand be broken* – die Scham, die Unfälle und Schnitzer in dem verblödeten Computerbuch, das ich Zweitausendundzwei in anderthalb Monaten runtersauen mußte, ach Dreck: die ewigen Unzufriedenheiten mit dem Halbfertigen, aber genau so Gedruckten, nach sinnlosen Konflikten mit sechshundertsechsundsechzig Köchen, die alle in den Brei reinspucken wollen, an sechshundertsechsundsechzig sogenannten publizistischen Orten... alles nicht so schlimm. Nächster Versuch. Besser. Mach es neu. Vorläufig, wie wir Menschen sind.

»Was Poetisches. Was Politisches«, lalle ich, während Jutta mich am Arm nimmt, mir gut zuredet. Oppenheimer winkt der Bedienung, sie kommt abkassieren, er sagt, sie darf das ganze Geld behalten. Dafür läßt sie uns dann unbehelligt abziehen, obwohl ich mich dabei so peinlich schwankend, randalierend, torkelnd und lallend aufführe. Oppenheimer und Jutta wollen mich zum Hotel bringen. »Nein!« jaule ich, »Auto! Insss... inssauto!«

Also legen sie mich hinten in den Toyota. Jutta setzt sich ans Steuer, dreht den Kopf, guckt spöttisch-besorgt nach hinten: »Wohin soll's gehen? Zu Kelsey und Ken noch mal?«

»Absusnelle.«

»Was?« fragt Oppenheimer.

»Abstunz... stusse. Abs!« krächze ich.

»Bitte?« fragt Jutta, läßt aber schon den Motor an.

Es ist sehr spät, fast schon wieder früh.

»ABSTURZ! STELLE!« schreie ich und strample mit den Füßen.

Jutta seufzt und fährt los. »Das wird Candela nicht gefallen«, höre ich sie zu Oppenheimer sagen, der ein bekümmertes, zustimmendes Geräusch von sich gibt.

Wir fahren nach Norden, ich rapple mich mühsam hoch, starre wie ein Blinder vor mich hin, aus dem Fenster.

Kleine graue Tiere sind am Straßenrand zugange. Wir schweigen, die Lichter des Armaturenbretts sind schön, kleiner Schmuck. Nach etwas über einer Stunde sind wir am Zaun.

»Weiter dürfen wir nicht, Oppenheimer und ich«, sagt Jutta entschuldigend aus der Vergangenheit – wie lange ist das her? Zwanzig? Fünfzig Jahre?

»Schon okay«, sage ich würgend, »kann laufen.«

Das schwierige ist, die Autotür zu öffnen.

Das Herausfallen aus dem Wagen ist demgegenüber ganz leicht, auch das Kriechen, wo die Steine und Grillen sind, die verschobene Vorwärtsbewegung im Staub auf allen vieren, das Sichaufrichten, wieder Hinfallen, Erbrechen, Mundabwischen. Das Liegenbleiben. Das Wiederaufstehen, als es heller wird. Hier wächst kein Gras mehr. Ist das Sand, ist er weiß? Ich raffe mich erneut auf, ich weine und singe, es geht schnell weiter, ich springe und renne, *climb into the sky, never wonder why, tailgunner, you're a tailgunner.* Von einer Anhöhe aus stürze ich ein bißchen ab, rolle und überschlage mich, liege auf dem Rücken. Ich sehe die Sonne in der Höhe, des Feuers Wallen.

Wo bin ich?

Ich bin vom Weg weit abgekommen und habe mehr erfahren, als ich wissen sollte.

Turm

Besonders gut kennt sich Doktor Azuma auf dem Gelände noch nicht aus. Deshalb geht er jeden Abend zwischen dem Personalwohngebäude, der Wissenschaftlichen Bibliothek und der Physiotherapieschule ein bis zwei Stunden spazieren, um ein Gefühl für die Maßverhältnisse der Welt zu entwikkeln, auf der sich für seine Patientinnen und Patienten das Leben bis zur erhofften Gesundung abspielt.

Daß die Tür zur Kirche um acht Uhr, zwei Stunden nach dem Abendessen, eigentlich nicht offenstehen sollte, weiß er, obwohl es ihm niemand gesagt hat, und als er oben am Fenster des Turms die Silhouette der jungen Frau sich vors blasse Rosa des Himmels schieben sieht, reagiert er sehr schnell: »Hallo! Sie da, was machen Sie denn? Warten Sie! Nein, halt! Ich komme hoch zu Ihnen, warten Sie!«

Mit seinem Rufen lockt er ein paar Raucher und andere Ekkensteher aus ihren Nischen zwischen Gebäuden und Bäumen. Die Schaulustigen reden nicht laut, sie murmeln nur ein bißchen im Heranschlurfen, während sie einen Kreis um das Gebäude ziehen und bald schließen. Azuma hält ihnen die rechte Hand fast beschwörend entgegen: Keine hastigen Bewegungen bitte, kein Aufsehen, bevor ich drin und oben bin.

Er ist gut in Form, sprintet elegant über den Rasen, springt durch die offene Tür und nimmt die Treppenstufen in Rekordzeit. Aber als er ankommt, ist niemand mehr da.

Er geht zum Fenster, schaut bestürzt hinaus. Im Busch und auf dem Kiesweg, auf dem Rasen und der Treppe sieht er keinen Körper liegen. Die Menschen unten murmeln immer noch, er ruft ihnen, um Atem ringend, erregt zu: »Was ist passiert? Ist sie gesprungen? Wo ist sie?«

»Weg!« antwortet einer in fast drohendem Ton; mehrere lachen.

Der Doktor sieht sich noch mal im Raum um, durchsucht danach auch den Rest des Gebäudes, findet es völlig verlassen. Als er hinaus auf den Rasen tritt, umringen die Patienten, eine

Krankenschwester, die ein Kind auf dem Arm hält, und zwei
Pfleger aus dem unweit der Kirche gelegenen Gebäude für den
niederschwelligen Entzug bei Suchtkranken einen Fremden,
der genauso außer Atem ist wie Doktor Azuma, aber immer
wieder hektisch nach dem Kind greift.

Es ist alles sehr verwirrend, die deutsche Wendung »wie im
Irrenhaus« fällt dem Doktor ein. Er wendet sich an den Fremden: »Beruhigen Sie sich ... was ist denn los?«

»Die soll mir meine Tochter wiedergeben, ich will ... ich bin
kein Patient, ich bin hier, ich will meine Freundin besuchen,
sie hat ... sie, war sie da oben, der Typ hier hat gesagt ...«

»Nicole war im Turm. Im Fenster«, sagt ein vierschrötiger
Kerl mit babydünnem, schulterlangem und weißblondem
Haupthaar, das wie ein Zuckerwattekranz von seinem glän-
zenden Schädel absteht.

»Sie war oben«, fährt der Irre fort, »und dann ist sie gesprungen und nicht unten angekommen sondern ins Meer gefallen.
Eingetaucht.«

»Beruhigen Sie sich«, sagt Doktor Azuma, der diese Ausführungen für wenig hilfreich hält, noch einmal zu dem Fremden,
»Sie werden doch verstehen – wenn Sie sich so betragen, können wir Ihnen kein Kind ...«

Paul schüttelt den Kopf, führt die rechte Hand zum Gesicht,
berührt mit Daumen und Zeigefinger die Schläfen und sagt
leise: »Schon gut ... schon recht ...«, während die Pfleger den
Patienten klarmachen, daß alles besser wäre, wenn sie sich
wieder auf ihre jeweiligen Stationen begäben.

Als die ersten dieser Aufforderung nachkommen, weist Doktor Azuma die Schwester an, Cathrin an Paul zurückzugeben,
der sie vorsichtig an seine Brust hält. Das Baby ist bemerkens-
wert ruhig, der Doktor wundert sich. Als das Personal
schließlich mit Paul allein ist, erklärt dieser: »Ich habe mit
ihr telefoniert. Mit meiner Freundin. Ich habe sie gefragt, ob
es ihr ... wie es ihr geht, ob alles okay ist. Und dann ...«, er
schaut an Azuma vorbei auf den Kirchturm, »dann sagte sie,

sie hätte ... ich hab' keinen Bock auf diese ganze Welt, diesen Quatsch hier, ich geh' jetzt. Das hat sie ... so ...«

Eine betretene Minute lang sagt niemand etwas. Dann fragt Paul den Arzt: »Was hat der Typ gemeint? Ins Meer? Ist Nicole ... ist sie gesprungen, gibt es hinter der Kirche einen Teich?«

»Nein«, sagt Doktor Azuma, »es gibt keinen Teich.«

Tombs in the desolate places

Weiteres aus dem Brief des Dichters Lannister an seine Geliebte Esther:

Ich dachte an mein dahingegangenes Europa, die große, kosmopolitische Idee, betrachtete mit schweifendem Blick die finstere Wirklichkeit um uns und sagte: »Feine Ideen haben die Menschen, was? Erst bauen sie eine moderne Welt, dann stoßen sie sie tiefer in die Barbarei, als jede vormoderne es erlebt hat.«

Er schnalzte mit der Zunge; ich wußte nicht, ob das Zustimmung, Ablehnung oder Gleichgültigkeit bedeuten sollte. Ich zitierte, weil mir nichts Besseres einfallen wollte, ein paar Zeilen von Blake: »They lived a period of years; / Then left a noisom body / To the jaws of devouring darkness. / And their children wept, & built / Tombs in the desolate places, / And form'd laws of prudence, and call'd them / The eternal laws of god.«

Dirac schwieg. Ich machte mich zum Esel, indem ich hinzufügte: »William Blake hat das geschrieben, ein Dichter, der auch Prophet sein wollte. Ich denke, in dieser Frage hat die Geschichte ihm seinen Wunsch erfüllt: seine Vision ist wirklich zu unserer Gegenwart geworden.« Dirac hörte sich das alles ruhig und aufnahmewillig an und sagte dazu: »Ich weiß nicht, warum das überhaupt wichtig sein soll. So eine Entsprechung.«

Ich glaubte mich verhört zu haben – das klang ja nun doch ein bißchen brüsk, fand ich: »Was meinen Sie?«

Er lächelte, ein wenig entschuldigend, strich sich das Haar zurück und formulierte vorsichtig: »Ich frage mich, ob wir das so geheimnisvoll finden sollten, daß da nun Menschen sich Dinge ausgemalt haben, die dem gleichen, was wir heute erleben. Das ganze ist in meinen Augen ein unvermeidliches Ergebnis der Wahrscheinlichkeitslage.«

»Der... wie bitte? Was meinen Sie damit?«, *ich war erstaunt.*

»Nun ja... wenn so und so viele Menschen Dinge formulieren, malen, zeichnen, formen, was auch immer, die sich auf die Welt ihrer Fantasie, und das heißt ja: die Welt des Vorstellbaren, des Möglichen beziehen, dann ist es doch ganz unvermeidlich, daß irgendwann einiges davon in der Wirklichkeit geschieht. Und diese Leute, die dann sozusagen einen Treffer gelandet haben, verehrt man als Visionäre und Propheten, aber von den anderen, deren Deutungen und Ideen daneben lagen und die es in vermutlich sehr viel größerer Zahl gibt, von denen reden wir nicht, die kennen wir nicht einmal.«

»Entschuldigen Sie«, *fiel ich ihm in diesem Moment ins Wort –* wobei es durchaus sein kann, daß er schon fertig war und weiter nichts dazu bemerkt hätte –, »aber mir scheint, Sie sagen damit so etwas wie ... nun ja, wenn es wirklich Wahrscheinlichkeiten sind, dann gibt es eigentlich keine fehlschlagenden Prophezeiungen, oder? Korrigieren Sie mich, wenn ich mich irre, aber kommt es dabei nicht vor allem auf den Zeitfaktor an? Sagen Sie nicht damit, daß es auf lange Sicht eigentlich keine Abscheulichkeit und kein Verbrechen geben kann, das Menschen vorstellbar finden, von dessen schließlicher Verwirklichung wir nicht ausgehen dürfen? Das ist eine ziemlich pessimistische Weltsicht, wenn Sie mich fragen.«

Er lächelte sein kleines Lächeln: »Wenn Sie so wollen ... ihr Argument ist mathematisch sauber, keine Frage, wenn wir von einer unveränderlichen Menschheit ausgehen. Ob wir das dürfen, müssen Sie Ihre Dichter fragen.«

Ich provozierte ihn ein wenig: »Meine Dichter? Haben sie für einen Paul Dirac nicht gedichtet, ist Ihnen das alles verschlossen?«

Er seufzte: »Ich finde, es lenkt mich ab. Ich komme nicht dahinter. Es ist kryptisch, elliptisch, verworren. Aber nehmen Sie das nicht für eine repräsentative Äußerung meines Berufsstandes. Nicht alle Wissenschaftler, vermutlich nicht einmal alle mathematischen Physiker, denken so.«

»Sie kennen persönlich Gegenbeispiele?« fragte ich scherzhaft, und er antwortete ganz im Ernst: »Ich habe einen Freund in den USA; der mich seit Jahren von der Bedeutsamkeit der Gedichtlektüre für den Prozeß der Gedankenbildung überzeugen will. Sein Name ist Oppenheimer, und bis jetzt war er in vielen Dingen erfolgreich, aber nicht in dieser Mission.«

Und das, Esther, ist der Grund, warum ich Dir diese Geschichte aufgeschrieben habe.

Denn durch Zufall, aus Schicksalsgründen oder einfach aufgrund meines guten Gedächtnisses habe ich mir den Namen von Diracs poesiebegeistertem Freund damals genau eingeprägt.

Und wie ich inzwischen aus den Zeitungen erfahren habe, war just jener Oppenheimer, ein Mann, der offenbar das Schöne und Gedankenreiche, das Empfindsame und Ästhetische nicht weniger schätzt als Mathematik und Naturgesetze, einer der maßgeblichen Köpfe hinter der Entwicklung jener Bombe, mit der die Amerikaner am Ende des Krieges zwei japanische Städte zerstört haben.

Asyl

Die Tür geht auf.

Sie werden schon erwartet, das schlafende Kind und der erschöpfte Mann, der leise, verstört, traurig, immer noch nicht bereit, daran zu glauben, daß das wahr ist, anstelle einer Begrüßung sagt: »Wir haben alles abgesucht. Dreimal. Das ganze Gelände. Mit der Polizei, und morgen früh wollen sie noch mal suchen. Es gibt Zeugen. Sie ist gesprungen. Aber sie ist nie angekommen. Unten. Sie ist weg.«

»Kommt erst mal rein, ihr beiden«, sagt Johanna, wohlüberlegt. Sie weiß, worauf sie sich damit einläßt, auf welche Geschichte, welche Zukunft, denn sie hat genug Zeit gehabt seit seinem Anruf aus der Klinik, sich darüber klarzuwerden. »Kommt rein, und dann kannst du mir alles erzählen.«

Küste

Während der ersten paar Jahre, zu Beginn der Reise, bringt die Frau von der Küste ihr vieles bei: manche Sprachen, einiges Wissen, viele Techniken. Das ist die Zeit, in der die Technik sonst überall verschwindet und das Wissen verfällt, auf der ganzen Welt.

Bald werden Kriege wieder ohne Flugzeuge, Raketen und Gewehre geführt, oft schon mit Piken und Schwertern.

Daß es Zeit wird, aufzubrechen, spürt Nicole jeweils von allein; dann packt sie gleich ihre Sachen. Manchmal reisen sie mit dem Zug, oft besteigen sie in der Dämmerung ein Schiff, manchmal nehmen sie jemanden mit. Sie fahren immer weiter, obwohl das Gefühl vielleicht ein Irrtum ist, daß jemand sie ruft. Ab und zu werden sie gebraucht, dann helfen sie. Häufig denkt Nicole an Pauls Augen. Immer ist das Meer in der Nähe. In Afrika gibt es tatsächlich, wie Nicole vermutet hat, viele schläfrige Menschen, es sind aber meistens Weiße. In Kyoto ruht man sich auf dem Fußboden aus, und auf Zypern kann man überdauern, wenn die Zeiten härter werden. Manchmal findet Nicole jemanden wie Paul, für kurze Zeit. Dann verabschiedet sich eines Morgens in Raleigh die Frau von der Küste von ihr: »Du kommst jetzt alleine weiter und wirst dir deine eigenen Weggefährten suchen.«

Eine Weile lang wird danach alles schlechter für Nicole, sie fühlt sich wie ein Schatten, treibt über die Welt wie ein Blatt im Wind und stolpert wie eine Blinde. Dann trifft sie im äußersten Süden Südamerikas auf Andy und Violetta und beschließt, mit denen mitzusegeln, weil Violetta zu ihr sagt: »Wir brauchen noch jemanden, sonst wird das eine dumme Ehe.« Als die Reisenden aufbrechen, sehen sie beim Hinausfahren auf die offene See an den hohen Felsen links und rechts der Hafenanlage hoch, und deren Ränder, findet Nicole, sehen aus wie Glas oder wie Metall, man kann das gar nicht entscheiden, ein wenig ist es beides, ein wenig keins von beidem und gerade deshalb so schön. Der Hafen steht zu diesem Zeitpunkt schon seit zwei Tagen und Nächten in Flammen.

Köln-Frankfurt-Roswell-Freiburg,
Mai 1999 - November 2005

»I walk. I talk. I shop. I sneeze.
I'm gonna be a fireman when the floods roll back.
There's trees in the desert since you moved out,
and I don't sleep on a bed of bones.
Now give me back my friends.«
Buffy Summers

NACHWORT

Wie macht man Literatur aus Physik?

Am besten läßt man es bleiben; hier wurde es nirgends versucht. Denn Physik und Literatur sind nicht einfach zwei Sprachen, aus denen man in die je andere übersetzen könnte, sondern zwei Arten der Welterschließung, die sich für verschiedene Dinge interessieren. Gegenstand dieses Buches ist daher auch nicht die physikalische Wissenschaft, sondern eine bestimmte Haltung zum Leben in der Moderne. Diese Haltung verdankt der physikalischen Wissenschaft allerdings ethische, erkenntnistheoretische und ästhetische Inspirationen.

Einem literarischen Text über einen Physiker fehlt nichts, wenn ihm das Didaktische fehlt. Es ist nicht Sinn und Zweck des Gemäldes der Alexanderschlacht, Betrachtern den Geschichtsunterricht zu ersparen.

»Wollten wir wirklich annehmen, die Kunst kümmere sich um die Physik«, schreibt Peter Hacks in »Literatur im Zeitalter der Wissenschaften«, »dann kämen wir zu der Konsequenz, daß der Kampf mit der Natur ein Gegenstand für die Kunst sei. Die Natur ist kunstfähig nur, wo die Gesellschaft gemeint ist, und das Verhältnis des Menschen zur Natur, wo, anläßlich dieses Verhältnisses, gesellschaftliche Haltungen gezeigt werden.«

Diracs Wissenschaft ist in diesem Buch daher genau wie Nicoles angeblicher Irrsinn einfach das Medium, in dem diese beiden Menschen ihre jeweilige Haltung zum Problem der Wahrheitsfindung in kapitalistischen Gesellschaften verwirklichen. Ich möchte diese beiden Haltungen beschreiben und ehren; sie scheinen mir anständiger und fruchtbarer als die sogenannte Normalität.

Mehr, als zu diesem Zweck erforderlich ist, zeige ich vom Irrsinn und von der Physik nicht.

Die Erzählform selbst bedingt also gewisse Abstraktionen und Verallgemeinerungen, die den Naturwissenschaftlern nicht erlaubt sind; der Wal ist kein Fisch, aber das Gedicht sagt »Walfisch«, und wer das verstehen will, versteht es.

Mit Prof. Dr. Markus Reiher, Zürich, und Dr. Barbara Kirchner, Bonn, bin ich das Buch unterm Aspekt der stimmigen Darstellung

der Entdeckungen und Schlußweisen Paul Diracs durchgegangen; im Interesse der Lesbarkeit mußte dabei mancher Kompromiß geschlossen werden.
Was an Fehlern verbleibt, gehört allein mir.

Wie beim Verfassen von Heiligenlegenden seit dem Mittelalter üblich, habe ich mich, was die Person Dirac betrifft, wenig auf Ortsbegehungen, Augenschein und Hörensagen, dafür aber umso mehr auf Bücher verlassen.
Die vierte Auflage von Diracs Hauptwerk »The Principles of Quantum Mechanics« (nach der Oxforder Fassung von 1958) und die von R.H. Dalitz herausgegebenen »Collected Works 1924-1948« (Cambridge University Press 1995) waren meine Primärquellen; was ich zitiere, habe ich nach diesen Büchern selbst übersetzt.
Diracs Leben lernte ich zuerst in der Lesart seines Biographen Helge S. Kragh in »Dirac: A Scientific Biography« (Cambridge University Press 1990) kennen. Ausgiebig benutzt wurden ferner das von Abraham Pais u.a. herausgegebene Werk »Paul Dirac: The Man and his Work« (Cambridge University Press 1998), der von Behram N. Kursunoglu und Eugene Wigner herausgegebene Erinnerungsband »Reminiscences about a Great Physicist: Paul Adrien Maurice Dirac« (Cambridge University Press 1987) und schließlich die von Howard Baer und Alexander Belyaev herausgegebenen »Proceedings of the Dirac Centennial Symposium« (World Scientific Press 2003). Die Freiheiten, die ich mir mit dem Leben meines Helden genommen habe, sind die für ausschweifende biographische Phantasien üblichen.
Alles Nichtöffentliche ist erfunden.
Für geistiges Zeitkolorit und Erhellung der Debattenlage in den heroischen Jahren der Entstehung der Quantenmechanik waren Karl von Meyenns »Quantenmechanik und Weimarer Republik« (Vieweg 1994) und Mara Bellers »Quantum Dialogue. The Making of a Revolution« (University of Chicago Press 1999) Quellen von hohem Wert.

Die Dante-Ausgabe, die mein Oppenheimer liest, ist die von Richard Zoozmann übersetzte und vor, aber auch noch nach dem Ersten Weltkrieg in Deutschland weit verbreitete: »Dantes Werke: Das neue Leben – Die Göttliche Komödie«, nach einem undatierten Exemplar, erschienen in Leipzig in Max Hesses Verlag.

Der Abschnitt »Pulli« im fünfzehnten Kapitel ist eine Hommage an Joss Whedon und das von ihm verfaßte Drehbuch der Folge »The Body« aus der Fernsehserie »Buffy, the Vampire Slayer«. Dialoge daraus sind zum Teil wörtlich übernommen und nur der veränderten Erzählsituation angepaßt worden. Das Zitat am Ende des Romans stammt aus der ebenfalls von Whedon geschriebenen Folge »Restless« derselben Serie, das Motto von Hans Wollschläger aus dessen Roman »Herzgewächse oder Der Fall Adams«.

Einige Motive des Buches spielen auf die Werke von M. John Harrison an, die der Autor als nahezu vollkommene Stücke im phantastischen Genre bewundert.

Persönlichen Dank für Freundschaft, Erklärungen, Anregungen und Kritik schulde ich Daniela Burger, Andreas Platthaus, Michael Staudt, Chelsea Davis, Henning Ritter, Jörg Sundermeier, Werner Labisch, Tom Holert, Jens Friebe, Stefanie Körner, Napoleona und vielen im Buch mit geänderten Namen auftretenden Genossinnen und Genossen. Das sechzehnte Kapitel, das Buch insgesamt und auch der Autor wären ganz mißraten ohne die Unterstützung und Hilfe von Doris Achelwilm.

Wer über das, was der Roman erzählt, mehr wissen möchte, findet es unter www.johannarauch.de.

Dietmar Dath, im April 2006